Jane Aiven
Wohin die Wahrheit mich führt

TINTE
&
FEDER

Das Buch

Eleganz und Perfektion: Nicht weniger erwartet Pennys Vater als Zirkusdirektor von ihr, wenn sie die Manege betritt. Beides zeichnet die junge Akrobatin aus. Doch das Zirkusleben macht sie unglücklich und sie fragt sich immer wieder: Warum hat ihre Mutter sie vor all den Jahren verlassen? Hat sie sich nach mehr gesehnt? Auch Penny träumt insgeheim davon, aus den vorgezeichneten Bahnen auszubrechen.

Auf einem alten Foto ihrer Mutter findet Penny einen Hinweis. Doch erst nach einem dramatischen Vorfall hat sie den Mut, alles hinter sich zu lassen. Es ist das Schicksal, das sie an einen ganz besonderen Ort führt …

Die Autorin

Jane Aiven hat schon immer gerne gelesen und eigene Geschichten geschrieben. Doch mit der Veröffentlichung ihres ersten Romans »Wohin die Wahrheit mich führt« ist für sie ein lang gehegter Traum wahr geworden.

Hauptberuflich unterrichtet sie als Lehrerin an einer weiterführenden Schule. Auf ihrem Instagram-Kanal @frl.lehrerin bloggt sie regelmäßig zu den Themen Schule und Unterricht, Lehrer/innenalltag und Literatur.

Jane Aiven lebt mit ihrem Mann, ihrem kleinen Sohn und dem gemeinsamen Mops in Rheinland-Pfalz.

JANE AIVEN

Wohin die *Wahrheit* mich führt

Roman

Deutsche Erstveröffentlichung bei
Tinte & Feder, Amazon Media EU S.à r.l.
38, avenue John F. Kennedy, L-1855 Luxembourg
September 2022
Copyright © der deutschsprachigen Ausgabe 2022
By Jane Aiven
All rights reserved.

Umschlaggestaltung: bürosüd⁰ München, www.buerosued.de
Umschlagmotiv: © stockfour © RachenStocker / Shutterstock;
© shomos uddin / Getty
1. Lektorat: Marketa Görgen
2. Lektorat und Korrektorat: VLG Verlag & Agentur, Haar bei München,
www.vlg.de
Gedruckt durch:
Amazon Distribution GmbH, Amazonstraße 1, 04347 Leipzig /
Canon Deutschland Business Services GmbH, Ferdinand-Jühlke-Straße 7,
99095 Erfurt /
CPI books GmbH, Birkstraße 10, 25917 Leck

ISBN 978-2-49671-192-9

www.tinte-feder.de

Für Marcus –
Für dich und mit dir durch
jedes Gewitter

1

»Hochverehrtes Publikum, was Sie in den folgenden Minuten sehen werden, ist an Eleganz, Hingabe und Perfektion kaum zu überbieten. Werden Sie Zeuge außergewöhnlicher Akrobatik am Vertikaltuch in der Manege des Zirkus Rosso. Für diese Darbietung braucht unsere Artistin absolute Ruhe. Wir präsentieren Ihnen ... Penny Rosso!«

Das war mein Einsatz. Obwohl ich es nicht sah, wusste ich, dass genau jetzt bunte Lichter auf dem Boden der Manege tanzten.

Hinter dem dicken roten Samtvorhang sammelte ich mich kurz, strich mit beiden Händen über den weiß glänzenden Seidenbody, befühlte den Stoff, der meine Arme bis zu den Handgelenken bedeckte und nicht nur ein Kostüm, sondern auch eine Rolle war, in die ich schlüpfte. Ich strich mir eine Strähne meines kupferfarbenen Haars aus der Stirn und ließ sie hinter mein rechtes Ohr gleiten.

»Okay ...«, redete ich mir selbst zu und drückte kurz beide Hände zu Fäusten zusammen. Es war ein Ritual, das ich jedes Mal vollzog, bevor ich die Manege betrat. Es sagte mir: »Auf ein Neues, es dauert nur zehn Minuten, danach bist du fertig für heute.«

»Bereit?«

Der alte Enes stand im Clownskostüm an der Stelle, wo sich der Vorhang teilte, und war bereit, diesen auf mein Zeichen hin zurückzuziehen. Dass er noch immer unermüdlich in die Rolle des tollpatschigen Bip Bello schlüpfte und Kinder in ganz England zum Jauchzen und Lachen brachte, rief zwiespältige Gefühle in mir hervor: Er liebte den Zirkus, er liebte diesen Clown, er *war* dieser Clown. Aber oft fragte ich mich, wer er wohl gewesen wäre, wenn er und seine Frau Rosa ihren Lebensabend nicht in und hinter der Manege verbracht hätten. Sie *waren* der Zirkus. Neben meinem Vater Rudolfo, meinem Freund Gino, all den Artisten und unseren Pferden, Hühnern und Hunden. Und – neben mir.

Ich nickte Enes zu und trat in das grelle Scheinwerferlicht hinaus. Wie immer wurde nicht geklatscht – die Leute hielten sich an die strengen, aber freundlichen Ansagen meines Vaters, des Zirkusdirektors. Absolute Stille, absolute Konzentration meinerseits.

Die Lichter waren so hell, dass ich keine Gesichter um mich herum erkennen konnte, während ich mit grazilen Schritten zur Mitte ging. Dort hingen bereits die zwei Enden des Vertikaltuchs herunter, die Gino immer an den Stahlbalken nahe der Zeltspitze montierte. Erst auf die Ansage meines Vaters hin ließ er sie heruntergleiten, sodass ich sie fassen konnte. Die Menschen denken, dass eine Zirkusattraktion genau dann beginnt, wenn ein Artist oder eine Artistin anfängt, eine einstudierte Nummer darzubieten. Aber in Wirklichkeit startet sie schon früher. Für mich begann sie, sobald ich in diesen Overall schlüpfe, in meine Hülle. Wenn ich das Make-up auflegte, welches ich sonst nie benutzte.

Meine Pläne waren andere, in meinen Wünschen und Vorstellungen kam kein Zirkus vor, keine Manege, keine Zirkusnummer vor einem staunenden Publikum. Aber als

Tochter des Zirkusdirektors hatte ich keine Wahl. Zumindest hatte mich niemand gefragt.

Die ersten Klänge der Melodie ertönten. Ich wickelte die Tücher um beide Handgelenke und stellte mich gerade, setzte mein Bühnenlächeln auf. Auf mein Nicken hin zog mich die Maschine nach oben. Ich schob die Beine hinauf, wickelte das Tuch geschickt um meine Fußgelenke, ließ die Hände los und hing nun kopfüber in der Manege. Erst vollführte ich leichte Schwingbewegungen, dann kleine Kreise, die immer größer wurden, bis ich mit Ginos Hilfe in großen Schwüngen über den Köpfen des Publikums meine Runden zog.

Sieh sie nicht an, du kannst sie aufgrund des Lichts ohnehin nicht richtig erkennen und es gibt deinem Gesicht einen verkrampften Ausdruck, hatte Rosa mich in den Proben ermahnt, als sie mich in die Kunst des Vertikaltuchs einweihte. Sie zeigte mir, wie ich die Massen trotz des unglaublichen Kraftakts elegant und anmutig begeistern konnte. Aber diesmal sah ich sie, die Gesichter der kleinen Mädchen in der Loge. Mit großen Augen und offenen Mündern bewunderten sie die Frau, die zu schweben schien. Und ich beneidete sie, dass ihnen alle Möglichkeiten offenstanden, dass keine Erwartungen an sie gestellt wurden, dass sie die Welt erkunden konnten und die Wahl hatten, wer oder was sie sein wollten.

Dann holte mich Gino eine Etage höher. Ein Raunen ging durch die Menge. Ich zog mich mit eigener Kraft hinauf, umwickelte mit dem Stoff die Arme und streckte die Beine kerzengerade nach oben.

Dann machte ich mich bereit für mein großes Finale: freies Turnen am Ring. Ohne Sicherheitsnetz. Ich löste einen Arm vom Stoff. Das war das Zeichen für Gino, den Ring herabzulassen. Ich ergriff ihn und ließ die Seilenden los. Sie verschwanden in der Höhe. Ich hängte beide Beine in den Ring und ließ meinen Oberkörper nach unten baumeln. Ein Kind schrie kurz auf. Es hatte sich wohl erschrocken, da es kurz aussah, als würde ich fallen. Aber was wäre gewesen, wenn ich wirklich gefallen wäre? Hätte ich das aus dieser Höhe überleben können? Welche Folgen hätte ein Sturz für mich gehabt?

Erst das Hinablassen des Rings nach weiteren Posen unterbrach mein Gedankenkreisen und brachte mich in die Manege und auf den Boden der Tatsachen zurück. Als meine nackten Füße den Boden berührten und ich elegant die Arme nach oben reckte, wurde die Stille unterbrochen und Applaus ertönte. Menschen pfiffen, einige standen auf und flüsterten sich kopfschüttelnd Worte ins Ohr.

Ich verbeugte mich und hörte erneut die Stimme meines Vaters, die mich wie immer aus dem Rampenlicht holte. »Meine Damen und Herren, liebe Kinder. Das war Penny Rosso am Vertikaltuch und am Ring in unserer Manege hier im Zirkus Rosso.«

Den letzten Buchstaben unseres Namens zog er wie gewöhnlich in die Länge. Es löste in mir den Reflex aus, mit beiden Händen blind in die Menge zu winken und dann mit schnellem Schritt hinter dem bereits geöffneten Vorhang zu verschwinden. Meine Großeltern kamen ursprünglich aus Ligurien, Italien. Obwohl ich durch das Leben im Zirkus Reisen und Rastlosigkeit gewohnt war, war ich nie dort gewesen. Ich hatte die Grenzen Großbritanniens nie überschritten und meine Großeltern Alvador und Maisie Rosso nie kennengelernt. Der Zirkus existierte bereits seit Generationen und ich wusste aus Erzählungen meines Vaters und Rosas, dass meine Großeltern den Zirkus von Italien nach Großbritannien gebracht hatten.

»Nach der Vorstellung heute Abend haben unsere kleinen Gäste die Möglichkeit, selbst einmal das Turnen an den Bändern auszuprobieren. Unsere Expertin Penny zeigt euch gegen eine kleine Spende für unsere Zirkustiere, wie es funktioniert!«

Das war nicht abgesprochen. Aber so lief es immer. Ich wurde nicht gefragt, ich funktionierte. Und in solchen Momenten fragte ich mich, wieso eigentlich. Ich war sechsundzwanzig Jahre alt und eine freie Frau. Während ich mir mit einem Handtuch die Schweißperlen abtupfte, dachte ich wieder über die Möglichkeiten nach, die ich hatte: Ich war in diesem Zirkus geboren, kannte das Leben außerhalb der Manege nicht. Schon als kleines Kind hatte ich geholfen, Programmhefte zu verteilen, Spenden für die Tiere einzusammeln. Wer konnte einem fünfjährigen Mädchen mit rötlichem Lockenkopf schon eine Bitte abschlagen? Ich hatte meine Pflichtschuljahre mit Zirkuslehrkräften absolviert, die zu oft wechselten. Keiner von ihnen ertrug das isolierte Leben auf Rädern länger als ein Jahr. Ich lernte lesen, schreiben und die Grundrechenarten. Das reichte für das Leben einer Rosso. Ich wäre gern länger zur Schule gegangen, hätte gern mehr erfahren über die Welt, die es da draußen gab, wollte alles an gesellschaftlichen Problemen, politischen Diskussionen und geografischen Phänomenen aufsaugen. Aber ich fügte mich meiner Rolle als Tochter des Zirkusinhabers, des Direktors. Dieser Zirkus war meine Vergangenheit, meine Gegenwart und meine Zukunft.

»Du schwebst jedes Mal, Penny. Wenn ich dich da oben sehe, denke ich an meine Rosa zurück. Vor langer Zeit war sie genau wie du heute.« Enes sah mich verträumt an.

Auch wenn der Vergleich mehr als hinkte, konnte ich nicht anders, als ihm eine Hand auf seine warme, mit Clownschminke bemalte Wange zu legen. Ich lächelte ihn an. »Enes, wir wissen beide, dass ich mit der jungen Rosa nicht mithalten kann.«

»Und heute …« Enes starrte gedankenverloren an mir vorbei auf einen Punkt an der Innenseite des Zirkuszelts. »Heute sitzt sie an der Abendkasse. Was würde sie dafür geben, noch einmal diesen Ruhm, diesen Applaus und dieses Gefühl zu bekommen wie du heute Abend.«

Ich schaute betreten nach unten. Wenn er sich alten Erinnerungen hingab, wusste ich nie, wie ich reagieren sollte. Zum einen, weil es mich traurig stimmte, dass Rosa so sehr darunter litt, nicht mehr im Rampenlicht zu stehen. Zum anderen, weil ich nicht verstand, warum sie diesem längst vergangenen Leben so nachtrauerte. Mit ihren fünfundsiebzig und achtundsiebzig Jahren waren Rosa und Enes die Ältesten im Zirkus.

Ein Stolpern ließ uns beide aufschrecken. Gino lief breitbeinig zu uns herüber. Nach meinen Auftritten kam er stets hinter die Bühne, um mich in Empfang zu nehmen. Wie so oft trug er eine Jogginghose und ein Feinripp-Unterhemd. Um seinen Hals prangte eine dicke, vergoldete Kette – das Einzige, was Gino von zu Hause mitgebracht hatte, als er in Jugendjahren zu uns gekommen war. Nachdem sein Vater ihn auf die Straße gesetzt hatte.

»Du bist gleich dran, Enes.«

Er hatte einen Finger auf den alten Enes gerichtet, der stumm nickte und seine rote Clownsnase aufsetzte. Als er neben mir stand, drückte er mir einen feuchten Kuss auf die Wange und hielt seine Nase an meinen Hals.

»Du riechst gut, Pen«, flüsterte er. »Was ist das, Vanille?«

Ich musste lächeln. Nicht wegen Gino, sondern wegen der Vanille. »Tonkabohne«, antwortete ich leise und dachte an die Mohn-Marzipan-Torte, die auf der Küchenarbeitsplatte in unserem Wohnwagen stand.

»Tonka – was?«

Gino hatte keine Ahnung von Kuchen und Torten. Für ihn waren es schlicht und einfach Süßspeisen, Lebensmittel. Für mich erzählten sie Geschichten und trugen mich aus der Manege fort. Dorthin, wo ich mich wohl und sicher fühlte. Dorthin, wo ich das Gefühl hatte, diejenige sein zu können, die ich wirklich war.

Während ich hörte, wie er erneut die Luft einsog, roch ich seine salzige Haut. Er arbeitete körperlich hart und schwitzte. Das war zwischen den Scheinwerfen oben in der Zirkusspitze kein Wunder, aber ich wusste auch, dass Gino meist spätabends genau so in unser Bett schlüpfte. »Du liebst mich doch, seit wann sind dir solche Dinge wichtig? Ich bin, wie ich bin, Pen. Akzeptiere mich so, wie du mich kennengelernt hast«, beendete er dann die Diskussion. Das Problem war, dass ich nicht wusste, ob mein Gefühl für ihn wirklich Liebe war. Gino war vor elf Jahren der erste Junge gewesen, den ich näher kennenlernte. Vielleicht war ich deshalb damals von ihm fasziniert. Vielleicht war es auch die Tatsache, dass mein Vater ihn schnell lieben lernte. Den Sohn, den er nie hatte. Auf jeden Fall war er damals charmant und bemüht um mich, hat mich umgarnt und um den Finger gewickelt. Das Fremde interessierte mich. Er kam aus zerrütteten Verhältnissen und ich wollte alles über sein Leben außerhalb des Zirkus wissen und darüber, was er liebte und am Wochenende machte. Und vor allem war ich jung. Heute fragte ich mich, welche Gefühle ich für Gino wirklich hegte. Bisher hatte ich mir selbst keine Antwort darauf gegeben.

Als ich die Stimme meines Vaters zur Ankündigung der letzten Nummer des heutigen Abends hörte, löste ich mich von Ginos Gesicht und Händen, um Enes auf sein Zeichen hin den Vorhang zu öffnen – so, wie er es seit Jahren für mich tat. Dieses Ritual gab uns Sicherheit und Vertrauen. Mir und Enes.

Während des Auftritts waren Kinderlachen und aufgeregtes Stimmengewirr zu hören. Das meiste wurde vom schweren Samtvorhang verschluckt.

»Meinst du, ich wäre ein guter Clown? In Enes' Alter kann ich schließlich nicht mehr zwischen den Scheinwerfen herumturnen, und du wirst auch nicht mehr an Ringen durch die Manege schwingen.« Gino umarmte mich von hinten und hauchte Küsse in meinen Nacken.

Ich schloss kurz die Augen, um mich zu sammeln und einen Grund zu finden, mich aus der Situation zu befreien. »Schon möglich.«

»Unsere Kinder werden dann unseren Part übernehmen. Aber wer weiß …« – zwischen den Wörtern machte er kleine Pausen, um weitere Küsse zu verteilen – »… vielleicht möchten sie lieber die Tiere dressieren oder … wir haben endlich auch einen Feuerspucker im Programm. Was hältst du von der Vorstellung, Pen?«

Er kürzte meinen Namen seit Jahren ab. Ich mochte die Kurzform nicht, aber auch hierfür war Ginos Erklärung, dass er mich schon seit Jahren so nannte und das nun mal mein Spitzname sei. Gewöhnt hatte ich mich nie daran, es aber stillschweigend akzeptiert.

»Gino …« Ich trat einen Schritt zur Seite, um atmen zu können. Er erdrückte mich regelrecht mit seinen Berührungen, Küssen und vor allem mit dem Thema Hochzeit und Kinder. Seit ein paar Jahren lag er mir damit in den Ohren und nutzte jede Gelegenheit, um mich in diese Richtung zu lenken. Zwei Heiratsanträge hatte ich bereits abgelehnt. Jedes Mal erklärte ich ihm, ich sei noch nicht bereit für diesen Schritt, nicht bereit für die Mutterrolle. Aber ich wusste nicht, ob das wirklich der Grund war. Vielleicht lag es auch an Gino. Vielleicht war ich nur nicht bereit, mit diesem Mann eine Familie zu gründen.

Beide Ablehnungen hatten dazu geführt, dass er tagelang nicht mit mir redete, mich ignorierte. Als wollte er mich bestrafen. Er war wie ein trotziges Kind, das seinen Standpunkt klarmachen wollte: *So nicht oder du wirst schon sehen, was du davon hast.* Allerdings brach er sein Schweigen irgendwann wieder und verhielt sich, als wäre nie etwas passiert. Warum ich bei ihm blieb? Ein wichtiger Punkt war die tiefe Zuneigung, die mein Vater für ihn empfand. Außerdem hatte ich keine Alternative. Die Vorstellung, nach einer Trennung weiterhin mit Gino in diesem Zirkus zu bleiben, war furchtbar. Schlimmer, als diese Beziehung mit ihm zu führen.

»Gino … was …?«

Er stellte sich neben mich und sah mich direkt an, griff nach meiner Hand, die sich am Vorhang festklammerte.

»Das hatten wir doch schon so oft. Willst du es wirklich wieder aufwärmen?«

»Nein …« Zu meiner Überraschung brach er ab. »Ich will nur, dass du weißt, dass ich das immer noch will. Mehr als alles andere. Dich und unser Leben im Zirkus Rosso. Versteh das doch, Pen.«

»Ich weiß.«

Das war meine Antwort. Immer. Kein »Ich auch«. Kein »Ich liebe dich«. Nur »Ich weiß«.

Das Klatschen hinter dem Vorhang kündigte Enes' Rückkehr an. Ich zog den Vorhang auf und ließ ihn verschwitzt und völlig erledigt hindurchtreten. Nun blieben nur noch wenige Augenblicke, bis wir uns alle hinter der Bühne versammelten, um noch einmal als geschlossene Zirkusmannschaft in die Manege zu treten und uns zu verbeugen. Erleichtert atmete ich tief aus. Damit war klar, dass auch die Diskussion um Ginos Lieblingsthema für heute erledigt war. Gemeinsam mit allen Artisten, Mitarbeitern und Helfern des Zirkus ging ich in die Manege zurück. Links von mir Gino, rechts Enes. Rosa hielt seine andere Hand und zwinkerte mir bei einem Seitenblick zu. Begleitet von rhythmischem Klatschen verbeugten wir uns wie gewöhnlich mehrmals. Alle Artisten wurden noch einmal einzeln nach vorn gerufen. Als ich die Hände losließ und im Mittelpunkt stand, wurde das Klatschen und Pfeifen lauter. Fotolichter blitzten und die kleinen Mädchen, die ich während meiner Vorführung gesehen hatte, hüpften aufgeregt umher und zeigten mit dem Finger auf mich. Es war immer das Gleiche. Niemand von ihnen ahnte, dass mir diese Aufmerksamkeit, der Applaus, das Rampenlicht und die Bewunderung nichts bedeuteten.

»Du brauchst keine Angst haben, ich bin direkt neben dir.«

Das kleine Mädchen mit den blonden Zöpfen schaute ängstlich in mein Gesicht.

»Schau zu Daddy, Melinda«, rief ihr die Mutter händewedelnd zu, »dir passiert nichts, Schätzchen. Die Frau hilft dir dabei!«

Melinda zögerte. Ich konnte in ihrem kleinen Gesicht ablesen, dass sie mit sich haderte. Auf der einen Seite dachte sie an ein Foto von sich in den anmutig wirkenden dicken Stoffbarren, die sie etwa einen Meter über der Erde hielten. Auf der anderen Seite hatte sie schlichtweg Angst. Angst, zu fallen.

»Hör zu, ich lasse dich jetzt los, aber ich bin immer noch da. Ich gehe nicht weg. Die Bänder sind fest um deine Knöchel gewickelt. Hab keine Angst, Melinda, okay?«

Das half nicht wirklich. Ängstlich sah sie zu mir und dann auf ihre Knöchel.

»Melinda, magst du schöne Kleider?«

Sie nickte.

»Ein Lächeln ist das schönste Kleid, das du tragen kannst. Vergiss das nicht«, flüsterte ich ihr ins Ohr, sah sie an und zwinkerte. Diese Sprache beherrschten wir beide. Sie strahlte. Dann sah sie zu ihrem Vater, ich trat zurück und das Foto war im Kasten.

»Wenn ich groß bin, möchte ich werden wie du!«, sagte Melinda, während sie sich mit mir, der Artistin, ablichten ließ.

Ich spielte mit. »Das ist ein großes Kompliment für mich. Danke, Melinda.«

Sie rannte in die Arme ihrer Mutter. Bilder wie diese irritierten mich. Ich selbst war keine Mutter und ich hatte auch keine. Das heißt, natürlich hatte ich eine Mutter, aber die hatte mich im Alter von nur drei Jahren hier im Zirkus zurückgelassen und das Weite gesucht. Sie ließ ihr ganzes Leben zurück: ihre Heimat, den Zirkus, ihren Ehemann, ihr Kind. Ich hatte seit Jahren tausend Fragen und bekam keine Antworten, da mein Vater diese Art von Gespräch nicht führen wollte.

»Sie ist abgehauen und hat uns mit allen Problemen sitzen lassen, wieso fragst du nach ihr?« Seltsamerweise verletzten mich Aussagen dieser Art, obwohl sie eine Fremde für mich war und ich keine Erinnerungen an meine frühe Kindheit mit ihr hatte. Das einzige Überbleibsel war eine alte Fotografie, die ich heimlich hinter einem sich lösenden Holzpanel in Ginos und meinem Wohnwagen aufbewahrte. Niemand wusste, dass sie existierte. Niemand außer Rosa.

Gino sammelte die Spenden der stolzen Eltern ein, die in der Manege verteilt standen und alle Fotos ihrer Kinder an Ring und Stoffbarren geschossen hatten. Bevor er zu Melindas Familie ging, legte er mir eine Hand in den Nacken und drückte mir einen Kuss auf die Lippen.

Ich zwang mich zu einem Lächeln.

»Ist das romantisch«, seufzte die Mutter der Kleinen und drückte sich kindlich an ihren Mann, »ein Leben auf Rädern – heute hier, morgen dort. Aber sie haben sich und sind glücklich, das sieht man.«

Ach ja? Ich fror mein Lächeln ein, bis sie sich zum Gehen wandten. Dass ich auf fremde Menschen glücklich wirkte, zeigte, dass ich eine gute Schaustellerin war. Es zeigte aber auch, dass niemand wusste, wie es in mir aussah.

Als ich an diesem Abend allein in unserem Wohnwagen war, holte ich die luftdicht verschlossene Schüssel aus dem Kühlschrank, in der ich bereits am Vormittag den Hefeteig verstaut hatte. Ich öffnete sie und inhalierte regelrecht den süßen Duft des Teigs, der in sanften Wellen zu mir getragen wurde. Die meisten Menschen machten den Fehler, einen Hefeteig zu starker Wärme auszusetzen. Es stand sogar in fast allen Backrezepten, die ich bisher gelesen hatte. Ein fataler Fehler: Der Teig brauchte einfach nur Zeit. Weniger Wärme, mehr Zeit. Zeit, die ich ihm gab und um die ich ihn beneidete. Es war paradox, wenn ich darüber nachdachte, dass ich Gemeinsamkeiten mit einem Kuchenteig hatte. Aber genauso war es: Von uns beiden wurde zu schnell zu viel verlangt. Ich schloss die Augen und drückte die Ränder der Teigkugel rundherum immer wieder zur Mitte hin. Es war meine Art des Abschaltens, meine Art, runterzukommen und mich zu entspannen. Ich formte einzelne Stränge und legte sie in Schlingen ineinander, sodass wahre kleine Kunstwerke entstanden, die ich mit geschmolzener Butter bestrich, bevor ich Mandelplättchen darüber verteilte. Als ich das Backblech in den Ofen schob, sah ich zur Torte, die immer noch unangetastet auf der Küchentheke stand, und musste lachen. Meine Leidenschaft galt nicht dem Kuchenessen, sondern dem Erschaffen dieser Geschöpfe. Jedes Mal faszinierte es mich aufs Neue, wie nur drei oder vier simple Zutaten so etwas Wunderbares entstehen lassen konnten.

Nachdem ich den Timer am Ofen eingestellt hatte, holte ich das versteckte Foto meiner Mutter hervor. Nicht einmal Gino wusste, dass ich es besaß. Zu groß war meine Angst, er könnte meinem Vater davon erzählen. Die beiden hatten ein sehr gutes Verhältnis, Gino hätte jede Chance ergriffen, um sich ihm anzubiedern. Manchmal fragte ich mich, ob er mich sprichwörtlich für mehr Verantwortung im Zirkus verkaufen würde.

Ich goss heißes Wasser in meine Tasse und setzte mich mit dem Foto auf die Eckbank vor dem Esstisch. Es zeigte meine Mutter und mich im Jahr 1994. Ich war zwei Jahre alt, sie siebenundzwanzig. Unwillkürlich musste ich an die kleine Melinda und an mein Gespräch mit Gino hinter der Bühne denken. In meinem Alter war meine Mutter bereits Mutter eines einjährigen Kindes gewesen. Zwei Jahre später hatte sie mich zurückgelassen. Ich konnte mir beim besten Willen nicht vorstellen, Mutter zu sein, aber noch viel weniger konnte ich mir vorstellen, mein Kind zurückzulassen. Ich hatte keine Ahnung, was damals passiert war. Ich wusste nicht, wieso meine Mutter, von der ich nicht mehr kannte als ihren Vornamen und ihr Geburtsjahr, dem Zirkus plötzlich den Rücken gekehrt und ein ganz neues Leben angefangen hatte. Ich wusste nur eins: Auch wenn ich keine frühkindlichen Erinnerungen an die kurze gemeinsame Zeit hatte, musste etwas Einschneidendes vorgefallen sein, das sie zu diesem Entschluss gezwungen hatte. Nichts über die eigene Mutter zu wissen und keine Möglichkeit zu haben, etwas über sie herauszufinden, war ernüchternd und entfremdete mich in gewisser Weise von mir selbst.

Es klopfte am Fenster, bevor die Tür aufging. Panisch griff ich nach dem Foto, um es schnell unter das Sitzkissen zu schieben, ließ es jedoch in der Hektik fallen. Wie ein Blatt im Wind wurde es direkt vor die Eingangstür geweht.

»Penny, gib mir dein Kostüm, *leannán*. Ich wasche heute für alle, damit ihr es morgen beim Auftritt noch mal anziehen könnt.«

Es war Rosa. Sie war Irin und nannte mich schon seit ich denken konnte *leannán* – Schatz.

Alle Anspannung fiel von mir ab. Ihr vertraute ich vollkommen. »Du bist es.« Tief durchatmend fasste ich mir mit einer Hand auf die Brust.

»Wer sonst?« Sie lachte, was in einem Hustenanfall endete, sodass sie sich an der Arbeitsplatte der Küchenzeile abstützen musste. »Gino und dein Vater nehmen ihren täglichen Schlummertrunk ein. Ich denke, mit dem brauchst du die nächste Stunde nicht rechnen.« Sie sah sich suchend um, während sie die Luft hörbar durch die Nase einzog. »Das riecht fantastisch.«

Wie selbstverständlich holte ich einen Teller aus dem Schrank, um ihr ein Stück des Kuchens zu servieren.

Irgendwie erleichterte es mich, zu wissen, dass ich mich ins Bett legen und schlafend stellen konnte. Vielleicht schliefe ich dann tatsächlich schon tief und fest, wenn Gino kam. Die Nachmittage waren anstrengend.

Ihr Blick fiel nach unten auf das Foto zu ihren Füßen. Sie lächelte und bückte sich nach dem Bild, bevor ich es tun konnte. »Weiß er mittlerweile, dass du es hast?«

Ich schüttelte den Kopf.

Rosa setzte sich seufzend mir gegenüber auf die Eckbank und legte das Bild auf den Tisch. Sie legte ihre Hand auf meine und tätschelte sie leicht, während sie mit der anderen die Gabel durch das Kuchenstück gleiten ließ. Mit dem ersten Bissen schloss sie seufzend die Augen und nickte mir mit hochgezogenen Augenbrauen zu.

»Was weißt du, Rosa?« Diese Frage hatte ich ihr schon so oft gestellt. Rosa war meine Vertraute, eine Art Mutter- oder Großmutterfigur für mich. Sie hütete mein Geheimnis, dass ich dieses Foto mit dreizehn Jahren im Wohnwagen meines Vaters gefunden und heimlich eingesteckt hatte. Ich hatte geahnt, dass es meine Mutter und mich zeigte, aber erst durch Rosa erhielt ich die Bestätigung.

Sie kaute und schluckte den Bissen hinunter, bevor sie mir antwortete. »Alles, was ich weiß, habe ich dir schon gesagt, *leannán.*« Sie sah mich mit ihren trüben, alten Augen an. Die Fältchen rundherum zeigten, dass sie in ihrem Leben viel gearbeitet hatte und dennoch glücklich und zufrieden war.

»Bitte …«, flehte ich und legte meine Stirn in Falten, während ich meine zweite Hand auf ihre legte.

Sie legte die Kuchengabel auf dem Teller ab und holte tief Luft. »Sie hieß Beatrice. Wir wussten nicht, wie ihr Mädchenname war oder was sie vorher gemacht hat. Ich weiß nur, dass sie 1990 zu uns kam. Sie hat deinen Vater geheiratet und wurde eine Rosso mit allem, was dazugehört. Zwei Jahre später kamst du zur Welt.«

»Sonst weißt du nichts?«, hakte ich nach, obwohl ich wusste, dass es aussichtslos war. »Wie hat sie meinen Vater kennengelernt? In welcher Stadt war der Zirkus gerade, als sie zu euch kam?«

Sie massierte einen Punkt an ihrer Schläfe und schloss die Augen. »Das ist alles sehr, sehr lange her, Penny. Deine Mutter hat ein großes Geheimnis um ihre Zeit vor dem Zirkus gemacht und wir haben sie so akzeptiert, wie sie war, wie jeden anderen auch. Diesen Grundsatz kennst du doch.«

Damit spielte sie auf Gino an. Ihr Mann Enes hatte Gino vor elf Jahren eines Tages ohne Vorankündigung mit in den Zirkus gebracht. Gino war von seinem Vater vor die Tür gesetzt worden, nachdem er ihn bestohlen hatte. Er lief Enes über den Weg, als dieser mit einem der Ponys in der Innenstadt Spenden eintrieb. Gino hatte ein Gespür für Tiere und schaffte es, den störrischen und nicht dressierbaren Flip vom Treten abzuhalten. Enes kam mit ihm ins Gespräch und erfuhr von seiner Lage. Er brachte ihn mit und Gino blieb. Der Rest war Geschichte.

»Wieso spricht er nicht über sie? Ich habe ein Recht darauf, Dinge über meine Mutter zu erfahren.«

Der Gedanke an meinen Vater, der stoisch jedes Gespräch über meine Mutter abbrach, bevor es überhaupt angefangen hatte, machte mich wütend.

»Du kennst ihn doch«, beschwichtigte mich Rosa und ergriff sachte meine Schulter, um meinen Blick einzufangen, »er ist, wie er ist, und außerdem … schmerzt es ihn immer noch, dass sie ihn einfach mit einem Kleinkind zurückgelassen hat. Es war nicht leicht für ihn damals. Er hatte den Zirkus gerade von seinem verstorbenen Vater übernommen, musste sich seinen Standpunkt hier noch erarbeiten. Die Frau, die er liebte und mit der er sein Leben teilte, ging fort. Ohne Erklärung, ohne Abschied. Keiner von uns wusste, warum es dazu kam. Wohin sie ging.«

Es war aussichtslos, mehr über meine Mutter und somit über mich selbst erfahren zu wollen. Mein Vater würde nicht reden, das wusste ich. Das war auch der Grund, weshalb ich als erwachsene Frau das Foto meiner eigenen Mutter versteckte und fast schon Angst hatte, erwischt zu werden, wenn ich es betrachtete.

Rosa nahm das Foto erneut in die Hand und lächelte matt. »Ich habe oft gesagt, dass Beatrice irische Wurzeln haben muss. Ihre Haare hatten einen besonderen Blondton und … schau dich an ,,,« – sie griff nach einer Haarsträhne und befühlte sie mit ihren Fingern – »so rot wie *copar*«.

Sie mischte wieder beide Sprachen.

»*Copar?*«

»So rot wie Kupfer.«

Ich lächelte zurück.

Sie linste zum Eingang des Wohnwagens und gab mir das Foto – eine unausgesprochene Aufforderung, es wegzupacken. Dann erhob sie sich mühsam von der Eckbank und wartete, bis ich mein Geheimnis sicher verstaut hatte und ihr mein Bühnenoutfit des heutigen Abends übergab.

»Auch wenn ich nicht viele Fakten über deine Mutter weiß – eines weiß ich.« Sie griff ein letztes Mal nach meiner Hand und drückte sie leicht. »Sie war eine liebevolle und warmherzige Frau, die dich über alles geliebt hat, Penny. Was immer sie fortgezogen hat … es war sicher eine Qual für sie, dich hierzulassen. Sie hatte bestimmt ihre Gründe dafür.«

Im Türrahmen stehend sah ich ihr nach, wie sie über die Wiese zwischen den Wohnwagen hindurchschlenderte. Ihr Gang war schwerfällig. Enes kam ihr entgegen und übergab ihr eine Blume. Als sie kindlich daran roch, spritzte ihr Wasser ins Gesicht. Ich musste lachen. Er war Bip Bello. Sie beide waren das Urgestein dieses Zirkus.

Vor allem waren sie glücklich. Immer noch. Und zwar genau dort, wo sie waren.

2

Der nächste Tag sollte der letzte in Leicester sein. Noch eine Show, noch einmal in eine Rolle schlüpfen und dann das gleiche Spiel wie immer: alles einpacken, verstauen, sichern, Abfahrt. Nächster Halt: Birmingham.

Aber alles kam anders.

Den Vormittag verbrachte ich mit Proben in der Manege. Es gab mir Sicherheit, mein Programm jeden Tag vor dem Auftritt einmal durchzuspielen. Gino kümmerte sich währenddessen um die Technik. Er kontrollierte täglich Seile, Verbindungsstücke und Lichter. Für die Aufgaben, die er im Zirkus bewältigte, hatte er keine Ausbildung genossen. Er hatte gar keine Ausbildung, nicht einmal einen Schulabschluss. Aber das, was er tat, machte er gewissenhaft und sehr präzise. Eine Sache, die meinem Vater imponierte.

»Er hat wieder alles doppelt und dreifach nachgeschaut, unser Gino«, lobte mein Vater ihn beim Mittagessen mit vollem Mund und schlug ihm mehrmals kumpelhaft in den Nacken. Gino grinste und fühlte sich wichtig, das war ihm anzusehen.

Ich war damit beschäftigt, nochmals Kartoffeln vom heißen Backblech in die bereits leere Schüssel zu schütten. Dabei streifte ich mit dem Arm den heißen Rand und atmete schmerzerfüllt durch die Zähne ein. Das Blech ließ ich kurzerhand ins Spülbecken fallen.

»Penny!« Seit ich denken konnte, hatte mein Vater die Angewohnheit, mit vollem Mund zu sprechen, mit übervollem Mund. »Was machst du denn? Du bist unkonzentriert.«

Ich kühlte die Stelle mit einer Packung Erbsen aus dem Tiefkühlfach.

Gino kam zur Küchenzeile herüber und stellte eine leere Bierflasche ab, griff nach einer neuen und beugte sich zu mir herüber. »Lass sehen, Pen.« Dabei streichelte er mit der Hand über meinen Oberarm.

Ich beugte mich in die entgegengesetzte Richtung, um mehr Abstand zu bekommen.

»Was hast du?« Er sah irritiert zu mir, dann zu meinem Vater. »Was hat sie?«, wiederholte er an ihn gerichtet und hob beide Arme in die Luft.

Mein Vater schaufelte sich den nächsten Löffel in den Mund. »Du solltest netter zu Gino sein, Penny … So einen Typen kriegst du nie wieder. Der Junge ist klasse.«

Gino setzte sich strahlend neben meinen Vater und legte den Arm um seine Schultern. Ich betrachtete die Szene und war für beide sofort vergessen. Mein Vater Rudolfo Rosso hatte von Anfang an einen Narren an Gino gefressen.

Ich erinnerte mich noch genau an den Tag, als Gino zu uns gekommen war.

»Was kannst du?«, hatte mein Vater ihn am ersten Tag gefragt.

»Ich kann gut mit Tieren umgehen, schätze ich«, hatte Gino noch etwas unsicher geantwortet, »und ich bin nicht faul. Ich kann arbeiten und beschwere mich nicht. Ich brauche nicht viel.«

Die Antwort gefiel meinem Vater. Er bekam durch den siebzehn Jahre alten Teenager einen Sohn, den er nach seinen

Vorstellungen formen und in die für ihn so magische und wichtige Welt des Zirkus einführen konnte. Einen Jungen, der – vom eigenen Vater verstoßen – heimatlos war und Anschluss suchte, einen Leitwolf verlangte. Mein Vater war bereit, ihm all das zu geben, inklusive seiner einzigen Tochter.

Als die Geschichte mit Gino und mir anfing, war er schüchtern, charmant, vorsichtig und sah zu mir auf. Ich war die Tochter des Zirkusdirektors, mir gehörte der Zirkus im Endeffekt genauso wie Rudolfo. Er umgarnte mich und war jahrelang geduldig. Für eine Zirkusartistin war die Möglichkeit, Jungs kennenzulernen, meist auf die eigenen Schausteller beschränkt. Gino und ich waren die einzigen Jugendlichen des Zirkus Rosso und so galt damals für mich: Gino oder keiner. Er faszinierte mich und ich verliebte mich in den Jungen, der so um meine Aufmerksamkeit kämpfte. Ich entschied mich für diesen jungen Mann, der mich lange Zeit anbetete. Als er mich das erste Mal hinter dem Vorhang küsste, rasten so viel Adrenalin und so viele Endorphine durch meinen Körper, dass ich berauscht war vom Moment, von der Erfahrung und vor allem von diesem Jungen.

Es war also nicht immer so gewesen, wie es mittlerweile war. Doch im Laufe der Jahre entwickelten wir uns in verschiedene Richtungen: Gino liebte den Zirkus und sehnte sich nach einer eigenen Familie, nach einer Ehefrau und einer ganzen Kinderschar. Dinge, die er selbst nicht hatte und die für ihn das perfekte Leben ausmachten. Er träumte davon, einmal den Zirkus zu leiten. So bemühte er sich immer mehr, meinem Vater jeden Gefallen zu tun und der Erfüller all seiner Wünsche und Vorstellungen zu sein. Ich hingegen hatte irgendwann das Gefühl, dass die Welt noch mehr für mich bereithielt. Wissbegierig saugte ich alles außerhalb des Zirkus in mich auf und verliebte mich – in Macarons, Cupcakes, Cake-Pops und Motivtorten. Die Herstellung von Ganache, Verzierungen aus Fondant und das Dekorieren von Torten bis ins kleinste Detail wurden zu meiner Leidenschaft. Ich notierte alles, was ich recherchiert und mehrfach probiert hatte, in einem Buch, notierte meine Fehler und malte die Endergebnisse dazu. In die Rezeptniederschrift steckte ich genauso viel Liebe wie in die Arbeit selbst. Alles, was ich konnte, hatte ich Pam Crown zu verdanken. Sie war eine Ikone der Backkunst und ich schaute ihre Sendung seit über zehn Jahren. Alle Erkenntnisse steckten in diesem Buch, das ich ganz hinten im Küchenschrank aufbewahrte. Seit ich den Traum hegte, meine Leidenschaft zum Beruf zu machen und meine eigene Konditorei zu führen, hütete ich es wie einen Schatz. Seit Gino es vor einem Jahr entdeckt hatte, zog er mich damit auf. »Du bist Akrobatin, Pen. Keine Starköchin.« Ich lächelte den Kommentar stets weg und beschloss, das Buch vor weiteren Angriffen zu schützen. Und letztendlich mich selbst. Ein Traum war ein Traum. Träume konnte man nicht verbieten und ein Sprichwort sagte: »Schütze dein Herz, dann träumt es sich leichter.« Vielleicht war gerade dies der Grund, weshalb sich meine Gefühle mit der Zeit verändert hatten und ich mir unsicher war, wie sich die Sache zwischen Gino und mir definieren ließ.

»Penny ... die Kartoffeln.« Mein Vater riss mich aus meinen Gedanken und beförderte mich unsanft ins Hier und Jetzt zurück.

»Ja ... hier.« Damit stellte ich die gefüllte Schüssel vor die beiden auf den Tisch.

»Du bist die Beste, Pen.«

Ich lächelte zuerst meinen Vater, dann Gino matt an.

Ja, schütze dein Herz. So träumt es sich leichter.

* * *

Die Vorstellung an sich verlief wie gewöhnlich. Mein Vater bat um absolute Ruhe, Enes ließ mich durch den geöffneten Vorhang treten und ich schwang mich in meiner Tarnung als glückliche Artistin in die Bänder, hing kopfüber und elegant am Ring über den Köpfen der Zuschauer, legte mein Schicksal wieder in Ginos Hände, der mich auf und ab beförderte. Erst als ich nach meinem Auftritt zurück hinter die Bühne ging, war es anders. Er war nicht da, kam nicht wie sonst herbeigehechtet, um mich zu küssen, bevor wir alle noch einmal in die Manege gingen.

Mich beschlich ein mulmiges Gefühl. »Wo ist Gino?«, fragte ich Enes.

Er lächelte gütig und zuckte die Schultern, während er sich von mir abwandte.

Er wusste definitiv etwas, wollte es mir aber nicht sagen. Das gefiel mir überhaupt nicht. Selbst als Rosa und alle anderen Artisten und Mitarbeiter des Zirkus herbeieilten und sich für das große Finale an den Händen fassten, war Gino wie vom Erdboden verschluckt. Wir gingen ohne ihn in die Manege. Verbeugten uns gemeinsam, einzeln. Menschen klatschten, pfiffen und knipsten Bilder. Es war wie immer. Nur ohne Gino.

Aber dann ließ mein Vater die Bombe platzen.

Sonst zeigte er sich am Ende nicht noch einmal dem Publikum. Er ließ sich nicht feiern und sprach im Hintergrund in sein Mikrofon. Als er jedoch in diesem Moment die Manege betrat, wusste ich, dass etwas anders war.

Er stellte sich zusammen mit allen anderen an den inneren Rand und wies mich an, in der Manege stehen zu bleiben. Gino kam hinter dem Vorhang hervor und nahm das Mikrofon von meinem Vater entgegen.

O nein! Ich wollte hier weg. Sämtliche Augen waren auf uns, auf mich gerichtet. Ein Zustand, den ich eigentlich gewohnt war. Aber ich wusste stets, was auf mich zukam. Diesmal, hier und heute, kam ich mir vor wie eine ahnungslose Idiotin. Mein Vater lachte selbstzufrieden. War das ein abgekartetes Spiel?

»Verehrtes Publikum …«, sagte Gino, während er zu mir herüberkam.

Ich wusste nicht, was er vorhatte. Ich wusste jedoch auch, dass ich in der Situation gefangen war. So musste sich die ahnungslose Fliege in einem Spinnennetz fühlen: nichtsahnend, ängstlich und ohne Fluchtmöglichkeit.

»Ich bin Gino und seit elf Jahren Teil der Zirkusfamilie Rosso. Rudolfo Rosso hat mich aufgenommen wie einen Sohn, als ich es am meisten gebraucht habe. Was ich damals nicht geahnt habe, ist …« – er nahm meine Hand und sah mich an, als er weitersprach –, »dass ich hier ein Mädchen treffen würde, in das ich mich verliebe.«

Ein Raunen ging durch den Raum und ich spürte regelrecht, wie die Frauen im Publikum mich beneideten. Sie beneideten mich um den Mann, der mich an sich ketten wollte, mir seine Liebe hier vor großem Publikum gestand. Ich hingegen beneidete sie um den Mann, der ihnen Freiheiten gab, sie ihre Träume verwirklichen ließ und sie ernst nahm. Dinge, die für viele Frauen selbstverständlich waren, für mich aber alles bedeuteten. Ich wusste: Wenn Gino diesen Pfad nun noch einmal beträte und mir einen weiteren Heiratsantrag machte, fiele die Tür zur Selbstverwirklichung für mich für immer ins Schloss.

Und er tat es. Er kniete sich mit dem rechten Bein auf die Erde.

O nein! »Gino, bitte nicht«, flüsterte ich ihm zu.

Er sah mich direkt an. Entweder wollte er mich nicht hören oder er ignorierte mich bewusst.

»Steh auf, ich flehe dich an«, sagte ich fast lautlos.

»Pen …« Selbst jetzt und hier sprach er nicht meinen vollen Namen aus. *Pen* – die letzten beiden Buchstaben waren es ihm nicht wert. »Pen, willst du mich heiraten?«

Ich starrte ihn geschockt an und konnte nicht fassen, was hier passierte. Es verwunderte mich nicht, dass Gino einen weiteren Versuch startete, mir einen Antrag zu machen. Vielmehr schockierte es mich, dass er sich die Aufmerksamkeit von Außenstehenden in einer vollen Manege zunutze machte.

Und im nächsten Moment bekam ich die Bestätigung, dass meine Annahme richtig gewesen war: Er sah in das Gesicht meines Vaters hinüber, der ihm mit wedelnder Hand bedeutete, weiterzumachen.

»Werde meine Frau, Pen. Lass mich nicht länger warten.«

»Gino ... lass uns bitte unter vier Augen darüber sprechen.«

Statt zu bemerken, in welcher Not ich war, wie unwohl ich mich fühlte, warf er meinem Vater einen weiteren Blick zu, der jedoch mich ansah und die Augenbrauen hochzog. Es war, als schimpfte ein Vater mit seinem kleinen trotzigen Kind, es war wie ein unausgesprochenes »Na, was jetzt? Antworte!«.

Ich schloss kurz die Augen und holte tief Luft. Ich stand wieder an einer Weggabelung, aber diesmal hatte ich keine Wahl, konnte mich gar nicht entscheiden. Die Entscheidung war mir bereits abgenommen worden. Dieser Zirkus war meine Heimat. Ich war die Tochter des Zirkusdirektors. Hier konnten sich Wege nicht so einfach trennen wie im freien Leben. Ich konnte nicht einfach eine Beziehung beenden und vorübergehend zu einer Freundin ziehen. Alle Menschen, die mir vertraut waren, waren Teil des Zirkus, kannten Gino, arbeiteten für meinen Vater. Ich wusste auch, welche Außenwirkung meine freie Entscheidung gehabt hätte. Es war mir unmöglich, mit dem Herzen zu entscheiden.

Ich musste mit dem Kopf entscheiden. Für meine Heimat. Für den Zirkus. Für meinen Vater als einziges Familienmitglied, das ich hatte. Für unsere Zukunft.

»Ja ...«, flüsterte ich und war erstmals froh, dass er mich direkt unter dem grölenden Publikum und der klatschenden

Mannschaft in die Arme schloss. Ich konnte mein Gesicht an seinem Hals vergraben und die Tränen verstecken, die mir aus Verzweiflung und Zorn übers Gesicht liefen.

»Endlich, Pen …«, flüsterte er in mein Haar, »… endlich. Jetzt gehören wir für immer zusammen. Wie zwei Papageien. Du weißt schon … einer stirbt nicht ohne den anderen.«

Was hatte mein Vater mir nur angetan?

* * *

»Auf Gino und Penny!«

Gläser klirrten beim Anstoßen. Mein Vater trank aus der Flasche. Gino saß neben mir in einem Klappstuhl auf der Rasenfläche vor den Wohnwagen. Er hatte einen Arm um mich gelegt, in der freien Hand des anderen hielt er sein Bier.

Diese Überraschungsfeier war ebenso heimlich geplant und vorbereitet wie Ginos eigentlicher Heiratsantrag.

»Ich habe den ganzen Tag geschuftet wie ein Verrückter, damit ich heute Abend nichts mehr für die Weiterreise nach Birmingham machen muss. Ich hab sozusagen … *frei*.«

Das letzte Wort hauchte er mir regelrecht entgegen. Er roch stark nach Alkohol. Ich hatte aufgehört zu zählen, wie viele Flaschen Bier er bereits getrunken hatte. Er sah mir in die Augen und ich zeigte ein gequältes Lächeln. »Ich bin froh, dass du endlich zur Vernunft gekommen bist.«

Mein Lächeln fror ein. »So siehst du das?«

Er winkte oberflächlich ab und leerte seine Flasche. »Du weißt, wie ich's meine, Pen.«

Ich runzelte die Stirn und löste mich aus seinem Arm. »Eigentlich nicht. Erkläre es mir.«

Gino beugte sich vor und stützte sich mit den Unterarmen auf seinen Oberschenkeln ab. »Es war das letzte Stückchen, das noch gefehlt hat« – er zeigte mit seinem Daumen und

Zeigefinger symbolisch wenige Zentimeter an – »für uns und für Rudolfo.«

»Rudolfo?« Ich musste lachen, obwohl mir überhaupt nicht nach Lachen zumute war.

Mein Vater krümmte sich währenddessen einige Meter entfernt vor Lachen, während Enes ihm etwas zuflüsterte.

»Dein Vater will diese Heirat genauso wie ich, Pen.«

Ich richtete mich gerade auf. »Warum heiratest du dann nicht meinen Vater?«

Er sah mich verwirrt an. »Sei nicht albern, was redest du da? Ist es so verwunderlich, dass dein Vater dich in guten Händen wissen will?«

»Braucht das eine Frau heutzutage?«

Er zog den Kopf ein Stück zurück und zeigte ein Doppelkinn. »Was ist los mit dir?« Wie immer war seine Sprache von übertriebener Gestik und Mimik begleitet. »Wer soll den Zirkus denn leiten, wenn etwas mit ihm passiert? Er wird auch nicht jünger und einen Sohn gibt es nicht, Pen.«

Richtig, da war sie wieder. Die Erinnerung, dass Rudolfo keinen Sohn hatte, dass ich nicht gut genug für die Übernahme des Zirkus war, dass ich das nicht schaffen konnte, zumindest nicht allein. Ohne Mann. Ohne Gino.

Ich sprach meinen Einwand nicht aus. Ich war zu müde, um mit Gino weiter zu diskutieren, und wusste, dass es sowieso zu nichts führte. Nicht mit Gino und nicht mit meinem Vater. Außerdem wollte ich auf keinen Fall das Bild der eifersüchtigen Tochter vermitteln, die das Familienunternehmen unbedingt selbst leiten wollte, denn so war es nicht.

Ich wollte diesen gottverdammten Zirkus nicht leiten.

»Die Hochzeit besiegelt alles. Alles, was wir brauchen, um glücklich zu sein. Verstehst du das nicht?«

»Was brauchen wir denn, um glücklich zu sein?« Ich stützte den Kopf in meine Hände. Ich wusste nicht einmal, wieso ich nachfragte, denn ich kannte seine Antwort bereits.

»Eine Familie, Kinder, wir als Mann und Frau. Ich leite den Zirkus. Du hilfst mir dabei.«

Ich nickte nachdenklich, mehr als Bestätigung meiner eigenen Gedanken: Er hatte keine Ahnung, wer ich war und welche Träume ich wirklich hatte.

Er drehte sich zu mir und griff nach meinen Händen. »Für mich ist Familie alles. Du weißt, wie gern ich eine eigene Familie hätte.«

Während ich schwieg, redete sich Gino in Rage. »An wen soll ich weitergeben, wer ich bin, wenn ich keinen Sohn und keine Tochter habe?«

Ich öffnete den Mund, um zu antworten, wurde allerdings von meinem Vater unterbrochen. »Gino, komm her, hör dir das an!«

Gino ließ meine Hand los und stand sofort auf. Es war wie ein Ruf, dem er blind und automatisch folgte. »Wir reden später.« Damit lief er zu meinem Vater und Enes hinüber.

Da saß ich nun, auf meiner eignen Verlobungsfeier, allein. Eine Verlobung, die ich mit einem Mann eingegangen war, den ich nicht wirklich liebte, von dem ich mich verraten fühlte und für den ich als eigenständige Person mit Träumen und Wünschen nicht existierte.

Das wurde mir in diesem Moment erneut bewusst, auf der Rasenfläche vor den Wohnwagen an diesem letzten Abend in Leicester. An dem Tag, der eigentlich einer der schönsten im Leben einer Frau sein sollte.

»*Mo leannán*, was geht dir durch den Kopf?« Ich erschrak, als Rosa sich schwerfällig auf den leeren Stuhl neben mir sinken ließ.

Ich habe aus Pflichtgefühl eine Kopfentscheidung getroffen. Ich will Gino nicht heiraten und habe einen großen Fehler gemacht. »Nichts Bestimmtes, ich genieße die Ruhe vor dem Sturm.«

Mein Herz schrie: *Sag es ihr! Sie wird es verstehen, sie kennt dich so gut! Sei ehrlich und stehe für dich selbst ein, Penny!* Mein Kopf dagegen klopfte mir wohlwollend auf die Schulter und beglückwünschte mich zu der Entscheidung, die ich heute getroffen hatte und die mein Leben verändern sollte.

»Die Ruhe vor dem Sturm der Ehe?« Rosa lachte und zündete sich eine Zigarette an.

Ich musste ebenfalls lachen. »Red keinen Unsinn. Die Ruhe vor dem Sturm, wenn wir morgen wieder alle Zelte abbrechen und weitermüssen. Es fühlt sich an wie in einem Hamsterrad. Man kommt nie an und beginnt immer wieder von vorn. Findest du nicht?«

Sie drehte den Kopf zu mir und zog an ihrer Zigarette. »Nein, überhaupt nicht.« Sie schüttelte langsam und lächelnd den Kopf. »Es ist wie fliegen, *leannán*. Es ist Freiheit. Wie viele Menschen wünschen sich, aus dem eintönigen Alltag zu entfliehen und dieses Leben zu leben? Du bist heute hier, morgen dort und dein Zuhause und deine Familie sind immer bei dir. Das ist fantastisch. Ich bin dort zu Hause, wo Enes ist. Und damit bin ich glücklich.«

Ich antwortete nicht. Ich wusste, dass sie den Gedanken vom Hamsterrad nicht mit mir teilte. Sie und Enes liebten dieses Leben und würden es für nichts in der Welt aufgeben.

»Du wirst das auch bald sagen können, *leannán*. Wenn du deine eigene Familie hast, wirst du es verstehen.«

Hatten sich alle gegen mich verschworen? Zählten eigene Wünsche und Träume so wenig? »Wie soll das gehen, wenn man zur eigenen Vergangenheit so viele Fragen hat, Rosa?« Ich spürte, wie sich meine Augen unwillkürlich mit Tränen füllten.

Ich kämpfte dagegen an, wusste aber, dass ich nur kurz Erfolg haben würde.

Rosa streichelte mit einer Hand über meinen rechten Oberschenkel, dann drückte sie die noch recht lange Zigarette verfrüht auf dem Boden aus. »Komm mit, *leannán*. Ich zeige dir etwas.«

Ich stand auf und half ihr nach oben. Sie legte den Arm um meine Schultern und ging mit mir zu ihrem Wohnwagen.

Bevor wir im Innern verschwanden, warf ich noch einen Blick zurück. Mein Vater fuhr Gino gerade mit einer Hand durch das dunkle Haar und drückte ihm einen Kuss auf die Wange.

Wir saßen vor zwei Tassen Kaffee am Esstisch. Ich liebte den Wohnwagen von Rosa und Enes, weil er so heimelig war. Er war mit so viel Liebe zum Detail eingerichtet, man fühlte sich automatisch zu Hause. Die gehäkelten Spitzendeckchen hier und da, das Service mit Rosendruck, die alten Bilder aus längst vergangenen Tagen.

»Ich habe etwas für dich, Penny.«

Dass sie mich bei meinem richtigen Namen nannte, gab der Sache einen ganz anderen Beigeschmack. Es ließ unser so zufällig entstandenes Treffen offiziell und wichtig werden. Ich wusste nicht, wovon sie sprach.

Sie tätschelte meine Hand, dann stand sie auf und ging in den hinteren Teil des Wohnwagens. Kurz darauf kam sie mit einer Blechdose in den Händen zurück. Sie stellte sie auf den Tisch vor mir und nahm wieder Platz. »Das hier« – sie tippte mehrmals auf den Deckel und sah mich dabei an – »ist von deiner Mutter, Penny.«

»Was?« Schockiert riss ich die kleine unscheinbare Blechdose an mich und befühlte ihre Struktur. Einige Dellen in der Oberfläche zeugten von den Jahren, die sie bereits überdauert hatte.

Als ich den Deckel hastig öffnen wollte, hielt Rosa mich mit einer Hand zurück und schaute geduckt durch das Fenster des Wohnwagens nach draußen zu der feiernden Mannschaft. »Nicht jetzt und nicht hier. Wenn dein Vater davon erfährt, ist sie weg. Du weißt, dass er nicht möchte, dass über deine Mutter gesprochen wird. Ich möchte keine Diskussionen in diesem Wohnwagen haben. Ich tue das hier für dich, *leannán*. Steck es ein!«

Letzteres klang wie eine Drohung und ich gehorchte.

Rosa legte einen Umschlag auf den Tisch. »Deine Mutter hat mir vor Jahren diesen Brief für dich gegeben. Ich sollte ihn aufbewahren und selbst entscheiden, wann ich ihn dir gebe. Ich schätze, an dem Punkt sind wir jetzt.«

Ich griff nach dem Brief. Meinen Namen darauf zu sehen, den sie geschrieben hatte, fühlte sich unwirklich an. Ich berührte die Buchstaben mit den Fingern.

»Steck ihn ein und lies ihn erst, wenn du ganz sicher bist, dass dich niemand dabei sieht. Verstehst du mich?«

Ich ließ den Brief in die Innenseite meiner Jeansjacke zu der Blechdose gleiten. »Du hast ihn all die Jahre gehabt, ohne mir auch nur ein Sterbenswörtchen zu sagen?« Ich war aufgebracht, wütend und verletzt. Rosa, die einzige Person, der ich zu einhundert Prozent vertraute, hatte mich angelogen. Jetzt auch Rosa. Ich hatte immer mehr das Gefühl, völlig allein zu sein.

»Hör mir zu«, begann sie flüsternd, den Blick immer wieder auf das Fenster gerichtet, während sie hastig erzählte. Man merkte ihr an, dass sie Angst hatte, erwischt und unterbrochen zu werden. »Deine Mutter hat mir den Brief für dich gegeben. Sie schrieb ihn, bevor sie den Zirkus verlassen hat. Ich weiß nicht, was drinsteht. Ich habe ihn nie geöffnet oder ihr

Vertrauen missbraucht. Du weißt, wie sehr ich deine Mutter geliebt habe, Penny.«

Tränen schossen in meine Augen. Mein Inneres focht einen Kampf aus. Ich wollte wütend auf sie sein, weil sie mir den Brief und die Blechdose jahrelang verheimlicht hatte, obwohl sie wusste, wie sehr ich mich nach Antworten sehnte. Aber trotzdem rührte es mich, wie sie über meine Mutter sprach und wie viel sie auf sich nahm, um mir doch noch den Wunsch zu erfüllen, mehr über sie zu erfahren.

»Vielleicht findest du darin die Antworten, die du so dringend brauchst, *leannán*.« Sie ergriff meine Hände und drückte sie.

»Was ist mit der Blechdose?«

Rosa schüttelte leicht den Kopf und zuckte mit den Schultern. »Sie war nicht Teil des Plans. Ich habe sie im Wohnwagen deiner Eltern gefunden, nachdem deine Mutter bereits weggegangen war. Ich hab sie einfach eingesteckt, ich weiß nicht, wieso. Dann hab ich sie all die Jahre für dich aufbewahrt. Die Gegenstände darin sagen mir nichts, aber sie müssen ihr wichtig gewesen sein, sonst hätte sie sie nicht aufgehoben. Vielleicht … kannst du damit herausfinden, wer deine Mutter wirklich war. Ich wünsche es dir jedenfalls, *leannán*.«

Nun füllten sich auch ihre Augen mit Tränen. Sie legte ihre großen Hände an meine Wangen und streichelte mich vorsichtig. »Es tut mir leid, dass ich das alles so lange vor dir verheimlicht habe, Penny.« Eine Träne lief über ihre Wange und ich hatte das Gefühl, hören zu können, wie sie auf der Tischplatte aufkam. »Mit der Geheimhaltung des Briefs hat sie mir viel abverlangt und du kannst mir glauben, dass es mir alles andere als leichtgefallen ist.«

»Ich danke dir von Herzen, Rosa. Das bedeutet mir sehr viel«, flüsterte ich ihr zu, als könnte uns jemand belauschen, und führte eine ihrer Hände zu meinem Mund, um sie zu küssen.

Ich konnte es nicht abwarten, an diesem Abend allein in unseren Wohnwagen zurückzukehren. Gino und mein Vater feierten weniger die Verlobung als sich selbst und ihre gemeinsame Vision des Zirkus Rosso als erfolgreichster Zirkus in England. Ich verabschiedete mich flüchtig von ihnen, damit niemand misstrauisch wurde. Ich wusste, dass es dauern würde, bis Gino zurückkam.

Im Wohnwagen angekommen, schloss ich die Tür ab und zog die kleinen Vorhänge an den Fenstern im Schlafbereich zu. Erst dann holte ich den Umschlag und die Blechdose hervor. Mit zitternden Händen riss ich vorsichtig das Kuvert auf. Ich zog ein beschriebenes Blatt Papier heraus und hielt es mir intuitiv an die Nase, um daran zu riechen. Konnte ich nach all den Jahren den Geruch meiner Mutter aufsaugen? War es möglich, dass Papier so viel Erinnerung und Schicksalsträchtiges speicherte?

Dann legte ich mich auf den Bauch und begann zu lesen. Für mich war es das wichtigste Schriftstück, das ich jemals in Händen gehalten hatte.

16.10.1995
Meine über alles geliebte Penny,
ich weiß nicht, wann dich diese Zeilen erreichen, und ich hoffe inständig, dass du sie überhaupt lesen wirst.

Noch mehr hoffe ich, dass du mich nicht dafür verabscheust, dass ich dich zurückgelassen habe. Gern würde ich sagen, dass ich wünschte, du würdest mich verstehen. Aber ohne die Gründe zu kennen, die mich dazu brachten, ist das schier unmöglich. Mir ist wichtig, dass du verstehst, dass es nie meine freie Entscheidung war, dich im Zirkus zu lassen und einfach zu

gehen. Zu wissen, dass ich dich vielleicht nie wie-
dersehen werde, bricht mir das Herz. Du bist
das Beste, was ich in meinem Leben zustande ge-
bracht habe. Wenn ich dich sehe, werde ich daran
erinnert, dass es die wahre Liebe doch gibt. Keine
Liebe ist so aufrichtig, so pur und so tief wie die
einer Mutter zu ihrem Kind. Bedingungslos. Ich
habe nicht aus Verzweiflung gehandelt, sondern
aus Liebe. In diesem Moment war es für dich der
sicherste Ort. Dich mitzunehmen, wäre falsch
und egoistisch gewesen. Noch nie ist mir etwas
so schwergefallen, wie dich hier zurückzulassen.
Aber es war die einzig mögliche Entscheidung.

Ich liebe dich, Penny. Und ich wünsche mir
so sehr, dir diesen Satz eines Tages persönlich sa-
gen zu können.

Vielleicht meint es das Schicksal gut mit uns
und führt uns wieder zusammen. Falls nicht:
Vergiss nicht, was ich für dich empfinde.

Manchmal muss man Entscheidungen tref-
fen, die eine Narbe in unseren Herzen zurück-
lassen, die unsere Seele aber so dringend braucht.

In Liebe,
Deine Mama

»Scheiße …«

Ich ließ das Blatt sinken, drehte mich auf den Rücken, bedeckte mein Gesicht mit den Handflächen und weinte. Ich weinte und weinte. Es war ein Gefühl der inneren Reinigung: Alle Gefühle, der ganze Frust, die Trauer und die Enttäuschung der letzten Tage suchten sich nun ein Ventil und brachen aus mir heraus. Mein Körper zitterte regelrecht, meine Handflächen waren benetzt von den Tränen, die unaufhörlich aus meinen Augen liefen.

Es dauerte eine Weile, bis ich mich beruhigt hatte. Dann setzte ich mich auf und versuchte, mit einem kleinen Handspiegel und einem Taschentuch die Reste des Bühnen-Make-ups zu beseitigen.

Es fühlte sich unwirklich an, dass ich gerade einen Brief meiner Mutter gelesen hatte. Einen Brief, den sie vor so vielen Jahren geschrieben und Rosa zur Aufbewahrung anvertraut hatte. Man könnte meinen, er war nichtssagend. Er gab mir keine Informationen darüber, was passiert war, wieso sie gegangen war oder wo sie hinwollte. Aber für mich sagte er alles: Meine Mutter liebte mich und es brach ihr das Herz, mich zurückzulassen. Sie war zu dieser Entscheidung gezwungen worden, wodurch auch immer. Nachdem ich den Brief gelesen hatte, wusste ich, dass es kein Zurück mehr gab. Ich musste herausfinden, was meine Mutter zu dieser Entscheidung gebracht hatte, ich musste sie finden.

Ich zog die kleine Blechdose hervor und atmete noch einmal durch, bevor ich den Deckel öffnete.

Beim Anblick des Inhalts war ich fast enttäuscht. Es waren ganz gewöhnliche Dinge darin. Ich wusste nicht, was ich erwartet hatte, aber nicht das. Da war einmal eine gelbliche Papierserviette mit einer aufgedruckten Lavendelblüte. Ich wusste nicht, ob der Zahn der Zeit sie vergilbt hatte oder ob sie tatsächlich gelb gewesen war. Als ich sie herausnahm, um sie auf Nummern, Notizen oder andere Kugelschreiberspuren zu untersuchen, erblickte ich darunter das Herzstück der Blechdose: das Foto eines Mannes. Er war attraktiv, jung und … nicht Rudolfo. Sein dunkles Haar war nach hinten gekämmt. Er trug eine Brille und lächelte verschmitzt. Die oberen zwei Knöpfe seines Hemds waren geöffnet, auf seinen Schultern waren Hosenträger zu erkennen. In der linken Hand hielt er in Gesichtshöhe eine Pfeife.

Ich griff nach dem Bild und nahm es heraus. Dabei sah ich, dass es neben der Serviette der einzige Gegenstand in der Blechdose war. Ich war irritiert. Das wars? Eine alte Serviette und ein Foto? Mehr nicht?

Als ich das Foto umdrehte, entdeckte ich die Angabe auf der Rückseite:

Quentin, 1986. Covent Garden.

Ich runzelte die Stirn und schürzte die Lippen. Covent Garden. Ich hatte keine Ahnung, was das bedeutete. Kindlich suchte ich mit meinen Fingern das Innere der Blechdose ab, fuhr mit dem Zeigefinger am Rand entlang, befühlte den Boden. Aber da war kein Zettel, kein Hinweis. Es blieb bei der Blechdose mit Serviette und Bild.

Ich betrachtete den jungen Mann erneut. »Wer bist du?«, flüsterte ich ihm gedankenverloren zu, als könnte er mich hören und mir antworten, »Und was hast du mit meiner Mutter zu tun?«

Nach einigen Minuten resignierte ich und packte das Bild gemeinsam mit der Serviette seufzend zurück in die Blechdose. Dann stand ich völlig erschöpft auf und ging zu dem Holzpaneel, hinter dem bereits das Foto meiner Mutter versteckt war. Ich schob den Briefumschlag sowie die Blechdose dahinter und musste beim Anblick meines Verstecks kurz lachen: Alle drei Dinge passten perfekt nebeneinander in die Nische. Es wirkte fast so, als wäre die Vertiefung nur hierfür gemacht worden. Aber gleichzeitig war der Anblick auch traurig: Alles, was mir von meiner Mutter geblieben war, passte in diesen kleinen Winkel.

Dann hatte ich plötzlich das Gefühl, als wäre ein Schalter umgelegt worden. *Quentin – Covent Garden – 1986.*

Ich zog mein Handy hervor und gab »Covent Garden« in die Suchzeile ein. Unzählige Seiten wurden angezeigt. Ich klickte auf den erstmöglichen Link und murmelte laut vor mich hin: »Covent Garden ist ein Bezirk in London und das wichtigste Theater- und Unterhaltungsviertel der Stadt. Hier zieht die autofreie Piazza zahlreiche Touristen an, die die Modegeschäfte, Kunsthandwerksstände und vor allem die vielen Restaurants und Cafés besuchen …«

Gedankenverloren ließ ich mein Handy sinken. Ich verstand nicht, was das bedeutete und was es mit meiner Mutter zu tun hatte. Aber eins war sicher: Meine Mutter hatte eine Verbindung zu diesem jungen Mann namens Quentin … und zu London.

Ein Rumpeln und leises Fluchen weckten mich. Als ich die Augen aufriss, sah ich Gino, wie er schwankend im Wohnwagen stand und die Tür hinter sich zuzog. Es war dunkel, das Zifferblatt zeigte 3.40 Uhr. Anscheinend kam er jetzt von unserer Verlobungsfeier zurück. Ich war mir sicher, dass mein Vater zeitgleich in seinem Wohnwagen ins Bett fiel.

»Pen!«

Ich schloss genervt die Augen und hoffte, dass er Ruhe geben und einfach neben mir ins Bett fallen werde. Wie so oft stellte ich mich schlafend. Ich kannte seine nächtlichen Rückkehraktionen bereits. Meist war Gino so sternhagelvoll, dass er es nicht einmal schaffte, seine Schuhe auszuziehen.

»Pen! Wo bist du?«

Ich reagierte nicht. Er würde aufgeben. Wie jedes Mal.

»Pen, komm schon!«

Es rumpelte. Er hatte etwas umgestoßen und fluchte jetzt erneut leise vor sich hin. Dann hörte ich Schritte. Er kam näher.

Gleich geschafft. Er würde wie ein Stein auf die Matratze fallen und kurz darauf tief und fest schlafen, laut schnarchen. Vielleicht hatte ich Glück und konnte mich über ihn hinwegschleichen und auf der Eckbank schlafen. Den Gestank auszuhalten, war eine Herausforderung.

Die Matratze sackte nach unten ab. An meinem Rücken konnte ich spüren, wie er sich zu mir legte. »Pen, ich bin wieder da. Schläfst du?« Er lallte richtig.

Ich beschloss, mich nicht zu rühren.

Ich fühlte, wie er seine Hand auf meinen nackten Oberschenkel legte und sie grobmotorisch nach oben schob.

In Gedanken sprach ich zu mir selbst. *Schlaf ein, Penny. Er wird ebenfalls gleich tief schlummern.*

Aber diesmal nicht.

Er legte seine Stirn an meine Schulterblätter und atmete mehrmals tief ein und aus. Sein heißer Atem war selbst durch mein Shirt zu spüren, die Ausdünstungen erfüllten die Luft. Ich musste mich zusammenreißen, um nicht direkt aufzuspringen und ein Fenster zu öffnen oder gar den Wohnwagen zu verlassen.

Ich konnte hören, wie er aus einer Flasche trank und sie danach auf das Holz des Nachttischchens abstellte. Dann hörte ich ein Geräusch, dass mich erstarren ließ. Gino öffnete hinter meinem Rücken seine Gürtelschnalle.

Ich öffnete die Augen und wartete. Mein Herz pochte wild in meiner Brust. Ich konnte nicht glauben, in welche Richtung sich diese Situation gerade entwickelte. In den vergangenen Jahren hatte ich ähnliche Situationen oft mit ihm erlebt, aber er war niemals übergriffig geworden oder hatte mich in irgendeiner Form bedrängt.

Das Geräusch eines Reißverschlusses war zu hören, dann griff er an die Rückseite meiner Shorts und zog daran. In diesem Moment überkam mich der Drang, die Notbremse ziehen.

Meine Hand schnellte nach hinten und umfasste blitzschnell sein Handgelenk.

»Lass das!«, zischte ich wütend durch die geschlossenen Zähne, »du bist sturzbetrunken. Du solltest schlafen.«

»Du bist wach«, flüsterte er mir zu.

»Dank dir. Wenn du das nächste Mal bis nachts saufen musst, schläfst du draußen oder woanders.« Ich war stocksauer.

»Komm schon, Pen. Ich hab uns gefeiert und weil du schon weg warst, hab ich für dich mitgetrunken.« Er lachte über seinen eigenen schlechten Witz.

»Du weißt, dass ich so gut wie nie Alkohol trinke. Die Ausrede ist wirklich schlecht, Gino. Du warst schon mal besser.«

»Jetzt will ich mit dir feiern. Das bist du mir schuldig, Pen. Komm schon.« Er befreite seine Hand grob aus meinem Griff und riss ruckartig an meiner Hose, während er mir eine Hand in den Nacken legte. Dadurch drückte er meinen Kopf fest ins Kopfkissen.

Ich konnte mich kaum bewegen. Erstmals kam Panik in mir auf. Als ich mit den Beinen strampelte, legte er sein oberes Bein darauf ab. Ich versuchte, mit den Armen nach hinten zu schlagen, aber er drückte mit der linken Hand meinen Oberarm zurück in die Matratze.

»Komm schon, Pen. Nur kurz. Ich bin gleich fertig.«

»Lass mich sofort los!« Ich atmete schneller. Als ich spürte, wie er sich an meinen Hintern drückte und sich unsere nackte Haut berührte, schrie ich auf.

»Sei still, du ... weckst die anderen auf ... sch!«

Bitte nicht!

Aus den Augenwinkeln sah ich seine Finger genau vor meiner Nase, wie sie sich ins Fleisch meines Oberarms bohrten und mich festhielten. Es war die einzige Chance, dieser Situation zu entkommen. Ich dachte nicht nach. Ich wollte nur weg hier. Dem Druck seiner Hand im Nacken nachgebend, drückte ich meinen Kopf noch stärker in das Kopfkissen, sodass ich näher zu seiner Hand rückte. Als meine Lippen schließlich seinen Zeige- und Mittelfinger berührten, tat ich es: Ich biss zu.

Gino schrie laut auf und ließ augenblicklich von mir ab, um seine verletzte Hand mit der anderen zu umfassen.

Ich schmeckte Blut.

Schnell krabbelte ich über ihn aus dem Bett und suchte in der Dunkelheit und völlig verwirrt nach einem Gegenstand, um mich vor weiteren Angriffen schützen und verteidigen zu können.

»Spinnst du? Du hast mir fast die Finger abgebissen!« Er griff nach einem Küchenhandtuch, das am Rand der hinteren Arbeitsplatte hing, und wickelte es um seine blutende Hand.

»Wolltest du mich gerade wirklich vergewaltigen? Ist das dein Ernst, Gino? Du überfällst mich hier nachts im Vollsuff und willst Sex mit mir? Hältst mich fest und willst mich dazu zwingen?!« Ich sprach und atmete viel zu schnell, mir wurde übel. Die Aufregung, der Gestank, die Angst, die mir in den Knochen saß. Das alles war zu viel für mich. Ich übergab mich ins Spülbecken neben mir, aber es kam nur bittere Galle.

Gino saß lachend auf dem Bett, die Augen auf halbmast. Selbst jetzt, nach meiner Attacke und mit seiner Verletzung, erkannte er den Ernst der Lage nicht. »Nun hab dich nicht so! Wir sind jetzt verlobt. Als meine Ehefrau hast du …«– er erhob sich langsam vom Bett und kam torkelnd zu mir herüber – »… Pflichten, die du erfüllen musst.«

»Fass mich nicht an!«

»Sonst – was?«

Als er mich ansah, fühlte ich es. Ich fühlte das, wovor ich die ganze Zeit die Augen verschlossen hatte. Das, was ich nicht wahrhaben wollte. Aber genau in diesem Moment wusste ich, was ich wollte. Ich wusste, dass es nicht das hier war.

Bevor ich etwas sagen konnte, griff Gino mit der unverletzten Hand in mein Haar am Hinterkopf und zog mich grob zum Bett zurück.

Mein Kopf war auf gleicher Höhe mit dem Nachttisch und ich sah die leere Bierflasche, die er vorher dort abgestellt hatte. Ohne nachzudenken, griff ich sie am Flaschenhals, drehte mich so weit wie möglich um und schlug sie ihm fest auf den Schädel.

Gino ließ augenblicklich meine Haare los, fiel zu Boden wie ein nasser Sack und rührte sich nicht mehr.

»O mein Gott …«, flüsterte ich panisch, legte die Hände über den Mund und lief ein paar Schritte rückwärts.

Mit dem Rücken an der Wand ließ ich mich auf den Boden sinken. Ich stand unter Schock. Minutenlang rührte ich mich nicht, sondern verharrte dort mit angewinkelten Beinen und betrachtete den Mann, dem ich die letzten Jahre vertraut hatte. Der Mann, der jetzt bewusstlos vor mir lag, nachdem er mich hatte vergewaltigen wollen. Ich betrachtete seine Gesichtszüge. Er sah friedlich aus – als schliefe er. Ich konnte auch sehen, dass das Küchenhandtuch mittlerweile rot gefärbt war. Anscheinend hatte ich fest zugebissen und ihn richtig verletzt. Etwas auf dem Boden bewegte sich und ließ mich zusammenzucken. Bei genauerem Hinsehen erkannte ich, dass es eine Blutlache war, die sich von einer Blutlache unter Ginos Kopf ihren Weg über den Boden bahnte.

»Scheiße …« Panisch drückte ich mich an der Wand entlang nach oben. »Scheiße, scheiße, scheiße …«

Ich ging zu ihm hinüber und stupste ihn vorsichtig mit dem Fuß an. »Gino …«

Ich hatte die Hoffnung, er werde stöhnen und ich könnte ihn vielleicht irgendwie ins Bett hieven. Aber er rührte sich nicht. Ich spürte, wie ich zu hyperventilieren begann. Wie hatte es so weit kommen können?

Ich suchte mein Handy, um einen Notarzt zu rufen. Aber als ich es in Händen hielt, schossen mir Bilder der letzten Stunde durch den Kopf wie Blitzlichter. *Gino hinter mir – das Geräusch des sich öffnenden Reißverschlusses – seine Hand, die meine Shorts herunterreißt – die Kraft, mit der er meinen Kopf und meine Arme in die Matratze drückt – seine nackte Haut an meinem nackten Hintern.*

Ich steckte das Handy ein. Und dann fasste ich einen Entschluss. Ich beschloss, mein Leben selbst in die Hand zu nehmen.

Hektisch holte ich eine kleine Tasche hervor und warf einige Kleidungsstücke hinein. Ich schlüpfte in eine Jeans und zog einen Hoodie über. Dann ging ich zum Küchenschrank und griff nach ganz hinten zu meinem Rezeptbuch. Das Wichtigste nahm ich zum Schluss an mich: Vorsichtig hob ich das Wandpaneel an und griff hinein, zog die Erinnerungsstücke meiner Mutter heraus und verstaute sie in einem Seitenfach der Tasche. Dann tat ich etwas, was ich noch nie getan hatte. Ich griff in jede von Ginos Hosentaschen, bis ich in einer einen Schein fühlte: fünfzig britische Pfund. Ohne zu zögern, steckte ich das Geld ein.

Mit gepackter Tasche und Kapuze über dem Kopf stand ich an der Tür unseres Wohnwagens. Öffnete und schloss sie ein letztes Mal.

* * *

Wie eine Diebin schlich ich mich in der Dämmerung über das Zirkusgelände. Es war bereits nach vier Uhr morgens. Ich wusste, dass bald die Lichter in den Wohnwagen angehen mussten und das rege Treiben beginnen würde, das an einem Abreisetag für gewöhnlich herrschte. Ich ging geduckt und auf leisen Sohlen zwischen den Wohnwagen hindurch, die Kapuze über dem Kopf, den Blick nach unten gerichtet. Die Angst, jemand könnte mich sehen und meinen Namen rufen, war riesig. Erst, als ich den Schotterplatz vor der Wiese des Geländes erreichte, wo das Kassenhäuschen stand, gönnte ich mir einen Moment der Ruhe. Ich lehnte mich an die Rückwand des Kassenhäuschens und atmete tief durch. Ich schaute zurück auf das große rot-orange gestreifte Zirkuszelt, das wie ein schlafender Riese in der Dämmerung lag. Die Lichterketten waren noch aus, die Wohnwagen dunkel und in Wartestellung auf den anbrechenden Tag. Das einzige Geräusch war das Schnauben der Ponys, die auf die Fütterung warteten.

Gino.

Gino würde die Pferde und anderen Tiere versorgen wie an allen anderen Tagen auch. Der Gedanke an ihn versetzte mir einen Stich. Ich erschauderte. Es war, als wollte mein Körper die Erinnerungen an diese Nacht intuitiv abschütteln. Mein Blick blieb auf dem Wohnwagen von Rosa und Enes haften. Mit dem Kranz an der Tür sowie der Fußmatte und Kübelpflanze am Eingang war er auch von Weitem gut erkennbar. Der Schmerz des Verlusts dieser geliebten Menschen trieb mir Tränen in die Augen. Nie wieder würde ich das heimelige Gefühl spüren, das ihr Wohnwagen und vor allem ihre Gegenwart in mir auslösten. Ich schloss kurz die Augen, um mich zu sammeln, und als ich sie öffnete, war ich bereit, diesen für mich so wichtigen Schritt zu gehen.

Es gab nur noch eine einzige Sache, die mich an Ort und Stelle hielt. Ich griff nach meinem Handy und wählte die Nummer des Notrufs. Sosehr ich Gino für das verabscheute, was er mir heute angetan hatte – ich konnte ihn nicht hilflos zurücklassen.

Die Frau am Ende der Leitung stellte mir Fragen, aber mein Kopf war leer. Ich antwortete nicht darauf. Stattdessen wiederholte ich die Adresse des Zirkusplatzes. »Er hat eine Kopfverletzung, kommen Sie schnell.«

Dann drückte ich den roten Knopf auf meinem Mobiltelefon, kehrte dem Zirkus den Rücken zu und ging schnellen Schrittes über die Landstraße.

3

»Wohin?«

»Wie bitte?«

»Wohin willste, Schätzchen?« Die Frau hinter dem Schalter schaute gelangweilt durch die verschmierte Glasscheibe, die uns voneinander trennte.

»Ich ... weiß nicht genau ...«, stammelte ich überfordert und kramte in meiner Hosentasche nach dem Geldschein, den ich vor Stunden aus Ginos Hosentasche gezogen hatte.

Fünfzig Pfund, das war alles. Mehr hatte ich nicht.

Sie ließ ihre langen Fingernägel schnell über den Tisch tanzen, um mir zu zeigen, dass ich mich entscheiden sollte. Ich war überfordert und wusste selbst nicht, wohin ich gehen sollte. Es gab keinen festen Platz für mich auf dieser Welt. Keinen Platz außerhalb des Zirkus.

»Wie ... wie weit komme ich mit fünfzig Pfund?«

Sobald ich den Satz ausgesprochen hatte, merkte ich, wie dumm er war. Diese fünfzig Pfund waren alles, was ich hatte. Ich hatte nichts zu essen und keine Bleibe. Ich hatte nichts.

»Schätzchen ... was? Ich kann dir doch nicht alle Ziele vorbeten, die du damit erreichen kannst, huh?« Ihr Akzent erinnerte an jemanden, der mit offenem Mund Kaugummi kaute und dabei sprach.

»Das verstehe ich …«, stammelte ich und kam mir im eigenen Land fremd vor, ahnungslos. »Aber ich bin mir unsicher, verstehen Sie?«

Sie sah mich stirnrunzelnd an.

Wie sollte eine Fremde verstehen, was ich durchmachte? Was mich beschäftigte und welches Päckchen ich zu tragen hatte?

Hinter mir wurde es unruhig. »Geht das schneller? Mein Bus geht in zehn Minuten!«, rief ein Mann in der Schlange. Ohne eine Antwort oder Reaktion abzuwarten, drückte er sich an mir vorbei und knallte einen Geldschein auf den Tresen. »Ein Busticket nach London, *one way.*«

London. Covent Garden. Quentin. Meine Mutter. Gedankenfetzen flogen durch meinen Kopf.

»Hier fährt ein Bus nach London?«, fragte ich und war plötzlich wieder voll da.

»Mehrmals täglich«, antwortete er abwesend und tippte wild auf seinem Handy herum.

Die Frau schob einen gedruckten Fahrschein mit dem Wechselgeld unter dem Schlitz hindurch.

»Sorry«, rief er und drückte sich an mir vorbei.

Ich sah ihm nach, wie er schnellen Schrittes die Straße entlanglief.

»Der Nächste!«, rief die Frau hinter dem Schalter über meinen Kopf hinweg der Schlange zu.

Als eine ältere Frau nach vorn trat, schob ich mich wieder vor das Sichtfenster. »Für mich auch.«

Sie sah mich irritiert an, die Alte daneben schimpfte vor sich hin.

»London. *One way.*«

Auf dem Weg zur Haltestelle vibrierte es in meiner hinteren Hosentasche. Mein Handy.

Ich hatte bisher keinen Gedanken daran verschwendet, dass der Rettungsdienst mittlerweile sicher im Zirkus eingetroffen war und Gino im Wohnwagen gefunden hatte. Meine Flucht musste bereits aufgefallen sein. Auf dem Display war »Papa ruft an« zu lesen. Einige Sekunden starrte ich reglos auf das Handy und war wie gelähmt. Der erste Impuls war, den roten Hörer zu drücken und den Anruf abzulehnen. Ich entschied mich anders.

Neben mir stand ein Mülleimer. »Mach's gut«, flüsterte ich und schaltete das Handy aus. Dann entsorgte ich es und lief auf den Bus zu, der mich nach London bringen sollte.

Minuten später sank ich erleichtert in den weichen Sitz des Busses. Als kurz darauf durch den Start des Motors alles vibrierte, fühlte ich mich zum ersten Mal in dieser Nacht sicher. Der Bus fuhr auf die Schnellstraße und ich ließ Leicester hinter mir. Es fühlte sich an wie ein richtiger Abschied. Das Ortsschild im Rücken, zog ich die Oberschenkel an mich heran und lehnte die Stirn an die kühle Scheibe. Das monotone Ruckeln meines Kopfes beruhigte mich. Ich hatte das Gefühl, durchatmen zu können, ohne Angst haben zu müssen, gleich von hinten an der Schulter gepackt zu werden.

Mit dem Handy hatte ich die einzige Verbindung zu meiner Welt entsorgt. Es war, als fiele eine riesige Last von meinen Schultern. Auf der anderen Seite fühlte ich mich einsam und verloren. Ich fuhr buchstäblich ins Nirgendwo. Ich war auf dem Weg in eine fremde Stadt, nur weil ich der fixen Idee folgte, die Geheimnisse der Vergangenheit ans Licht zu bringen, um mich auf den Weg in meine eigene Zukunft zu machen. Ich wusste nicht, wie und wo ich nach meiner Ankunft in London weitermachen sollte.

Die Fahrzeit betrug laut Ticket drei Stunden. Ich hatte keine Ahnung, wohin ich gehen sollte, wenn ich in den frühen Morgenstunden in der Hauptstadt ankam. Ich griff in meine Hosentasche und zählte das Restgeld, das mir die Frau hinter dem Ticketschalter zurückgegeben hatte: dreiundvierzig Pfund. Mit etwas Glück konnte ich davon ein spartanisches Frühstück organisieren und für eine Nacht eine billige Unterkunft finden. Aber was dann? Was war mit der zweiten, der dritten, der vierten Nacht? Mit all den Nächten, die folgten?

Verzweiflung machte sich breit und erstmals seit meinem Weggang aus dem Zirkus wurde mir bewusst, dass ich aus dem Affekt heraus gehandelt hatte, ohne nachzudenken. Fühlten sich so Herzensentscheidungen an? Die Art von Entscheidung, die ich sonst nie traf? Die Art von Entscheidung, die ich herbeigesehnt hatte?

»Na toll …«, flüsterte ich und drückte mit Daumen und Zeigefinger auf den höchsten Punkt meines Nasenbeins, um den aufkommenden Kopfschmerz abzuwenden. Ich schloss kurz die Augen, dann betrachtete ich die draußen vorbeifliegenden Bäume, die Leitplanke und die Autos auf der Spur neben uns. Ich sah in ihre Fenster und versuchte, mir vorzustellen, welche Menschen hinter dem Lenkrad, auf dem Beifahrersitz und auf der Rückbank saßen. Wer waren sie? Welches Leben lebten sie, welche Ziele und Träume hatten sie?

Ich musste an Pam Crown denken. Ich bewunderte sie nicht nur für ihr Talent, für ihre Show oder ihre Torten, Macarons und Muffins, sondern auch dafür, dass sie sich alles aus eigener Kraft erarbeitet hatte. Sie war einmal eine junge Frau wie ich gewesen. Mit Träumen und Wünschen für die Zukunft, eine Frau, die nicht gehört wurde. Ich griff in das Innere meiner Tasche, die auf dem leeren Platz neben mir lag, und zog mein Backbuch heraus. Der Buchrücken platzte bereits auf, weil ich so viele Ausschnitte, Bilder und Notizen eingeklebt hatte.

Das Hardcover wölbte sich durch die vielen Ergänzungen, die ich über die Jahre gesammelt hatte. Ich schlug eine beliebige Seite auf und fuhr mit den Fingern über meine Handschrift, betrachtete das Bild: Zitronen-Cupcakes. Wenn ich die Augen schloss, hatte ich das Gefühl, sie schmecken zu können. Ich schlug das Buch wieder zu und sah auf die Abbildung, die ich auf der Rückseite aufgeklebt hatte: Pam Crown hinter einer Küchenzeile, mit verschränkten Armen schaute sie in die Kamera. Es wirkte, als schaute sie nur mich an. Darunter stand folgende Nachricht: Erfolgreich wird man, wenn man trotzdem weitermacht.

Dabei gab es nur ein Problem: Ich hatte bisher noch nicht einmal damit angefangen, meine Träume zu verfolgen. Ich würde ganz unten starten. Aber Träume blieben Träume, wenn man es nicht versuchte.

Ich verstaute das Buch wieder in der Tasche und griff nach der Blechdose meiner Mutter. Vorsichtig, als wäre sie von unsagbarem Wert, öffnete ich sie und holte das Foto des Mannes heraus. Lange stierte ich auf die Fotografie, als würde die Zeit mir verraten, wer er war und was er mit meiner Mutter zu tun hatte. Er musste eine tiefere Verbindung zu ihr gehabt haben. Aus welchem Grund hätte sie das Bild sonst aufgehoben? Dann griff ich wieder nach der Serviette.

Lavendel.

Ich wollte mein Handy aus der Hosentasche ziehen, erinnerte mich dann aber, dass ich es am Bahnhof von Leicester entsorgt hatte. Ich hatte keine Möglichkeit, im Internet nach den Blüten zu suchen, um so möglicherweise einen Hinweis zu erhalten. Beim Gedanken daran, dass ich nicht einmal ein Telefon besaß und von meinen läppischen dreiundvierzig Pfund kein neues anschaffen konnte, ließ ich mich in den Sitz zurückfallen.

Ich schloss für einen Moment die Augen und schlief ein.

4

Gemurmel und ein Klicken über meinem Kopf ließen mich hochschrecken. Panisch sah ich mich um. Es dauerte einige Sekunden, bis ich realisierte, wo ich war und was in der letzten Nacht passiert war: Ich saß im Bus, der mich von Leicester nach London bringen sollte. Weg vom Zirkus, weg von meinem Leben, von meinem Vater und meinem Verlobten Gino. Das Wort Verlobter löste ein Schütteln in mir aus. Es fühlte sich absolut falsch an. In diesem Moment war ich froh, dass Gino keinen Verlobungsring gekauft hatte. Er hätte die Verbindung zwischen uns nur offizieller gemacht und wäre wie meine persönliche kleine Fußfessel in einem neuen Leben gewesen.

Das Klicken über meinem Kopf kam durch das Öffnen und Schließen der Fächer, in denen die Reisenden ihre Gepäckstücke verstaut hatten. Der Bus war mittlerweile zum Stehen gekommen und alles drängte sich in dem schmalen Gang, um Taschen und Koffer herunterzunehmen. Ich blieb sitzen und rieb mir mit schmerzverzerrtem Gesicht den Nacken. Meine Schlafposition war alles andere als gut gewesen.

Was hätte ich jetzt für eine Tasse heißen Kaffee gegeben!

Gedankenverloren warf ich einen Blick aus dem Fenster. Es regnete. Ein typisches Wetter für London. Zumindest nach dem, was ich aus Film, Fernsehen und Büchern wusste. Aber das war auch schon alles. Mehr wusste ich über Englands Hauptstadt nicht.

»Entschuldigen Sie«, sprach ich die Frau an, die neben meinem Sitz darauf wartete, dass sich die Schlange Richtung Tür vorwärtsbewegte. »Wo sind wir hier?«

Sie sah mich stirnrunzelnd an. »Haben Sie so lange geschlafen, Miss?«

Der Mann hinter ihr legte der Frau eine Hand auf die Schulter und lachte. »Wir sind in London, Schätzchen.«

Ich schüttelte kurz mit geschlossenen Augen den Kopf. »Das weiß ich, aber …« – Hilfe suchend schaute ich aus dem Fenster und zeigte mit dem Finger nach draußen – »… wo genau in London sind wir?«

»Victoria Coach Station, Schätzchen.«

Ihrer Mimik konnte ich entnehmen, dass sie nicht verstand, wie man den Ort nicht kennen konnte. Als ich nichts mehr antwortete, sprach sie weiter, während sich die Schlange bereits in Bewegung setzte und die Leute ausstiegen. »Wir sind nur ein paar Gehminuten von einem der großen Bahnhöfe der Stadt entfernt, der Victoria Station. Wir sind sozusagen mittendrin! Sie müssen nur in diese Richtung laufen.« Sie zeigte mit der rechten Hand aus dem Fenster.

Ich bedankte mich bei ihr mit einem Lächeln. Als Letzte stieg ich aus dem Bus und rannte mit der Tasche als Regenschutz über meinem Kopf zum Vordach des Busbahnhofs. Ohne nachzudenken, schlug ich den Weg ein, den sie mir gezeigt hatte. Ein Bahnhof konnte nicht die schlechteste Entscheidung sein.

Sie hatte recht. Nach wenigen Minuten stand ich vor einem fast schon majestätisch wirkenden Gebäude, das eher einem Schloss als einem Bahnhof ähnelte.

London. Ich war hier. In der Großstadt, weg vom Zirkus. Allein.

Erst jetzt konnte ich das Bild, das sich mir hier draußen bot, auf mich wirken lassen. Ich drehte mich langsam um meine eigene Achse und ließ den Blick über den großen gepflasterten Platz vor dem Bahnhof und das viktorianische Gebäude schweifen. In großen Lettern prangte dort: »London Victoria Station«. Unweit des Platzes war eine Kreuzung. Schwarze Taxis fuhren zwischen großen roten Doppeldecker-Stadtbussen, Menschen standen an Ampeln und überquerten die Straßen in Regenmänteln oder mit Schirmen in der Hand. Einige liefen schnell, andere gemütlich. Die meisten schauten auf ihr Handy oder tippten wild auf das Display. Fast alle trugen ein Headset. Das Treiben hatte etwas Hektisches, Rastloses und Kurzlebiges. Ich stolperte ruckartig nach vorn, als ein Mann mit fuchtelnden Armen an mir vorbeirannte. Er drehte sich kurz um und entschuldigte sich stumm, bevor er die Tür eines Taxis aufriss und hineinschlüpfte.

Ich war fasziniert vom Großstadtflair, das mir unbekannt war. Durch den Zirkus war ich es gewohnt, in Abgeschiedenheit zu leben. Ich war täglich mit der gleichen Gruppe von Menschen zusammen, die ich alle seit Jahren kannte. Nur in der Manege waren Fremde um mich herum. Heute schien es, als wäre ich die Fremde in einer Manege voller Artisten. Aber diese Stadt strahlte etwas aus, das mich neugierig machte.

Der Regen verstärkte sich, die Schritte der Menschen um mich herum wurden schneller, einige fielen in einen Dauerlauf. Hinter mir rollte ein Bus an. Als die Türen sich automatisch öffneten, kam mir ein Schwall an Fahrgästen entgegen. Ich wurde erneut angerempelt. Hier war kein Platz, um stehen zu bleiben. Es war ein Ort des Ankommens, des Gehens, aber nicht des Verweilens.

»Sie können hier nicht stehen bleiben!« Der Busfahrer war ausgestiegen und schrie mich über die Köpfe der Passagiere an.

»Okay … okay … ich …«, stammelte ich. Bevor ich wusste, wie mir geschah, wurde ich von den zahlreichen Menschen unter dem Vordach weiter nach außen gedrängt und stand plötzlich unter freiem Himmel. Der Regen prasselte auf die Stoffkapuze meines Hoodies und durchnässte sie innerhalb von Sekunden. An meiner Tasche perlten Wassertropfen herab und sammelten sich in den Ecken und Kanten.

Erschrocken sog ich die Luft durch den geöffneten Mund. »Scheiße! Das Buch!« Hektisch öffnete ich den Reißverschluss, um dann zu merken, dass ich es damit nur schlimmer machte und das Wasser nun ungehindert auf mein Hab und Gut ein-prasselte. Wo sollte ich es sonst verstauen? Ich hatte nur diese eine Tasche.

»Scheiße!« Nervös riss ich am Reißverschluss herum. Ich dachte an die Blechdose, an die Serviette, an das Foto. Ich durfte die Spuren meiner Mutter nicht verwischen, musste die einzi-gen Erinnerungen, die ich hatte, bewahren. Der Reißverschluss ließ sich nicht mehr schließen. Ich riss die offene Tasche an mich, um sie vor dem Wasser zu schützen. Nervös blickte ich mich nach einem Unterschlupf um.

Und dann sah ich es. Es war wie ein Wink des Schicksals, als stäche es aus der Umgebung heraus, als wäre es von einer Wolke gegen den Regen geschützt. Auf der gegenüberlie-genden Straßenseite lag ein Café. Über der Tür hing ein altes Blechschild, passend zum Shabby-Look der Außenfassade: The Doppio.

Ohne länger nachzudenken, rannte ich los, über den Zebrastreifen an der grünen Ampel und die paar Meter bis zur Eingangstür. Ich drückte sie auf und hörte eine kleine nostal-gische Türglocke klingeln. Als die Tür hinter mir ins Schloss fiel, verstummten das Hupen der Autos und das Prasseln des Regens sofort und sanfte Klänge sowie ein unbeschreiblicher

Duft durchdrangen meine Sinne. Ich hatte das Gefühl, in einer anderen Welt zu sein.

Das Interieur war cremefarben, die mit Stuck verzierten hohen Decken verliehen dem Ganzen ein ganz eigenes Flair. Gusseiserne Stühle luden mit dicken Sitzkissen zum Verweilen ein, auf den passenden Tischen standen kleine Etageren, auf denen sich kleine Zuckerpäckchen für den Kaffee und Tee der Gäste türmten. An den Wänden hingen Bilder verschiedener Tassenmodelle. Auf dem Tresen stand eine alte Registrierkasse. Eine Frau betätigte einen Hebel, sodass sie aufsprang. Daneben befand sich eine Theke mit Auslage. Schon bei diesem Anblick lief mir das Wasser im Mund zusammen und mir fiel auf, dass ich seit dem Vorabend nichts mehr zu mir genommen hatte. Von Glasglocken abgedeckte Törtchen, Biscuits, Scones, Cupcakes, Petit Fours und Short Bread lachten mir entgegen. Auf den handbeschrifteten Schildchen davor standen Namen wie »Valentine«, »Rosalie«, »Jaxon«, »Billy«, »Clementine«. Hatte man den Backwaren hier Rufnamen gegeben?

»Was darf's denn sein?« Die Stimme der Frau hinter der Kasse riss mich aus meinen Gedanken. Ich sah sie erschrocken an und überprüfte dann den Zustand meiner durchnässten Tasche, die ich vor lauter Bewunderung völlig vergessen hatte.

Es war, als wäre ich in meinem eigenen Traum angekommen.

»Kaffee!«, schoss es aus mir heraus. »Unbedingt Kaffee.«

Die Frau zeigte mit einem Finger auf die große Kreidetafel, die unter der Decke im Hintergrund angebracht war. Sie war von Hand beschriftet worden und stellte mit den zahlreichen Verzierungen schon fast ein Kunstwerk dar.

»Klein, mittel, groß? Schwarz oder mit Milch? Kuh-, Hafer-, Soja-, Kokos-, Mandel- oder Reismilch? Mit Topping oder ohne?«

Ich war überfordert. »Einfach nur ... Kaffee mit Milch ...?«, sagte ich zögerlich und zuckte mit den Schultern.

Sie lachte. »Okay, ich mache dir den besten Kaffee, den du je getrunken hast. Vertrau mir.«

Damit drehte sie sich um und hantierte mit beiden Händen gleichzeitig an der riesig wirkenden Kaffeemaschine, die dampfte, Kaffeebohnen zu Pulver malte und einen köstlichen Geruch verbreitete.

Ihr vertrauen? Wie sollte ich einer völlig Fremden vertrauen? Allerdings hätte sie mir jede Art von Kaffee servieren können, nach den Strapazen und der kurzen unbequemen Nacht würde alles wie schwarzes Gold schmecken.

Während des Wartens sah ich mich weiter im Café um. Auf der Seite gegenüber den Kaffeetassenbildern hing ein großes Schwarz-Weiß-Foto einer Frau, die mit einer Schere lachend eine große Schleife durchschnitt. Im Hintergrund erkannte ich die Außenfassade des Ladens. Das musste die Besitzerin sein. Sie wirkte glücklich. Ich glaubte zu wissen, wie sie sich fühlte: Einen Schatz wie dieses Café sein Eigen nennen zu können, musste ein absoluter Traum sein.

Auf der gleichen Seite führte ein Durchgang zu den Toiletten. Selbst die dort angebrachten Piktogramme waren nostalgisch und führten die Gäste noch tiefer in die märchenhafte Welt dieses Ortes. Dass in einer turbulenten Großstadt wie London ein derart charmanter kleiner Rückzugsort existierte, war fast schon paradox. Es war so traumhaft, dass ich für einige Minuten vergaß, wie ich überhaupt hierhergekommen war.

»Dein Kaffee.« Das Klappern der Tasse auf dem Unterteller riss mich aus den Gedanken. »Auch etwas Süßes dazu?«

Ich dachte schweren Herzens an das restliche Geld in meiner Hosentasche. Was würde dieser Kaffee kosten? Wie viel Geld hatte ich dann noch übrig, und konnte ich damit überhaupt eine Bleibe für die erste Nacht finden? Aber mein Magen knurrte und meine Leidenschaft für Kuchen und Törtchen übermannte mich in dieser Atmosphäre. Es war wie ein Schrei, den mein Herz aussandte. Es war nicht nur Kuchen für mich, es war Seelenfutter.

»Könnte ich ...« – zögerlich holte ich das Geld aus meiner Tasche hervor – »... noch ein Petit Four dazubekommen, bitte?«

»Wir haben keine Petit Fours«, erklärte sie mir schmunzelnd mit einem Augenzwinkern und zeigte auf ebensolche unter einer hohen Glasglocke. »Du meinst eine Rosalie.«

»Die Backwaren haben richtige Namen?«

Sie lachte. »Du warst wohl noch nie hier?«

Ich schüttelte verlegen den Kopf. »Leider nicht«, antwortete ich und beobachtete, wie sie mit einer alten, kunstvoll verzierten Gebäckzange eins der Törtchen herausnahm und auf einem länglichen Teller anrichtete. Sie legte einige Physalis an den Rand und bestäubte den Teller mit Puderzucker. Es sah aus wie ein Kunstwerk.

»Das macht fünf Pfund und 20 Pence«, sagte sie und schob den Teller und die Tasse näher zu mir.

Ich zählte mein Geld ab und legte es auf die Theke vor der Kasse.

»Einen Genussmoment wünsche ich dir.«

»Bitte?«

»Das sagen wir im Doppio statt ›Guten Appetit‹.«

Wow! Hier gab es eine eigene Sprache. Ich war verliebt in diesen Ort.

Ich trug Kaffee und Teller zu einem freien Tisch direkt am Fenster und ließ mich auf den Stuhl daran sinken. Der Duft des Kaffees drang in meine Nase und ich atmete tief ein, sog den Geruch auf und nippte am Milchschaum – so lange, bis ich zum Kaffee durchgedrungen war und den ersten Schluck nahm.

Sie hatte recht. Sie hatte so recht! Es war der beste Kaffee, den ich je getrunken hatte. Bei Gott, das war er. Neben Backwaren in jeglicher Form war es Kaffee, der mein Herz höherschlagen ließ. In diesem Moment fragte ich mich, wann meine Hände das nächste Mal einen Hefeteig kneten würden.

Ich stach mit der Gabel langsam, fast vorsichtig in die Oberfläche von Rosalie. Schon in diesem Moment wusste ich, dass das Gebäck hielt, was es versprach. Der Teig gab zuerst leicht nach. Dann glitten die Zinken durch die glasierte Oberfläche wie durch Butter ins Innere, bis sie beim Kuchenteller angekommen waren. Der Geschmack? Vanille, ein Hauch Frische durch Zitronenabrieb, durch den Himbeerspiegel zwischen den einzelnen Schichten etwas fruchtig. Perfekt. So gut, dass ich mit geschlossenen Augen weiteraß und kaum noch etwas um mich herum wahrnahm.

Bis im Hintergrund etwas laut klirrend auf dem Boden zerbrach.

Erschrocken riss ich die Augen auf und drehte mich um. Die Frau, die mich bedient hatte, kniete mit einer weiteren auf dem Boden und sammelte große Scherbenstücke von Tellern auf.

»Lass schon, Jess. Ich mache das«, sagte die andere Frau zu der, die mich bedient hatte.

Diese entschuldigte sich mehrmals und übergab der Frau Handfeger und Schippe.

Als ich ihr Gesicht sah, erkannte ich sofort die Frau auf dem großen Wandbild. Ihr musste dieses Café gehören.

Als sie die restlichen Scherben beseitigt hatte, nahm sie ihr Klemmbrett wieder an sich und setzte die Brille auf, die sie zuvor in ihre kurzen schwarzen Haare hochgeschoben hatte. Sie wirkte auf mich wie eine Geschäftsfrau, nicht wie eine Bäckerin. Sie trug keine Schürze und sah nicht aus, als hätte sie zuvor mit Mehl, Milch oder Eiern hantiert.

Eine weitere Frau kam aus der Tür hinter der Theke und legte eine befleckte Schürze auf dem Tresen ab. »Claire, ich muss jetzt wirklich gehen. Es tut mir leid. Du weißt, dass du sonst immer auf mich zählen kannst.«

»Nur noch eine Stunde, Bonny, ich flehe dich an. Vielleicht schaffe ich es in der Zeit doch noch, einen Ersatz für sie zu organisieren.«

Die Frau schüttelte mit gepresstem Mund den Kopf. »Ich muss in zwanzig Minuten im Gericht sein, sonst komme ich zu spät, und ich möchte meinem Ex-Mann keinen einzigen Grund liefern, mich anzugreifen.« Sie holte ihre Handtasche unter der Theke hervor. »Tut mir wirklich leid. Der Termin ist sehr wichtig für mich, das weißt du. Ich hab ihn schon vor Monaten …«

Claire unterbrach sie und drückte sie kurz und innig. »Ich weiß, ich weiß … Geh schon. Wir drücken alle Daumen, die wir haben.«

»Claire, ich …« Während die Frau sprach, ging sie rückwärts Richtung Tür.

»Bonny, hey …«, rief Claire ihr zu, »deine Kinder sind wichtiger als ein paar Biskuitrollen. Irgendwie wird es auch so gehen. Und jetzt hau schon ab.« Sie warf Bonny einen Luftkuss zu.

Bonny winkte ihr lächelnd und verließ den Laden.

»Und jetzt?«, fragte die Frau hinter der Kasse.

Claire drückte ihre Fingerspitzen gegen die Schläfen und atmete tief ein und aus. »Ich habe keine Ahnung, wie wir das schaffen sollen«, sagte sie.

»Und wenn du anrufst und absagst?«

»Absagen? Ich soll einem unserer wichtigsten Kunden in ganz London absagen? Bist du noch bei Trost?«

Die Frau hinter der Kasse hob abwehrend die Hände. »Okay … okay, dann … musst du wohl selbst ran.«

Claire lachte hysterisch. »Jess, ich habe noch nie einen Kochlöffel geschwungen und werde jetzt nicht damit anfangen.

Ich habe die Ideen und beherrsche die Buchhaltung, aber backen? Niemals.«

Beide lachten.

»Es muss irgendwie anders funktionieren. Das Doppio hat noch nie einen Auftrag abgesagt. Es *muss* irgendwie gehen.«

Meine Rosalie hatte ich aufgegessen. Selbst die Krümel, die als einzige Überbleibsel auf dem Teller zurückgeblieben waren, hatte ich während des Lauschens mit den Fingern aufgesammelt und in den Mund gesteckt. Ich stand auf und brachte mein Geschirr zurück zum Tresen, wo die beiden Frauen standen und über ihrem Problem grübelten.

»Ich habe nur ein einziges Mal eine Biskuitrolle gebacken«, erklärte Jess ihrer Chefin, als ich vorn stand. »Und sie ist samt Backpapier im Mülleimer gelandet. Störrisches Ding.«

Ich musste lachen. »Anfängerfehler.«

Beide drehten sich zu mir und sahen mich an. Ich fühlte mich ertappt, da ich laut gedacht hatte.

»Inwiefern?«, fragte Jess mit ehrlichem Interesse, stützte die Ellbogen auf der Theke ab und legte ihr Kinn in die Hände.

»Na ja«, erklärte ich, als wäre es etwas ganz Logisches, das eigentlich jeder wissen müsste. »… das Geheimnis ist, das Backpapier – nach dem Stürzen des gebackenen Teigs auf ein mit Puderzucker bestreutes Küchentuch – mit kaltem Wasser zu benetzen, dann lässt es sich leichter lösen.«

Jess und Claire blickten sich schweigend an. Ich kam mir dämlich vor. Sicherlich würden sie mich gleich auslachen, dass ich als Besucherin eines so erfolgreichen Cafés mit dem kleinen Einmaleins des Backens um die Ecke kam.

Hastig fügte ich hinzu: »Anschließend muss es gleich mit dem Küchentuch eng eingerollt werden. Nach dem Erkalten wird die Rolle dann ganz vorsichtig wieder ausgerollt. Man darf auf keinen Fall versuchen, sie vorher glatt zu streichen, sonst besteht Bruchgefahr. Zum Schluss wird sie dünn mit der Füllung bestrichen und ohne Tuch wieder zur Rolle geformt.«

Ich merkte, wie ich zu schnell sprach. Es war mir unangenehm und ich bereute, dass ich mich überhaupt in ihr Gespräch eingemischt hatte. Das war unhöflich und dumm.

»Du bist vom Fach?«, fragte Claire und drehte sich in meine Richtung.

»Vom Fach?« Ich verstand nicht.

»Na ja, also ...« – Claire zeigte mit einer Hand um sich in den Raum und dann mit dem Zeigefinger auf eine Tür mit Guckloch im Hintergrund – »... bist du Bäckerin? Konditorin?«

Ich lächelte verlegen. Es schmeichelte mir, dass sie dachte, meine Leidenschaft sei mein Beruf. Aber es war leider nicht mehr als ein Hobby. Alles, was ich wusste, hatte ich Pam Crown und ihrer Sendung zu verdanken. Ich machte mich hier lächerlich. »Nein«, antwortete ich kleinlaut, »nein, das bin ich nicht.«

Claires Blick ruhte auf mir. Sie schürzte die Lippen und runzelte die Stirn.

Ein Geldstück für ihre Gedanken, schoss es mir durch den Kopf.

»Ich bin übrigens Claire«, sagte sie dann und streckte mir die rechte Hand entgegen, »mir gehört das Café.«

Ich lächelte sie an. »Ich weiß«, antwortete ich und zeigte auf das Schwarz-Weiß-Bild an der Wand. »Ich habe Sie sofort erkannt.«

Claire zeigte auf die junge Frau, die immer noch hinter der Kasse stand. »Das ist Jess.«

Jess hob kurz eine Hand zur Begrüßung.

»Wir ...« – Claire zeichnete mit dem Zeigefinger Kreise auf den Tresen und ließ ihren Blick zwischen dem Holz und mir hin- und herwechseln – »... könnten Hilfe von jemandem gebrauchen, der weiß, wie man mit Mixer und Backofen umgeht.«

Ich antwortete nicht direkt und schaute erst Jess, dann Claire zögernd an.

»Wir müssen morgen zehn Biskuitrollen mit unterschiedlichen Cremefüllungen für eine Veranstaltung liefern und die Bäckerin hat gestern gekündigt.«

Claire schloss kurz die Augen und schüttelte den Kopf, als wollte sie ihn durch die Bewegung wieder freibekommen. »Was meinst du?«, fragte sie mich dann mit direktem Blick in meine Augen.

»Ihr meint das ernst?«

Claire lachte, während Jess die Zeit nutzte, um die Oberfläche der Kasse mit einem feuchten Tuch abzureiben. »Wieso, hast du heute noch etwas Wichtigeres vor, als dir eine Stange Geld zu verdienen?«

Ich konnte es kaum fassen: Ich war in dieser fremden Stadt, wusste nicht wohin und hatte weder eine Bleibe noch Geld. »Nein!«, rief ich lächelnd, »... das wäre sogar ganz fantastisch. Ich würde gern helfen, wenn ich kann.«

»Ich bin mir sicher, das kannst du. Alles, was du können musst, ist Biskuitrollen backen. Sämtliche Dinge, die du dafür brauchst, haben wir hier. Inklusive der Rezepte.«

Man sah Claire an, dass das Café ihr Imperium war und sie die Königin. Selbst, wenn sie noch nie den Rührstab geschwungen hatte, wie sie selbst sagte, so war das hier ihr Baby. Das Doppio schien ihr ganzer Stolz zu sein.

»Unter einer Bedingung«, sagte ich mahnend und hob einen Zeigefinger. Beide sahen mich gespannt an. Dann holte ich mein Backbuch mit allen Notizen, eingeklebten Seiten und Fotos von Pam Crown aus der immer noch nassen Tasche hervor. »Ich nutze meine Rezepte.«

Claire schien meine Antwort zu gefallen. Sie grinste von Jess zu mir und streckte mir die rechte Hand entgegen. »Abgemacht.«

Ich schlug ein.

»Wie heißt du eigentlich?«, fragte sie plötzlich, während sie immer noch meine Hand hielt.

Ich war nicht vorbereitet auf diese Frage und stutzte. Es überforderte mich, dass sie nach meinem Namen fragte, bevor ich Zeit gehabt hatte, mir darüber Gedanken zu machen, wie ich damit umgehen wollte.

Claires und Jess' Augen ruhten wartend auf mir. Was sollte ich antworten? Sollte ich ihnen meinen richtigen Namen sagen? Dann dachte ich an Gino, an meinen Vater und daran, dass ich gern jemand anders sein wollte.

Jetzt oder nie. Herz oder Kopf.

Ich schaute nach rechts aus dem Fenster, das den Blick auf den Bahnhof und die dazugehörige Underground Station freilegte.

Victoria Station.

»Victoria«, sagte ich dann wie aus der Pistole geschossen und sah Claire in die Augen. »Ich bin Victoria.«

5

Kurze Zeit später stand ich in der Backstube, die sich im hinteren Teil des Doppio befand. Die Räumlichkeiten hier waren genauso liebevoll eingerichtet wie der vordere Teil des Cafés. Obwohl aus hygienischen Gründen alle Oberflächen und Küchengeräte aus Edelstahl waren, fand sich neben Shabby-Elementen Claires persönliche Note wieder, die ich bereits von meinem Sitzplatz aus bewundert hatte.

Jess zeigte mir alle Gerätschaften und wo die Zutaten aufbewahrt wurden. »Wir sind keine Großbäckerei, von daher gibt es bei uns keine riesigen Formen oder Teigmischer«, erklärte sie mir während des Rundgangs. »Claire legt großen Wert darauf, dass vieles altmodisch und vor allem individuell angefertigt wird. Das ist die Handschrift des Doppio.«

Mir gefiel, was sie sagte. Ich sah mich in meinen Träumen und Vorstellungen nicht in einer Großbäckerei, sondern in einer kleinen, charmanten Backstube wie dieser hier. »Das klingt toll«, sagte ich, während ich mich in der Mitte des Raumes um mich selbst drehte.

»Und schau dir an, welcher Schatz hier hinten zu finden ist.« Jess ging auf die Hintertür zu und winkte mich zu sich heran. Als sie sie öffnete, sah ich in einen kleinen Innenhof.

Mauern schützten ihn vor den Blicken Neugieriger, Rosen und Efeu wuchsen daran herunter. Ein Tisch mit mehreren Stühlen im gleichen Design wie im Café stand in der Mitte. Hinten war ein kleines Glashaus zu sehen.

Ich zeigte darauf. »Was ist das?«

»Das ist ein kleines Gewächshaus. Wir ziehen hier ein paar Gewürze. Bonny und Amanata nutzen sie, um ein paar herzhafte Backwaren auszuprobieren. Hat bisher aber nicht wirklich zum Erfolg geführt.« Sie lachte nachdenklich und lehnte sich gegen den Türrahmen. Ich konnte an ihrem Gesicht ablesen, wie viele Erinnerungen rund um das Doppio sie abrufen konnte. Ich beneidete sie darum. Vor allem, wenn ich an meine eigenen Erinnerungen dachte.

»Amanata?«, hakte ich nach.

»Die Frau, die gekündigt hat.«

»Das tut mir wirklich leid«, sagte ich ehrlich.

»Sie war eine sehr gute Bäckerin, aber sie gehörte nicht hierher, das hat sie selbst immer gesagt. Es war nur eine Frage der Zeit, bis sie das Handtuch warf und das machte, was sie liebt.«

Ein Kloß bildete sich in meinem Hals. Ich fühlte mich ertappt, obwohl das Blödsinn war. Jess sprach über diese unbekannte Frau, als gäbe sie meinen Lebenslauf wieder. Auch ich hatte jahrelang für den Zirkus gearbeitet und war eine tolle Artistin gewesen. Trotzdem gehörte ich nicht in die Manege. Dann formte sich ein Gedanke in meinem Kopf: Jetzt, hier und heute konnte ich endlich tun, was ich liebte.

»Dann lege ich jetzt los, würde ich sagen.« Ich schnappte mir eine der unbenutzten Bäckerschürzen, die an Wandhaken platziert waren, und band sie mir um die Hüfte.

»Die Details zur Bestellung findest du an der Pinnwand dort.« Jess zeigte auf die gegenüberliegende Seite. »Ich gehe wieder nach vorn. Ruf einfach, wenn du etwas brauchst.«

Damit verschwand sie durch die Schwingtür zurück in den Verkaufsraum.

Als ich allein in der Backstube stand, erfüllte mich direkt ein Gefühl von Vertrautheit. Obwohl ich fremd an diesem Ort war und nur den Job einer Aushilfe erledigte, verspürte ich das Gefühl von Heimat. Diese Art von Gefühl hatte ich bisher nur an einem Ort empfunden – in Rosas und Enes' Wohnwagen. In diesem Moment war der Schmerz wieder da: darüber, dass ich sie hatte zurücklassen müssen, dass ich mich nicht hatte verabschieden können und sie vermutlich nie wiedersehen würde. Es schmerzte mich so, dass ich mir gedankenverloren mit der rechten Hand über die Brust rieb, als wollte ich damit mein Herz beruhigen.

Dann schlug ich mein Backbuch auf der Seite auf, die das Foto einer Biskuitrolle zierte.

Zur Mittagszeit waren alle zehn Biskuits gebacken und ausgekühlt, die Cremefüllungen mit verschiedenen Geschmäckern standen im Kühlschrank und die Früchte für die Dekoration waren gewaschen und zum Trocknen auf Krepppapier ausgelegt. Es waren je drei Zitronen-, Blaubeer- und Erdbeerrollen bestellt worden. Bei der letzten Rolle war auf dem Bestellschein ein Fragezeichen notiert.

»Mach einfach eine weitere Erdbeerrolle draus«, hatte Claire gerufen, als sie einmal ihren Kopf zur Kontrolle durch die Tür gesteckt hatte, »… sie konnten sich nicht entscheiden und letztendlich war es ihnen egal. Hauptsache zehn Rollen, haben sie gesagt.«

»Ich habe also freie Hand?«, hatte ich mich versichert.

»Wenn du es so nennen willst«, antwortete sie mit einem Zwinkern, bevor sie wieder in ihr kleines Büro verschwand und mich allein ließ.

»Eine weitere Erdbeerrolle …«, flüsterte ich mir selbst zu und lachte, »… kommt nicht infrage.« Aber darum würde ich mich später kümmern.

Ich bestrich die Biskuits mit der jeweiligen Füllung, rollte sie dann im perfekten Winkel auf, ohne die kleinste Bruchstelle zu verursachen. Dann ummantelte ich sie mit Creme, verzierte sie mit den bereitgelegten Früchten und rieb den Puderzucker durch ein Sieb, um jegliche Körnchen darin zu eliminieren.

Zum Schluss betrachtete ich meine Kunstwerke. Sie waren tadellos.

Als ich die extrem dünn abgeschälte Zitronenschale auf die Biskuits mit Limonenfüllung legte, musste ich an einen Spruch von Pam Crown denken, den sie einmal in ihrer Sendung gesagt hatte: »Wenn das Leben dir Zitronen gibt, backe Kuchen daraus.«

»Hast du Hunger?« Jess stand mit einem beladenen Tablett in der Tür.

Erst jetzt spürte ich das Grummeln in meiner Magengegend. »Und wie!«, antwortete ich und wischte meine Hände an der Schürze ab.

»Lass uns eine Pause machen«, sagte sie und lief zur Tür, die in den Hinterhof führte. »Der Regen hat aufgehört, wir können draußen sitzen, wenn du magst.«

Ich nickte.

Wir setzten uns an den Tisch und in dem Moment nahm ich wahr, wie sehr meine Füße schmerzten. Seit ich meinen Kaffee und mein Petit Four bezahlt hatte, war ich durchgehend auf den Beinen gewesen. Ich zog meine Schuhe aus und bewegte schmerzverzerrt meine Zehen.

»Wie läuft es?«, fragte Jess und lugte wieder nach drinnen.

»Gut«, antwortete ich und korrigierte mich schnell, »sehr gut sogar … ich bin fertig.«

»Wow!« Sie sah mich mit großen Augen an. »Mit zehn Biskuitrollen?«

»Mit zehn Biskuitrollen«, wiederholte ich und zog die Tasse Kaffee zu mir heran, um den Duft einzuatmen.

»Wo hast du das gelernt, Victoria?«

Ich brauchte einige Sekunden, bis ich mir klar wurde, dass sie mit mir sprach. Dass *ich* Victoria war. »Ehrlich gesagt … ist es nur ein Hobby von mir.« Irgendwie schämte ich mich dafür. Lieber hätte ich ihr erzählt, ich hätte eine Backschule besucht oder wenigstens verschiedene Kurse an Volkshochschulen belegt, die meine Leidenschaft rechtfertigten.

Sie schien mein Unbehagen zu spüren. »Das ist nichts, was dir unangenehm sein muss. Wenn man tut, was man liebt, dann kann es nicht falsch sein, oder?«

Mir gefiel, was sie mir durch die Blume sagen wollte. Ich nutzte die Gelegenheit, um mehr über sie zu erfahren. »Und du? Was liebst du?«

Sie lehnte sich zurück und seufzte. »Das klingt jetzt wahrscheinlich ziemlich bescheuert für dich und ich musste mir schon viel dazu anhören, aber … das Theater.«

»Wieso sollte das bescheuert klingen?«, fragte ich verwirrt und aß von der Torte, die sie mitgebracht hatte. Haselnuss und Karamell. Einfach fantastisch.

»Es gibt Menschen, die das Theater lieben und es schätzen. Und dann gibt es jene, die es als Zeitverschwendung betrachten und mich bekehren wollen, ich solle ›etwas Richtiges‹ machen.« Sie zuckte mit den Schultern und betrachtete die Blätter des Baumes über unseren Köpfen.

»Hast du mir nicht gerade gesagt, dass es nicht falsch sein kann, wenn man tut, was man liebt?«, hakte ich nach, während ich die Gabel erneut zum Mund führte.

Sie lächelte mich an. Wir verstanden uns ohne Worte.

»Du spielst also Theater?« Ich wollte mehr wissen.

Und sie ließ mich teilhaben.

Sie redete vom Gefühl, wenn sie in eine Rolle schlüpfte, wenn sie auf der großen Bühne stand. Von dem Gefühl, wenn Applaus ertönte und man im Rampenlicht stand. Ich wusste, wovon sie sprach, die Bühne des Theaters war nicht mehr als die größere Version einer Manege. Es gab nur einen großen Unterschied zwischen Jess und mir: Sie liebte es, ich hasste es. Das, was für sie das Theater war, war für mich die Backstube.

Ich erfuhr, dass sie ein Jahr älter war als ich und mit vollem Namen Jess Willersby hieß. Sie war vor Jahren nach London gekommen, um Theaterwissenschaft zu studieren. Ihre Familie hatte sie nicht dabei unterstützt, ihren Traum zu erfüllen.

Wir waren uns gar nicht so unähnlich. Je mehr sie redete, desto stärker spürte ich eine Verbindung zwischen uns: Wir waren zwei junge Frauen, die allein in einer Großstadt waren, Träume und Wünsche hatten, die erfüllt werden sollten. Keine Familie, die uns half, nur wir selbst.

Während des Studiums hatte sie in Fast-Food-Restaurants bedient, aber der Geruch nach Pommesfett und Burgern haftete an ihr wie eine zweite Haut, sagte sie. Bei einem Theaterstück hatte sie dann Claire kennengelernt und im Gespräch die Chance ergriffen, sich als Aushilfe anzubieten. Das war fünf Jahre her. Sie war geblieben, bis heute.

»Claire hat das Doppio 2002 nach einem Italienurlaub eröffnet. Sie hat es regelrecht aus dem Boden gestampft«, sagte sie lachend und zog eine Schachtel hervor, um sich eine Zigarette anzuzünden.

Ich betrachtete ihr Profil in den Sonnenstrahlen, die sich jetzt durch den wolkenverhangenen Himmel kämpften. Sie hatte braune lange Haare und ein bildhübsches Gesicht, wie für die Bühne gemacht.

Sie zog an der Zigarette und legte den Kopf in den Nacken, während sie ausblies. »Dieser Job hier ist meine Absicherung, monatlich über die Runden zu kommen. Leider kann man vom

Schauspiel allein nicht leben. Mal bekommt man eine Rolle, aber ganz oft nicht.« Sie zuckte mit den Schultern und sah mich an.

Ich nickte und dachte an so manchen Winter zurück, in denen wir jeden Cent mehrmals hatten umdrehen müssen. Das Künstlerleben war nicht leicht. Keiner wusste das besser als ich, die Tochter eines Zirkusdirektors.

Gedanken kamen zurück. Sorgen und Ängste waren wieder da. Ich dachte an Gino, den ich verletzt zurückgelassen hatte, und an meinen Vater, der am frühen Morgen sicher von der Sirene des Rettungswagens geweckt worden war. Ich erinnerte mich an das Blut, das sich seinen Weg suchte, und dann wieder daran, wie mein Kopf nach unten gedrückt wurde und ich wehrlos war.

»Alles in Ordnung?« Eine Berührung ließ mich regelrecht aufschrecken. Jess hatte ihre Hand auf meinen Arm gelegt, aber nach meiner Reaktion wieder zurückgezogen.

»Tut mir leid, ich wollte dich nicht erschrecken«, sagte sie eilig und beobachtete mich aufmerksam.

»Schon okay, ich … bin nur müde, das ist alles. Entschuldige.«

»Ich muss mich eher bei dir entschuldigen«, erklärte sie, offenbar peinlich berührt. »Ich rede und rede und habe bisher nichts über dich erfahren. Was ist mit dir? Wer bist du?« Sie lachte über ihren Scherz und drückte den Zigarettenstummel auf dem Kopfsteinpflaster aus.

Ich hätte die letzten einsamen Stunden in der Backstube dazu nutzen sollen, mir eine Geschichte zurechtzulegen. Wer war ich, woher kam ich? Jetzt saß ich hier mit falschem Namen, aber ohne Identität, und wusste keine Antwort.

»Jess? Victoria?«

Erleichtert atmete ich aus und drehte mich zur Tür, die in die Backstube führte. Claire stand drinnen und sah sich um.

»Wir sind hier!«, rief Jess ihr zu.

Claire kam nach außen. »Ich wollte sehen, wie es läuft. Brauchst du etwas?«, fragte sie mit Blick zu mir.

»Und ob sie etwas braucht …«, sagte Jess und stand auf, um zurück in die Backstube zu gehen. »Beschäftigung. Sie ist fertig mit der Bestellung, Claire. Mit der *ganzen* Bestellung.«

Claire folgte ihr nach drinnen, ich ging hinterher.

»Was?« Claire stand mit erschrockenem Gesichtsausdruck vor der Arbeitsplatte. Ich sah Angst in ihren Augen. Angst, was ich wohl in der relativ kurzen Zeit fabriziert haben könnte? Angst, dass sie den Auftrag nun doch absagen musste? Angst, dass es ein Fehler gewesen war, eine völlig Fremde ohne Fachkenntnisse in die Backstube zu lassen und ihr etwas Wichtiges anzuvertrauen? Diese Gedanken lösten auch bei mir Angst aus. Davor, dass Claire das Ergebnis meiner Arbeit nicht gefiel, dass es nicht gut genug war.

»Okay, lass sehen …«, sagte sie und schloss kurz die Augen, um durchzuatmen.

»Gut, okay …«, sagte ich mehr zu mir selbst als zu Claire und Jess.

Ich holte ein Blech mit insgesamt drei Biskuitrollen aus dem Kühlschrank und stellte es vor ihnen auf der Arbeitsplatte ab. »Hier sind schon mal drei, die anderen sind im Kühler. Ich habe wie bestellt drei Zitronen-, drei Blaubeer- und drei Erdbeerbiskuits gemacht. Ich habe sie etwas verziert, weil sie so nackt wirkten. Irgendwie falsch für so edle Stücke. Deswegen habe ich den Abrieb der …«

»Das ist nicht dein Ernst«, unterbrach mich Claire und starrte vom Backblech in mein Gesicht und zurück.

Ein eiskalter Schauer lief über meinen Rücken. Scheiße! Plötzlich sah ich mein Tageswerk mit ganz anderen Augen. Was hatte ich erwartet? Sie hasste es und würde mich gleich ohne Geld zum Teufel jagen. Ich wusste nicht, was ich sagen sollte.

In meinem Kopf versuchte ich, mir eine Art Entschuldigung zurechtzulegen.

»Das ist ja der absolute Wahnsinn!«

»Was?« Ich dachte, mich verhört zu haben.

»Victoria, das ist …« – sie sah von Jess zu mir – »… einfach wunderbar!«

Ich sah zu Jess, die mich anlächelte und mit hochgezogenen Augenbrauen wild nickte.

»Ist es?« Ich wusste nicht, was ich sagen sollte. Es gefiel ihr!

Und dann fiel sie mir um den Hals. Sie umarmte mich und gab einen quietschenden Laut von sich.

»Aber …«, unterbrach Jess ihren euphorischen Anfall, »fehlt da nicht eine?«

Ich löste mich aus Claires Umarmung und ging zum Kühlschrank, aus dem ich eine Kuchenplatte mit der letzten Biskuitrolle herausholte. »Du meintest, ich hätte freie Hand, und … da hab ich was ausprobiert.« Ich stellte die Platte vor ihnen ab. Mein Backwerk war mit fliederfarbener Creme eingedeckt, einzelne Lavendelkörner waren darauf verteilt. Außenrum hatte ich ganze Blüten als Deko benutzt.

Niemand sprach.

»Jess hat mir erzählt, dass die Gewürze draußen dafür gedacht waren, ein wenig mehr Würze in die Backwaren zu bringen und Neues auszuprobieren. Da es bisher nicht wirklich geklappt hat, habe ich mich an einer Gewürzlavendel-Buttercreme versucht.«

Die Stille im Raum wurde unangenehm. Claire schaute von mir zur Tortenplatte, Jess stand mit verschränkten Armen neben ihr. Die Haltung der beiden verunsicherte mich so sehr, dass ich nervös zum Kühlschrank ging, um eine kleine Schale mit Cremeresten zu holen, die ich zur Probe aufbewahrt hatte. Eilig holte ich zwei Löffel und ging zurück. »Ich … habe etwas Creme aufgehoben, damit … ihr probieren könnt.«

Claire war die Erste, die einen Löffel mit Cremefüllung zum Mund führte. Als sie die Augen schloss, fielen alle Angst und Anspannung von mir ab.

»O mein Gott«, sprach Jess mit vollem Mund, »... das ist noch besser als Mathilda.«

»Mathilda?«

»Die Biskuitrolle in der Auslage, mit Limette und Minze.«

Claire legte ihren Löffel ab und sah mich direkt an. »Ich weiß nicht, wer du bist und wo du plötzlich herkommst, aber ich möchte, dass du mit uns arbeitest.«

Ich konnte nicht glauben, was sie sagte. Mit offenem Mund schaute ich sie verwirrt an. Meinte sie das ernst? Wollte sie mich, eine Hobbybäckerin, einstellen?

»Ich habe keine Ausbildung vorzuweisen. Ich ... backe nur gern, das ist alles.« Es klang wie eine Entschuldigung.

»Das ist mir egal«, sagte Claire bestimmt, »ich arbeite mit Menschen, die sich für etwas begeistern und eine Leidenschaft mitbringen. Und ... ohne Leidenschaft ist es nicht möglich, so etwas zu zaubern.« Sie drehte den Kuchenteller mit der Lavendelrolle einmal im Kreis.

Plötzlich überkam mich die Angst, sie könnte den Eindruck haben, ich wollte nicht für sie arbeiten. Ein Job war das, was ich am dringendsten brauchte, um mir ein eigenes Leben in der Fremde aufzubauen. Ohne Job keine Bleibe. Und war es nicht genau das, was ich so sehr wollte? Ein Job an diesem magischen Ort, dem Doppio, war wie ein Sechser im Lotto.

»Sag Ja und wir werden uns über den Rest schon einig«, holte mich Claire ins Hier und Jetzt zurück.

»Ja«, schoss es aus mir heraus, »unbedingt ja!« Dann fiel ich ihr um den Hals. Dankbar dafür, dass diese Frau es mir ermöglichte, ich selbst zu sein, obwohl sie nichts von mir wusste. Dankbar dafür, dass ich endlich tun konnte, was ich liebte.

»Ich hole mal den Sekt!«, rief Jess und ging lachend zum Kühlschrank.

Eine Stunde später erhielt ich den Arbeitsvertrag. Ich versprach, ihn zu Hause fertig auszufüllen. So hätte ich etwas Zeit, mir zu überlegen, welche Adresse ich angeben würde. Als Nachnamen ließ ich »Copar« eintragen – Kupfer, wie Rosa mein Haar nannte. Der Gedanke an sie schmerzte, aber so fühlte es sich wenigstens an, als hätte ich ein Stück von ihr mitgenommen und hätte sie immer bei mir. Ich war dankbar, dass Claire mich nicht fragte, wo ich herkam und was ich vorher gemacht hatte. Aber ich wusste, dass der Zeitpunkt kommen würde. Ich wusste, dass ich ein neues Leben erfinden musste, um authentisch zu wirken und meine Vergangenheit sicher hinter mir lassen zu können. Wir vereinbarten, dass ich täglich von 8 Uhr bis 16 Uhr arbeitete. Dienstags hatte ich frei.

»Jess macht den Service, dich brauche ich in der Backstube als Unterstützung für Bonny. Aber wenn Not am Mann ist, müsstest du vorn mithelfen.«

Ich nickte, mir war alles recht. Ich hätte sogar die Toiletten geputzt, wenn sie mich darum gebeten hätte. Ich hatte einen Job, das war alles, was in diesem Moment zählte.

Ich blieb an diesem Tag so lange, bis Claire und Jess nach Ladenschluss das Doppio abschlossen. Freiwillig. Ich hätte gehen können. Aber ich blieb auch nach den letzten Gästen und fegte das Café aus. Wo sollte ich sonst hin? Ich kannte in dieser riesigen Stadt nichts und niemanden außer Claire, Jess und das Doppio.

Um 19 Uhr stand ich neben Claire vor der Eingangstür.

Sie schloss zu und stellte die Alarmanlage scharf. »Hast du es weit bis nach Hause?«, fragte sie und holte einen weiteren

Schlüssel hervor, den sie in eine Tür neben dem Café steckte. Sie bewohnte die Wohnung über dem Doppio.

Ich schüttelte den Kopf und betete, dass sie nicht nachfragen würde. Es hätte sie sicher misstrauisch gestimmt, wenn die Person, die sie gerade eingestellt hatte, keine Antwort darauf geben konnte, wo sie wohnte oder herkam. Ich war davon überzeugt, sie würde den Vertrag zerreißen und alles wäre umsonst gewesen. Unwillkürlich hielt ich mich an meiner Reisetasche fest, die ich über der Schulter trug. Sie war alles, was ich hatte.

Claire ließ von Türknauf und Schlüssel ab, seufzte und wandte sich mir zu. »Hör zu … Ich weiß nicht, wo du herkommst und was passiert ist, aber ich weiß, dass eine junge Frau wie du, die mit einer Reisetasche den ganzen Tag in einem Café verbringt und Zeit hat, dort zu helfen, sich außerdem über Geld freut und einen Job annehmen kann, weil sie keinen anderen hat, etwas Unterstützung gut gebrauchen kann.«

Es traf mich mitten ins Herz, was sie sagte. Sie hatte so recht.

Ich sah sie an, ohne zu sprechen, weil der Kloß in meinem Hals so groß wurde, dass ich Angst hatte, meine Stimme würde versagen. Außerdem wären nur weitere Lügen über meine Lippen gekommen und ich konnte für die Frau, die mir die Hand reichte, nicht eine völlig neue Geschichte spinnen und ihr Vertrauen so sehr missbrauchen. Deshalb sagte ich vorerst nichts.

»Du musst mir nicht sagen, was los ist, jedenfalls noch nicht.«

Ich sah auf meine Schuhe. Erst jetzt merkte ich, dass ich halb in einer Pfütze stand und die Feuchtigkeit durch den Tuchstoff hindurchsickerte.

»Sag mir nur, ob du einen Platz hast, wo du jetzt hingehen kannst.«

Da war er. Einer der Momente, in denen man entscheidet, ob man ehrlich ist oder lügt. Ob man mit dem Kopf oder dem Herzen entscheidet. Wieder einmal. Meine letzte Herzensentscheidung hatte mich hierhergebracht. Ich hatte sie kurzzeitig bereut, aber mittlerweile erkannte ich, was sie mir ermöglicht hatte. Mich überkam die Angst, ein indirektes Geständnis würde sie dazu bringen, den Vertrag zu zerreißen.

Aber ich entschied mich für das Herz. »Nein«, antwortete ich, bemüht, nicht in Tränen auszubrechen. Den Tag über war ich so mit den Biskuitrollen beschäftigt und von Claires Freude angesteckt gewesen, dass ich über meine eigene Situation gar nicht mehr nachgedacht hatte. Ich hatte keinen Gedanken daran verschwendet, was werden würde, wenn meine Arbeit an diesem Tag erledigt war. Jetzt hatte ich das Gefühl, dass alles wie ein Boomerang zurückkam. Die Enttäuschung, die Angst, die Trauer und die Verzweiflung. Ich war den Tag über beschäftigt und in Gesellschaft gewesen, aber jetzt war ich wieder allein.

Claire zog den Schlüssel aus dem Schloss und ging an mir vorbei. »Komm mit.«

Ich folgte ihr ein Stück die Straße runter. Drei Häuser weiter öffnete sie eine Tür. Im Flur waren sechs Briefkästen angebracht. Wir nahmen die Treppe in den dritten Stock, wo Claire vor einer Tür stehen blieb. Sie löste einen Schlüssel von einem Schlüsselbund in ihrer Tasche und öffnete. Mit einer ausladenden Handbewegung lud sie mich ein, einzutreten.

Zögernd betrat ich den Raum. Es war ein kleines Einzimmerapartment. Nicht groß, aber möbliert: An der linken Seite stand ein Schrank, gleich dahinter ein schmales Bett. Daneben war ein Fenster, das den Blick auf den Bahnhof freigab, an dem ich heute Morgen angekommen war. Auf der rechten Seite gab es ein Waschbecken und eine winzige Kochnische mit Campingkochplatte und kleinem Kühlschrank. An der Wand darüber war ein Küchenschrank befestigt.

»Es ist nicht groß oder luxuriös, aber es erfüllt seinen Zweck«, sagte Claire im Hintergrund, während ich mich um mich selbst drehte.

Dann erklärte sie mir, wo wir waren. »Ich habe das Zimmer vor Jahren gekauft und vermiete es eigentlich tageweise an Singles auf der Durchreise. Es wirft natürlich nicht viel ab, aber nützlich war es mir trotzdem. Es ist gerade nicht gebucht und … du scheinst es gebrauchen zu können.«

Ich ließ meine Tasche auf den Boden sinken. Sie war mittlerweile schwer geworden, der Gurt schnitt mir in die rechte Schulter. Ich war sprachlos. Wie gut meinte es das Schicksal mit mir, dass ich Claire Weststone getroffen hatte? Wer war diese Frau, die mir einen Start wie diesen ermöglichte?

»Claire, wieso tust du das alles für mich?«

»Du hast mir heute mächtig aus der Patsche geholfen. Ohne dich hätte ich einen großen und wichtigen Kunden verloren. So was spricht sich herum, ich hätte also noch weitere Partner verloren.«

»Na ja, wie sich herausgestellt hat, hast eher du mir aus der Patsche geholfen«, antwortete ich verlegen.

»Sagen wir doch einfach, wir haben uns gegenseitig geholfen.«

Damit drückte sie mir den Schlüssel zum Apartment in die Hand und ging zurück zur Wohnungstür.

»Toiletten und Duschen sind auf dem Flur, leider verfügen die Wohnungen nicht über eigene Sanitäranlagen. Aber dafür gibt es Waschmaschinen und Trockner im Keller, die man mit Kleingeld bedienen kann.«

Kleingeld – das Stichwort. »Wie viel kostet mich das Zimmer?«

Claire lehnte sich mit verschränkten Armen an den Türrahmen. »Es wird wöchentlich bezahlt. Wir werden uns schon einig. Jetzt komm erst mal an.«

Zum Abschied klopfte sie auf das Holz im Rahmen. »Bis morgen früh dann«, sagte sie. Aber sie ging nicht, sondern stellte sich erneut mit dem Rücken an den Türrahmen und überkreuzte die Arme. »Ich weiß sehr gut, wie es sich anfühlt, wenn man keine Hilfe bekommt. Und ...« – sie machte eine Pause und sah mich lächelnd an – »... ein klein wenig Hilfe braucht das Glück schon.«

Dann verabschiedete sie sich und ging.

Als ich die Tür geschlossen hatte und die kleine Kettenvorrichtung des Sicherheitsschlosses einrasten ließ, schaute ich mich noch einmal um. Das Zimmer war zweckmäßig eingerichtet und nichts Besonderes, aber ich hatte eine Bleibe und einen Job, der mir Geld einbrachte. Hier war ich sicher und vor allem eine andere Person. Penny Rosso hatte ich mit dem Zirkuskostüm der Artistin zurückgelassen. Nun war ich Victoria Copar.

Ich stellte mich ans Fenster und blickte auf den Bahnhof auf der anderen Straßenseite. Die Chance, noch einmal neu anzufangen im Leben, erhielten nicht viele Menschen. Die meisten lebten ihr Leben in einem fort, oftmals unglücklich, aber zu bequem oder pessimistisch, um das Ruder herumzureißen und eine Kehrtwende zuzulassen. Hätte mir tags zuvor jemand gesagt, dass ich heute in der Großstadt ein kleines Einzimmerapartment bewohnen und einen Aushilfsjob in einer Konditorei ergattert haben würde, hätte ich ihn für verrückt erklärt. Am Vortag war ich noch an einem Tuch durch die Manege meines Vaters geschwungen und hatte mein Schicksal in die Hände meines Verlobten Gino gelegt.

Gino.

Kurz dachte ich darüber nach, welche Folgen meine Aktion mit der Bierflasche wohl hatte. War er ernsthaft verletzt? Hatte man ihn in ein Krankenhaus gebracht? War die Wunde genäht worden? Dann schüttelte ich die Gedanken von mir ab. Gino hatte eine Grenze überschritten und mich wie Vieh behandelt. Ich hatte das Recht darauf, neu anzufangen. So, wie ich es wollte.

Damit zog ich die notdürftig angebrachte Jalousie herunter.

* * *

Die erste Nacht in Claires Apartment war von schlechtem Schlaf und Albträumen geprägt. Ich hatte das Gefühl, mein Unterbewusstsein verarbeitete in Bruchstücken mit surrealen Elementen alles, was in den letzten vierundzwanzig Stunden passiert war.

Ich stand in der Manege und mein Vater fuhr auf einem Einrad um mich herum. Er klatschte und animierte die Zuschauer, aufzustehen und ebenfalls zu klatschen. Gino hing gefesselt an den Bändern, die von oben herabgelassen wurden. Blut lief ihm vom Kopf über das Gesicht und tropfte auf den Boden. Ich eilte zu ihm und tupfte vorsichtig mit Tüchern seine Wunde ab. Aber sie verfärbten sich nicht rot, sondern pechschwarz.

Na komm schon, Pen, hab dich nicht so. Ich will mit dir feiern.

Die Sätze, die er sprach, waren fast identisch mit denen, die er mir in der vorherigen Nacht ins Ohr geflüstert hatte.

Plötzlich befreite er seine Arme, packte mich an den Haaren und zog mich zu sich heran.

Die Menschen klatschten immer noch und mein Vater fuhr unaufhörlich mit seinem Einrad um uns herum.

Rosa kam in die Manege gerannt, allein der Anblick irritierte mich. Sie rannte nie, da schnelles Laufen ihr Probleme machte. Sie hatte die kleine Blechdose in den Händen und hielt sie mir direkt vors Gesicht. Mein Kopf war schräg nach unten geneigt, da Gino nicht von mir ablassen wollte.

Das sind die Spuren deiner Mutter, leannán. *Finde selbst heraus, wieso sie weggegangen ist, wenn du möchtest. Du brauchst es, um neu anzufangen.*

Aber als ich die Hand nach der Dose ausstreckte, griff ich hindurch. Wie durch einen Geist. Sie verlor an Farbe und wirkte fast unsichtbar. Dann stand mein Vater neben mir und riss die Blechdose an sich. Wieso konnte er danach greifen?

Da gibt es nichts herauszufinden. Lass dir nicht solche Flausen in den Kopf setzen. Und jetzt wird geheiratet!

Als ich an mir hinunterblickte, sah ich das weiße Brautkleid, in dem ich plötzlich steckte. Mein Handgelenk war mit Ginos über eine Handfessel verbunden. Die Lautsprecher spielten einen Hochzeitsmarsch und obwohl ich den Mund aufriss und schreien wollte, kam kein Ton heraus. Als ich Hilfe suchend zu Rosa blickte, die die Hand nach der Blechdose ausstreckte, sah ich den Klebestreifen über ihrem Mund …

Schweißgebadet riss ich die Augen auf. Mein Atem ging schnell und ich brauchte einige Sekunden, um mich zu beruhigen und zu registrieren, wo ich war. Im Halbdunkel erkannte ich die Umrisse der Küchenzeile und des Schranks. Die Tür. Claires Apartment.

London. Das Doppio. Biskuitrollen. Die Erinnerungen kamen zurück.

Ich stand auf, ließ Wasser aus dem Hahn in ein Glas laufen und trank es in einem Zug aus. »Mein Gott …«, flüsterte ich und hielt mir die Hand an die Stirn. Sie war schwitzig und ließ meine Haare in diesem Bereich kraus werden. Ich band sie zu einem Knoten nach oben und öffnete das Fenster, um die kühle Morgenluft hereinzulassen.

Gino.

Die Gedanken daran, dass ich ihn blutend im Wohnwagen zurückgelassen hatte, kreisten in meinem Kopf. Aber die Gedanken daran, was sich in den frühen Morgenstunden abgespielt hätte, wenn ich ihn nicht mit einem Schlag außer Gefecht gesetzt hätte, lösten einen solchen Schauer in mir aus, dass ich mich regelrecht unterkühlt fühlte. Ich setzte mich zurück auf das Bett und zog meine Tasche zu mir. Dann holte ich die Blechdose meiner Mutter hervor und entleerte den Inhalt auf die Decke vor mir.

Die Serviette mit dem Lavendelprint, das Foto dieses Mannes.

Das war's. Ich wusste nicht, was ich erwartet hatte. Es war, als hätte ich gehofft, ein neuer Tag und mein Neustart in dieser Stadt, mit der meine Mutter verbunden sein musste, würden neue Erkenntnisse in meinem Kopf freisetzen. Aber ich saß genauso ahnungslos vor den Spuren wie am Tag zuvor im Wohnwagen.

Sie war irgendwo da draußen. Ich würde sie finden und in Erfahrung bringen, was damals passiert war.

* * *

In den folgenden beiden Wochen kam ich nicht dazu, überhaupt an die Blechdose zu denken. Ich arbeitete von früh bis spät im Doppio und organisierte mein neues Leben: Claire zahlte mir den Monat im Voraus, sodass ich mich mit Kleidung und Lebensmitteln eindecken konnte. Ich kaufte mir ein neues Mobiltelefon, um für Claire und Jess erreichbar zu sein. Ich richtete mich in dem winzigen Zimmer so gut es ging gemütlich ein und nutzte Kerzen, Kissen, Decken und Bilder in Pastelltönen sowie eine Topfpflanze, um dem Ganzen einen gewissen Charme zu verleihen. Es war winzig und wenn ich nicht direkt hinter mir selbst herräumte, hatte ich das Gefühl, von den vier Wänden erdrückt zu werden. Aber trotzdem fühlte es sich schnell wie ein Zuhause für mich an. Die Wohnung wurde zu einem Ort, an dem ich ich selbst sein und mich fallen lassen konnte. Es fühlte sich natürlich und leicht an, nach meiner Schicht im Doppio einige Hundert Meter weiter den Schlüssel ins Schloss zu stecken und einen Kaffeebecher sowie eine Rosalie die Treppe hinaufzujonglieren.

Das Feedback zu den bestellten Biskuitrollen war so gut, dass Claire sie fest ins Sortiment aufnahm und mich bat, allen vieren Namen zu geben. Das sei schließlich Tradition im Doppio und solche Kleinigkeiten machten es aus, dass die Leute wiederkamen und das Café in London als absoluter Geheimtipp galt.

Rosa, Enes, Beatrice und Lullaby.

Ich entschied mich für die Namen der beiden Personen, die mir schon nach so kurzer Zeit unendlich fehlten, und für den Namen der Frau, die nach wie vor ein großes Geheimnis war – meine Mutter. Lullaby war der Name eines Ponys, das Rudolfo für den Zirkus gekauft hatte, als ich noch ein kleines Mädchen gewesen war.

»Du musst dich um sie kümmern, Penny«, hatte er mir erklärt. »Aber es ist auch deine Aufgabe, ihr zu zeigen, wer das Sagen hat. Vergiss das nicht. Sonst macht sie mit dir, was sie will.«

Erst so viele Jahre später erkannte ich die eigentliche Bedeutung dieser Aussage.

Ich arbeitete mit Bonny in der Backstube und obwohl ich anfangs nur die Handlangerarbeiten verrichtete, erkannte sie schnell, dass sie mir auch größere Aufgaben übertragen konnte. Schon nach kurzer Zeit fühlte ich mich fast gleichwertig neben ihr. Ich blühte in diesem neuen Leben regelrecht auf. Gino und der Abend der Verlobungsfeier rückten weit in den Hintergrund und mein Vater war für mich immer mehr ein Mann, den ich einmal geliebt hatte, der aber zu jemandem geworden war, der seine Tochter nicht kannte. Die Enttäuschung darüber nagte an mir, aber ich war zu beschäftigt, um es an mich heranzulassen.

6

Der Tag, an dem mir Will das erste Mal begegnete, war ein Freitag. Gegen Nachmittag war im Doppio die Hölle los und Claire schlüpfte immer wieder in die Backstube herein, um Bestellungen durchzugeben.

»Wieso wollen alle Menschen gleichzeitig bestellen oder bezahlen, kann mir das einer sagen?« Sie griff nach der Espressotasse, die sie Minuten zuvor auf der Küchenzeile abgestellt hatte. Als sie trinken wollte, kippte die Tasse und der Rest der schwarzen Flüssigkeit landete auf dem Boden. Sie blieb an der Küchenzeile stehen und hielt sich die Hand an die Stirn. Ihre Augen waren geschlossen und sie wankte.

Ich eilte zu ihr. »Ist alles in Ordnung? Du bist ganz blass.«

Sie war mir in kurzer Zeit sehr ans Herz gewachsen. Ich wusste nicht viel über sie und sie wusste gar nichts über mich, aber einer Sache war ich mir sicher: Ich konnte mich auf sie verlassen. Auch wenn mein Bauchgefühl mir sagte, dass ich ihr trauen konnte, erzählte ich ihr aber nichts über mein wahres Ich. Noch nicht.

»Alles okay.« Sie keuchte leicht und setzte sich dann auf den Stuhl, den Bonny ihr hinschob. »Danke.«

Ich wischte die Espressoreste auf, bevor jemand darauf ausrutschen konnte.

»Du brauchst eine Pause, Claire.« Bonny sah sie tadelnd an.

»Ich weiß.« Claire trank einen Schluck Wasser und versuchte, sich zu sammeln. »Aber heute geht es wirklich nicht. Du siehst doch, was los ist. Ich muss Jess helfen. Sie ist im Service ganz allein, das ist heute kaum machbar.«

»Ich helfe ihr«, sagte ich sofort, griff mir eine frische Schürze von einem der Haken an der Wand, band sie mir um und nahm die Geldtasche, mit der Claire gekommen war.

»Okay …«

Dass sie mir nicht widersprach, zeigte deutlich, dass es ihr nicht gut ging.

Als ich die Schwingtür aufdrückte, rief sie mir hinterher: »Tisch vier möchte zahlen!«

Auf dem Weg dorthin studierte ich den Kassenbon und sah ihn daher erst, als ich direkt vor dem Tisch stand. Ich schaute von meinem Zettel auf und mein Herz setzte für eine Sekunde aus.

Seine Augen hatten diesen außergewöhnlichen Blauton. Eine Mischung aus tiefem dunklem Blau mit einem Tupfer grün. Es war fast schon surreal. In dieser Sekunde wusste ich: Das war keine zufällige Begegnung, hier mischte sich das Schicksal ein.

Seine blonden, leicht gewellten Haare waren nach hinten gekämmt. Er wirkte wie ein Gemälde auf mich. Eines, vor dem man stehen bleibt und es bis ins kleinste Detail betrachtet, alles einsaugt und versucht, in der winzigsten Kleinigkeit zu lesen.

Er sah mich direkt an, ein Lächeln umspielte seine Lippen. Es war ein Schmunzeln, bei dem er den linken Mundwinkel nach oben zog. So, als hinge er wunderschönen Gedanken nach. Erst als ich merkte, dass er darauf wartete, dass ich etwas sagte, checkte ich den Zettel nochmals. Er hatte mich aus dem Konzept gebracht.

»£ 9,70 bitte. Tut mir leid.« Ich drückte nervös die Geldtasche zwischen meinen Händen.

Plötzlich klirrte es zu unseren Füßen. Claire musste zuvor das Kleingeldfach offen gelassen haben. Ich stand inmitten einer Traube von Pence-Stücken. »Shit ...« Ich legte die Geldtasche auf dem Tisch ab und bückte mich, um alles aufzusammeln. »Entschuldige.«

Er beugte sich zu mir herunter und half mir wortlos. Dann fragte er: »Bist du neu hier? Ich habe dich noch nie im Doppio gesehen.«

Für einige Sekunden hielt ich inne. Unsere Köpfe waren Zentimeter voneinander entfernt. Ich nahm seinen Duft wahr und versuchte, ihn abzuspeichern. Kurz dachte ich an etwas, das ich vor Jahren einmal gelesen hatte: dass der Körpergeruch des Gegenübers mit beeinflusst, ob man sich auf eine nähere Beziehung einlässt.

Nach und nach steckte ich die Geldstücke durch den offenen Reißverschluss. »Nein ... also ja, ich ... ich habe vor zwei Wochen angefangen, bin aber eigentlich in der Backstube und ... nicht hier vorn im Café.«

Er war aufgestanden und hielt mir eine Hand entgegen.

Ich griff danach und er zog mich nach oben. Als ich vor ihm stand, war da dieser Moment. Der Moment, an den ich mich immer erinnern würde. Mein Herz trommelte in meiner Brust, fühlte sich wie ein Gefangener, der endlich ausbrechen wollte.

»Ich bin Will«, sagte er.

Erst jetzt bemerkte ich, dass sich unsere Hände immer noch berührten.

Ich schluckte. Ich war eine andere. Das musste ich mir immer wieder ins Gedächtnis rufen. Ich bin jetzt eine Frau mit einem anderen Namen und einer anderen Identität. Victoria, nicht Penny.

Meine Gedanken. Jedes Mal, bevor ich meinen Namen aussprach. »Ich bin Victoria.«

»Schön, dich kennenzulernen.«

Er tat es wieder. Sein linker Mundwinkel zog sich nach oben und ich hielt die Luft an.

Ich erwiderte nichts. Es ging nicht. Seine Anwesenheit benebelte mich und ich musste mich konzentrieren, nichts Dummes zu tun.

»Darf ich dich etwas fragen?«

Ich nickte.

»Wieso Noah?«

»Noah?« Meine Stimme klang fremd, eher wie ein Krächzen.

»Die Torte.« Er zeigte auf den leeren Teller, auf dem nur noch einige Krümel lagen.

»Du meinst, wieso … sie Noah heißt, die Torte?«

Er nickte und zuckte mit den Schultern.

Als ich zu sprechen begann, verschränkte er die Arme und sah mich mit einem Schmunzeln und Stirnrunzeln an.

»Claire hat … die Kuchen und Törtchen benannt, sie tragen alle Personennamen«, erzählte ich. »Und Noah ist eine biblische Person, die …« – er zog die Augenbrauen leicht hoch, als wartete er nur darauf, dass ich weitersprach – »… die die Tiere in Paaren auf der Arche gerettet hat.«

»Und die Torte heißt jetzt so, weil …?«, hakte er nach und bewegte auffordernd seine Hand. Sein verschmitztes Lächeln blieb.

»… weil Claire sagt, dass die Mischung aus Honig und Milch mit einem Hauch Vanille jeden Tag rettet. Egal, wie schlecht er auch gewesen sein mag.«

Er war beeindruckt. Ich war beeindruckt. Von Claires Tiefsinn. Wieder und wieder.

»Dann hätte ich etwas anderes wählen können.«

»War sie nicht gut?« Ich war nervös. Ich hatte die Torte tags zuvor gebacken.

»O doch, das war sie«, sagte er schnell und suchte meinen Blick, »es war sogar die beste Cremetorte, die ich je probiert habe.«

Ich war erleichtert, denn wenn jemand Kritik an dem übt, was man wirklich liebt, tut das weh. Sehr sogar.

»Aber nach dieser Begegnung muss mein Tag nicht gerettet werden.«

Ich spürte die Hitze, die mir ins Gesicht schoss.

Er lächelte und legte eine gefaltete Zehnpfundnote auf dem Tisch ab. »Bis dann, Victoria.« Dann griff er nach seiner Jacke, die über der Stuhllehne hing, und ging zum Ausgang.

Als er draußen an der großen Glasfront des Doppio vorbeiging, trafen sich noch einmal unsere Blicke. Dann blieb er stehen und drehte sich ganz zu mir, um mit dem rechten Zeigefinger Buchstaben in die Luft zu malen. Er wollte mir etwas mitteilen.

Ich stand kopfschüttelnd mit gerunzelter Stirn immer noch an Ort und Stelle und verstand kein Wort. Meine Lippen formten ein lautloses und verzweifeltes »Was?«

Er lachte und ich musste mitlachen.

Er hielt einen Zeigefinger hoch. Das Zeichen dafür, dass ich warten solle. Dann sprach er ein Touristenpärchen an, das auf dem Gehweg ein paar Meter von ihm entfernt stand und etwas auf einen Stadtplan zeichnete. Er kam mit deren Kugelschreiber zur Scheibe zurück, zog ein Taschentuch hervor und notierte dort etwas. Er drückte es von außen gegen die Scheibe. Das Pärchen, das den Tisch unmittelbar davor besetzt hatte, drehte sich lachend um – auf der Suche nach der Frau, der er Nachrichten wie im Film zukommen ließ.

Auf dem Taschentuch standen nur drei Worte:

Bis nächsten Freitag.

Den Samstagabend verbrachte ich mit Jess beim Aufräumen im Café, obwohl ich schon Feierabend hatte. Wir quatschten, während ich ihr half, die Stühle auf die Tische zu stellen. Sie erzählte mir von Theaterstücken, in denen sie eine Rolle bekommen und wie das Leben ihr bisher mitgespielt hatte. Ich liebte es, ihr zuzuhören, und fühlte erstmals, was es bedeutete, eine Freundin zu haben. Eine Person, die einem Dinge anvertraute und mit der man die Zeit vergaß. Die Sache hatte nur einen Haken: Ich erzählte ihr nichts über mich und meine Geschichte und mir saß die Angst im Nacken, dass sie sich bald nicht mehr mit meiner Verschwiegenheit zufriedengeben würde. Nur ein Name genügte nicht, um eine Persönlichkeit zu formen. Dessen war ich mir bewusst.

»Kennst du Covent Garden?«, fragte ich geradeheraus.

Sie hörte auf zu kehren und sah mich mit hochgezogenen Brauen an. »Soll das ein Witz sein?«

Ich war irritiert. »Nein, wieso?«

»Na ja …« Sie nahm ihre Arbeit wieder auf und kehrte die Reste in das Eck an der Theke. »Ich spiele Theater. Natürlich kenne ich Covent Garden. Wieso fragst du?«

Ich zögerte kurz. Gern hätte ich ihr die Wahrheit gesagt – *ich bin auf der Suche nach den Spuren meiner Mutter und das ist der einzige Anhaltspunkt, den ich habe.* »Ich habe es auf dem Stadtplan gelesen, das ist alles«, sagte ich stattdessen beiläufig. »Erzählst du mir davon?«

»Ich zeige es dir. Wir können hingehen, wenn du magst.«

»Wirklich?«

Sie nickte und klopfte sich den Schmutz von der Hose. »Oder hast du etwas anderes vor heute Abend?«

Wir lachten beide.

»Nein, nicht wirklich.«

Sie knipste die Hauptschalter aus und nahm den Schlüssel an sich. »Dann los, wir nehmen die Underground.«

Der Abend mit Jess war fantastisch. Bisher hatte ich neben dem Doppio und meinem Apartment nur einen Supermarkt und zwei Modeläden besucht. Es fühlte sich an, als bewegte ich mich in einer anderen Welt. Wir schlenderten mit einem Eis in der Hand durch die Straßen des Viertels, sie zeigte mir das Opernhaus und diverse Theater, erzählte von Musicals und Anekdoten von Auftritten. Sie ahnte nicht, wie viele Auftritte ich schon hinter mich gebracht hatte. Wieder merkte ich, dass mir die Manege und die Zuschauer überhaupt nicht fehlten. Ich erfuhr auch viel über Jess Willersby, die junge Frau, die Träume hatte wie ich und dafür kämpfte, sie zu erreichen. Erst jetzt wurde mir bewusst, dass ich erstmals in meinem Leben genau das tat, was ich mir immer gewünscht hatte.

Covent Garden war ein regelrechtes Vergnügungsviertel. Es war das Zentrum für Schauspiel und Theater. Man hatte die Auswahl zwischen unendlich vielen Restaurants und Bars. Überall brannten Lampen und Lichter. Es war ein buntes Treiben und eine Mischung aus verliebten Paaren, Eltern mit Kindern und Freunden, die sich nach Feierabend auf ein Bier oder einen Gin trafen. In der Mitte befand sich eine Piazza. Straßenmusiker saßen auf dem Boden vor Geschäften und spielten ihre Instrumente, Künstler zeichneten Karikaturen von Touristen.

»Wollen wir uns setzen?« Jess zeigte auf eine Bank einige Meter entfernt.

Wir setzten uns und lauschten einige Sekunden stumm den Klängen der Gitarre eines Musikers in der Nähe.

»Wie gefällt es dir hier?«

Ich ließ meinen Blick umherschweifen. »Es ist fantastisch.«

Und das war es. Allerdings hatte ich keine Ahnung, wie mich der Besuch des Ortes, der auf dem Bild des jungen Mannes in der Blechdose angegeben war, in der Sache mit meiner Mutter weiterbringen sollte. War sie Schauspielerin, Opernsängerin? War sie früher in Musicals aufgetreten? War sie wie Jess?

»Aber …?«, hakte sie vorsichtig nach und drehte sich seitlich zu mir.

»Kein Aber«, log ich leise und spielte verlegen mit dem Bund meiner Jacke, um ihren Blicken auszuweichen.

»Wer bist du, Victoria Copar?«

Ich hatte gewusst, der Moment würde kommen. Ich nahm es ihr nicht übel. Sie hatte ein Recht darauf, zu wissen, mit wem sie es zu tun hatte, wem sie private Dinge aus ihrem Leben anvertraute, mit wem sie gerade eine Freundschaft aufbaute. Ich hingegen konnte ihr die Tür zu meinen Geheimnissen nicht öffnen, zumindest nicht ganz.

»Ich bin ursprünglich aus Irland und … bin hier, weil ich etwas über meine Mutter herausfinden möchte.«

Das war zumindest nur eine halbe Lüge. Eine, die mich zudem noch an Rosa erinnerte. Es kam mir vor, als würde ich einem Hund einen Brocken Fleisch zuwerfen, damit er sich zufriedengab. Dass ich sie ein winziges Stückchen an meiner Wahrheit teilhaben ließ, besänftigte mein schlechtes Gewissen.

»Deine Mutter?«, hakte sie nach.

Ich nickte stumm und ließ den Blick schweifen. »Ich habe sie nicht kennengelernt, aber ich weiß, dass sie irgendeine Verbindung zu London hat. So bin ich hier gelandet.«

»Du hast alle Zelte abgebrochen?«

Die Ironie des Schicksals traf mich direkt in die Magengrube. Wie metaphorisch – *alle Zelte abgebrochen*. »Es gibt keine Zelte.«

»Bist du im Heim aufgewachsen?«

Ich nahm die Vorlage dankend an. Langsam fühlte es sich an, als wickelte ich die Fäden dieser Lügengeschichte schneller und schneller auf. »So kann man es sagen.« Ich lehnte mich seufzend zurück und beschloss, einen Funken mehr Wahrheit beizumischen.

»Der einzige Anhaltspunkt, den ich habe, ist die Fotografie eines jungen Mannes. Auf der Rückseite steht Covent Garden. Deswegen …«

»… hast du danach gefragt«, beendete sie den Satz.

Ich nickte.

»Verstehe.« Sie wischte sich die klebrigen Hände an einem Taschentuch ab. »Wenn ich dir bei deiner Suche helfen kann, lass es mich wissen. Ich habe sehr viele CSI-Folgen gesehen, ich denke, ich bin ziemlich gut darin.«

Wir sahen uns an und mussten beide laut lachen.

Ich war ihr dankbar. Dankbar für das Angebot, mir zu helfen, aber vor allem dafür, dass sie mich nicht weiter ausfragte oder unter Druck setzte. Dann schloss sie mich in die Arme und drückte mich an sich. In diesem Moment spürte ich ein Band zwischen uns. Es war noch dünn und frisch, aber es existierte. Jess und ich wurden zu Freundinnen.

»Ich bin jedenfalls froh, dass du im Doppio aufgetaucht bist«, sagte sie.

Und ich erst!

* * *

Egal, wie lange ich abends in meinem Apartment bei Tütensuppen und Musik vor der Blechdose und dem Brief meiner Mutter saß, es änderte nichts an meiner Ahnungslosigkeit. Der Besuch in Covent Garden war schön gewesen, ich hatte mehr über Jess und sie über mich erfahren. Aber in Bezug auf das Foto oder die Serviette mit Lavendelprint tappte ich weiterhin im Dunkeln. Es führte dazu, dass ich die Blechdose unter einem Stapel Geschirrhandtücher verstaute und nicht mehr täglich hervorholte. Vielleicht hatte das Schicksal nur gewollt, dass ich durch diese Blechdose ein neues und eigenes Leben anfing. Vielleicht hatte sie ihre Dienste bereits getan und ich würde niemals herausfinden, was es mit ihrem Inhalt auf sich hatte, würde meiner Mutter nie persönlich gegenüberstehen. Aber dieses neue Leben füllte mich so aus, dass ich keinen Platz mehr für traurige oder negative Gedanken hatte. Ich liebte die Arbeit im Doppio.

Claire fühlte sich des Öfteren nicht gut und übergab mir sogar den Schlüssel für das Büro. In ihrer Abwesenheit begann ich, mich mit der Buchhaltung zu befassen, dann war ich wieder in der Backstube zugange und half Jess beim Servieren, Abräumen und Kassieren. Ich tauschte die Namensschilder in der Auslage aus und entwarf passend zum Farbkonzept neue Schildchen.

Die Arbeit kostete mich Kraft. Abends war ich so erledigt, dass ich Jess oftmals für Unternehmungen wie Kino, den Besuch einer Bar oder eines Restaurants absagte. Ich war von früh bis spät auf den Beinen, aber ich liebte es. Das Geld, das ich bekam, sparte ich in einer alten Konservendose, die ich ganz hinten im Wandschrank aufbewahrte.

Als ich eines Abends am Fenster stand und auf die Victoria Station gegenüber blickte, erinnerte ich mich an den Tag meiner Ankunft. Daran, wie Claire mir das Apartment gezeigt hatte. Es hatte kahl, nackt und unpersönlich gewirkt. Aber es war an diesem Abend meine Rettung gewesen. Heute war es mein Zuhause und ich kam gern hierher zurück. Ich fühlte mich wohl, geborgen und behütet. Es war ein Heim für mich. Die Größe war mir inzwischen egal. Ich liebte es. Es gehörte zu mir.

* * *

Am Freitag darauf sah ich Will wieder. Als ich aus der Backstube in den Verkaufsraum trat und frische Lillys, Valentines und Olivers auf die Glasplatten in der Auslage legte, überkam mich das Gefühl, dass mich jemand beobachtete. Als ich den Blick hob, sah ich ihn sofort. Unsere Blicke trafen sich. Er saß allein an einem Tisch und hatte den Stuhl in Richtung Schwingtür der Backstube gedreht, als wollte er sichergehen, diese jederzeit im Blick zu haben.

»Er ist wieder da«, flötete Jess mir im Vorübergehen ins Ohr. »*Freitag.*«

Das letzte Wort klang wie eine Melodie.

Ich musste lächeln. Er lächelte auch und hob leicht die Hand, um mich aus der Ferne zu begrüßen.

»Geh schon!«, sagte Jess und drückte mir eine Schürze in die Hand.

Ich sah sie zögernd an.

»Mach schon!« Sie schob mich mit beiden Händen in Richtung Gastraum. »Wir wissen, weshalb er hier ist. Nicht wegen des Kuchens!« Sie lachte und verschwand nach hinten.

Ich atmete tief durch, nahm meinen Mut zusammen und ging zu ihm. »Hallo.« Mehr sagte ich nicht. Mehr kam nicht über meine Lippen.

Er hatte diesen Blick, der wirkte, als wollte er jedes Detail meiner Züge aufsaugen. Seine blauen Augen ließen mich direkt in seine Seele schauen. Er gefiel mir. Es wäre gelogen, es zu leugnen.

Die blonden Haare, die er leicht nach hinten gegelt trug. Die Augen. Sein Kleidungsstil. Er war das krasse Gegenteil der Männer, die ich bisher kennengelernt hatte.

Gino. Wohnwagen. Bierflasche. Komm schon, stell dich nicht so an, Pen. Kopfkino.

Als er antwortete und ich seine Stimme hörte, löste ich mich von den Gedanken, die meine Sinne benebelten.

»Hallo, Victoria.«

»Was darf's sein?« Ich versuchte, mich auf das zu konzentrieren, was er sagte, spürte jedoch regelrecht die Hitze, die mir ins Gesicht schoss. Seine Anwesenheit machte mich nervös.

»Bring mir das, was du magst.«

»Was ich mag?« Ich war irritiert.

»Etwas, was dich beim Essen die Augen schließen lässt.«

Die Art, wie er redete, machte etwas mit mir. Mein Herz klopfte. Ich hatte das Bedürfnis, meine Hände zu kneten, wollte aber nicht zeigen, dass in mir gerade ein Tornado wütete.

Ich blickte über die Köpfe der Gäste hinweg zur Auslage.

»Okay«, sagte ich. Ich hatte meine Wahl getroffen.

Minuten später servierte ich ihm ein Stück Rosa auf einem Glasteller mit Blaubeeren und Puderzucker-Icing, dazu einen Espresso.

»Das ist Blaubeer-Biskuitrolle mit Vanille-Buttercreme. Sie trägt den Namen Rosa.«

Beim Abstellen des Tellers konnte ich meine Augen nicht von seinen lösen. Die Gabel fiel von der Platte auf den Tisch und klirrte leicht. Blind versuchte ich, sie zurückzulegen, Will ebenfalls. Unsere Hände trafen sich am Besteck.

Es war dieser Moment. Der Moment, in dem er mir erstmals mitten ins Herz ging.

Von da an kam er jeden Freitag. Er bestellte immer wieder etwas, das ich für ihn aussuchte, und probierte sich so durch das komplette Angebot des Doppio. Meine Auswahl servierte ich ihm blind, jedes Mal mit den Worten »Einen Genussmoment wünsche ich« – der Philosophie des Cafés –, während ich seinem Blick standhielt.

Er zog als Antwort einen Mundwinkel nach oben. Später verabschiedete er sich dann mit den Worten »Bis nächste

Woche« und ich fühlte mich wie in einer Fernbeziehung. Die Treffen waren selten, dafür aber intensiv und berührend.

»Was ist das zwischen euch?«, fragte mich Jess eines Freitags nach Ladenschluss, während ich Bons sortierte und die Einnahmen kontrollierte.

»Wie meinst du das?«, murmelte ich geistesabwesend. »Er kommt jeden Freitag hierher und isst ein Stück Kuchen. Ich bediene ihn.«

Sie lachte laut und ich blickte auf. »Willst du mich veräppeln, Vicky?«

Sie hatte irgendwann angefangen, mich so zu nennen. Mir war es recht. Es klang melodisch wie Penny.

Ich zuckte die Achseln, konnte aber ein Grinsen nicht unterdrücken.

»Ich fasse mal zusammen«, sagte sie und warf einen nassen Lappen auf den Tisch neben ihr, »er kommt jede Woche, du bedienst ihn mit Kuchen, den du für ihn auswählst. Ihr schaut euch durchgehend in die Augen, während ihr sprecht, und du scheinst so sehr zu brennen, dass der Kassenbon fast in Flammen aufgeht, wenn du ihn in Händen hältst. Vicky, komm schon … da ist doch was.«

Ich sah sie seufzend an. Ich wusste, dass sie recht hatte. Er faszinierte mich und nahm einen Großteil meiner Gedanken ein. Vielleicht faszinierte er mich so sehr, weil ich noch nie einen Mann wie ihn kennengelernt hatte. Er war charmant, aufmerksam und hatte diese Ausstrahlung. Eine Ausstrahlung, die dafür sorgte, dass Frauen sich nach ihm umdrehten, lächelten und miteinander tuschelten. Er hatte dieses gewisse Etwas, das Frauen in Männern suchen, aber nicht mit Worten definieren können. Das alles war Will.

»Ich weiß nicht, was es ist. Aber ich weiß, dass da etwas ist«, gab ich ehrlich zu und begrub mein Gesicht in den Händen.

»Weißt du, meine Oma hat immer zu mir gesagt: Irgendwann klopft das Schicksal an deine Tür und teilt dir mit, dass es an der Zeit ist, dass du glücklich wirst.« Sie wischte den nächsten Tisch ab und sah mich an. »Du solltest die Tür öffnen.«

Die Hoffnung und Erwartung, die ich mit den Freitagnachmittagen verband, machten etwas mit mir. Sie veränderten mich. Ich achtete mehr auf meine Haare, begann damit, Lippenstifte auszuprobieren, und ertappte mich dabei, dass ich täglich Mascara auflegte. Etwas, das es in meinem vorherigen Leben nicht gegeben hatte. Wenn ich morgens mein Apartment verließ, erkannte ich die Frau, die mir aus dem Spiegel entgegenblickte, kaum wieder. Ich hatte das Gefühl, in den letzten Wochen eine Transformation durchlaufen zu haben. Claire gab mir die Chance und ein Obdach, Jess schenkte mir Vertrauen und ihre Freundschaft und Will … Will formte mit seiner bloßen Anwesenheit und seinen Blicken mein Selbstbewusstsein, das ich all die Jahre tief vergraben hatte. Ich nahm mir vor, Jess' Ratschlag zu befolgen. Ich wusste nur nicht, wie.

7

Als ich an einem heißen Mittwochabend Ende Juli in meinem Apartment Tomatensoße aus dem Glas auf dem Campingkocher erwärmte, war ich so in ein Buch versunken, dass ich nicht bemerkte, wie sie zu stark kochte und zu spritzen begann.

»Au!«

Einige Kleckse landeten direkt auf meinem Unterarm. Sofort breitete sich der Schmerz einer typischen Brandwunde aus. Ich warf das Buch zur Seite, zog den viel zu heiß gewordenen Topf ins Waschbecken daneben und griff blind im Schrank über mir nach einem Geschirrtuch, das ich notdürftig nass machen und als Kühlverband nutzen konnte. Alle Handtücher des kleinen Stapels fielen mir entgegen und erst, als ich den dumpfen Schlag hörte, erinnerte ich mich an die Blechdose, die ich dort aufbewahrte.

Sie schwamm im Topf mit der Tomatensoße.

»Scheiße!« Hektisch, fast schon panisch und vom Schmerz ergriffen, versuchte ich, die Dose schnell mit zwei Löffeln aus der heißen Soße zu fischen.

Das Foto! Ich hatte Angst um das Foto und riss den Deckel auf, um zu retten, was zu retten war.

Erleichtert stieß ich die Luft aus. Ich hatte mehr Glück als Verstand: Lediglich die unteren Ecken waren feucht und rot umrandet. Mit einem Stück Papier wischte ich es so gut es ging sauber und legte es zum vollständigen Trocknen auf die Fensterbank. Die Serviette war mehr in Mitleidenschaft gezogen worden. Sie war bekleckst mit tiefroter Soße.

Erleichtert spülte ich die leere Dose mit klarem Wasser aus. Gedankenverloren rieb ich das Gehäuse mit einem nassen Lappen ab und sah zu, wie die rote Spur im Abfluss verschwand. Ich musste an die Blutspur denken, die sich auf dem Boden des Wohnwagens ihren Weg gesucht hatte, und sah Gino vor meinem geistigen Auge auf dem Boden liegen. Wäre ich in dieser Nacht nicht gegangen, hätte ich mich wohl nie mehr zu diesem Schritt entschlossen. Es war eine Art Opfer, das ich gebracht hatte.

Der Gedanke daran, dass ich Gino beim Schlag auf den Kopf womöglich schwer verletzt hatte und dies noch Folgen für mich haben könnte, ließ mich nervös werden. Was, wenn …

In Panik schrubbte ich mit der kleinen Bürste ohne hinzusehen hektisch über die Blechdose, fuhr versehentlich über meine Hand und riss mir die Haut auf. Erschrocken ließ ich die Dose ins Waschbecken fallen. »So ein verdammter Mist!«

Ich wickelte Küchenrolle um meine Hand und hob die Dose auf. Ich musste zweimal hinsehen, bis ich es erkannte: Durch meine Schrubberei hatte sich eine Art Silberfolie vom Boden der Dose gelöst. Schnell entfernte ich die Überbleibsel mit meinen Fingernägeln, schrubbte noch mehr mit der Bürste und spülte sie anschließend mit Wasser ab.

Auf dem Boden der Blechdose war eine Inschrift zu sehen:

Salus et voluntas aegroti suprema lex.

Ich ging rückwärts zu meinem Bett und setzte mich. Ich hatte keine Ahnung, welche Sprache das war. Ich hatte keine Ahnung, was es bedeuten sollte. Aber eins wusste ich intuitiv: Der Spruch musste eine Bedeutung für meine Mutter gehabt haben, wenn sie ihn so sorgfältig überklebt hatte, um ihn vor neugierigen Blicken zu schützen.

Ich nahm auf meinem Bett Platz und öffnete den Internetbrowser meines neuen Mobiltelefons, um nach Online-Übersetzern zu suchen.

»Das Heil und der Wille des Patienten sind oberstes Gebot«, murmelte ich schließlich vor mich hin.

Ich durchsuchte eine Flut von Homepages, die den lateinischen Satz zitierten. Er erschien in Artikeln, die nur so von Fachjargon strotzten und von deren Inhalten ich kaum etwas verstand. Frustriert warf ich mein Mobiltelefon auf die Tagesdecke. Obwohl ich nicht viel herausgefunden hatte, war ich mir einer Sache sicher: Meine Mutter musste irgendeine Verbindung zur Medizin haben. Weshalb sollte sie sonst all die Jahre eine Blechdose mit einem solchen Spruch aufbewahrt haben?

Ich glaubte nicht mehr an Zufälle.

Am nächsten Tag war Claire erstmals seit einer Woche wieder im Café.

Wir sorgten uns alle um sie. Sie sah nicht gut aus und ich hatte das Gefühl, dass sie abgenommen hatte. Aber sie wollte nicht darüber reden. Sie ignorierte ihren Gesundheitszustand, indem sie im Doppio geschäftig hin und her lief, Dinge erledigte und behauptete, es gebe so viel zu tun. In den letzten Wochen hatte ich sie etwas besser kennengelernt.

Zwei Tage zuvor hatten Jess und ich eine Auswahl an Gebäck und eine Tasse Earl Grey für sie vorbereitet, um sie ihr nach oben in die Wohnung zu bringen. Da sich auf unser

Klopfen hin nichts rührte, holten wir den Ersatzschlüssel für Notfälle aus dem Büro.

Jess öffnete die Tür. »Claire?«

Wir standen im Flur und warteten auf eine Antwort. Unangemeldet in einer Wohnung aufzutauchen, in der ich vorher nie gewesen war, fühlte sich nicht richtig an, auch wenn wir gute Absichten hatten und Claire eine Freude machen wollten. Sie lebte für das Doppio und obwohl ich sie erst seit einigen Wochen kannte, sah ich, dass es ihr schwerfiel, sich mehr zurückzulehnen. Sie hatte dieses Café vor Jahren aus dem Nichts aufgebaut und zu etwas ganz Besonderem gemacht.

Jess bewegte sich durch den Eingangsbereich. In einer Hand hielt sie den kleinen Karton mit Gebäck, darauf den Tee im Becher. Mit der anderen zog sie mich sachte hinter sich her.

»Claire, ist alles in Ordnung?«, rief sie durch die abgedunkelte Wohnung. »Wir sind's. Jess und Vicky!«

»Vielleicht schläft sie. Wir sollten sie nicht wecken«, flüsterte ich ihr zu, während ich langsam hinter ihr herschlich.

Die Wohnung war groß und verfügte über viele Fenster. Allerdings versperrten die heruntergelassenen Jalousien die Sicht nach draußen. Man erkannte Claires Handschrift: Die Einrichtung glich der des Doppio. Alte Holzmöbel, helle Töne, geschwungene Schriftzüge hier und da. Es war verrückt, was der Einrichtungsstil über einen Menschen aussagen konnte. Kurz dachte ich wehmütig an Rosa und die kleinen Gardinen in ihrem Wohnwagen zurück.

»Ich bin hier.« Claires Stimme kam aus dem Wohnzimmer. Sie lag auf der Couch auf einem kleinen Kissenberg und hatte sich eine dünne Tagesdecke über die Beine gezogen.

»Hey.« Jess versuchte, fröhlich zu klingen, aber die Sorge um Claire zeichnete sich klar auf ihren Gesichtszügen ab. »Wir haben dir eine kleine Stärkung mitgebracht. Wie geht es dir, Claire?«

»Ist im Café alles in Ordnung?« Sie setzte sich auf und sah von Jess zu mir.

»Alles okay, wir haben das im Griff.« Ich legte meine Hand auf ihre und konnte sehen, wie sie sich zunehmend entspannte. »Wichtig ist, dass du dich erholst. Um das Doppio musst du dir keine Sorgen machen.«

Sie lehnte sich wieder in die Kissen zurück, die Jess ihr etwas zurechtgerückt hatte.

Ein Handy klingelte. Jess zog ihres hervor und stand zum Telefonieren auf.

Einige Sekunden später kam sie zurück. »Ich muss runter. Die Kasse spinnt.«

»Soll ich …«

Jess schnitt Claire direkt das Wort ab. »Kommt gar nicht infrage.« Sie drückte sie an den Schultern sanft zurück auf die Couch und sagte dann an mich gewandt: »Ich gehe vor und bringe das in Ordnung. Dein Job ist, etwas Zucker und Kalorien in diese Frau zu kriegen.« Sie zeigte auf die Box mit unseren Mitbringseln.

»Wird gemacht, ich komme nach.«

»Ich brauche keinen Babysitter«, beschwerte sich Claire und sah tadelnd zu Jess hoch.

»Das weiß ich, aber wir schauen gern nach dir. Wie oft hast du schon nach mir geschaut, wenn es mir schlecht ging, Claire?«

Sie antwortete nicht. Jess drückte ihre Hand, bevor sie sich umdrehte und die Wohnung verließ.

»Setz dich zu mir, Liebes.« Claire rückte mühevoll zur Seite, um mir Platz zu machen. Und obwohl Sommer war, bot sie mir ein Stück ihrer Decke an, was ich ohne zu zögern annahm.

Claire strahlte etwas Mütterliches auf mich aus. Sie gab auf mich acht, ihre Nähe beruhigte mich. Ihr Zustand bereitete mir allerdings Kopfzerbrechen.

»Wir haben dir Verschiedenes eingepackt. Worauf hättest du Lust?« Ich öffnete die Gebäckschachtel und ließ sie hineinblicken.

»Können wir uns darauf einigen, dass wir Jess sagen, ich hätte etwas davon gegessen und in Wirklichkeit isst du es einfach? Mir ist nicht danach, Victoria.« Sie klang ernst.

Ich konnte sie nicht zwingen. Seufzend schloss ich die Schachtel wieder und stellte sie auf den Tisch neben der Couch ab.

»Ich will dich ungern fragen, was los ist, aber ich habe das Gefühl …« Ich beendete den Satz mittendrin, weil ich nicht wusste, wie ich weitersprechen sollte.

Sie schnaubte leicht und beendete ihn für mich. »… dass das hier ziemlich beschissen ist?«

Ich schaute betreten nach unten auf meine Füße, die unter der Decke herausschauten.

»Ja, irgendwie schon. Ist es das?«

Claire sah mich an, bis ich den Blick hob. »Ja, das kann man so sagen.«

»Was ist los, Claire?« Ich setzte mich aufrecht hin und beobachtete sie.

Sie atmete ein paarmal langsam ein und aus, bevor sie mir antwortete. »Als du herkamst vor einigen Wochen, wusste ich, dass etwas mit dir nicht stimmte, dass du neu hier warst, Zuflucht suchtest. Aber …«, sie hob den Zeigefinger, »ich habe dich nie gedrängt oder gefragt, was dein Leben so durcheinandergebracht hat. Deswegen … bitte ich dich, mir hier genauso entgegenzukommen, Victoria.«

Sie sagte es nicht böse, es klang eher wie eine Bitte. Eine Bitte, der ich nachkommen musste. Denn sie hatte recht. Bis zu diesem Tag hatte Claire mich nie gefragt, was mich nach London verschlagen hatte. Sie hatte einer Wildfremden einen

Job und eine Wohnung angeboten, und so war es nur fair, ihren Wunsch zu respektieren.

»Okay.«

»Ich werde kürzertreten und ... ich schätze, ich werde öfter zu Hause bleiben müssen. Daher denke ich darüber nach, jemanden einzustellen, der mich vertritt.«

Es machte mich traurig, dass sie mit diesem Gedanken spielte. Für sie musste es sich anfühlen, als übergäbe sie ihre eigenen Träume an eine fremde Person. Es war sicher schmerzvoll für sie, die Tatsache zu akzeptieren, dass sie Verantwortung abgeben musste.

Ohne nachzudenken, stolperten die Worte aus meinem Mund heraus. »Das musst du nicht. Wir schaffen das, du kannst dich auf uns verlassen.«

»Nein, das geht nicht ...«

»Wieso nicht?« Ich griff nach ihrer Hand und drückte sie. Ein Symbol, um ihr zu zeigen, wie ernst es mir war. »Jess macht den Service, Bonny und ich arbeiten in der Küche und das Büro, die Buchhaltung, mache ich an zwei bis drei Abenden in der Woche. Ich habe mich die letzten Wochen auch darum gekümmert und es hat gut funktioniert. Die Zahlen stimmen und sind besser als gut.«

Sie wollte etwas erwidern, schloss dann aber den Mund.

»Das Doppio ist dein Baby, Claire. Aber es ist mein Traum, diesen Schatz zu hegen und zu pflegen. Ich wollte nie etwas anderes und möchte keine Veränderung durch einen Fremden, der darin nur ein Business sieht. Verstehst du?«

Sie lächelte matt. »Mehr, als du dir vorstellen kannst.«

»Lass es uns versuchen. Falls es nicht klappt, kannst du immer noch jemanden einstellen.«

»Und wenn jemand von euch ausfällt? Was, wenn Jess oder du krank werdet? Du weißt doch, der Mensch plant und das

Schicksal lacht …« In ihrer letzten Aussage lag so viel Schmerz, dass ich ihn regelrecht in meiner Brust spüren konnte.

Und ob ich das wusste. »Falls es so kommt, finden wir eine Lösung. Eine Aushilfe finden wir schneller als eine stellvertretende Geschäftsleitung.«

Sie schwieg einen Moment. Ich konnte sehen, wie sie innerlich kämpfte.

»Unter einer Bedingung«, sagte sie dann und unsere Blicke trafen sich.

»Welche?«

»Du wirst für alle Arbeiten entsprechend bezahlt, und sobald die Backstube darunter leidet, sagst du mir das, Vicky. Ich habe mit dir eine unglaubliche Bäckerin gefunden und du kannst nicht in einem Büro versauern. Das wäre Perlen vor die Säue geworfen.«

Ich lächelte und fühlte mich geschmeichelt. Es war ein riesiges Kompliment, das mir Claire da machte. Ich wusste, wie viele Bäcker und Konditoren sie durch das Doppio kennengelernt hatte. Ich war die Einzige, die nicht vom Fach war. Aber niemand legte so viel Leidenschaft hinein wie ich, und das hatte ich ihnen voraus. Leidenschaft kam aus dem Herzen, man konnte sie nicht erwerben. Das machte den großen Unterschied.

»Abgemacht«, sagte ich schließlich und gab ihr die Hand darauf. Es fühlte sich an wie damals, als sie mir den Job angeboten hatte. Was mit einem kleinen Aushilfsjob begonnen hatte, entwickelte sich zu etwas Großartigem. Und jetzt, hier und heute, war ich bereit. Bereit für alles, was noch kommen sollte.

»Ruf bitte an, wenn du etwas brauchst oder ich dir etwas bringen kann.«

Sie nickte.

»Soll ich jemanden für dich anrufen? Freunde, Familie ...«
Beim letzten Wort verstummte ich und fühlte mich dumm.
Ich wusste, dass es keinen Mann in Claires Leben gab und erst
jetzt fiel mir auf, dass in der Wohnung nirgends Fotos zu sehen
waren. Hatte sie Kinder? Enkel? Ich wusste nicht viel über sie,
aber ich wusste, dass Claire Weststone eine unglaubliche Frau
war.

»Ich bin meine eigene Familie«, antwortete sie sachlich.

Streng genommen war ich das auch. In diesem Punkt waren
wir uns sehr ähnlich.

»Es tut mir leid, Claire, ich wollte nicht ...«

Sie winkte ab. »Das muss dir nicht leidtun. Ich bin selbst
schuld, weißt du ...«

Ich schwieg und war froh, dass sie weitersprach, da ich
nicht verstand, was sie mir sagen wollte.

»Ich habe erst die falschen Männer kennengelernt und ...
als ich den richtigen traf, habe ich zu lange gebraucht, um das
zu verstehen.«

Ein Kloß breitete sich in meinem Hals aus. Und *wie* ähnlich wir uns waren!

»Du bist noch jung. Mach nicht die gleichen Fehler wie
ich.«

»Ich bin kein unbeschriebenes Blatt, Claire.« Ich dachte an
Gino, den einzigen Mann, den ich bisher in mein Leben gelassen hatte.

»Wer ist das schon?«, fragte sie und stand auf, um mich zur
Eingangstür zu begleiten. »Aber jedes Blatt hat eine Rückseite.
Darauf kann man genauso schreiben und malen. Wir vergessen
es nur oft und werfen es unbedacht weg.«

Ich drückte sie zum Abschied leicht an mich, als hätte ich
Angst, sie zu zerbrechen.

»Gebt auf mein Baby acht, wenn ich es nicht kann.«

»Das werden wir. Versprochen.«

Als ich schon im Flur stand, rief sie mir nach: »Weißt du, es gibt Momente im Leben, die auch in der Wiederholung nicht ihren Zauber verlieren.«

Ich blieb stehen und schaute stirnrunzelnd zu ihr zurück.

Sie zog die Augenbrauen nach oben und zuckte mit den Schultern. »Na ja … jeden Freitag?«

Ich schmunzelte. Jess hatte ihren Mund nicht halten können, wie es schien.

Zurück im Café, rief ich Jess und Bonny für ein kurzes Gespräch in die Backstube und erzählte davon, wie wir in der kommenden Zeit weitermachen würden. Wir waren uns einig, dass Claire uns brauchte, und bereit, das Ganze für sie zu stemmen. Für den Rest des Tages übernahm ich den Service im Café selbst, Bonny kümmerte sich um die restlichen Cupcakes, was allein zu schaffen war.

Jess ging zu einem Vorsprechen.

Als sie mir die Schürze in die Hand drückte, sprach ich ihr Mut zu. »Du schaffst das. Du bist gut, vergiss das nicht.«

Wir drückten uns kurz.

»Der Cappuccino und ein Stück deiner Beatrice sind für Tisch acht«, sagte sie noch, bevor sie aus der Tür verschwand.

Ich hatte mich daran gewöhnt, dass im Doppio meist von Kuchen und Törtchen die Rede war, wenn Namen von Personen fielen. Aber jedes Mal, wenn jemand den Namen meiner Mutter nannte, dachte ich an sie und die Blechdose zurück und fragte mich, ob ich in dieser Sache wohl jemals weiterkommen würde.

Mit beladenem Tablett ging ich an den anderen Gästen vorbei. An Tisch acht saß eine junge Frau am Laptop und tippte wild in die Tasten. Um sie herum waren Papiere verteilt. Sie nahm mich kaum wahr, als ich das Servierbrett auf dem Stuhl abstellte, da ich auf dem Tisch keinen Platz für ihre Bestellung fand.

»Ein Cappuccino und ein Stück Beatrice«, sagte ich. Um den Teller neben der Tasse abstellen zu können, schob ich einige der Papiere vorsichtig zur Seite. »Ich lege die Blätter hier etwas zusammen, damit Sie …« Mitten im Satz geriet ich ins Stocken und verstummte. Im Briefkopf der einzelnen Seiten des Dokuments prangte ein Schriftzug: »*Salus et voluntas aegroti suprema lex.*«

Gedankenverloren starrte ich auf den Spruch, den ich erst vor Kurzem auf dem Boden der Blechdose meiner Mutter entdeckt hatte. Ich nahm eine Seite und betrachtete die Kopfzeile genauer. Der Spruch zierte ein Wappen, auf dem ein Blatt und zwei Eicheln sowie ein rot-weißes Kreuz zu erkennen waren.

»Oh, entschuldigen Sie! Ich war so vertieft, ich habe Sie gar nicht bemerkt.«

Die junge Frau schlug den Laptop zu und schaffte Platz auf dem Tisch. Sie nahm mir das Blatt aus der Hand und verstaute es in ihrer Tasche.

Ich stand wie angewurzelt vor ihr. Obwohl die Blechdose und dieser ominöse Spruch durch den Stress und die Vorkommnisse der letzten Zeit in meinen Gedanken in den Hintergrund gerückt waren, fühlte ich schlagartig, wie ich in diesem Moment brannte.

»Darf ich Sie fragen, was das für ein Wappen auf Ihren Dokumenten ist?«

»Bitte?«

Ich war so aufgeregt, dass ich nicht bemerkt hatte, wie unhöflich das wirken musste: Ich hatte ihre persönlichen Papiere in die Hand genommen. Sie musste den Eindruck haben, ich hätte sie gelesen, was gar nicht meine Absicht gewesen war.

Ängstlich, sie verärgert zu haben und womöglich ganz zu verprellen, legte ich beide Handflächen zu betenden Händen aneinander. »Es tut mir leid, das muss komisch wirken.« Nervös fasste ich mir mit einer Hand ins Gesicht und schloss kurz die

Augen, um mich zu sammeln. »Ich habe nicht gelesen, was auf Ihren persönlichen Unterlagen steht, ich wollte Ihnen nur helfen und habe dann zufällig diesen Spruch auf dem Wappen gesehen und …«

Ich seufzte und hatte das Gefühl, einen riesigen Fehler gemacht zu haben. »Ich suche jemanden, verstehen Sie? Und ich muss wissen, welche Art von Wappen und welcher Spruch das ist. Es ist sehr, sehr wichtig für mich.«

Sie wirkte nicht verärgert, im Gegenteil. Ihre Gesichtszüge wurden weich und sie griff direkt in ihre Tasche, um die Seiten wieder hervorzuholen. »Das ist nichts Geheimes«, sagte sie und legte den Stapel zurück auf den Tisch, »es ist das Wappen des St. Jacob's Hospital.«

»Darf ich mich einen Moment setzen?« Ohne eine Antwort abzuwarten, ließ ich mich auf dem leeren Stuhl neben ihr nieder. »Ein Krankenhaus?«

»Ja, ich werde dort arbeiten.«

»Und der Spruch?«

»Es ist Latein und heißt …«

Aufgeregt unterbrach ich sie. »Das Heil und der Wille des Patienten sind oberstes Gebot.« Ich schloss kurz die Augen und massierte meine Schläfen.

»Richtig«, stimmte sie mir zu.

»Aber was bedeutet das … und wofür steht das Blatt mit den Eicheln und das Kreuz?« Dabei legte ich den Zeigefinger auf das Wappen und tippte mehrmals darauf.

Sie zuckte die Achseln. »Da bin ich überfragt. Das hier ist mein Arbeitsvertrag. Ich fange erst nächsten Monat an und kenne das Krankenhaus noch nicht wirklich, aber …«, sie zeigte aus dem großen Schaufenster des Cafés, »es ist nur wenige Stationen von hier entfernt. Es liegt in der Nähe eines anderen Bahnhofs …« Sie kniff die Augen zusammen und schnipste mit den Fingern. Ihr fiel das Wort nicht ein.

»Paddington?«

Sie schüttelte mit geschlossenen Augen den Kopf.

»King's Cross?«

»Ja, genau! King's Cross, das war's.« Sie lächelte und trank von ihrem Cappuccino. »Ich wohne nicht in London, jedenfalls noch nicht.«

Dank Jess und unserer Ausflüge kannte ich mich mit dem Underground-Netz in London mittlerweile gut aus. Nach unserem ersten Abend in Covent Garden hatte ich mir ein Monatsticket gekauft. Das Netz der Londoner Tube machte ein Auto in der Großstadt überflüssig. Man kam überallhin und der Plan war so leicht zu lesen, dass selbst Touristen damit keine Probleme hatten. Ich war dankbar, dass ich nicht auf ein Auto angewiesen war. Das hätte meinen finanziellen Rahmen definitiv gesprengt.

Im Hintergrund hörte ich unsere Klingel, die darauf aufmerksam machte, dass eine Bestellung fertig war. Bonny musste sie benutzt haben.

Ich stand auf und nahm das Tablett sowie die Geldtasche an mich. »Ich danke Ihnen vielmals, Sie haben mir wirklich sehr geholfen bei meiner Suche.«

Ich meinte es aufrichtig. Durch diese zufällige Begegnung und die Erkenntnisse, die ich gewonnen hatte, hatte ich endlich wieder eine Perspektive, wo ich weitersuchen konnte.

»Nicht dafür.« Die Frau wehrte mit einer Hand ab und stach mit der Gabel in ihre Biskuitrolle.

Mit klopfendem Herzen ging ich zum Tresen zurück und schlüpfte durch die Schwingtür in die Backstube. Für einen Moment lehnte ich mich mit dem Rücken an die kalten Wandfliesen, schloss die Augen und atmete tief durch. Unwillkürlich musste ich lächeln.

»Alles okay bei dir?« Bonny verzierte gerade Cupcakes.

»Ja, alles in Ordnung«, antwortete ich leise und öffnete die Augen. Mein Blick fiel auf eine Schale mit Zitronen, die auf der Arbeitsplatte stand. Ich hätte schwören können, dass sie am Morgen noch nicht dagestanden hatte.

Wenn das Leben dir Zitronen gibt, backe Kuchen daraus.

Nach Ladenschluss schickte ich Bonny nach Hause und erledigte den Rest allein. Ich schloss die Tür von innen ab und legte einen regelrechten Turbo hin, was das Aufräumen und Kehren des Cafés anging. Die Kasse machte ich mit Sorgfalt. Claire verließ sich auf uns, auf mich. Hier durften keine Fehler passieren. Ich zählte das Geld und schloss es in einem beschrifteten Umschlag im Bürosafe ein. Dann machte ich mir einen Kaffee und setzte mich auf ihren Stuhl hinter dem Schreibtisch.

Ich tippte »St. Jacob's Hospital« in die Suchzeile ein und klickte mich durch die Seiten.

Die Auskunft der Frau bestätigte sich: Es war ein Krankenhaus in Borough of Camden, einem Stadtteil von London. Der Bahnhof King's Cross war zehn Minuten entfernt.

Ich kritzelte die Adresse des Krankenhauses auf einen Zettel und steckte ihn ein. Bei der Bildersuche fand ich neben Fotos des Krankenhauses selbst Abbildungen des Wappens, das ich auf den Papieren gesehen hatte. Den lateinischen Spruch fand ich ebenfalls.

»Das Blatt mit den Eicheln steht für die beiden Gründer, die sich 1740 in der Taverne Red Oaks in London trafen, um über ihre Vorstellung von der Gründung eines freien Krankenhauses zu sprechen …«, las ich nuschelnd vor mich hin, »… das rotweiße Kreuz symbolisiert die Medizin, wobei das darin versteckte L für London hervorgehoben wird. Der ursprüngliche Leitspruch ›Salus aegroti suprema lex‹ wurde mit der aufkommenden Diskussion um die Selbstbestimmung des Patienten in der zweiten Hälfte des 20. Jahrhunderts …«

Hektisch schrieb ich einige Stichworte auf, trank meinen Kaffee in einem Zug leer und verließ das Büro. Ich knipste die Lichter des Cafés aus und schloss von außen zu.

Mit einem Lächeln auf den Lippen ging ich die Straße entlang zu meinem Apartment.

Endlich hatte ich einen Anhaltspunkt, wo ich weitersuchen konnte.

8

Am nächsten Tag stand ein Besuch im St. Jacob's Hospital ganz oben auf meiner Liste. Ich schloss das Doppio zwei Stunden früher auf, um mehrere Bestellungen abzuarbeiten. Zur Öffnungszeit hatte ich das Café für das Alltagsgeschäft hergerichtet und die Auslagen bereitgelegt.

»Ich habe mich gefragt, wie wir noch mehr Leute ins Café locken könnten«, sagte ich beim Kurzbriefing zu Bonny und Jess. »Vorschläge?«

»Wir könnten die Leute auf der Straße einige Dinge probieren lassen. Du weißt schon« – Jess jonglierte ein leeres Tablett auf einer Handfläche umher – »... einfach draußen Passanten ansprechen.«

»Wer soll das machen?«, warf ich ein, während ich gedankenverloren geschwungene Buchstaben auf ein leeres Blatt Papier kritzelte, »wir sind nur zu dritt. Und wenn wir wollen, dass Claire keine stellvertretende Geschäftsführung einstellt, müssen wir ohnehin bald nach einer Aushilfe schauen. So könnten wir die Aufgaben flexibler unter uns aufteilen.«

»Ich schätze, du hast recht«, erwiderte Bonny seufzend und verschränkte die Arme. »Ich habe in den nächsten Wochen einige Termine mit meiner Anwältin und vor Gericht. Das könnte eng werden.«

»Ich rede mit Claire. Jemanden für den Service werden wir schnell finden.«

Jess zog den Block an sich, den ich mit Handlettering verziert hatte. »Wow, das sieht aus wie ein Kunstwerk, Vicky.«

Bevor ich antworten konnte, griff Jess aufgeregt nach meinem Unterarm und riss Mund und Augen auf. »Das ist es!«

»Das ist was?« Ich verstand nicht, was sie meinte.

»Wie wäre es, wenn wir die Frontscheibe kunstvoll verzieren?«

»Mit ›wir‹ meinst du wohl mich.« Ich lachte und hörte ihr interessiert zu. Sie war ein kreativer Kopf und hatte gute Ideen.

»Schreib die Namen der Backwaren an die Frontscheibe! So wie hier! Das sieht wunderschön aus. Es ist wie eine …«

Bonny unterbrach sie aufgeregt. »… wie eine Visitenkarte des Doppio! Claire wird es lieben!«

Claire. Sie rief täglich unten an, ich brachte ihr jeden Tag eine Kleinigkeit nach oben. Weitere Hilfsangebote lehnte sie ab. Wenn ich an sie dachte, wurde mein Herz schwer. Das Café war ihr großer Traum, den sie sich selbst erfüllt hatte. Es war mein Traum, den ich für sie am Leben hielt. Die Vorstellung von Claires Gesicht, wenn sie die Frontscheibe sah, ließ mich lächeln. »Und ob sie es lieben wird.«

Damit war es beschlossene Sache. Ich stieg mit verschiedenen Markern auf die Leiter, die wir draußen direkt am Fenster aufstellten, und begann mühevoll und mit Sorgfalt die Namen der Gebäckstücke anzuschreiben und zu verzieren: Enes, Rosa, Beatrice, Violet, Ophra, Noah, Bella, Valentine, Rosalie, Jaxon, Billy, Clementine. Bei Rosa gab ich mir besonders viel Mühe. Vielleicht, um das Gefühl der Schwere in meiner Brust zu unterdrücken, das sich ausbreitete, als ich die Buchstaben ihres Namens schrieb.

»Soll ich dir einen Kaffee machen?«, rief Jess zu mir herauf und schirmte ihre Augen mit der Hand vor den Sonnenstrahlen ab, »du bist schon eine gefühlte Ewigkeit da oben.«

»Braucht ihr mich?«

»Nein, mach es in Ruhe fertig. Also ... Kaffee?«

Ich nickte dankbar. Ich mochte Kaffee, schon seit ich ihn das erste Mal getrunken hatte. Aber seit ich meine Arbeit im Doppio aufgenommen hatte, war er zu meiner zweiten Leidenschaft geworden. Direkt nach dem Backen.

Als sie zurückkam, hörte ich Musik.

»Ich hab ein kleines Radio mitgebracht. Dann fühlst du dich nicht so einsam da draußen.«

Lachend schaute ich mich um. Menschen liefen kreuz und quer über Zebrastreifen, kamen aus dem gegenüberliegenden Bahnhof gelaufen, stiegen in Busse ein und verschwanden die Treppe nach unten zur Victoria Underground Station.

Victoria Station – der Ort, an dem alles begann.

»Du denkst, man kann in einer Metropole wie London allein sein?«

Sie winkte ab. »Nein, so meinte ich das nicht.«

»Ich weiß. Lass es gern hier. Vielleicht inspiriert es mich.«

Jess stellte das Radio auf dem Fensterbrett ab und ging zurück ins Café. Es war paradox, aber in diesem Moment kam mir der Einfall – der Einfall für den letzten Schliff.

Ich schüttelte den Lackstift und führte ihn kunstvoll in die Mitte der Glasscheibe:

Claire wünscht Ihnen einen Genussmoment im Doppio ...

Außen herum waren die Namen der Gebäckstücke verteilt.

Als ich beim Verzieren der Scheibenecken mit Ranken Ed Sheerans »Photograph« hörte, wiegte ich mich sanft im Takt von links nach rechts. Einzelne Haarsträhnen meiner langen kupferroten Mähne fielen mir über die Schultern nach vorn und glitzerten im Sonnenlicht.

Ich hörte ein Räuspern. Als ich nach unten auf die Straße schaute, sah ich ihn: Will stand auf dem Gehweg vor dem Schaufenster und sah zu mir auf.

»Du backst morgens Torten und bemalst mittags nebenbei die Schaufenster? Ich bin beeindruckt.«

Er lächelte wieder dieses Lächeln. Und so kindisch das klingen mag, ich setzte mich auf die große Trittfläche der Leiter, weil ich befürchtete, meine Beine könnten nachgeben.

Er trug ein kurzärmeliges hellblaues Hemd, das er in den Hosenbund gesteckt hatte.

»Eigentlich nicht …«, antwortete ich verlegen und steckte die Stiftkappe auf.

»Schön, dich wiederzusehen.«

»Es ist gar nicht Freitag.«

»Ist das schlimm?«

»Natürlich nicht, entschuldige.« Ich griff mir an die Stirn und fühlte mich unheimlich dumm. Wie schon letztes Mal war ich in seiner Gegenwart verlegen. Er hatte diese Ausstrahlung, die Frauen anzog wie ein Magnet.

»Möchtest du vielleicht runterkommen und dich … hier mit mir unterhalten?« Er hielt mir eine Hand entgegen und ich griff ohne zu zögern danach.

Langsam ging ich an seiner Hand die letzten Stufen der Leiter hinab, bis ich wieder festen Boden unter den Füßen spürte. »Danke …«, sagte ich und sah ihn an.

Die Hand ließ ich nicht los. Er auch nicht.

»Ich lüge jetzt einfach mal und sage, ich möchte gern ein paar Kuchen- und Tortenstücke kaufen. Hilfst du mir dabei?«

»Beim Lügen oder bei den Tortenstücken?« Wir lachten beide, meine Hand nach wie vor in seiner.

»Bei den Tortenstücken.«

»Das kann ich machen«, sagte ich lächelnd. »Aber wenn das eine Lüge ist, was entspricht dann der Wahrheit? Kein Kuchen?«

Er sah mir tief in die Augen, während er antwortete. »Doch, auf jeden Fall Kuchen. In Wahrheit wollte ich dich wiedersehen. Bis Freitag schien mir zu lang.«

Ich brannte. Dieser Mann. Ich kannte ihn erst seit so kurzer Zeit und er schaffte es, mich zu verwirren, mich hilflos fühlen zu lassen, und er ließ mich regelrecht in Flammen aufgehen.

Ich wusste nicht, was ich sagen sollte. Es war das erste Mal, dass ein Mann sich so offensichtlich für mich interessierte und mich umwarb – kein plumpes Anschleichen von hinten hinter dem Vorhang. Dieses charmante Umgarnen machte etwas mit mir. Er gefiel mir. Sehr sogar.

Ich löste meinen Blick und meine Hand von ihm und ging voraus ins Café. Hinter dem Tresen führte ich ihn mit kurzen Erklärungen durch das Sortiment.

»Wähle du wieder für mich«, sagte er, als ich fertig war.

Ich stellte eine kleine Auswahl in einem Kuchenkarton zusammen. Es war noch Platz für ein einziges kleines Stück. »Magst du Lavendel?«

Er runzelte die Stirn. »Lavendel?«

»Ja, er gibt Gebäck eine ganz besondere Note. Viele Menschen wissen den Geschmack nicht zu schätzen und kennen nur den Geruch.«

»Da gehöre ich wohl auch dazu.«

Wir lachten beide.

»Bist du abenteuerlustig?« Ich sah ihn über die Theke hinweg an.

»Bist du es denn?«

Ich sah ihn tadelnd an, weil er die meisten meiner Fragen mit Gegenfragen beantwortete.

»Für dich würde ich es wagen.«

Damit machte ich auf dem Absatz kehrt und holte aus dem Kühler in der Backstube eine frische Lavendelrolle. Ich nahm das große Messer und schnitt sie an.

Der Zeigefinger meiner linken Hand fühlte sich im selben Augenblick heiß an. Ich zog ihn hoch und sah, wie das Blut meine Hand herunterlief. Ich hatte mich geschnitten.

»Warte!« Will eilte hinter die Theke und griff nach meinem Handgelenk. Dann wickelte er mehrere Lagen Papier um den Finger und legte ein Küchenhandtuch darüber. »Fest drücken«, wies er mich an und stoppte die vorbeigehende Jess, die aus der Schwingtür nach vorn kam, mit den Worten: »Wo ist der Verbandskasten?«

Sie erschrak, als sie meine verbundene Hand sah. »Ich hole ihn«, rief sie.

Später stand ich mit Will in Claires Büro, wo er meine Verletzung betrachtete, die endlich aufgehört hatte zu bluten.

»Du hattest Glück. Es scheint nur oberflächlich verletzt zu sein und muss nicht genäht werden. Ich werde es verbinden, aber du musst es in einigen Tagen kontrollieren lassen, damit wir sichergehen können, dass sich nichts entzündet.«

Ich sah ihn stirnrunzelnd an. »Das klingt alles sehr …« Ich suchte nach dem passenden Wort.

»… medizinisch?«, fragte er lächelnd.

»… professionell«, beendete ich meinen eigenen Satz.

»Ich bin Arzt. Im St. Jacob's Hospital.«

Als wir kurze Zeit später wieder im Verkaufsraum standen, übergab ich ihm den Karton mit den Gebäckstücken. »Einen Genussmoment wünsche ich.«

Claires Spruch. Claires Mantra.

Er sah mich an. »Geh mit mir aus, Victoria.« Es war keine Frage, sondern vielmehr eine Bitte.

»Was?« Ich lächelte und fuhr mir nervös durchs Haar.

»Geh mit mir aus«, wiederholte er.

»Wir kennen uns kaum, eigentlich kenne ich nur deinen Namen.«

»Das ist der Sinn von einem Date. Man lernt sich kennen.« Er zog einen kleinen Zettel aus der Tasche, notierte etwas darauf und schob ihn mir gefaltet über den Tresen. Als ich ihn auffaltete, erkannte ich darauf eine Mobilnummer.

»Ruf mich an, wenn du Ja sagst ... oder auch, wenn du Nein sagst.«

Ich steckte den Zettel in meine hintere Hosentasche.

»Dass du den Zettel nicht direkt in den Mülleimer wirfst, sehe ich als positives Zeichen«, sagte er lachend und zeigte auf den Abfalleimer im Hintergrund.

Auch das stimmte. Ich hätte liebend gern Ja gesagt. Warum ich es nicht tat, wusste ich nicht.

Er klopfte kurz auf den Tresen und wandte sich zum Gehen. »Dann sehe ich dich spätestens Freitag ...«

»Danke für deine Hilfe.« Ich hob meine verbundene Hand nach oben.

Er verbeugte sich leicht und lächelte.

Als er an der Tür des Doppio stand, hielt er kurz inne. Schließlich hob er die Hand und ging mit seiner Kuchenauswahl hinaus.

Shit.

Ich hastete hinter dem Tresen nach vorn, rannte zur Tür hinaus und suchte ihn mit meinen Augen zwischen den Passanten, die kreuz und quer über den Gehweg liefen. »Will!«, rief ich über die Köpfe hinweg, von denen sich zahlreiche nach mir umdrehten. Mein Herz raste.

Tu es.

Jetzt oder nie.

Kopf oder Herz.

Ein blonder Schopf drehte sich in meine Richtung. Als er mich in der Tür stehen sah, lächelte er. »Passt dir Samstag?«

Am Nachmittag brachte ich Claire wie immer etwas Gebäck und einen Tee. Ich entschied mich für Macarons mit verschiedenen Füllungen in verschiedenen Farben.

»Ich möchte dir etwas zeigen, aber dafür musst du mitkommen. Geht das?«

»Ist unten alles okay?«

»Es ist alles okay, mach dir keine Sorgen. Es ist eine kleine Überraschung. Nichts Großes, aber vielleicht freut es dich.«

Ich half ihr die Treppe nach unten. Sie sah etwas besser aus als bei meinem letzten Besuch. Nicht kräftiger, aber mit etwas mehr Farbe im Gesicht.

Unten angekommen, führte ich sie vor das Schaufenster des Cafés. »Tada …«, sagte ich und bewegte meine Hände ausladend in Richtung Fensterscheibe mit meinem Kunstwerk vom Morgen.

Sie sah auf die Scheibe und dann in mein Gesicht, dann wieder zurück. Für den Bruchteil einer Sekunde hatte ich Angst, sie würde es hassen. Aber ich kannte Claire mittlerweile ziemlich gut und wusste, dass ihr diese Sache direkt ins Herz ging.

»Das … wow … Warst du das?« Sie zeigte auf die Scheibe und trat etwas näher, um sie genauer begutachten zu können.

»Ja. Hat lange gedauert, aber ich finde, es hat sich gelohnt«, sagte ich stolz und ging an die Scheibe, um einzelne Buchstaben mit den Fingern zu berühren. »Wir haben überlegt, wie wir mehr Aufmerksamkeit auf das Doppio lenken können. Es ist ein wahrer Schatz im Herzen Londons.«

Sie sah mich an. »Stimmen die Zahlen nicht?«

Ich verzog das Gesicht. »Sie sind sogar ziemlich gut. Ich kann mit dir den Monatsabschluss durchgehen, wenn du möchtest.«

»Nein, ich vertraue dir, Victoria.«

»Aber ich finde ...«, begann ich langsam und nahm ihre Hand in meine, »... dass das Doppio so viel mehr verdient hat. Du hast etwas so Besonderes geschaffen, Claire. Ich möchte das Maximum herausholen. Ich habe schon eine Idee, welche neuen Gebäcksorten wir anbieten können. Ich würde es dir gern erzählen, wenn du den Kopf dafür hast. Ich habe etwas herumprobiert.«

Ich war aufgeregt. Ich hatte nicht das Gefühl, Claire von mir und meinen Ideen überzeugen zu müssen, aber allein darüber zu sprechen, löste solche Begeisterung in mir aus, dass ich diese nicht verbergen konnte.

»Wie kommt ihr drei zurecht?«

Mit diesem Satz holte sie mich auf den Boden der Tatsachen zurück. »Das ist auch ein Punkt, über den wir sprechen müssen ...«, sagte ich seufzend.

Sie sah mich ernst an und ich wusste, dass ich es sagen musste. Für das Doppio. Für Claire. »Wir brauchen eine weitere Aushilfe. Wir machen immer mehr Umsatz, müssen immer mehr herstellen. Es wird ... zu viel werden, schätze ich.«

Sie nickte nachdenklich. »Wir werden einen stellvertretenden Geschäftsführer brauchen.«

»Nein, eine Aushilfe reicht!« Ich klang leicht verzweifelt. Ich wollte keine Veränderung. Ich wollte niemanden im Doppio, der es als reine Geldmaschine verstand. Ihm mit der Zeit mehr und mehr den Charme nahm, Claire vollständig daraus verdrängte und ihre Handschrift verblassen ließ, indem er ein gewöhnliches Café daraus machte.

»Auch das«, sagte Claire und legte mir eine Hand auf die Schulter.

»Eine Aushilfe und eine Stellvertretung für dich?« Es klang, als wollte sie uns und den Laden aufgeben.

Das Doppio war alles für mich. Hier konnte ich mich verwirklichen, durch das Café und die Backstube erlangte ich Freiheit. Etwas, das ich in meinem alten Leben so nie kennengelernt hatte.

»Ja, beides.« Sie legte mir auch die zweite Hand auf die Schulter und hielt mich fest. »Victoria«, sagte sie fest und blickte mir in die Augen. »Sei offiziell meine Stellvertreterin.«

»Was?« Ich sah sie mit offenem Mund an und konnte mich nicht rühren. »Du machst Witze!«

Ich ging einen Schritt zurück und versuchte zu verdauen, was sie laut ausgesprochen hatte.

»Leite du das Doppio in meiner Abwesenheit.«

»Das kann ich nicht!« Panik ergriff mich. Wie stellte sie sich das vor? Ich hatte keine Ahnung, was es hieß, ein Café zu führen und erfolgreich am Laufen zu halten. Ich hatte hierfür weder eine Ausbildung noch die praktische Erfahrung.

»Das kannst du sogar ziemlich gut.« Sie ging einen Schritt auf mich zu. »Du tust es schon seit Wochen. Du bist die beste Vertretung, die ich mir für mein Baby hier wünschen kann.« Sie zeigte mit der Hand ins Innere des Cafés. »Wenn du ehrlich bist, weißt du, dass du das bereits bist. Es ändert sich nichts für dich. Nur, dass wir es offiziell machen. Du bist die Einzige, die nach mir so viel Liebe in diesen Ort steckt und ihm eine Seele einhaucht.«

Erst jetzt erkannte ich, dass sie die Wahrheit sprach. Ich legte die Hände übereinander an meinen Mund und spürte, wie sich meine Augen mit Tränen füllten. »Denkst du das wirklich?«, flüsterte ich mit tränenerstickter Stimme.

»Das denke ich wirklich. Sag Ja.«

»Ich würde gern, Claire …« Die Tränen liefen nun unaufhörlich, aber die Angst hemmte mich. Ich hatte Angst, zu versagen. Angst, dieser Aufgabe nicht gewachsen zu sein. *Es war einmal ein Mädchen aus dem Zirkus, das in die weite Welt hinausging und sich den Herzenswunsch erfüllte, ein Café zu führen.*

»Dann tu es! Das Leben ist zu kurz, um immer nur darüber nachzudenken, was wir gern tun würden. Irgendwann ist es zu spät, Dinge in die Tat umzusetzen.«

»Claire …« Ich ging auf sie zu und fiel ihr um den Hals. Es war meine Art, Ja zu sagen, und sie verstand mich ohne Worte.

»Na schön, und ich kümmere mich um eine Aushilfe. Du sollst dich ganz auf das Backen und die Büroarbeiten konzentrieren. Denn vom Herd kann ich dich wohl nicht fernhalten, wie ich dich kenne …«

Wir lachten beide.

Eine kurze Zeit standen wir noch vor dem Café und umarmten uns. Und ich spürte das, was ich mir so lange gewünscht hatte – Urvertrauen, Liebe, Nestwärme. In diesem Moment wusste ich: Egal, wo mich die Spuren meiner Mutter auf dieser Reise letztendlich hinführten, in Claire hatte ich eine Frau gefunden, die mir all das gab. Es war ein sehr kostbares Geschenk für mich.

Nachdem ich mit Claire, Bonny und Jess im Café auf die Verkündung von Claires Angebot angestoßen hatte, ging ich zum Apartment zurück, um mich frisch zu machen und die Erinnerungsbruchstücke meiner Mutter zu holen. Wie einen kostbaren Schatz packte ich die Blechdose, den Brief und das Foto von meiner Mutter und mir in meine Handtasche und machte mich auf den Weg zum St. Jacob's Hospital. Ich nahm die Underground von Victoria Station bis King's Cross.

Während der Fahrt öffnete ich wie Hunderte Male zuvor die Blechdose und betrachtete den Inhalt. Das Foto des jungen Mannes, die Serviette. Die Spuren der Tomatensoße brachten mich zum Lachen. Es waren Spuren, die meine Reise hier in London dokumentierten. Spuren, die mir zeigten, dass alles im

Fluss war, auch wenn man dachte, man sei in einer Sackgasse angekommen. Es ging immer weiter. Ich hoffte, dass ich eines Tages über diese Dinge lachen und nicht mehr verzweifelt und zurückgezogen über den Bruchstücken sitzen würde. Dann dachte ich an meine Unterhaltung mit Will und zog mit den nicht bandagierten Fingern der linken Hand umständlich den Zettel aus der Hosentasche, auf dem er seine Handynummer notiert hatte. Ich holte mein Telefon hervor und speicherte sie ab.

Die letzten Tage hatten mein Leben in eine andere Richtung gelenkt. Zuvor hatte ich das Gefühl gehabt, auf einer Drehscheibe zu stehen und auf den Absprung zu warten. Was wollte ich? Wo wollte ich hin? Wohin würde mich das Ganze hier leiten? Und dann, plötzlich, lief ich auf der Zielgeraden meiner eigenen Geschichte: Ich hatte ein Date mit dem Mann, der mich vom ersten Augenblick an verzaubert hatte. Claire hatte mir die stellvertretende Geschäftsführung des Doppio übertragen und ich war auf dem Weg ins St. Jacob's Hospital – zu einem Ort, zu dem meine Mutter irgendeine Verbindung haben musste.

Ich sah den Schacht der Underground links und rechts an den Fenstern vorbeifliegen und fasste einen Entschluss: Egal, wie es weiterging, egal, wo es mich hinführte – ich würde diese U-Bahn als andere Frau verlassen. Ich hatte in den letzten Wochen so viel erreicht und mir wurde klar: Endlich führte ich das Leben, das ich mir so lange gewünscht hatte.

So stieg ich kurze Zeit später die Stufen hinauf ins Tageslicht. Dort blieb ich stehen und ließ die Sonnenstrahlen auf mein Gesicht fallen.

Das war ich. Victoria Copar.

9

Das Krankenhaus wirkte riesig. Menschen mit weißen Kitteln, Blumensträußen, Rollstühlen und »Welcome Baby!«-Luftballons traten durch die große Eingangstür ins Innere. Ich stand einige Minuten davor und überlegte. Ich wusste nicht, an wen ich mich im Krankenhaus wenden sollte, wer mir helfen konnte. Dann nahm ich all meinen Mut zusammen, erinnerte mich an meine neuen Vorsätze und ging durch die Drehtür in die Eingangshalle. Ich ließ den Blick schweifen und sah einen Informationsschalter, den ich ansteuerte.

»Wie kann ich Ihnen helfen?« Eine gelangweilt wirkende Frau sah mich über ihre Tageszeitung hinweg durch die Glasscheibe an.

»Ich ... bin auf der Suche nach jemandem, vielleicht können Sie mir helfen und eine Auskunft geben.«

Sie faltete die Zeitung mit gepressten Lippen zusammen und tippte auf der Tastatur vor sich. »Station?«

»Das weiß ich nicht, ehrlich gesagt, ich ...«

Sie schnitt mir das Wort ab. »Datum der Aufnahme und Name?« Es klang nun eher genervt als gelangweilt.

»Na ja, die Sache ist die ...« – ich überlegte, wie ich ihr erklären konnte, wen ich suchte – »... es geht nicht um eine

Patientin. Das heißt, ich weiß nicht, ob sie mal eine war. Es geht um meine Mutter. Sie heißt Beatrice. Mehr weiß ich leider nicht.«

Sie hielt inne und sah mich mit hochgezogenen Augenbrauen an. »Sie suchen Ihre Mutter und wissen nichts als den Vornamen, hab ich Sie richtig verstanden?«

In dem Moment, in dem sie es aussprach, kam ich mir absolut dämlich vor. Aber ich war jetzt hier und musste die Chance nutzen, herauszufinden, welche Verbindung meine Mutter zu diesem Krankenhaus hatte. »Können Sie …«, beim Sprechen gestikulierte ich wild mit den Händen vor der Scheibe herum, »… im System nicht nachsehen, welche Patientinnen in den 1980er- und 1990er-Jahren mit dem Namen Beatrice hier behandelt wurden?«

Sie lachte laut heraus. »Schätzchen, was?«

Ich fühlte mich wie ein kleines Kind, das Prinzessin werden wollte und für diesen absurden Berufswunsch belächelt wurde. »Oder … eine Liste der Beschäftigten für diesen Zeitraum? Ich weiß leider nicht, in welcher Verbindung meine Mutter zu dieser Klinik stand. Ich stehe noch ganz am Anfang meiner Recherche.«

Die Frau beugte sich näher zur Glasscheibe und schlug mir die nackte Wahrheit ins Gesicht, die mich wieder auf den Boden der Tatsachen holte und die anfängliche Euphorie schwinden ließ. »Hören Sie, dies ist ein ziemlich großes Krankenhaus mit knapp tausend Betten. Ich kann Ihnen doch nicht zu einem Allerweltsvornamen alle Patienten und Beschäftigten für einen Zeitraum von zwanzig Jahren ausdrucken … was denken Sie sich eigentlich? Abgesehen vom Datenschutz. Das geht einfach nicht, Miss. Tut mir leid.«

Ich stand vor der Glasscheibe wie ein Häufchen Elend. Nicht nur, weil ich wieder einmal in einer Sackgasse angekommen war, sondern auch, weil ich mich über mich selbst ärgerte.

Was hatte ich erwartet? Ich kam praktisch mit leeren Händen und wollte die Geschichte meiner Mutter hören.

»Ich wünsche Ihnen viel Erfolg bei der Suche, aber ich schätze, dass ich Ihnen hier und heute nicht helfen kann.«

»Danke trotzdem«, murmelte ich und machte dem Mann hinter mir Platz.

Die erste richtige Spur in London entpuppte sich als Sackgasse. Sie musste hier gewesen sein, weshalb auch immer, aber so würde ich es nie herausfinden. Es war zum Verrücktwerden. Der Gedanke, dass die Spuren meiner Mutter in der Blechdose vermutlich doch nur ein Wink des Schicksals waren, den Zirkus zu verlassen und ein neues Leben zu beginnen, war wieder präsent. Vermutlich führten sie ins Nirgendwo und es war Zeitverschwendung, sich mit einer längst vergilbten Serviette zu beschäftigen.

Ich musste an Will denken. Er arbeitete hier. Wenn jemand Zugang zu Verzeichnissen von Patienten oder Mitarbeitern des Krankenhauses hatte, dann er. Aber wie sollte ich ihm eine plausible Erklärung dafür geben, weshalb mir das wichtig war und wozu ich diese Informationen brauchte? Er wusste nichts über mich und über die Gründe, die mich nach London geführt hatten. Das Band zwischen uns war so zart und ich hatte Angst, ihn mit meiner Geschichte zu verschrecken.

Daher schüttelte ich den Gedanken ab und griff mir an die Schläfe. Ein Kopfschmerz breitete sich auf meiner Stirn aus. Ich brauchte dringend einen Kaffee, bevor ich mich auf den Rückweg in mein Apartment machte.

Ich folgte den Wegweisern zur Cafeteria und bestellte mir einen Cappuccino. Nach dem ersten Schluck war klar, dass er mit dem des Doppio nicht im Geringsten mithalten konnte. Die Bohnen waren zu stark geröstet worden, weshalb der Cappuccino verbrannt roch, der Geschmack war bitter. Meine Sinne waren seit meiner Arbeit im Café geschärft. Was

Kaffeespezialitäten anging, hatte ich mir viel Wissen angeeignet und wusste mittlerweile, welche Auswirkungen Wasserhärte, Temperatur und Mahlgrad auf die Zubereitung hatten.

»In der Not …«, murmelte ich und wandte mich zum Gehen.

Wir stießen direkt aneinander. Erst, als ich meinen Handtascheninhalt vermischt mit Kaffee und Milchschaumresten auf dem Boden sah, realisierte ich, was passiert war. Eine Frau in blauer Hose und Hemd stand vor mir und schaute mich mit aufgerissenen Augen und offenem Mund an. »O mein Gott, tut mir leid! Tut mir leid … ich bin total übermüdet …« Sie trug Einweghandschuhe und eine Art OP-Haube über dem Haar, wohl eine Krankenschwester.

»Das kann ich mir bei Ihrem Job vorstellen«, sagte ich leise und bückte mich, um mein Hab und Gut einzusammeln. »Ich würde Ihnen gern meinen Kaffee anbieten, aber …« Ich zeigte mit einer Handbewegung auf den Boden und lachte.

»Ich zahle natürlich Ihren Kaffee und besorge einen neuen.« Sie griff nach einem ganzen Stapel Papierservietten auf der Theke und verteilte sie auf dem Boden.

Eine Servicekraft stellte mürrisch ihren Eimer ab, in den wir die vollgesaugten Servietten warfen.

»Das müssen Sie nicht«, antwortete ich auf das Angebot mit dem Kaffee, »er hat ohnehin nicht geschmeckt.«

Wir sahen uns an und lachten gleichzeitig los.

»Da haben Sie recht. Aber schlechter Kaffee ist besser als gar keiner.«

Das stimmte auch wieder. »Sie haben als Krankenschwester hier keine andere Wahl, schätze ich.«

Sie nickte stumm und half mir, die Dinge einzusammeln, die aus meiner Tasche gefallen waren. Erst jetzt sah ich, dass die Blechdose durch den Aufprall aufgesprungen war und offen dalag.

Sie griff nach der Serviette mit dem Lavendeldruck. Neben den Tomatenspritzern wies sie jetzt auch leichte braune Flecken auf. Ich musste an den Abend im Apartment denken, als sich die Tomatensoße darauf verewigt hatte. Die Serviette wäre bald wirklich eine Landkarte der Erinnerungen an meine Rechercheversuche. Auf der Suche nach den Spuren meiner Mutter.

»Die Welt ist klein … Es ist auf meiner Liste ziemlich weit oben, aber endgültig entschieden haben wir uns für meinen Granddad noch nicht. Meine Mutter hat hier das letzte Wort.«

Ich wusste nicht, wovon sie sprach.

Sie merkte mir die Verwirrtheit an. »Na, hier.« Sie hielt mir die Serviette hin. »Das Lavender Nursing Home. Das Pflegeheim.«

Und jedes Mal, wenn sich eine Tür schließt, öffnet sich eine neue.

* * *

Das Lavender Nursing Home war ein Alten- und Pflegeheim in London. Vom Krankenhaus aus musste ich neun Stationen mit der Underground fahren und einmal umsteigen. Es lag in einer anderen Zone, mitten in einer Wohnsiedlung, und war doch um einiges vom Zentrum entfernt. Von außen wirkte es recht nüchtern: ein zweistöckiges Gebäude aus rotbraunen Ziegelsteinen. Sobald man durch den Eingang trat, hatte man das Gefühl, in einer anderen Welt zu sein. Es wirkte eher wie ein Hotel, ein Resort für einen erholsamen Aufenthalt, als wie ein Altenheim. Die Gänge erinnerten zwar an ein Krankenhaus, aber die Farben an Frühling und Jugend. Farbnuancen in Flieder und Lila zierten die Wände, die Möbel waren perfekt darauf abgestimmt. Es gab überall riesige Vasen mit Blumen, die einen frischen Duft verbreiteten. Nicht, wie man es von einem Altenheim erwartete.

»Kann ich Ihnen helfen?«

Ich steuerte auf den Empfang im Erdgeschoss zu, wo ein junger Mann saß. Selbst das Personal trug lilafarbene Arbeitskleidung.

Auf ein Neues. »Guten Tag, mein Name ist Victoria …«, ich stockte kurz, »… Copar und ich bin auf der Suche nach jemandem. Ich hoffe, Sie können mir weiterhelfen.«

Ich fühlte mich wenige Stunden zurückversetzt, zu dem Moment, als ich am Infoschalter des Krankenhauses gestanden und ganz ähnliche Sätze aufgesagt hatte.

Der Mann nahm einen Schluck von seinem Kaffee und sah mich über die Brillengläser hinweg an. »Sind Sie eine Verwandte oder Angehörige?«

Ich holte tief Luft und schloss kurz die Augen. Es fühlte sich wirklich an wie im Krankenhaus. »Das Ganze liegt schon länger zurück. Ich weiß nicht, welche Verbindung die Person zu diesem Pflegeheim gehabt hat. Es muss in den 1980ern oder 1990ern gewesen sein.« Ich griff in die kleine Blechdose in meiner Tasche und zog die Serviette hervor.

»Sehen Sie«, fing ich an und bemerkte, wie meine Stimme einen zittrigen Ton annahm, »… das ist alles, was ich habe. Meine Mutter hat diese Serviette aufgehoben. Sie hieß Beatrice. Ich suche sie. Dieses Altenheim ist die einzige Spur, die ich aktuell verfolgen kann.« Ich stützte einen Ellbogen auf dem Empfangstresen ab und legte die Stirn an meine Hand.

Er sah mich an, ohne zu sprechen. Es wirkte, als hätte er mich gar nicht verstanden.

Ich ging einen Schritt zurück. »Es tut mir leid … danke für Ihre Zeit!« Ich drehte mich um und ging Richtung Ausgang. Was hatte ich mir dabei gedacht?

»Warten Sie!«

Ich blieb abrupt stehen. Mein Herz klopfte.

Als ich mich wieder umdrehte, war er von seinem Drehstuhl aufgestanden.

»Ich kann Ihnen nicht weiterhelfen, aber ich wüsste jemanden, der es vermutlich kann.«

Mit schnellen Schritten ging ich zum Empfang zurück.

»Warten Sie hier, ich bin gleich wieder da.«

Er verschwand durch eine Tür, die hinter ihm automatisch ins Schloss fiel. In der Zwischenzeit sah ich mich im Raum um. Ich wusste nicht, wen er meinte, wusste nicht, was nun passierte. Aber ich klammerte mich an jeden Strohhalm, den ich zu fassen bekam.

Kurze Zeit später kam er mit einer älteren Dame zurück ins Foyer. »Das ist Mrs Pooley. Sie arbeitet seit 1982 hier.«

Mein Herz machte einen Sprung. Und dann plapperte ich drauflos.

Im strömenden Regen ging ich zur Underground Station zurück. Mein Haar war völlig durchnässt und klebte regelrecht an meinem Kopf. Meine Turnschuhe trieften und ich hatte das Gefühl, meine Fußsohlen drückten bei jedem Auftreten das Wasser durch das Tuch wieder nach außen. Aber der Regen war warm und hatte etwas Tröstendes.

Ich fühlte mich dumm und kindisch. Zwei Mal war ich einem winzigen Hinweis hinterhergehechelt, hatte mich zum Idioten gemacht, weil ich dachte, ich würde lediglich mit einem Vornamen die Geschichte meine Mutter verstehen und ihr Geheimnis lüften können. Weder im Krankenhaus noch im Pflegeheim hatte ich irgendwelche Antworten erhalten und die Worte, mit denen sich die Pflegekraft Mrs Pooley von mir verabschiedet hatte, waren wie ein Schlag ins Gesicht gewesen:

»Spuren sind oftmals wie Fußabdrücke im Sand. Sie bleiben eine Weile, aber dann kommen verschiedene Einflüsse wie

Stürme, Wellen, andere Menschen hinzu und die Spuren werden unkenntlich. Sie waren einmal da, sind aber nicht unendlich.«

Als ich die Stufen zur Underground an der Station Golders Green hinabstieg, knüllte ich die Papierserviette zusammen und warf sie in den nächsten Mülleimer.

Ich bugsierte ungeschickt einen Espressobecher und eine Auswahl an englischen Scones mit einer Hand die Treppe zu Claires Wohnung hinauf. Oben angekommen merkte ich, dass ich niesen musste.

»O nein ...«, stammelte ich panisch und versuchte, den Becher auf dem Boden abzustellen, war aber nicht schnell genug. Der Espresso bildete eine kleine Pfütze direkt vor Claires Fußmatte.

»So eine Scheiße, das darf doch alles nicht wahr sein ...« Ich schnäuzte in ein Taschentuch und nutzte den Rest der Packung, um die Sauerei notdürftig aufzuwischen.

Claires Wohnungstür öffnete sich. Als ich aufschaute, sah ich sie im Türrahmen stehen.

»Ich trinke ihn lieber aus dem Becher, aber ich schätze deine Kreativität ...«

Ich hielt kurz inne und musste schmunzeln, obwohl mir nach dem heutigen Besuch im Pflegeheim gar nicht nach Lachen zumute war. »Sehr witzig ...«, antwortete ich und warf die vollgesaugten Taschentücher gebündelt in einen Mülleimer im Flur.

»Es ist ohnehin zu spät für Espresso ...«, murmelte sie und trat beiseite, sodass ich eintreten konnte.

»Es ist nie zu spät für Koffein«, witzelte ich und warf einen Blick auf meine Uhr. Es war bereits nach sechs.

»Ich wollte dich nicht stören, nur eine Kleinigkeit vorbeibringen und fragen, wie es dir geht.«

»Du störst mich nicht. Komm, setzen wir uns.«

Wie üblich gingen wir ins Wohnzimmer. Die Tür zum Balkon, der sich über dem Eingang des Doppio befand, war geöffnet. Der dünne Vorhang bauschte sich im Wind und hatte etwas Leichtes und Beruhigendes an sich.

Wir setzten uns einander zugewandt auf das Sofa.

»Also, wie geht es dir?«

Sie zuckte mit den Achseln. »So, wie es mir gestern ging … und vorgestern, schätze ich. Aber bist du hier, um dir die Krankengeschichten einer alten Frau anzuhören, Vicky?«

»Lass das, bitte. Du bist nicht alt. Man würde sagen, du bist reif.«

Sie lachte. »Du hast recht. Aber krank bin ich. Das genügt ja auch.«

Bevor ich eine Frage stellen konnte, die mir mehr über Claires Krankengeschichte verriet, wechselte sie das Thema.

»Morgen kommt jemand zum Probearbeiten, eine Lydia McNeel. Ich verlasse mich in der Sache auf dein Urteil.« Sie griff nach ihrem Wasserglas und nahm einen Schluck.

»Das kannst du, natürlich. Jess wird sie in den Service einarbeiten und ich beobachte sie und gebe dir dann Rückmeldung, ob sie ins Team passt und wie sie sich macht.«

»Abgemacht. Aber die Entscheidung liegt bei dir. Du bist die stellvertretende Geschäftsführung des Doppio. Das hast du anscheinend schon wieder verdrängt.« Sie tätschelte mein angewinkeltes Bein.

»Das habe ich nicht. Wie könnte ich das verdrängen, Claire?« Ich sah ihr direkt in die Augen. »Noch nie hat mir jemand so großes Vertrauen geschenkt wie du. Ich bin dir unglaublich dankbar für diese Chance und werde dich nicht enttäuschen. Das weißt du hoffentlich.«

»Das könntest du gar nicht«, sagte sie und stützte den Kopf lächelnd in ihre Hand auf der Couchlehne. Und dann sagte sie etwas so Herzerwärmendes, wie es noch nie jemand zu mir gesagt hatte. »Ich weiß so wenig über dich und du nur ein bisschen über mich und trotzdem bist du wie eine Tochter für mich.«

In diesem Moment, in Claires Wohnzimmer in der Wohnung über dem Doppio, brachen bei mir alle Dämme. Minuten später lag ich schluchzend in ihren Armen und ließ meinen Gefühlen nach langer Zeit erstmals freien Lauf. Da waren Trauer, Wut, Verzweiflung, Liebe, Unsicherheit und Angst. All das kam an die Oberfläche. Ich weinte an ihrer Schulter und sie strich mir sanft über den Rücken, machte beruhigende Geräusche und wiegte sich mit mir sanft von einer Seite zur anderen. Ich konnte mich nicht daran erinnern, mich jemals so geborgen gefühlt zu haben. Es war eine Art Urvertrauen, das ich zu ihr hatte. Ein Vertrauen, das mir das Gefühl gab, alles werde sich zum Guten wenden, wenn ich nur in ihrer Nähe war.

Und dann erzählte ich es ihr. Wer ich wirklich war, wie ich eigentlich hieß. Erzählte vom Zirkus, von Rosa und Enes. Von meinem Vater und von Gino, von der Verlobung und der Nacht, die darauf gefolgt war und alles verändert hatte. Ich erlebte mit ihr gemeinsam nochmals meine Reise hierher nach London und teilte schließlich das Geheimnis um meine Mutter mit ihr. Ich erzählte ihr von der Blechdose, dem Foto des Mannes und dem Brief, den sie mir hinterlassen hatte.

Claire unterbrach mich nicht, sondern hörte mir geduldig zu. Sie hielt meine Hände in ihren, nahm mich in den Arm, lehnte sich an meine Schulter und zeigte mir, dass sie mich nicht verurteilte. Für nichts.

Als ich fertig war, dämmerte es bereits. Claire stand auf und zündete die breiten Blockkerzen auf dem Teller vor uns an.

Ich starrte in die Flammen und realisierte erst jetzt, was sich soeben abgespielt hatte. »Sag bitte etwas«, flüsterte ich abwesend.

»Es tut mir leid, dass du heute nicht zu den Erkenntnissen gekommen bist, die du dir so sehnlich wünschst.«

Ich sah sie an. »Das ist alles?«

»Es tut mir leid, dass du das alles an deinem letzten Abend im Zirkus erlebt hast.« Sie wischte mir mit dem Daumen eine Träne aus dem Gesicht. »Aber vor allem tut es mir leid, dass wir uns nicht schon früher begegnet sind.« Sanft lächelnd fuhr sie fort: »Es wird alles gut werden. Mach dir keine Sorgen. Du bist hier sicher. Ich verspreche es dir.«

»Du wirst es niemandem sagen?«

Sie schüttelte den Kopf. »Daran würde ich im Traum nicht denken.«

»Wieso, Claire?« Es war kein Vorwurf, sondern eine ehrlich gemeinte Frage. Eine Frage, die ich Claire bereits am ersten Abend gestellt hatte, an dem sie mir ihr Apartment angeboten hatte.

Sie zuckte mit den Schultern und zeigte ein trauriges Lächeln. »Du warst sehr ehrlich zu mir und hast mir deine Vergangenheit und dein Herz praktisch auf den Tisch gelegt. Jetzt bin ich dran, schätze ich.«

Mein Herz pochte. Was würde sie mir offenbaren? Wer war Claire Weststone wirklich?

»Ich habe keine Familie. Habe in meinem Leben niemanden außer dem Doppio und euch – dir, Jess und Bonny.« Sie zeigte mir demonstrativ drei Finger. »Wir sind uns also sehr ähnlich, wobei du immer noch die Chance und vor allem die Zeit hast, das Blatt zu wenden und … deine Mutter oder ihre Spuren zu finden, Victoria … Penny.« Sie runzelte die Stirn. »Wie soll ich dich nennen?«

»Die Penny von früher gibt es nicht mehr. Ich bin jemand anderes geworden, Claire.«

»Okay«, sagte sie und presste die Lippen ernst aufeinander. »Also, Vicky, Zeit ist etwas, das wir erst begreifen, wenn wir eine Sanduhr vors Gesicht gehalten bekommen und erstmals merken, dass sie endlich ist.«

Ich nahm all meinen Mut zusammen und stellte die Frage, die mir schon so lange auf der Seele brannte. »Was hast du, Claire?«

Ich rechnete mit einer längeren Pause, damit, dass sie wieder versuchen würde, aus der Situation zu fliehen.

Stattdessen kam ihre Antwort wie aus der Pistole geschossen. »Ich habe eine seltene Erkrankung des Nervensystems. Man weiß nicht viel darüber, es gibt also nicht allzu viele Einzelheiten, die ich darüber erzählen könnte.«

Es war, als wäre die Zeit stehen geblieben. Ich wusste nicht, was ich sagen sollte, wollte nichts falsch machen. »Das tut mir sehr leid, Claire …«, sagte ich leise.

Jetzt griff ich nach ihrer Hand, die sie mir jedoch entzog, ehe sie wie schon so oft abwinkte.

»Ach, es ist kein Krebs, oder? Sagt man das nicht so? Ich werde nicht daran sterben. Das ist doch schon etwas.« Sie lachte gespielt.

Nach einer Pause erzählte sie mir, was sie seit einem Jahr wusste. Sie teilte ihr Geheimnis mit mir, wie ich meines zuvor mit ihr: Die ersten Symptome des Zitterns und Schwindels waren vor zwölf Monaten aufgetaucht. Nach einer Ärzteodyssee kam sie zur Diagnose. Man startete umgehend einen Behandlungsversuch mit verschiedenen Medikamenten. Seit sich die Anfälle häuften, war sie kürzergetreten und zeigte sich deswegen viel seltener im Café. Eher als Besucherin und um nach dem Rechten zu sehen.

»Der Espresso in der Küche …«, fiel es mir wieder ein.

»… passiert mir häufiger in letzter Zeit.« Sie nickte und starrte abwesend in die Flammen der Kerzen vor uns. »Da lobe ich mir die To-go-Becher, die du immer mitbringst. Wobei heute du für die Sauerei im Flur verantwortlich warst.«

Wir lächelten beide.

»Was bedeutet das jetzt genau?«, hakte ich nach.

Sie zuckte die Achseln und presste die Lippen aufeinander. »Ich muss Medikamente nehmen und regelmäßig zu meinen Untersuchungen, aber …« – sie hob kurz die Hände und führte die Innenflächen dann vor der Brust aneinander – »ich kann so nicht in einem Café arbeiten und ständig Geschirr fallen lassen, verstehst du?«

»Scheiß auf das Geschirr«, entfuhr es mir.

»Nein, so ist das nicht«, sagte sie ernst. »Ich will nicht, dass die Leute mich als gebrochene Frau sehen. Sie kennen mich als die Claire Weststone, die ich einmal war. Eine starke, unabhängige Frau, die alles in ihrem Leben allein auf die Beine gestellt hat. Deswegen habe ich vorgesorgt.«

Jetzt erst begriff ich ihre Entscheidung, sich zurückzuziehen und eine stellvertretende Geschäftsleitung einzustellen. Ich verstand, weshalb sie diese Gedanken in den letzten Wochen mit sich herumgetragen, warum sie sich so zurückgezogen hatte und es ihr wichtig war, das Doppio in guten Händen zu wissen.

»Wie es irgendwann einmal sein wird, wird man sehen. Vielleicht überrascht mich ein Herzinfarkt oder eine Embolie. Vielleicht werde ich ein Pflegefall, kann nicht mehr allein aufstehen und laufen. Wer weiß das schon …«

»Ich bin für dich da, Claire. Egal, wie es kommt.«

»Du tust schon genug für mich, du kümmerst dich um mein Baby.« Sie zeigte mit dem Zeigefinger nach unten, wo das Doppio lag.

»Ich kümmere mich um unser Baby und um dich. Das verspreche ich dir.«

* * *

Ich brauchte einige Tage, um sacken zu lassen, was sich alles ereignet hatte. Die Enttäuschungen auf der Suche nach Beatrice und der Vergangenheit, mein Geständnis Claire gegenüber. Ihre Offenbarung, was ihr Leben und ihre Krankheit anging, schmerzte zwar, aber sie sorgte auch dafür, dass ich mein Leben und die Kontrolle, die ich nun darüber hatte, in einem anderen Licht wahrnahm. Ich stürzte mich in die Arbeit im Doppio. Für mich und meinen Traum. Und für Claire. Obwohl sie mein Schicksal in Händen hielt, hatte ich nicht eine Sekunde das Gefühl, ihr ausgeliefert zu sein. Keine Angst, kein Misstrauen. Da merkte ich, dass sie recht hatte, wenn sie uns beide mit Mutter und Tochter verglich. Vielleicht sollte mich meine Reise nach London genau an diesen Punkt und in diese Situation bringen. Wer wusste das schon. Der Mensch plante und das Schicksal saß einem im Nacken und lachte.

Die neue Aushilfe machte sich wunderbar. Lydia McNeel war eine Arbeitsbiene, sie passte perfekt ins Team des Doppio. Sie erledigte Dinge, ohne dass man sie darum bitten musste. Sie hatte ein Auge für Kleinigkeiten und versprühte einen Charme, den die Leute liebten. Ich nahm Claire beim Wort und traf die Entscheidung, sie fest einzustellen.

Am Freitagmittag stand ich hinter der Theke an der Kasse und beobachtete, wie Lydia mit Leichtigkeit Kaffeetassen und Backspezialitäten zu den Gästen brachte. Jess kassierte währenddessen lächelnd ab und Bonny reichte mir nach und nach Backwaren aus der Küche nach vorn. Mir wurde bewusst, dass ich noch nie in meinem Leben solch eine Verantwortung getragen hatte.

Und es fühlte sich großartig an.

»Vicky, draußen ist ein Mann, der nach dir gefragt hat.«

Ich wusch mir die Hände und trocknete sie an meiner Schürze ab.

In letzter Zeit fragten Gäste nach den Zutaten neuer Backkreationen und drückten immer öfter ihre Begeisterung persönlich aus. Ich hatte viel ausprobiert und noch mehr Seiten in meinem von Pam Crown inspirierten Backbuch gefüllt. Es machte mich stolz, wenn Menschen mich fragten, welche außergewöhnliche Gewürzmischung sich in der Füllung der Zimtschnecken oder Plunderteilchen befand.

»Hatte er die Scones?«, fragte ich, während ich mit dem Rücken die Schwingtür aufdrückte und nach draußen trat.

Ich sah ihn und hatte das Gefühl, als raste ich im Waggon einer Achterbahn von einer meterhohen steilen Klippe in die Tiefe.

Adrenalinrausch.

Kopf aus, Herz an.

Will stand an der Kasse, beide Hände locker in den Hosentaschen. Wie immer trug er ein Hemd, diesmal zitronengelb. Zwei Knöpfe an seinem Hals waren geöffnet, dort hing eine Sonnenbrille im Pilotenstil. »Ja, die hatte er«, beantwortete er meine Frage.

»Hallo, Will«, sagte ich lächelnd und fragte mich panisch, wie ich wohl aussah. Ich blickte an mir hinunter auf eine mehlbestäubte Bäckerschürze. Mit einer hektischen Bewegung riss ich mir die Haube vom Kopf, die mein dickes rotes Haar bändigte und es davor bewahrte, in einzelnen Strähnen in Teige oder Backformen zu gleiten.

Er lächelte verschmitzt und zeigte auf meine Schürze. »Steht dir fantastisch.« Er sagte es ganz und gar nicht spöttisch. Es klang wie dickflüssiger Honig. Und ich wollte mehr davon.

Ich zog die Schürze von der Hüfte und knüllte sie zusammen. »Ich hatte ganz vergessen, dass Freitag ist«, sagte ich und lächelte zurück.

»Ich nicht. Ich habe seit unserem letzten Gespräch jeden Tag darauf gewartet.«

In meiner Brust klopfte es. Als er seinen linken Mundwinkel wieder nach oben zog und mich direkt ansah, fühlte ich das Verlangen, ihm näher zu sein.

»Magst du Sushi?«

»Sushi?«

Er gestikulierte verwirrt mit den Händen und zeichnete Röllchen in die Luft. »Ja, Sushi. Maki, Nigiri, Sashimi.«

Ohne es zu ahnen, beförderte er mich zurück zu meinem alten Ich. Die weltfremde Penny Rosso vom Zirkus, die nichts über die Welt da draußen wusste. »Ich ... weiß es nicht«, sagte ich zögernd und zuckte leicht mit den Schultern »Ich hab es nie probiert.«

»Du verpasst etwas. Das kann ich nicht verantworten.« Er holte einen Stift hervor, notierte etwas auf der Rückseite einer Visitenkarte des Doppio und schob sie zu mir. »19 Uhr? Wir treffen uns dort. Nimm die Piccadilly Line und fahre bis zum Circus.«

Piccadilly Circus. Es war nur ein Name, er hatte keine Bedeutung. Aber es war das Schicksal, das mir wieder einmal ins Gesicht grinste und die Arme verschränkte, als wollte es sagen: »Na, wie fühlt sich das an?«

»Für die Scones«, sagte er und legte einen Fünfpfundschein an der Kasse ab, klopfte leicht auf den Tresen und wandte sich zum Gehen.

»Will!«, rief ich ihm hinterher, als er bereits an der Tür war.

Er drehte sich um.

»Leger oder nobel?«

Er runzelte die Stirn und lachte. Ich hatte das Gefühl, als wüsste er mit meiner Frage nichts anzufangen, und fügte hinzu: »Freitagabend. Eher legere Kleidung oder vornehm?«

Er lief rückwärts weiter Richtung Tür und hob leicht die Hände, während er mir antwortete. »Ich verstehe die Frage nicht. Du könntest mit der mehlbestäubten Bäckerschürze kommen und würdest damit alle Blicke auf dich ziehen.« Er winkte kurz und verließ das Café.

Noch mehrere Minuten stand ich an der Kasse und hing verträumt meinen Gedanken nach. Ich konnte es nicht länger ignorieren. Dieser Mann machte etwas mit mir.

* * *

Ich traf Will am Ausgang der Underground Station Piccadilly Circus. Er trug eine Leinenhose und trotz der warmen Temperaturen ein langärmeliges dunkelblaues Hemd, dessen Ärmel er mehrmals locker umgeschlagen hatte. Ich hatte mich nicht für leger entschieden. Ich trug einen schwarzen, eng anliegenden Rock, der bis zur Mitte des Oberschenkels geschlitzt war. Weil ich mir sicher war, dass er auch heute ein Hemd tragen würde, wählte ich einen Blusenbody in Weiß. Dazu trug ich den einzigen Schmuck, den ich besaß: kleine silberne Ohrstecker, die ich mir zwei Wochen zuvor auf dem Camden Market gekauft hatte. Mein Haar hatte ich zu einem Zopf gebunden. Einzelne Strähnen hatten sich gelöst und umrahmten mein Gesicht.

Als er mich begrüßte, griff er nach einer meiner Hände, legte seine Wange zögerlich leicht an meine und küsste mich daran vorbei. Ein Luftkuss. Und trotzdem war es einer der intimsten Momente, die ich bis dahin erlebt hatte. Währenddessen konzentrierte ich mich mit geschlossenen Augen auf seinen Geruch, sog ihn auf. Es hatte etwas von Wald und Pinien. Nicht künstlich, sondern pur.

Er hielt mir den rechten Arm hin und ich hakte mich bei ihm unter. Etwas, das ich noch nie bei jemandem gemacht hatte. Ich kannte Gesten wie diese nicht. Aber es fühlte sich gut an, so neben ihm herzulaufen.

Nach ein paar Minuten betraten wir ein riesig wirkendes Lokal mit schweren dunklen Holztüren. Ein traditionell gekleideter Japaner stand an einem kleinen Tresen im Eingangsbereich.

»Mein Name ist Will Morris. Ich habe reserviert.«

Morris. Zum ersten Mal hörte ich seinen vollen Namen.

Als wir zu unserem Tisch gebracht wurden, sah ich ihn von der Seite an. »Copar«, sagte ich und wartete auf seine Reaktion.

Er sah mich fragend an.

»Mein Name. Ich heiße Victoria Copar«, offenbarte ich ihm, »Copar bedeutet Kupfer auf Irisch.«

»Okay, ich bin dran«, sagte er und trank einen Schluck von seinem Sake. »Lieblingsfilm?«

Während ich mich daran versuchte, eine kleine Sushirolle mit den Essstäbchen zu greifen, um sie dann in das kleine Schälchen mit der Sojasoße zu tunken, hielt ich kurz inne und dachte nach. »Ganz klar«, sagte ich dann, »›Die Hochzeit meines besten Freundes‹ mit Julia Roberts und Dermot Mulroney.«

Er gab mir mit seiner freien Hand ein Zeichen, weiterzusprechen. »Weil?«, fragte er und sah mich an, während auch er weiteraß.

»Weil ich es irgendwie tröstlich finde, dass sie diesen Pakt mit ihrem besten Freund eingeht. Das Abkommen, das sie treffen – einander zu heiraten, wenn sie mit dreißig noch single sind, ist beruhigend. Das Leben hält für sie beide noch etwas bereit. Egal, was davor passiert ist. Verstehst du?«

Er nickte nachdenklich und grinste.

»Was?«, fragte ich lachend.

»Nichts, es ist nur ...«, er kaute und sprach dann weiter, »... genau das, woran ich denken musste, als ich den Film vor Jahren gesehen habe. Verrückt, oder?«

Es war perfekt. Dieser Ort, das Essen, dieser Mann.

»Hast du schon ein Gunkan-Maki probiert?«

Ich schüttelte den Kopf. Er nahm es geschickt mit seinen Essstäbchen auf und führte es über die Tischmitte zu mir herüber.

Ich zögerte einen Moment. Würde er mich damit füttern? Wollte er, dass ich den Mund öffnete und es so probierte?

Kopf aus, Herz an.

Ich öffnete den Mund und Will legte das Gunkan-Maki ab. Während ich langsam kaute, hielt ich seinem Blick stand.

Göttlich!

In diesem intimen Moment wurde mir klar, dass ich mich auf dem ersten richtigen Date meines Lebens befand.

Gino. Ich. Ein erster Kuss hinter dem Vorhang der Manege vor etlichen Jahren. Ein erstes gemeinsames Essen vor dem Wohnwagen auf Papptellern.

Aber damals war es in Ordnung gewesen. Damals war ich eine andere gewesen.

»Woher kommt die Liebe zum Backen?«

Ich legte die Stäbchen kurz nieder und wischte mir den Mund mit der Stoffserviette ab. »Pam Crown«, sagte ich und beobachtete seine Reaktion.

»Die Back-Ikone?«

Ich nickte und musste daran denken, wie viele Sendungen ich mittlerweile schon verpasst hatte. Ich hatte mir für mein Apartment zwar einen kleinen Fernseher gekauft, war aber meist zur Sendezeit nicht zu Hause. Seit Claires Entscheidung, mir die stellvertretende Geschäftsleitung zu übertragen, verbrachte ich sehr viel Zeit im Doppio. Es war mein zweites Zuhause geworden und ich spielte gedanklich schon mit weiteren Möglichkeiten, mich dort zu verwirklichen. All diese Gedanken und Ideen hatte ich Pam Crown zu verdanken. Sie hatte meine ganze Jugend geprägt und mich beim Erwachsenwerden

146

begleitet. Während andere mit Freunden um die Häuser zogen, ins Kino gingen und gemeinsam Zeit verbrachten, sah ich ihre Sendung, backte Kuchen und hielt alles akribisch in meinem persönlichen Backbuch fest.

»Genau die«, sagte ich und nahm meine Stäbchen wieder auf. »Ich habe keine ihrer Sendungen verpasst, bevor ich ins Doppio kam, und sammle alle Rezepte und Tipps in meinem persönlichen Backbuch. Es ist wie ein Schatz.«

Er nickte nachdenklich.

»Hört sich das dämlich an?«

Er schaute mich irritiert an. »Überhaupt nicht. Wie kommst du darauf?«

Ich zuckte die Achseln.

»Ich liebe es, wenn Menschen eine Passion haben. Viele wissen nicht einmal, was sie wirklich gern mögen oder wofür sie bestimmt sind. Andere handeln ein Leben lang nur aus Pflichtbewusstsein und nutzen ihre begrenzte Zeit nicht. Man muss tun, was man liebt.«

Ich nickte nachdenklich. Er hatte keine Ahnung, wie sehr er ins Schwarze getroffen hatte.

»Was war vor dem Doppio? Wenn es nicht das Backen war, was hast du dann beruflich gemacht?«

Ich hielt kurz in der Bewegung inne. Es war einer der Momente, in denen ich am liebsten die Zeit angehalten und mir sorgfältig eine schlüssige Antwort zurechtgelegt hätte.

Er sah mich eindringlich an, ich wusste, dass ich etwas sagen musste.

Ich komme aus dem Zirkus. War Artistin. Immer in der Manege, an Ringen oder Tüchern. Das war mein Leben vor diesem hier. Vor dem Doppio.

Mein Blick glitt suchend durch den Raum und blieb an einer jungen Frau hängen, die in ein Buch vertieft allein an einem kleinen Tisch hinter dem Aquarium saß und blind ihre

Suppe löffelte. *Drei, zwei, eins.* »Ich bin Bibliothekarin.« Es ging mir ganz leicht über die Lippen. Und obwohl es sich schon fast real anfühlte, was ich gesagt hatte, beschlich mich ein schlechtes Bauchgefühl: Ich lernte diesen unfassbaren Mann gerade kennen und hatte ihm bereits erste Lügen aufgetischt.

Um mich nicht in ein Lügennetz zu verstricken, zog ich gleich die Reißleine. »Aber ich bin nach London gekommen, um einen Neustart zu wagen. Und … hier bin ich und habe meine Leidenschaft … zu meinem Beruf gemacht.« Es fühlte sich gut an, das auszusprechen, denn so war es: Ich hatte den Traum des Backens zum Leben erweckt.

In diesem Moment, als ich mit Will in dem japanischen Restaurant am Piccadilly Circus in London saß und ihn über die Platte mit Sushi hinweg ansah, war ich unfassbar stolz auf das, was ich in den vergangenen Wochen erreicht hatte. Ich war weiter gekommen, als ich es mir jemals hätte träumen lassen.

»Du hattest recht, Sushi ist eine Sünde wert.«

»Eine Sünde?« Er sah mich von der Seite an, während er neben mir an den Straßenkünstlern vorbeilief, die Karikaturen von Touristen anfertigten. »Es ist keine Sünde. Es ist sogar ziemlich gesund: wenig Fett, reich an Omega-3-Fettsäuren. Algen enthalten viel Kalzium, Magnesium und Eisen.«

Ich musste schmunzeln. »Okay, Herr Doktor.«

»Entschuldige.« Schmunzelnd fuhr er sich durchs Haar. »Da wären wir wieder beim Thema. Dass man das tun sollte, was man liebt. Ich liebe es, Arzt zu sein und Menschen zu helfen, auch wenn man Gefahr läuft, sich ihre ganze Lebensgeschichte anhören zu müssen.«

Ich liebte es, dass er mich zum Lachen brachte. Ich liebte die Art, wie er mich ansah und wie er beim Lächeln einen Mundwinkel nach oben zog. Ich liebte es, wenn er eine

Hand in die Hosentasche gleiten ließ und langsam neben mir herschlenderte.

Er verzauberte mich.

»Ich könnte einen Kaffee vertragen«, sagte er und unterdrückte ein Gähnen, »wie sieht es mit dir aus?«

Ich verschränkte die Arme und blieb kurz stehen. Mit dem Zeigefinger tippte ich mehrmals gegen meine Oberlippe. »Ich weiß ganz zufällig, wo es den besten Kaffee der Stadt gibt ...«

»Was darf's denn sein?«, fragte ich und drückte auf den Einschaltknopf der Siebträgermaschine. Ich hatte lediglich die Beleuchtung der Theke eingeschaltet, um keine Passanten auf uns aufmerksam zu machen. Es war nach 22 Uhr und das Doppio hatte längst geschlossen.

»Espresso?« Es war mehr eine Frage als eine Bestellung.

Ich nickte. »Dann aber mit Macarons.« Das war mehr eine Bedingung als eine Frage.

»Da sage ich nicht Nein.«

Während ich eine Etagere befüllte und sie auf ein Tablett stellte, schlenderte Will durch das Café und sah sich um.

»Darf ich dich etwas fragen?«

Er drehte sich zu mir um und zog fragend die Augenbrauen hoch. Ein Zeichen, fortzufahren.

»Glaubst du an das Schicksal?«

Er kam mit langsamen Schritten und gesenktem Blick zurück zur Theke geschlendert, biss sich auf die Unterlippe und sah mich dann an. Es war einer der Momente, die eingefroren schienen. Sein Blick ging mir durch und durch. Ein Blick, den ich erwiderte, dem ich standhielt. Fast hörte ich auf zu atmen, weil mir die Antwort auf diese Frage so wichtig schien. Es verriet viel über einen Menschen, wie er zum Schicksal stand. Es gab Menschen, die glaubten daran und vertrauten auf eine höhere Macht. Andere belächelten es und winkten ab. Zu welcher Gruppe gehörte Will Morris?

»Man sagt, das Schicksal lässt die Wege zweier Menschen, die füreinander bestimmt sind, sich so lange und so oft kreuzen, bis sie es selbst merken.«

Stille zwischen uns. Nur Blicke, keine Worte.

»Demnach ja«, sprach er leise weiter und hielt meinem Blick stand. »Ich glaube fest an das Schicksal und daran, dass es seine Gründe hat.«

Ein Geräusch hinter mir riss mich aus dem intimen Moment, der mir eine Gänsehaut bescherte. Die Kaffeemaschine meldete sich zum Dienst.

Ich lächelte ihn über die Ladentheke hinweg an. »Das klingt wunderschön«, sagte ich und hielt noch einen Moment inne, bevor ich unsere Espressi zubereitete.

Wir gingen mit dem Tablett durch die Backstube nach hinten in den kleinen Innenhof. Vor einiger Zeit hatte ich eine kleine Palettencouch und einige Gläser mit Kerzen organisiert, weil ich hier mit Jess oft den Abend ausklingen ließ. Die Kerzen tauchten alles in ein sanftes Licht.

Wir saßen nebeneinander und tranken schweigend den Espresso. Die Luft war warm und man hatte nicht eine Sekunde das Gefühl, mitten im Großstadtdschungel zu sein.

»Es war ein schöner Abend. Danke, dass du mich von Sushi überzeugt hast.«

»Falsch«, widersprach er und sah mich von der Seite an. »Es *ist* ein schöner Abend. Und ich muss dir danken. Ich weiß nicht, wann ich mich das letzte Mal …« Er schaute in seine leere Tasse hinab.

»Das letzte Mal was …?«, fragte ich, als er nicht weitersprach.

»… so wohlgefühlt habe.«

Ich musste lächeln. Wieder ins Schwarze. In meinem Fall lautete die Antwort auf diese Frage allerdings: noch nie. »Geht mir genauso.«

In diesem Moment fühlte es sich an, als versänke ich in seinen Augen. Hier draußen im Hinterhof des Doppio.

Plötzlich hörte ich Musik. Es klang, als würde der Wind sie durch das geöffnete Fenster eines Wohnhauses zu uns tragen. Ich erkannte die Klänge sofort – »Skinny Love« von Birdy.

Will nahm mir die leere Tasse ab und stellte sie zusammen mit seiner zu unseren Füßen ab. Er stand auf und hielt mir eine Hand entgegen.

Ich schaute zu ihm auf.

»Ein Tanz.«

»Hier?«

»Hier.«

»Jetzt?«

»Die beste Zeit ist jetzt.« Mit einer Kopfbewegung untermalte er seine stumme Aufforderung.

Kopf aus. Herz an.

Ich griff nach seiner Hand und wieder durchzuckte der kleine Stromschlag meinen Körper. Als ich vor ihm stand, spürte ich, dass es die beste Entscheidung war, die ich je getroffen hatte.

Er sah mich an, umfasste mich mit einem Arm und zog mich sanft an sich. Mit der freien Hand griff er nach meiner Rechten und legte sie gefaltet an seine Brust. Langsam wiegten wir uns im Takt der Musik.

Mein Herz hämmerte. Irgendwie hatte es etwas Skurriles, dass ich in einer ruhigen und wunderschönen Situation, die absolut entschleunigend wirkte, so nervös war.

»Wunderschön«, flüsterte er.

»Dieser Song?«, fragte ich ebenso leise.

»Du.«

Es war ein einsilbiges Wort, zwei Buchstaben. Aber es schien Wirbelstürme in mir auszulösen.

Und dann näherten sich unsere Gesichter einander an. Unsere Lippen waren wie Magnete, wie zwei entgegengesetzte Pole, die gar nicht anders konnten, als sich zu berühren.

Ich schloss die Augen und verlor mich. Nahm diesen Piniengeruch wahr, schmeckte die Reste des Espresso auf seinen Lippen und hatte ein schmerzendes Gefühl in der Brust. Es dauerte eine Sekunde, bis ich begriff, was es war: Es war so schön, dass es wehtat.

Und dann überkam mich dieses Gefühl, das ich nicht zurückhalten konnte. Ich drehte mich mit Will und drückte ihn in Richtung Couch. Er fiel zurück und ich setzte mich auf ihn, fühlte mich wie eine Hungrige, die mehr dieser Zärtlichkeiten und der Nähe haben musste. Ich vergaß alles um mich herum. Raum, Zeit und Vernunft.

Hektisch zog Will etwas hinter seinem Rücken hervor. Dann hörte ich das klirrende Geräusch.

Unsere Lippen ließen voneinander ab. Keuchend blickte ich auf den Boden, wo das Geräusch herkam, das uns aufgeschreckt hatte. Die Espressotassen waren umgestoßen, daneben lag meine Handtasche, die von der Couch gefallen war. Das Foto war herausgerutscht und lag auf den Steinplatten.

Wills Blick folgte meinem. »Wieso trägst du ein altes Bild von Dr. Hopes mit dir herum?«

Ich blickte vom Foto in Wills Gesicht. »Was?«

Er zeigte auf den Boden. »Dr. Hopes. Kennt ihr euch?«

»Du kennst ihn?« Ich stand hastig auf, richtete meinen Rock und griff nach dem Foto auf dem Boden. Dann übergab ich es Will, als wollte ich sichergehen, dass er sich nicht irrte.

Das konnte nicht wahr sein.

Er nickte stumm, während er es betrachtete, und drehte es um. »Quentin. Ja, definitiv, das ist er. Das ist sein Vorname.« Er gab es mir zurück.

Ich setzte mich neben ihn. »Erzähl mir alles, was du über ihn weißt.«

10

»Du willst jetzt dorthin?«, fragte er entgeistert und warf einen Blick auf seine Armbanduhr.

Nachdem mir Will erzählt hatte, dass Dr. Quentin Hopes jahrelang die kardiologische Abteilung des St. Jacob's Hospital geleitet hatte und als wahre Koryphäe auf seinem Gebiet galt, dem noch immer mit gerahmten Zeitungsartikeln gehuldigt wurde, beschloss ich, dem Krankenhaus sofort einen zweiten Besuch abzustatten.

»Ich muss ...«, flüsterte ich zerstreut, sammelte die Gegenstände aus meiner Tasche ein, die herausgefallen waren, und machte mich auf den Weg durch die Backstube ins Café.

Er eilte mir nach. »Ich komme mit.«

»Wirklich?« Ich hielt inne und sah ihn erleichtert an.

»Ich kenne das Krankenhaus, gehe dort jeden Tag ein und aus. Jeder dort kennt mich. Und ...«, er fasste mir mit der rechten Hand an die Wange und strich mit dem Daumen sachte darüber, »... wenn es dir so wichtig ist, dass wir das abbrechen müssen, was wir gerade angefangen haben, dann ...«

Ich lächelte verlegen und sah ihm von unten in die Augen.

»... dann muss es dir sehr viel bedeuten. Also lass mich dich begleiten.«

Ich nickte dankbar. »Gut, lass uns gehen.«

Er nahm meine Hand und flocht seine Finger um meine. »Lass uns gehen«, wiederholte er.

Dieser Besuch war ganz anders als mein erster vor wenigen Tagen. An Wills Hand huschte ich durch sämtliche Türen, Gänge und Fahrstühle, die für das Personal vorgesehen waren. Er hatte seinen Ausweis an sein Hemd gepinnt: Dr. Will Morris – Kardiologe. Er war wie ein Freifahrtschein und brachte uns überallhin.

Wir fuhren in den vierten Stock und durchquerten mehrere Abteilungen, bis wir an einer Wand ankamen.

»Das ist es«, sagte er und zeigte auf mehrere gerahmte Zeitungsartikel.

Ich trat leicht schnaufend näher und betrachtete die Bilder darunter. Er war es. Der Mann auf dem Foto meiner Mutter. Auch wenn einige Jahre zwischen den Aufnahmen lagen, erkannte ich ihn sofort. »Das ist er …«, flüsterte ich mehr zu mir selbst als zu Will.

Er trat neben mich und ließ mich die Fotos in Ruhe betrachten. Sie zeigten Dr. Quentin Hopes mit dem für Ärzte typischen weißen Kittel, mit Stethoskop um den Hals. Auf einem Bild stand er händeschüttelnd in einem Krankenzimmer. Darunter stand: »Dr. Quentin Hopes erhält Auszeichnung für Herztransplantation im St. Jacob's Hospital.«

Auf einem anderen Bild stand er in einem Operationsraum, grelle Lichter erhellten den Tisch vor ihm. Er hielt sein Skalpell und ein weiteres medizinisches Instrument in der Hand und blickte konzentriert nach unten: »Dr. Hopes, neuer Leiter der kardiologischen Abteilung des St. Jacob's Hospital«.

Ich überflog die Zeitungsartikel und obwohl ich die Worte las und verstand, fühlte es sich an, als wäre mein Textverständnis ein Sieb, durch dessen Löcher die Inhalte einfach so hindurchfielen. Ich war zu aufgeregt, zu zerstreut, um irgendetwas von dem, was ich hier las, abzuspeichern. Ich kramte in meiner Tasche, fühlte den großen Schlüsselbund, der dabei hin und her geräumt wurde. Ein Schlüsselbund, der mir Zugang zu meinem neuen Leben hier in London verschaffte: zum Doppio, meiner Wohnung, Claires Wohnung. Alles, was mir wichtig war. Als ich mein Handy zwischen den Fingern spürte, zog ich es hervor und fotografierte mit zittrigen Händen die einzelnen Artikel an der Wand. Als ich fertig war, blickte ich mit sinkenden Armen in Wills Gesicht, der immer noch geduldig neben mir stand.

»Danke, dass du mich hergebracht hast. Du hast keine Ahnung, was mir das bedeutet.«

Er legte mir sanft eine Hand auf den Rücken und lächelte. »Noch nicht.«

Ich runzelte die Stirn.

»Ich weiß es noch nicht, aber ich hoffe, du erzählst es mir, wenn du so weit bist.«

»Das werde ich«, antwortete ich und gab ihm damit ein Versprechen. Das Versprechen, mich zu öffnen und ihn teilhaben zu lassen.

Als wir das Krankenhaus kurze Zeit später verließen, blieb ich stehen und atmete mit geschlossenen Augen tief durch. Ich hatte das Gefühl, einen Meilenstein erreicht zu haben. Ich wusste endlich, wer der Mann auf dem Foto war, das erst meine Mutter, dann Rosa all die Jahre wie in einer kleinen Schatztruhe aufbewahrt hatte. Dadurch hatte ich auch die Verbindung zum St. Jacob's Hospital hergestellt und zu dem Logo, das auf der Blechdose zu sehen war. So schloss sich der Kreis.

Will berührte meine Finger mit seinen. Als ich ihn ansah, glitten meine Finger automatisch zwischen seine und umgriffen seine Hand. In diesem Moment wurde mir bewusst, dass ich ohne Will niemals die Verbindung zwischen dem Krankenhaus und dem Mann auf dem Foto gefunden hätte. Will war der

Schlüssel, das Geheimnis meiner Mutter zu lüften. Es war Schicksal, dass sich unsere Wege gekreuzt hatten.

Das Schicksal – es entscheidet, wer in unser Leben tritt.

»Lass uns zurücklaufen, die frische Luft hilft mir, klar zu werden.«

»Gehen wir«, sagte Will und gemeinsam machten wir uns auf den Rückweg Richtung Victoria Station.

Auf dem Weg erzählte ich ihm von der Blechdose meiner Mutter. Ich erzählte ihm vom Logo des Krankenhauses und wie es ans Tageslicht gelangt war. Ich berichtete von meinem ersten kurzen Besuch im Krankenhaus, der mich nicht weitergebracht hatte. Ich erzählte von der Serviette und dem Lavendellogo, von der Krankenschwester, die mich zum Pflegeheim gebracht hatte. Ich sprach mit ihm über die kurze gemeinsame Vergangenheit mit meiner Mutter. Ich verschwieg meinen richtigen Namen, den Zirkus, Gino, Rosa und Enes. Bei Letzteren fühlte es sich wie Verrat an, aber es ging nicht anders. Von seiner Hand umfasst, legte ich ihm mein Herz zu Füßen und sagte ihm, dass ich diesen Abschluss mit der Vergangenheit brauchte. Ich musste wissen, wieso mich meine Mutter als kleines Kind verlassen hatte und wo sie war, wie sie lebte. Und vor allem, wer sie war.

Will lauschte meinen Worten, während wir durch die laue Sommernacht Londons liefen. Er unterbrach mich nicht, stellte keine Zwischenfragen und hakte nicht weiter nach. Er gab sich mit dem zufrieden, was ich bereit war, zu offenbaren, und dafür war ich mehr als dankbar.

»So bin ich nach London gekommen. Die Angabe ›Covent Garden‹ auf der Rückseite des Fotos war der einzige Hinweis, den ich hatte. Der Rest ... hat sich dann hier gefügt. Dadurch, dass ich dich getroffen habe. Einen Mann zu treffen, hatte ich nicht geplant.«

»Ich hatte das auch nicht geplant. Aber ich kann seit dem Tag, als ich dich zum ersten Mal im Doppio gesehen habe, an nichts anderes mehr denken.«

Unsere Blicke suchten sich. Das Gefühl seiner Finger um die meinen war warm und vertraut. Ein Gefühl von Sicherheit in dunklen Straßen. Ein Gefühl, das mir unbekannt gewesen war. Dieser eine Abend mit dem nächtlichen Ausflug zum Krankenhaus hatte bereits intensivere Gefühle in mir ausgelöst als meine jahrelange Beziehung mit Gino.

»Ich bringe dich nach Hause. Wo wohnst du?«

»Ganz in der Nähe vom Doppio.«

»Hier ist es«, sagte ich kurze Zeit später, als wir vor dem Hauseingang standen, und zeigte nach oben.

Er stellte keine Frage, sondern griff mit seiner freien Hand nach meiner zweiten und blickte mir ins Gesicht. »Danke für den schönen und zugleich außergewöhnlichen Abend.«

Wir lachten beide.

»Außergewöhnlich wegen des nächtlichen Besuchs im Krankenhaus?«

»Das sagst du einem Arzt, der dort arbeitet?«

Ich musste lauter lachen und lehnte meine Stirn gegen seine Brust. »Da hast du wohl recht.«

»Eher wegen des Besuchs im Café, das eigentlich schon geschlossen hatte. Dann der Espresso im Hinterhof. Der Tanz. Du. Wunderschön.«

Ich blickte nach oben in seine Augen.

Und dann war es plötzlich, als öffnete sich über uns eine riesige Schleuse. Regen prasselte auf die Straßen Londons herab und durchnässte uns vollständig. Der Moment war so besonders, dass ich nicht wie gewöhnlich auf die Idee kam, mich ins Trockene zu retten. Es war ein Glücksglasmoment.

Ich hielt seinem Blick stand. Und während sich unsere Gesichter näherten und unsere Lippen sich berührten, bildeten sich innerhalb kürzester Zeit Pfützen auf den Straßen Londons.

* * *

»Das klingt wie im Film, so was Schönes habe ich schon lange nicht mehr gehört.«

Claire drückte gespielt verträumt eines ihrer flauschigen Couchkissen an sich und schloss kurz die Augen.

Ich widersprach ihr nicht. Obwohl ich die Hauptrolle in meinen Erzählungen einnahm, fühlte ich genauso.

Dann wurde sie wieder ernst und sah mich an. »Ich bin froh, dass du das alles annimmst. Dass du die Chance nutzt, das Leben gut zu dir sein zu lassen. Verstehst du? Nach allem …«

Sie brach mitten im Satz ab und trank von ihrem Tee.

Ich wusste, was sie sagen wollte: nach allem, was ich zuvor erlebt hatte.

Mein Date mit Will war mittlerweile zwei Tage her und obwohl ich im Doppio wie immer viel zu tun hatte, musste ich ständig an ihn und an den Abend denken. Es löste ein Bauchkribbeln bei mir aus und das Bedürfnis, zu jauchzen. Ich hatte Jess bereits am Tag danach die Kurzversion erzählt, aber nur Claire kannte die ganze Geschichte. Ihr hatte ich vom nächtlichen Besuch im Krankenhaus erzählt, nachdem Will den Mann auf dem Foto erkannt hatte.

»Wie geht es jetzt weiter?«, fragte sie nach einer kurzen Zeit des Schweigens.

Ich rührte gedankenverloren in meinem Pappbecher. »Ich habe gestern das Internet nach der Adresse von Dr. Quentin Hopes durchforstet und nur einen solchen Namen gefunden, eingetragen mit Doktortitel. Das muss er also sein. Ich möchte ihm einen Besuch abstatten, aber diese Angst, was mich erwartet, lähmt mich irgendwie. Verstehst du? Ich weiß nicht, ob ich es wirklich tun soll.«

Sie nickte. »Verstehe.«

»Hallo, ich bin auf der Suche nach meiner Mutter und sie hat Ihr Foto fünfundzwanzig Jahre lang in einer Blechdose aufbewahren lassen. Wer sind Sie genau und woher kennen Sie sich?«

Ich spielte voll Ironie die Situation durch, die sich an der Wohnungstür von Dr. Quentin Hopes abspielen konnte.

Claire schnaufte. »Ja, das wird spannend.«

»Du sagst es.« Ich stellte den Becher ab und rieb mir mit beiden Händen über das Gesicht.

»Und mit dem Rest?«

Ich sah sie an und hielt inne. »Welcher Rest?«

»Will. Wie geht es mit euch weiter?«

Allein sein Name brachte mich zum Lächeln. »Er schreibt mir Nachrichten.« Ich griff nach meinem Handy und las ihr vor, was Will mir am Morgen nach unserem Date geschrieben hatte. »Das Leben reagiert mit Zufällen, wenn ein Wunsch aufkommt, der stark genug ist.«

Sie zog die Augenbrauen nach oben. »Wow!«

Ich vergrub mein Gesicht wieder in den Händen.

»Halt ihn fest. Irgendeine Frau da draußen wird ihn dir sonst klauen.«

»Das werde ich. Definitiv.«

Als ich mich erhob und Richtung Flur ging, fiel mir wieder ein, was ich Claire unbedingt fragen wollte. »Claire, ich hatte die Idee, im Doppio Back-Gewürzmischungen anzubieten. Was hältst du davon? Die Gäste fragen immer wieder nach, was wir verwenden, und …«

Sie unterbrach mich, indem sie mir eine Hand auf die Schulter legte. »Es ist deine Entscheidung, Vicky, du musst mich nicht um Erlaubnis fragen.«

Ich seufzte. »Das sagst du ständig, aber es fühlt sich falsch an, Dinge ohne deine Zustimmung zu unternehmen.«

Sie öffnete die Tür. »Dazu gibt es keinen Grund. Du bist jung und hast die Energie, Dinge anzugehen. Nutze die Chancen. Egal, ob es um das Doppio, diesen Mann oder um deine Vergangenheit mit deiner Mutter geht. Das Café blüht durch dich noch einmal richtig auf. Das freut mich zu sehen. *Feel free*, Victoria. In jeglicher Hinsicht.«

Ich umarmte sie.

»Spare dir jetzt bitte das Danke.«

Anscheinend konnte sie meine Gedanken lesen.

Ich nutzte den ruhigen Moment, um sie das zu fragen, was sie ohne Anstoß nie erzählte. »Wie geht es dir? Was sagen die Ärzte, Claire?«

Sie sah mich tadelnd an. »Es geht mir gut und sie sagen immer das Gleiche.« Sie war wie immer kurz angebunden, wenn es um ihre Krankheit ging.

»Claire …«

»Nein«, ermahnte sie mich mit erhobener Hand, aber immer noch lächelnd. »Keine Grundsatzdiskussionen. Alles hat seine Zeit. Die Zeit des Lachens und des …«

»Das erinnert mich an eine Beerdigung, was du da zitierst.«

»Na, dann passt es doch.« Sie lachte.

Doch mir war gar nicht nach Lachen zumute. »Hör auf damit!«

Sie ergriff meinen Oberarm, um mich zu beruhigen. »Kümmere dich um deine Back-Gewürzmischungen«, sagte sie sanft, »das klingt nach einem vielversprechenden Plan.«

»Das hoffe ich doch.«

»Ganz sicher«, beendete sie das Gespräch und schob mich regelrecht aus der Wohnung in den Flur. »Und jetzt schau unten nach dem Rechten. Kümmere dich um dich, Liebes … und um diesen Mann!«

161

Ich grinste und ging die Treppe hinunter. »Um welchen? Will oder Dr. Quentin Hopes?«

»Um beide!«, rief sie mir nach.

Auf der Straße angekommen, piepte mein Handy. Eine Nachricht von Will. Ich musste lächeln, als ich seinen Namen sah.

Reserviere den nächsten Freitag für mich. Will.

Ich drückte auf »antworten« und tippte drauflos:

Der Freitag gehört dir.

* * *

»Wieso rufst du nicht einfach an?« Jess und ich saßen in einer kurzen Mittagspause auf dem Palettenmöbel im Hinterhof und tranken Latte macchiato.

Ich sah sie stirnrunzelnd an und stellte mein Trinkglas ab. »Anrufen? Was soll ich deiner Meinung nach sagen? Hallo, wir kennen uns nicht, aber anscheinend kennen Sie meine Mutter. Sie hat ein Foto von Ihnen über zwanzig Jahre lang aufbewahren lassen. Was wissen Sie über sie? Ich bin zwar ihre Tochter, weiß aber von nichts.« Dann drückte ich mein Gesicht in die Handflächen und stöhnte verzweifelt auf.

»So ungefähr ...«, murmelte Jess.

Während wir weitersprachen, holte ich mit einer kleinen Gießkanne Wasser, um die Kräuter im Mini-Treibhaus zu wässern. Ich nutzte sie mittlerweile regelmäßig und hatte bereits begonnen, sie zu schneiden und für die Gewürzmischungen in kleinen Bündeln zum Trocknen aufzuhängen.

»Das klingt total bescheuert. Dann denkt er, ich bin eine der Personen, vor denen man ältere Leute immer warnt.« Ich gestikulierte mit den Händen in der Luft, während ich mit verstellter Stimme weitersprach. »Wenn Sie jemand anruft, den Sie nicht kennen, gehen Sie keinesfalls auf irgendwelche Angebote ein.«

Ihre Mimik zeigte mir, dass ich nicht ganz unrecht hatte. »Und wenn du einfach mal hinfährst? Du hast doch die Adresse. Setz dich in die Underground und statte ihm einen Besuch ab.«

»Unangekündigt?« Ich hielt inne und sah Jess an.

»Mehr als dich wegschicken kann er doch nicht. Du hast nichts zu verlieren. Im Gegenteil. Willst du nun herausfinden, wer deine Mutter ist, oder nicht?«

Zum ersten Mal hatte ich das Gefühl, über diese Frage wirklich ernsthaft nachdenken zu müssen. Es war mein Plan gewesen, hierherzukommen, um etwas über meine Vergangenheit herauszufinden. Es war mein Plan, meine Mutter zu finden, mit ihr zu sprechen und zu erfahren, wieso sie mich vor etlichen Jahren als kleines Kind schutzlos zurückgelassen hatte. Aber die Tatsache, dass ich meinem Ziel noch nie so nahe gewesen war wie jetzt, ängstigte mich. Was würde ich herausfinden? Würden mir die Erkenntnisse gefallen oder meine eigene Identität infrage stellen?

»Du hast Angst, oder?«

Es war unheimlich, dass sie genau wusste, was ich dachte. Aber Jess war wie auch Claire eine enge Freundin geworden. Sie kannte mich. Die letzten Monate hatten nicht nur dazu geführt, dass ich ein neues Leben in London aufgebaut, sondern auch soziale Kontakte geknüpft hatte. So wurde mir erst bewusst, was mir vorher in meinem Leben gefehlt hatte.

Ich drehte mich zu ihr um und zuckte die Achseln. »Irgendwie schon. Auch wenn es kindisch klingt.«

Sie kam auf mich zu und packte mich an den Oberarmen. »Hör zu«, sagte sie eindringlich und sah mir direkt in die Augen, »das ist nicht kindisch. Das ist menschlich. Es würde jedem so gehen. Du bist dabei, Dinge zu erfahren, die dir erklären, wer du bist. Es ist okay, Angst zu haben. Aber das brauchst du nicht. Hier wird immer ein Ort für dich sein. Das weißt du doch, oder?«

Ich spürte, wie meine Augen schwammen. Ich konnte nicht sprechen. Ich drückte sie an mich und schloss die Augen. Dadurch kullerten meine Tränen heraus und benetzten Jess' Hals. »Danke«, flüsterte ich.

Als Antwort streichelte sie mir den Rücken. Dann schob sie mich ein Stück von sich weg und lächelte. »Und jetzt ... erzähl mir, wann ihr euch wiederseht.«

»Freitag«, sagte ich knapp und zog mein Handy hervor, um zu sehen, ob ich eine neue Nachricht erhalten hatte.

»Ich weiß, dass er seit einem Vierteljahr jeden Freitag hierherkommt, nur um dich zu sehen.«

»Das auch«, ergänzte ich und tänzelte auf der Stelle, »... aber ich meinte Freitagabend. Er hat mir nicht gesagt, was wir unternehmen. Ich soll mir den Freitag für ihn freihalten«, gab ich den Inhalt seiner Nachricht wieder.

Jess stieß einen spitzen Schrei aus. »O mein Gott, fantastisch!« Sie griff nach meinen Händen und steckte mich so mit ihrer Aufregung an. Dann hielt sie inne. »Du weißt, was man über drei Dates sagt. Du bist schon beim zweiten angekommen.«

Ich runzelte ahnungslos die Stirn. »Was sagt man über drei Dates?«, fragte ich neugierig.

Sie prustete los.

»Jess!« Ich starrte sie mit offenem Mund an.

»Ach, komm schon«, sagte sie und legte einen Arm um meine Schultern. »Der ist perfekt, Vicky.«

Gemeinsam gingen wir zurück durch die Backstube in den Verkaufsraum.

* * *

Am Donnerstag nahm ich mir Jess' Rat zu Herzen. Die Neugierde nagte an mir und trieb mich so weit, dass ich mich kaum noch auf etwas anderes konzentrieren konnte. Was würde ich erfahren, wenn ich mit Dr. Quentin Hopes sprach? Ich hatte das Gefühl, dass ich vor der Konfrontation und vor allem vor meiner eigenen Wahrheit nicht mehr davonlaufen konnte. War das nicht der Grund, weshalb ich hergekommen war?

Ich verließ das Café etwas früher und fuhr mit der Jubilee Line in Richtung Stanmore. Als ich in den Sitz gesunken war, holte ich die Kopien der Fotografie heraus, die meine Mutter und mich zeigten. Das einzige Bild, das ich hatte. Die Kopien hatte ich vorher in Claires Büro angefertigt. Ich hatte Angst, das Original zu verlieren, und dachte daran, vielleicht nochmals im Pflegeheim und im Krankenhaus vorbeizuschauen und es aufzuhängen.

Kennen Sie diese Frau? Melden Sie sich bitte bei mir! Ich suche meine Mutter.

Ich musste über mich selbst lachen. Es klang wie einer dieser »WANTED«-Zettel, die man aus dem Fernsehen kannte. Aber Wills Erzählungen hatten mir neue Hoffnung gegeben und ich wollte nichts unversucht lassen. Was wäre, wenn sie jemand erkannte? Was, wenn jemand ihr Gesicht wiedererkannte, aber ihren Namen nicht wusste? Ich hatte bisher überhaupt nicht daran gedacht, das Bild von uns beiden aus vergangenen Tagen zu zeigen. Aber ich hatte dazugelernt. »Wenn man hinfällt, muss man aufstehen und weitergehen«, hatte Claire gesagt.

Claire – eine der stärksten Persönlichkeiten, die ich bisher kennengelernt hatte.

Wenige Stationen vor meinem Ziel verließ die Underground den dunklen Tunnel und setzte ihre Reise überirdisch fort. Ich betrachtete die Häuser, die an den Fenstern vorbeiflogen, und fragte mich, wie die Menschen hier lebten. Ich musste daran denken, dass ich noch nie ein Haus mein Heim hatte nennen können. Ich kannte nur den Wohnwagen und das Zirkuszelt. Wenn ich an die Zeit im Wohnwagen zurückdachte, konnte ich mir schon jetzt, nach wenigen Monaten, nicht mehr vorstellen, so zu leben. Es fühlte sich metaphorisch wie ein Kostüm an, das ich hätte überstreifen müssen. Es passte nicht mehr zu mir. Eigentlich hatte es noch nie zu mir gepasst.

In Stanmore stieg ich aus und verließ den Bahnhof. Der Unterschied zur Innenstadt wurde mir sofort deutlich: Hier herrschte kein Großstadttrubel. Es wirkte wie ein Städtchen mit Einkaufsmöglichkeiten, Cafés und Restaurants, vielen Grünflächen und Parks. Es hatte etwas Idyllisches.

Ich holte mein Handy hervor und machte mich mit der animierten Karte auf den Weg zu seiner Straße.

Vor der Einfahrt blieb ich stehen. Ich blickte auf ein großes Cottage aus dunkelroten Steinen, umgeben vom satten Grün des akkurat geschnittenen Rasens. Davor befanden sich rote Rosenhecken, die das komplette Anwesen einrahmten. Man fühlte sich wie in einem schottischen Film. Es fehlten nur noch die Schafe. So viel Harmonie zog mich fast schon magisch die Einfahrt entlang zur Eingangstür.

Als ich vor der Tür stand, atmete ich nochmals tief durch. Dann griff ich nach dem schweren Eisenring und klopfte damit mehrmals gegen das dunkle Holz.

Stille.

Ich hörte von drinnen weder Stimmen noch Schritte. Erst jetzt merkte ich, dass kein Auto in der Einfahrt stand. Womöglich war er gar nicht zu Hause und ich war umsonst hergekommen. Jess hatte recht, ich hätte anrufen sollen.

Nach einer schier endlos wirkenden Minute drehte ich mich um und ging die wenigen Stufen hinunter, um den Rückweg zur Underground Station anzutreten.

Plötzlich hörte ich ein Knarzen im Hintergrund. Als ich mich umdrehte, sah ich einen grauhaarigen Mann im Türrahmen stehen. Er trug einen Bart und eine schwarze Hornbrille. Unter seinem Pullover schaute ein Hemd hervor.

»Kann ich Ihnen helfen?«

Das war er. Das war seine Stimme. Die Stimme des Mannes, der irgendeine Verbindung zu meiner Mutter hatte.

Mit klopfendem Herzen lief ich zurück zur Haustür. »Dr. Quentin Hopes?«

Er sah mich an, als wartete er darauf, dass ich weitersprach.

»Ich möchte Ihre Zeit nicht lange beanspruchen, ich habe nur eine Frage. Haben Sie …«

Bevor ich weitersprechen konnte, fiel er mir ins Wort und hob die Hand. »Hören Sie, wie ich Ihnen bereits mehrfach gesagt habe: Ich möchte nicht, dass Sie an meine Tür klopfen und mich bekehren wollen. Bitte respektieren Sie meine Privatsphäre.«

Überrumpelt und verwirrt schaute ich ihn an. »Ich glaube, Sie verwechseln mich.«

Er reagierte nicht auf das, was ich sagte. Stattdessen war er dabei, die Tür zu schließen, sie mir regelrecht vor der Nase zuzuschlagen.

Wenn ich jetzt ohne Antwort wegging, war's das. Er war nicht bereit, zu sprechen. Wenn er es heute nicht war, wäre er es morgen oder übermorgen auch nicht.

Kopf aus, Herz an. Herzentscheidung. Jetzt.

Ich drückte mit der linken Hand gegen die Tür und hielt dagegen. »Ich bitte Sie, geben Sie mir eine Minute. Ich möchte Sie nur etwas fragen. Es geht um meine Mutter. Sie sind die einzige Verbindung, die ich habe.«

Er hielt inne und ließ mich die Tür mit einer Bewegung wieder öffnen. Dann schloss er kurz die Augen, als wollte er sich sammeln. »Ihre Mutter?«

»Ja, ich ... suche sie und ...«

Er unterbrach mich erneut. »Wie heißt Ihre Mutter?«

»Beatrice. Ich kenne leider nicht ihren Mädchennamen. Aber vielleicht erinnern Sie sich an eine Frau mit diesem Vornamen. Ich habe auch ein Foto, das ich ...«

»Ich kenne keine Beatrice. Ich wünsche Ihnen viel Erfolg bei der Suche.« Mit Schwung stieß er gegen die Tür.

Der Schlag ließ mich zusammenzucken. Ich hörte abrupt auf, in meiner Handtasche nach einer Kopie des Fotos zu wühlen.

Wieder bei null. Wieder ein Schlag ins Gesicht. Und wieder das Gefühl, auf der Stelle zu treten.

Dann spürte ich die losen Blätter an meinen Fingerspitzen. Ich zog eine der Kopien hervor und betrachtete das leicht in Mitleidenschaft gezogene Blatt. Ich griff nach einem Kugelschreiber und notierte auf der Rückseite meinen Namen und meine Telefonnummer.

Bevor ich es mir anders überlegen konnte, bückte ich mich und schob es schnell unter der Türschwelle hindurch, bis es ganz verschwunden war.

Dann rappelte ich mich auf und ging die Einfahrt entlang. *Hinfallen, aufstehen, weitermachen.* Wie Claire gesagt hatte.

»Miss Copar!«

Ich war bereits mehrere Meter gelaufen, als ich meinen Namen hörte, und blieb abrupt stehen. Langsam drehte ich mich um und sah den Mann, der mich eben noch eiskalt hatte abblitzen lassen, auf mich zukommen. Er hielt die Kopie in der Hand, die ich unter der Tür hindurchgeschoben hatte.

Er lief schlecht und war außer Puste, als er mich erreichte. »Es tut mir leid, dass ich Sie nicht angehört habe. Ich bin Besuch nicht gewöhnt und ständig will mich jemand bekehren.«

Er lächelte mich nervös an. Und obwohl es mir noch im Nacken saß, dass er auf meinen Besuch zuvor so rigoros reagiert hatte, brach zwischen uns nun ein wenig das Eis.

»Ich hätte anrufen sollen. Es tut mir leid, dass ich Sie so überfallen habe. Das war nicht meine Absicht.«

Er nickte und lächelte mich matt an. Hier am Straßenrand, neben vorbeifahrenden Autos, machte er einen ganz anderen Eindruck auf mich als zuvor an seiner Haustür.

»Kommen Sie bitte mit mir zurück, ich würde Ihnen gern einen Kaffee anbieten, wenn Sie möchten.«

Mein Herz klopfte. »Erkennen Sie Beatrice?« Ich sah von dem Blatt in seiner Hand in sein Gesicht.

Er ließ es sinken und atmete hörbar aus. »Nein, das nicht …«, sagte er langsam.

Als er stockte, fragte ich: »Aber?«

Er wies mit dem Zeigefinger auf das Foto, während er weitersprach. »Aber ich kenne diese Frau. Sie heißt nicht Beatrice. Das ist Lily Bank.«

Als ich in Dr. Hopes Wohnzimmer saß und meine Tasse Kaffee in den Händen hielt, versuchte ich, meine Gedanken zu sortieren: Noch vor einer Stunde hatte ich gedacht, endgültig in einer Sackgasse gelandet zu sein und meine Suche aufgeben zu müssen, da sie aussichtslos schien. Nun saß ich in einem fremden Wohnzimmer – im Wohnzimmer des Mannes, der meine Mutter auf dem Foto erkannt hatte, das so lange hinter dem Wandpaneel des Wohnwagens versteckt gewesen war. Meine Mutter, die angeblich gar nicht Beatrice hieß, sondern Lily. Lily Bank.

Ich hörte das Ticken der alten Wanduhr, sonst nichts. Er hatte mich hier zurückgelassen, um im Obergeschoss etwas zu holen. Ich hatte bisher kaum mit ihm gesprochen. Seine Offenbarung, meine Mutter zu kennen, allerdings unter einem völlig anderen Namen, brachte alles durcheinander. Ich hatte das Gefühl, in meinem Kopf formte sich ein Wollknäuel, dessen Anfang und Ende nicht greifbar waren. Mich beschlich das ungute Gefühl, dass das nicht die einzige Lüge war, die sich auftun würde. Dr. Quentin Hopes war der Schlüssel, um endlich herauszufinden, was damals passiert war.

Ich hörte langsame Schritte auf der Treppe.

Er kam nicht mit leeren Händen zurück ins Zimmer. »Entschuldigen Sie, dass ich Sie so lange habe warten lassen«, sagte er und setzte sich mir gegenüber in einen Sessel. »Aber die Arthrose bremst mich aus.«

Er schaute auf die Erinnerung zwischen seinen Fingern und reichte sie mir über den Couchtisch hinweg. »Dieses Bild habe ich aufgehoben. Sie können es gern behalten, wenn Sie möchten.«

Ich betrachtete das Foto. Es war die gleiche Person wie auf dem einzigen Foto, das ich besaß. Es war meine Mutter.

Sie hieß Lily. Nicht Beatrice.

Auf dem Bild saß sie lachend auf einer Bank neben einer älteren Frau. Es war eines dieser Bilder, die zufällig entstanden und nicht gestellt waren. Sie lachte so herzlich, dass ihre Zähne zu sehen und ihre Augen geschlossen waren. Ihr Arm war um die Person neben ihr gelegt, die ebenfalls lachte. Vor ihnen stand ein leerer Rollstuhl.

Meine Mutter war eine bildschöne Frau. Ihre blond gesträhnten Haare waren im Nacken zu einem lockeren Knoten geschlungen, einzelne Strähnen umrahmten ihr Gesicht. Obwohl ich keinerlei Erinnerungen an sie hatte, fühlte ich direkt eine Verbindung und wusste, dass Dr. Quentin Hopes mir die Wahrheit sagte.

Das war sie. Diese Frau war meine Mutter.

Ich war ergriffen von der Tatsache, dass ich von einer mir völlig fremden Person Erinnerungsstücke meiner Mutter erhielt, und brauchte etwas Zeit, bis ich wieder Worte fand. »Woher kennen Sie meine Mutter?« Meine Stimme klang dünn und brüchig.

Ich legte das Bild auf der Glasplatte des Couchtischs ab.

»Wir haben zusammengearbeitet«, sagte er und trank einen Schluck von seinem Kaffee.

»Im Krankenhaus?«

»Nicht ganz«, erklärt er, »ich habe auf der Kardiologie im St. Jacob's Hospital gearbeitet, Ihre Mutter war eine Pflegekraft.«

»Im Lavender Nursing Home«, flüsterte ich mehr zu mir selbst als zu ihm.

»Das wissen Sie also schon?« Er runzelte leicht die Stirn.

»Stimmt es denn?«

Er stellte die Tasse vor sich ab. »Ja, dort hat sie gearbeitet und auch ihre Mutter gepflegt.«

Mein Puls beschleunigte sich. »Ihre Mutter?«

»Ja.« Er zog das Foto über die Tischplatte zu sich und tippte mit dem Zeigefinger mehrmals auf das Gesicht der älteren Frau neben meiner Mutter auf der Bank. »Ihre Großmutter, Sienna Bank.«

Ich konnte nicht glauben, in welche Richtung sich der Besuch bei Dr. Hopes entwickelte. Ich war mit großen Erwartungen gekommen, schließlich kannte er meine Mutter. Aber dass ich durch ihn endlich die Verbindung zwischen ihr und dem Pflegeheim herstellen konnte, hatte ich nicht erwartet. Dass er mir auch noch das Gesicht und den Namen meiner Großmutter auf dem Silbertablett servierte, war fast wie ein Sechser im Lotto.

Nun hatte ich Namen, hatte Antworten. Ich wusste endlich, was das Wappen auf der Blechdose mit meiner Mutter zu tun hatte: Dr. Quentin Hopes war in den Achtzigerjahren als Kardiologe im Krankenhaus auch für die medizinische Versorgung der Bewohner des Pflegeheims zuständig gewesen. So lernte er meine Mutter kennen. Er bestätigte mir in unserem Gespräch, was ich dank Will bereits durch die Zeitungsartikel erfahren hatte. Ich erzählte ihm nichts von meinem nächtlichen Besuch seines ehemaligen Arbeitsplatzes. Er war im Alter von sechzig Jahren in den Vorruhestand gegangen, das war jetzt fünf Jahre her. Nach einem Leben als erfolgreicher Arzt hatte er sich aus der Öffentlichkeit zurückgezogen.

»Wir haben sehr eng zusammengearbeitet, sie hatte ein Händchen für ältere Menschen. Vielleicht gerade durch Ihre kranke Großmutter.« Er zeigte mit der Hand auf das Bild auf dem Tisch vor uns.

»Hat sie deswegen dort gearbeitet?«

Er nickte lächelnd. »Ich habe sie als junge Frau kennengelernt. Nachdem Sienna dort untergebracht worden war, hat sie eine Ausbildung zur Pflegefachkraft begonnen. Sie hat im Heim gewohnt und konnte so fast rund um die Uhr mit ihr zusammen sein. Familie war ihr sehr wichtig, wissen Sie.«

Dann verstummte er. Er merkte, dass er etwas Dummes gesagt hatte. Familie war ihr sehr wichtig? So wichtig, dass sie mich als kleines Kind allein zurückgelassen und mir eine wahre Identitätskrise im Erwachsenenalter beschert hatte?

Ich schnaufte verächtlich und rührte gedankenverloren in meinem Kaffee.

»Verzeihung«, sagte er sanft. »Ich wollte Sie damit nicht verletzen. Dass Sie keinen Kontakt zu Ihrer Mutter haben, muss schwer sein. Wissen Sie, ich kannte Lily sehr gut und ich kann mir nicht erklären, wieso sie ihr Kind zurückgelassen hat.«

»Genau das möchte ich herausfinden«, antwortete ich leise und sah ihm in die Augen. »Haben Sie Kontakt zu meiner Mutter? Ich würde Sie diese Dinge gern selbst fragen. Es nagt an mir, wie Sie sich vorstellen können.«

»Natürlich, das kann ich mir vorstellen«, sagte er, stand langsam auf und ging zum Fenster, das den Blick auf den großen Garten hinter dem Haus freigab. Er wirkte wie ein Denkmal: eine unbenutzte Rasenfläche wie aus dem Bilderbuch. Kein Blatt, kein Unkraut – nichts, das an Leben erinnerte.

»Geben Sie mir bitte ihre Adresse, damit ich sie finden kann?«, wiederholte ich meine Bitte.

Er drehte sich mit den Händen in den Taschen zu mir um und presste die Lippen aneinander. »Ich schätze, ich kann nichts weiter für Sie tun, als Ihnen dieses Foto zu überlassen. Ihre Mutter hat London Ende der Achtzigerjahre verlassen. Ich habe sie seitdem nicht wiedergesehen.«

Es fühlte sich an wie ein Schlag in die Magengrube. Ich war so weit gekommen, es hatte sich so viel Hoffnung in mir aufgebaut. Und nun erklärte er mir, dass ich wieder in einer Sackgasse angekommen war? Dass es hier nicht weiterging? Das konnte nicht wahr sein! »Sie ist einfach weggegangen?«

Er nickte. »Von heute auf morgen. Ich weiß nicht, wohin.«

Ich stand auf und lief verzweifelt im Kreis, fuhr mir durch die Haare und band sie schließlich am Hinterkopf zusammen. Es war mehr eine Beschäftigungstherapie für mich, als dass es notwendig war. »Sie ist zwei Mal weggelaufen?«

»Victoria, hören Sie, ich …«

»Danke für Ihre Zeit, Dr. Hopes.« Ich griff hastig nach dem Bild auf dem Glastisch und stopfte es achtlos in meine Handtasche. Dann ging ich schnellen Schrittes zur Haustür und verließ das Haus.

Als ich schon fast das Ende der Einfahrt erreicht hatte, hörte ich wieder das bekannte Knarzen der Holztür hinter mir. Diesmal drehte ich mich nicht um, sondern ging zurück zur Underground Station. Wütend, enttäuscht, verletzt.

Ich würde in mein Leben zurückfahren. Mein Leben im Doppio. Mein Leben mit Claire und Jess. Mit Will.

11

Ich sprach mit niemandem über den Besuch bei Dr. Quentin Hopes. Niemand wusste über die weiteren Geheimnisse und Spuren Bescheid, die an die Oberfläche gekommen waren. Ich verdrängte die Fragen in meinem Kopf, die mich aber nachts in meinen Träumen heimsuchten.

In der Nacht von Donnerstag auf Freitag fand ich mich im Traum im Lavender Nursing Home wieder. Ich fragte die junge Frau am Empfang nach Lily Banks. Plötzlich veränderte sich ihr Aussehen und meine Mutter stand vor mir. Sie erkannte mich sofort und nach anfänglicher Euphorie, Umarmungen und Küssen, die meine Seele nach Jahren der Trennung regelrecht nährten, stieß sie mich zurück und stellte mir Fragen, was ich hier wolle und dass ich aufhören solle, in ihrem Leben herumzuschnüffeln. Meine Großmutter Sienna saß auf der Bank vor dem Heim und strickte, als ich den Rückweg antrat. Als sie mich sah, rief sie mich zu sich und lächelte. Ihr Gesicht verwandelte sich dann in das von Rosa und sie weinte bitterlich an meiner Schulter – ich habe sie zurückgelassen und sie vermisse mich unendlich. Ich weinte im Traum ebenfalls und es war so real, dass mein Kopfkissen nass war, als ich aufwachte. Auch Claire tauchte in meinem Traum auf. Sie stand plötzlich neben der Bank und nahm meine Hand. »Komm schon, Victoria. Das ist nicht mehr deine Welt. Komm nach Hause ins Café. Dort, wo du eigentlich hingehörst.« Ihre Worte trösteten mich, aber sie halfen mir nicht dabei, die Geheimnisse meiner Mutter aufzudecken.

Als ich aufwachte, waren alle Wut und der ganze Trotz vom Vortag verpufft und die Sehnsucht, mit meiner richtigen Mutter zu sprechen, war wieder präsent und schlug mir regelrecht ins Gesicht.

Claire hatte mich aus meinem Tief gerettet, gab mir Hoffnung und Zuversicht. Sie war viel mehr Mutter für mich, als Lily es jemals gewesen war oder je sein konnte. Vorausgesetzt, ich konnte sie jemals ausfindig machen.

Mein Handy piepte, während ich noch schweißgebadet im schmalen Bett meines Einzimmerapartments saß.

Eine Nachricht von Will.

Guten Morgen. Ich komme später ins Café. Wir sehen uns zwar heute Abend, aber ich kann nicht so lange warten, dich zu sehen. Deine Biskuits sind zu gut. Die geheime Zutat ist immer Liebe. Vielleicht deshalb. Bis später. Will.

Trotz meiner düsteren Gedanken rund um Lily schaffte es dieser Mann, mich alles vergessen zu lassen und mir ein Lächeln ins Gesicht zu zaubern.

»Claire!« Jess stellte das voll beladene Tablett auf dem Tresen ab und stürmte ihr entgegen. Ich hielt inne und sah, wie sie gemeinsam durch den Caféraum gingen, bis Claire vor mir stand.

»Hallo, Geschäftsführerin«, säuselte Claire und lächelte mich an, während sie mir die Arme um den Hals legte.

»Ist alles okay? Brauchst du was?« Ich machte mir Sorgen. Es war Wochen her, dass Claire das letzte Mal das Doppio betreten hatte.

»Schlimm genug, dass du denkst, es müsse etwas Schreckliches passiert sein, wenn du mich in meinem eigenen Laden siehst ...«

Ich biss mir auf die Lippe. »Tut mir leid, so war das nicht gemeint.«

Sie winkte ab. »Weiß ich doch. Sie können mir die Arbeit nehmen, aber nicht den schwarzen Humor. Und nicht die Lust auf Kuchen. Was hast du Neues ausprobiert? Ich nehme von allem etwas!« Sie rieb sich aufgeregt die Hände und begutachtete die Auslage, die sich seit ihrem letzten Besuch stark verändert hatte.

»Okay, Chefin«, sagte ich fröhlich und belud eine Etagere mit Francine, Prudence, Joseph und Melody.

Jess lief zu mir und beugte sich nah an mein Ohr heran. »Sie will von allem etwas. Ist das nicht fantastisch? Sie hat Appetit! Es geht bergauf. Sie wird wieder, ganz sicher!« Mit einem quiekenden Geräusch schnappte sie sich grinsend wieder das Tablett und bugsierte Teller und Tassen zu den jeweiligen Tischen im Café.

Sie wird nicht wieder. Sie hat diese seltene Nervenkrankheit, von der nur ich etwas weiß. Sie hat nur einen guten Tag oder eine gute Phase erwischt. Wer weiß, wie lange es hält. Gedanken, die ich nicht aussprach, sondern für mich behielt. »Setz dich, ich bringe dir alles. Was möchtest du dazu trinken?«

Sie zog die Augenbrauen hoch und starrte mich mit gespielt empörter Miene an.

»Espresso natürlich«, antwortete ich mir selbst und holte bereits eine Tasse mit Untersetzer hervor.

»Doppio, Liebes«, ergänzte Claire lächelnd.

»Was sonst«, murmelte ich und erfüllte ihren Wunsch.

Dann setzte sie sich an einen Tisch am Fenster und ließ die Blicke durch das Café schweifen.

Ich brachte ihr den Espresso und die Kuchenauswahl, die viel zu üppig für eine Person war. Aber ich war froh über ihre Bestellung und hätte ihr sowieso jeden Wunsch erfüllt. Ich nahm auf dem Stuhl neben ihr Platz.

Jess hatte recht – sie hatte Appetit. Das erste Stück Kuchen schlang sie regelrecht hinunter, von Francine, Melody und Joseph probierte sie jeweils nur einen Happen und legte dann die Gabel ab, während sie zufrieden auf dem Stuhl zusammensank. »Das war wundervoll. Genau das, was ich gerade gebraucht habe.«

Ich lachte zufrieden. »Gut?«, fragte ich nach ihrem Urteil.

»Mehr als das. Du bist wirklich die Beste. Ich danke Gott, dass sich unsere Wege gekreuzt haben.« Sie legte eine Hand auf meinen Oberschenkel.

»Und ich erst.«

Dann rappelte sie sich schnell auf und schlug die Hände ineinander. »Ich habe nachgedacht«, sagte sie entschlossen.

»So?« Ich zog die Augenbrauen nach oben und sah sie gespannt an. »Worüber?«

»Wir brauchen ein zweites Bild.«

»Zweites Bild?« Ich wusste nicht, wovon sie sprach.

»Na, hier an der Wand.« Sie zeigte auf die Seite, an der das Schwarz-Weiß-Foto von ihr hing, auf dem sie zur Eröffnung des Cafés ein Band durchschnitt. »Du fehlst hier. Du hast dem Doppio eine ganz neue und frische Identität gegeben. Die Leute kennen dich und wissen, dass du hierhergehörst. Deshalb brauchen wir so ein Foto, das das ausdrückt.«

»Oh, Claire!« Meine Augen wurden feucht. Ich sah viel mehr in dem Satz als nur die Idee, die sie in Worte gefasst hatte. Sie wollte mir damit sagen, dass ich zu ihr gehörte. Dass ich ein Teil ihres Lebens war. Dass auch ich in Verbindung mit dem Doppio stand. Und ich war ihr mehr als dankbar für ihre Wertschätzung und Liebe.

Eine Stunde später saß Claire immer noch im Café und las in einem Buch. Sie hatte erstmals nicht den Drang, alles nachzuschauen und zu kontrollieren wie bei ihren Besuchen davor. Sie war nicht da, weil sie uns nicht traute, sondern eher, weil sie nicht ganz vom Café wegkam. Es war ihre Art, immer noch ein Teil des Ganzen zu sein, und wir ließen sie gewähren. Ich zog mich zurück in die Backstube, um den Hefeteig für die vielen kleinen Ophelias vorzubereiten, die ich als neue Kreation mit selbst gemachten Minz-Schoko-Tropfen zubereiten wollte.

Während ich, mit dem Rücken zur Schwingtür, langsam den Hefeteig knetete, hörte ich, wie jemand die Backstube betrat. Für gewöhnlich war es Jess, die Bestellungen aufgab oder etwas abholte. Bonny hatte heute frei und Lydia war hinter der Kasse. Als ich direkt hinter mir den Geruch wahrnahm, wusste ich, dass es Will war. Ich schloss die Augen und saugte den Geruch förmlich auf. Pinien. Seife.

Unverwechselbar. Köstlich.

Er führte die Arme links und rechts an meinen Hüften vorbei und stützte sich auf der Arbeitsplatte ab. »Hey …«, raunte er mir ins Ohr und seine Stimme hinderte mich daran, die Augen zu öffnen. Es fühlte sich an, als rauschten die Sinneseindrücke durch mich hindurch und machten mich schwindelig.

»Hey«, antwortete ich ebenso leise.

»Jess hat mir gesagt, du bist hier hinten.« Er berührte meinen Hals mit den Lippen und legte dann sein Kinn auf meiner rechten Schulter ab. »Was machst du da?« Er zeigte mit dem Finger auf den Teig auf der bemehlten Arbeitsfläche vor mir.

Ich musste mich kurz sammeln, bevor ich antworten konnte. Alles in mir zog sich zusammen. »Ich bereite den Hefeteig vor. Heute ist der perfekte Tag dafür. Das Wetter stimmt.«

Er lachte leise. »Ich wusste nicht, dass Kuchenteige wetterabhängig sind.« Er strich mit der Hand leicht über meinen rechten Unterarm. »Außer, du möchtest sie am offenen Feuer garen.«

Ich schüttelte lächelnd den Kopf und lehnte ihn dann leicht zurück gegen seine Brust. »Dann kennst du nicht das Geheimnis wunderbar lockerer und fluffiger Hefeteige.«

Er küsste mich erneut am Hals und ließ mich kurz die Augen schließen. »Zeig es mir.« Seine Stimme klang weich, leise, sehnsüchtig.

Und ich hatte das Gefühl, mehr in seine Worte hineinzuinterpretieren, als sie eigentlich mitteilten.

»Okay, aber dafür musst du dir die Hände waschen.« Ich zeigte auf das Waschbecken am anderen Ende des Raums.

»Geht klar, Chef«, antwortete Will und ging hinüber. Während er meiner Aufforderung nachkam, trafen sich unsere Blicke. Er zog beim Lächeln wieder seine Lippe an einer Seite leicht nach oben. Diese Bewegung, die mich schon bei unserem ersten Aufeinandertreffen fast um den Verstand gebracht hatte, hatte nicht an Wirkung verloren. Im Gegenteil.

Er kam zurück und bezog wieder hinter mir Stellung. »Was muss ich tun?«

Ich begann, mit meinen Händen den Teig zu bearbeiten. Ich knetete ihn und drückte die Ränder immer wieder zur Mitte, drehte ihn dann und begann von Neuem. »Du musst ihn mit sanftem Druck bearbeiten, die Ränder immer wieder zur Mitte schlagen und die Luft herauskneten. Verstehst du?«

Er versuchte sich selbst daran und ich legte meine Hände auf seinen ab. Die Berührung ließ mich zusammenzucken. Jedes Mal. Es war damals passiert, als er mir geholfen hatte, das Kleingeld vom Boden aufzusammeln. Es war passiert, als er mir die Hand reichte, um mich von der Leiter nach unten zu geleiten, und ebenso bei unserem Date, als wir Sushi aßen und später im Hinterhof Espresso tranken.

Und so standen wir eine Weile und kneteten gemeinsam den Teig, bis alles Mehl vollständig von der Arbeitsfläche verschwunden war.

»Und das Wetter? Was hat es damit auf sich?«

Ich drehte mich zu ihm um. Er flocht seine Finger zwischen meine. Teigreste klebten an unseren Händen. »Das interessiert dich wirklich?«

»Natürlich«, antwortete er flüsternd, »es ist so ein wichtiger Teil von dir, wie könnte es mich nicht interessieren?«

Ich versank in seinen Augen. »Guter Hefeteig geht am besten im natürlichen Sonnenlicht auf. Künstlich erzeugte Hitze lässt ihn auch aufgehen, aber er schmeckt anders.«

Er sah von meinen Augen zu meinen Lippen. Sein Gesicht näherte sich meinem.

Bevor sich unsere Münder berührten, öffnete sich die Schwingtür und Jess stand im Raum.

Schnell ließ ich von ihm ab und fühlte mich wie ein Teenager, der beim heimlichen Knutschen erwischt worden war. Obwohl ich erwachsen und eigentlich die Chefin hier war, war mir diese intime Situation unangenehm. Es fühlte sich an, als stünde ich nackt in einem Raum voller Menschen.

»Sorry, wollte nicht stören«, flötete sie und stellte zwei leere Tabletts ab. »Drei Rosalie und zwei Enes«, rief sie und verschwand grinsend aus der Backstube.

Ich keuchte fast, als Jess außer Sichtweite war. »Okay, Pause ...«

Er lächelte mich an. »Ich hole dich heute Abend ab. 18.30 Uhr?«

Ich nickte ihm zu.

Dann küsste er mich sanft auf die Lippen und ging rückwärts mit auf mich geheftetem Blick zurück in den Caféraum.

»Victoria!« Pünktlich um 18.30 Uhr hörte ich meinen Namen.

Irritiert sah ich mich um, öffnete die Tür meines Apartments und blickte auf den Flur, aber niemand war zu sehen.

»Victoria!«

Ich ging zurück in die Wohnung und versuchte, die Stimme zu orten.

»Hier unten!«

Mein Fenster zur Straße war gekippt. Ich warf einen Blick durch die Scheibe und sah Will auf dem Gehweg vor dem Wohnhaus stehen. Er winkte nach oben, als er mich sah.

Ich öffnete das Fenster und lehnte mich etwas nach draußen. »Ich komme!«, rief ich ihm entgegen.

»Warte!«

Ich wusste nicht, was er mir auf diese Art mitteilen wollte. Er musste rufen, damit ich ihn verstand. Passanten drehten sich schon nach ihm um und blickten dann ebenfalls hoch zu meinem Fenster.

»Kennst du ›Pretty Woman‹?«

»Den Film?« Ich wusste nicht, was er mir damit sagen wollte. Natürlich kannte ich den Film. Jede Frau kannte diesen Film.

Er zeigte auf die Fluchttreppe an der Außenfassade. »Soll ich dich holen?«

Ich lachte und schüttelte den Kopf. »Ich komme runter!« Lächelnd schloss ich das Fenster, schnappte meine Handtasche und ging die Treppe nach unten.

Als ich auf die Straße trat, kam er mir entgegen und küsste mich.

»Was passierte, nachdem der Prinz die Prinzessin gerettet hat?«

Ich lächelte und küsste ihn erneut. »Sie rettete ihn ebenso.« Ich kannte den Film auswendig. Erstmals fühlte ich mich auch wie in einem Film.

»Du siehst fantastisch aus.«

»Danke.« Er machte mich verlegen, schon wieder.

Ich hatte mich für ein langes Sommerkleid in Grün- und Erdtönen entschieden. Es war die letzte Augustwoche und der Herbst stand vor der Tür. Ich wollte jede Gelegenheit nutzen, die letzten Sonnenstrahlen meine Haut berühren zu lassen. Außerdem passte es perfekt zu meinem kupferroten Haar.

Will griff nach meiner Hand und wir liefen gemeinsam zur Underground Station.

»Wohin fahren wir?«

»Das verrate ich dir nicht. Du wirst es sehen, wenn wir da sind.«

Als wir aus dem Zug der Central Line ausstiegen, holte er ein Tuch aus der Tasche seines Jacketts. Er zeigte es mir und ich wusste, dass er mir damit die Augen verbinden wollte.

»Vertraust du mir?«

»Du ahnst nicht, wie sehr.«

Er legte es über meine geschlossenen Lider und zog den Knoten an meinem Hinterkopf fest. Dann ließ ich mich von seinen Händen leiten und von seiner Stimme zum Ziel führen.

»Achtung, wir gehen jetzt einige Stufen nach unten, ich führe dich …«

Selbst ohne Augenlicht konnte ich mich gut orientieren. Am Hallen der Absätze hatte ich gehört, dass wir die Underground verlassen hatten. Ich hörte auch, dass wir uns jetzt in einem Gebäude befanden. Ich hörte Menschen miteinander sprechen, Gemurmel. Es war angenehm kühl. Anscheinend klimatisiert.

»Du musst jetzt seitwärts gehen, wir laufen eine Reihe entlang. Hier sitzen Menschen. Nur, falls du an ein Bein oder Knie stößt«, erklärte Will, während er langsam vorausging und mich leitete.

»Sehr beruhigend …«, scherzte ich und befolgte seine Anweisungen.

Dann blieb er stehen. »Du kannst dich setzen. Direkt hinter dir ist ein Stuhl.«

Langsam ließ ich mich auf der weichen Sitzfläche nieder. Ich knetete meine Hände und wurde langsam ungeduldig. »Wann ziehst du mir endlich das Tuch ab?«

Es war keine Aufforderung, vielmehr fühlte ich mich wie ein kleines Kind, dem ein riesiger Überraschungsmoment bevorstand. Weil ich so etwas noch nie erlebt hatte. Weil mir noch nie jemand eine Überraschung bereitet hatte. Selbst, wenn er mich nur an einen Tisch mit einem selbst gebackenen Marmorkuchen gesetzt hätte, hätte ich es geliebt. Weil ich ihn liebte. Mich durchzuckte ein Schreckmoment, da ich spürte, dass die Worte stimmten, die ich gerade in meinem Kopf geformt hatte.

Ich hatte mich in diesen Mann verliebt.

»Du hast es fast geschafft.«

Während ich mit verbundenen Augen neben Will saß, waren meine Sinne geschärft. Es fühlte sich an, als hätten meine Ohren und meine Nase neue Fähigkeiten erhalten, da mein Sehsinn ausgefallen war. Ich hörte Menschengemurmel um mich herum, roch Kekse und anderes Backwerk. Während ich versuchte, herauszufinden, was ich noch roch, nahm Will meine Hand und strich mir sanft über den Handrücken.

Ich saß blind neben dem Mann, für den ich mir erstmals Gefühle eingestand, und fühlte mich trotz absoluter Dunkelheit so sicher wie niemals zuvor.

»Okay.« Ich spürte seine Hände an der Augenbinde an meinem Hinterkopf. Als der Stoff herunterfiel, war es so hell, dass ich erst nichts erkennen konnte. Ich schirmte meine Augen mit den Händen ab, um mich an das Licht zu gewöhnen. Nach und nach erkannte ich die Umrisse von Menschen, die vor, neben und hinter mir saßen, und eine Bühne vor uns. Ich konnte eine Küchenzeile erkennen, auf der ein Logo mit einer Zitrone und einem Klecks Schlagsahne aufgeklebt war.

Mein Herz setzte gefühlt einen Schlag lang aus. »Wo sind wir hier?«

»Erkennst du es nicht?«

Ich sah in sein Gesicht. Er lächelte mich an und nickte dann Richtung Bühne.

»Das kann nicht sein …«

Er lachte und beugte sich zu mir herüber, um mein Gesicht in seine Hände zu nehmen.

»Wieso nicht?« Er küsste mich sanft auf die Nasenspitze.

In diesem Moment wurde der Raum abgedunkelt und ein Jingle ertönte.

Bevor ich ihm antworten konnte, betrat Pam Crown die Bühne.

Als alle klatschend aufstanden, wechselte mein Blick zwischen der Frau, die mich über ein Jahrzehnt maßgeblich beeinflusst hatte, und Will.

»Du bist verrückt!«, rief ich ihm über den Lärm zu.

Er beugte sich zu mir und küsste die Stelle hinter meinem Ohr. »Nach dir«, flüsterte er, »und jetzt genieß die Show.«

Es war wohl das Schicksal, das in diesem Moment meinen Blick auf das Shirt der Frau vor mir lenkte. Es war mit einem Spruch bedruckt: »Glücklich zu sein ist eine Entscheidung.«

Es fühlte sich an, als fielen Fesseln von mir ab, als lösten sich die Ketten um mein Herz, die mich wie eine Gefangene zurückgehalten hatten. Als wir uns setzten, griff ich nach seiner linken Hand.

Ich ließ sie während der ganzen Show nicht los.

»Dass du dir das gemerkt hast! Ich habe es nur einmal erwähnt, als wir Sushi essen waren.«

»Ich höre eben zu.«

Wir saßen nebeneinander auf Barhockern vor einer großen Glasscheibe und aßen Fish and Chips aus Körbchen, die traditionell mit Zeitungspapier ausgelegt waren. Draußen liefen Passanten mit Regenschirmen und Kapuzen an uns vorbei. Mütter zogen ihre trödelnden Kinder hinter sich her, Teenager schützten im schnellen Schritt ihre Smartphones mit der Hand vor fallenden Regentropfen.

Das Gefühl eines Rausches ebbte nur langsam in mir ab. Nicht nur, weil ich live die Backsendung der Frau gesehen hatte, die ich sonst nur vom Bildschirm her kannte und die maßgeblich dafür verantwortlich war, dass ich mir dieses neue Leben im Doppio aufbauen konnte. Sondern vor allem, weil Will mir diese Überraschung bereitet hatte. Ich hatte in ihm jemanden gefunden, der … perfekt war.

»Danke, dass du das für mich getan hast.«

Ich legte die Pommes, die ich die ganze Zeit über in der Hand gehalten hatte, auf meinem Teller ab und betrachtete Wills Profil. Während er kaute, bewegten sich seine Muskeln an Hals und Kiefer.

Er wandte den Kopf und sah mich an. Seine Antwort war ein Lächeln, bei dem sich kleine Lachfalten um die Augen zeigten. »Ich danke dir«, sagte er dann und wischte sich die Hände an der Papierserviette ab, »ich habe viel gelernt heute.«

Ich musste lachen. »Oh, hört, hört! Zum Beispiel?«

»Wieso man die Eischale immer aufheben sollte, wenn man ein Baiser aufschlägt«, erklärte er und gestikulierte dabei mit den Händen, während er vom Barhocker aufstand, »wie ein Trifle geschichtet sein sollte und dass es einen Unterschied zwischen gemahlenen Mandeln und Haselnüssen gibt, was die Backzeit angeht.«

Er stand vor mir und griff mit beiden Händen an meine Hüfte, um mich vom Sitz herunterzuheben. Mein Herz klopfte bei seiner Berührung und seinen Blicken und ich hatte das Gefühl, dass diese Spannung zwischen uns so dominant war, dass andere Gäste es spüren mussten. »Aber vor allem habe ich eins gelernt«, sagte er leiser, als wollte er es mir ganz allein sagen. »Dass du etwas ganz Besonderes bist, Victoria Copar. Du bist wie ein Wirbelwind in mein Leben getreten und erst jetzt weiß ich, was ich davor so sehr vermisst habe, ohne es zu wissen.«

Kopf aus, Herz an.

Ich legte ihm meine rechte Hand an die Wange und zog seinen Kopf zu mir, um ihn zu küssen. Ich schloss die Augen und ließ mich fallen. Ich vergaß, wer wir waren, wer ich war, wo wir waren und die anderen Leute in Rosie's Chips and More.

Plötzlich ertönten Klänge, die ich kannte. »Fly Me to the Moon« von Frank Sinatra. Lächelnd lösten sich Wills Lippen von meinen. An der Wand gegenüber stand eine alte amerikanische Jukebox. Rosie stand mit einem Tablett daneben und grinste.

»Dann los. Die Tanzfläche gehört euch.«

Ich legte meine Stirn lachend auf seine Schulter.

»Ich schätze, es ist Fluch und Segen zugleich, wenn man nach Feierabend jahrelang in das gleiche Diner geht, um schnell etwas zu essen«, flüsterte er mir zu.

»Den Segen sehe ich ein, aber Fluch …?«

Er zog mich sanft hinter sich her in die Mitte des Ladens und wiegte sich mit mir im Takt.

Um mich herum war alles verschwunden. Die Menschen, der Geruch der Fritteuse, die beiden Bedienungen, die uns hinter der Theke schmachtend beobachteten. Früher war ich eine von ihnen gewesen – verträumt vor dem Fernseher, schmachtend beim Anblick eines Paares, das mich zum Schmelzen brachte. Heute hatte ich selbst die Hauptrolle eingenommen.

Und so standen wir dort, in Rosie's Chips and More, und wiegten uns aneinandergeschmiegt zu den Klängen des Songs.

Als Will mich später nach Hause brachte, regnete es immer noch. Der Himmel über London war wolkenverhangen und dunkel. Ich hatte das Gefühl, auch das Geheimnis meiner Mutter schwebte wie eine Wolke über uns. Zum einen, weil ich es bisher nicht gelüftet hatte, zum anderen, weil Will nicht die ganze Wahrheit kannte. Aber ich hatte neue Anhaltspunkte, denen ich nachgehen würde.

Als wir die Straße zu meinem Apartment entlangliefen, hörte es auf zu regnen. Es war wie das Zeichen einer höheren Macht, auch neue Erinnerungen zuzulassen. Und das würde ich. Bei Gott.

12

Am nächsten Tag kam meine Großbestellung an kleinen Schraubgläsern und bedruckten Etiketten im Doppio an. Ich hatte die letzten Tage damit verbracht, Kräuter zu trocknen, abzuwiegen und klein zu hacken. Vanille, Kardamom und Safran hatte ich bereits bestellt und das perfekte Mischungsverhältnis gefunden, das sie mit heimischen Gewürzen brauchten. Claire und ich füllten sie am Vormittag penibel genau in die Gläser ab und beklebten sie mit den passenden Etiketten.

Ich freute mich, dass sie mir half. Sie sah besser aus als in der Woche davor und es tat ihr gut, etwas anderes zu sehen als nur die Couch und den Fernseher ihrer Wohnung.

»Vollmundig, lieblich, explosiv ...«, las sie laut die Beschriftung der Etiketten vor.

»Wie findest du die Idee? Ich dachte, die Verwendung von Adjektiven passt zu den Personennamen der Backwaren. Was meinst du?« Ich erklärte ihr das Konzept, während ich auf der Rückseite einen weiteren Aufkleber anbrachte. »Außerdem gibt es hier eine kleine Auflistung, wofür die Gewürze jeweils geeignet sind. Gefällt es dir?«

Claire nickte und strich mir mit der Hand mehrmals über den Rücken. »Ich kann gar nicht oft genug sagen, wie froh ich über deine Entscheidung bin, mich hier zu vertreten. Du machst einen besseren Job als ich damals.«

Ich ließ das Glas sinken, das ich gerade beklebt hatte. »Meinst du das wirklich ernst?«

Claire nickte und stellte fertig beklebte Gläser auf einen Rollwagen. »Du sprühst nur so vor Ideen und hast schon so viel frischen Wind hier reingebracht. Es tut so gut zu sehen, dass das Café sich durch dich entwickelt. Ich war eben immer nur die Geschäftsfrau hier, du bist beides – Geschäftsfrau und Bäckerin aus Leidenschaft. Das macht einen großen Unterschied.«

Ein Kloß machte sich in meinem Hals breit. Komplimente von Claire waren für mich etwas Besonderes. Sie hatte das alles hier aufgebaut und es mir anvertraut. Es freute mich, dass ich ihre Erwartungen sogar übertraf.

Wir räumten die Gläser in das neue Holzregal ein, das ich extra hierfür gekauft hatte. Nachdem die Preisschilder angebracht waren, trat ich einige Schritte zurück und betrachtete mein Werk. Claire und Jess standen neben mir.

»Wenn dir solche Dinge spontan einfallen, hält das Leben noch viel mehr für dich bereit,« sagte Claire und drückte leicht meine Hand.

»Wie zum Beispiel diesen Mann, Will«, sagte Jess und seufzte, um mich damit aufzuziehen.

Diesmal wehrte ich nicht ab. Sie hatte recht. Ich wusste es.

* * *

Nachdem ich Claire in ihre Wohnung zurückbegleitet hatte, machte ich mich auf den Weg ins Pflegeheim. Und diesmal sagte mir mein Gefühl, dass ich erfolgreicher sein würde als beim ersten Mal. Seit meinem Treffen mit Dr. Quentin Hopes vor einigen Tagen wusste ich ihren richtigen Namen. Ich wusste auch, dass sie hier gearbeitet hatte und dass meine Großmutter hier untergebracht gewesen war. All diese Informationen hatte ich bei meinem ersten Versuch nicht gehabt. Bisher hatte ich nach einer Frau gesucht, von der ich nur den Vornamen kannte, der sich nun auch noch als falsch herausgestellt hatte.

Während ich die Stufen der Underground Station hinaufstieg, stellte ich mir die Frage, weshalb meine Mutter überhaupt einen anderen Namen angenommen hatte. Wer seinen Namen veränderte, wollte seine Vergangenheit verbergen. Oben angekommen, blieb ich stehen und sah mich selbst in einem Verkehrsspiegel, der dort aufgestellt war. Erst jetzt kam mir der Gedanke, dass meine Mutter und mich ein ähnliches Schicksal verband: Wir beide wollten einen Teil unserer Geschichte verbergen. Ich für meinen Teil tat es, um mich vor einem Mann zu schützen und mir ein eigenes Leben aufzubauen. Der Gedanke löste leichte Panik in mir aus.

Was, wenn wir uns ähnlicher waren, als ich dachte?

Am Empfangstresen saß der gleiche junge Mann wie beim letzten Mal. Noch während ich auf ihn zuging, holte ich das Foto meiner Mutter aus meiner Tasche hervor. Diesmal war ich besser vorbereitet, und wenn es stimmte, was Dr. Hopes mir gesagt hatte, würde ich heute nicht enttäuscht und mit leeren Händen nach Hause gehen.

»Guten Tag, vielleicht erinnern Sie sich an mich. Ich war vor einiger Zeit hier und habe mich nach meiner Mutter erkundigt.«

»Name und Geburtsdatum?« Er hatte den Blick auf die Unterlagen gerichtet, die vor ihm lagen.

»Nein«, sagte ich ungeduldig und legte das Foto auf dem Tresen ab, »meine Mutter hat hier gearbeitet, in den Achtzigerjahren. Können Sie bitte nachschauen?« Ich ließ meine Fingerspitzen nervös auf dem Holz vor mir tanzen.

Er hob den Blick und sah mich erstmals an.

»Geben Sie mir nur irgendeine Info«, fuhr ich fort, »etwas, womit ich weitersuchen kann. Verstehen Sie?«

Verzweiflung machte sich in mir breit und schlug sich auf meine Stimme nieder. Ich stützte meinen Kopf in die Hände und schloss kurz die Augen. Ich fühlte mich so kurz vor dem Ziel und kam mir trotzdem vor, als liefe ich auf einem Laufband. Es schien unmöglich, irgendwann anzukommen.

Die Schwingtür im Hintergrund ging auf und die ältere Dame, der er mich damals vorgestellt hatte, kam in den Eingangsbereich. Sie schob einen Rollstuhl vor sich her, in dem ein Mann mit Beatmungsgerät saß.

Mein Herz machte bei ihrem Anblick einen Sprung. »Hey!« – ich schnappte das Foto und ging direkt auf sie zu – »Mrs ... Poole? Erinnern Sie sich an mich?«

Sie schob den Herrn im Rollstuhl einen Korridor entlang, ohne stehen zu bleiben.

Ich hatte Mühe, bei dem Tempo mitzuhalten.

»Mrs Pooley«, korrigierte sie mich, ohne sich aufhalten zu lassen, »und ja, ... ich kann mich an Sie erinnern. Ich vergesse nie ein Gesicht.«

Mit einem Griff stoppte ich den Rollstuhl. »Dann erkennen Sie dieses hier vielleicht auch.« Ich hielt ihr das Foto direkt vors Gesicht. »Mrs Pooley, bitte ... Ich glaube fast, Sie sind die Einzige, die mir helfen kann.«

Sie blickte mit offenem Mund auf das Foto, ließ vom Rollstuhl ab und griff danach.

»Das ist ihre Mutter?«, fragte sie fast flüsternd.

»Lily Bank. Und meine Großmutter, Sienna. Bitte unterhalten Sie sich mit mir. Ich flehe Sie an.«

Sie ließ das Foto in ihrer Hand langsam sinken und ich nahm es wieder an mich.

Es schien, als müsste sie sich kurz sammeln. Dann sagte sie: »Ich habe hier noch zu tun, aber in einer halben Stunde mache ich Pause. Warten Sie vor dem Eingang auf mich.« Damit schob sie den Rollstuhl bis zum Ende des Gangs und verschwand um die Ecke.

Sie hatte meine Mutter erkannt, dessen war ich mir sicher. Aufgeregt machte ich mich auf den Weg nach draußen. An der frischen Luft atmete ich tief durch und versuchte, mich zu beruhigen. Sie hatte sie erkannt, sie hatte sich an meine Mutter erinnert! Ich stützte die Hände in die Hüften und lief auf und ab. Erst als ich mich Richtung Pflegeheim drehte, bemerkte ich, dass es die Holzbank, die auf dem Foto zu sehen war, immer noch gab. Ich setzte mich darauf und strich mit den Fingern über das teilweise verwitterte Holz. So viel Geschichte steckte in diesem Stück. Ich saß am gleichen Platz wie meine Mutter und meine Großmutter vor mehr als dreißig Jahren. Bis vor Kurzem hatte ich an meine Großmutter keinen Gedanken verschwendet, weil ich nicht ahnte, dass sie Teil dieser Geschichte war.

Ich lehnte mich zurück und schloss die Augen. Mein Magen knurrte. Erst jetzt fiel mir auf, dass ich seit dem Morgen nichts mehr gegessen hatte. Mein Frühstück hatte ich in Form eines Croissants mit Marmelade und eines Espresso im Stehen in der Backstube verspeist, während ich die Bestellungen für den Tag durchgegangen war. Das Essen im Stehen, während ich nebenbei viele andere Dinge erledigte, machte mir nichts aus. Im Gegenteil. Ich liebte den alltäglichen Stress im Doppio, das Gefühl, viel zu tun zu haben. Wieder einmal fiel mir auf, wie sehr sich mein Leben während der letzten Monate verändert hatte.

Das quietschende Geräusch der Eingangstür holte mich ins Hier und Jetzt zurück.

Mrs Pooley setzte sich neben mich auf die Bank und sah mich einen Moment lang an. »Ich hätte es wissen müssen, als Sie das erste Mal hier aufgetaucht sind, aber oftmals habe ich Scheuklappen auf, verstehen Sie?« Sie kramte in ihrer Tasche, zog eine Schachtel Zigaretten hervor und zündete sich eine an. »Es stört Sie doch nicht, oder?«

Ich schüttelte den Kopf. Als sie mir die geöffnete Schachtel entgegenhielt, lehnte ich dankend ab.

»Sie sehen Ihrer Mutter sehr ähnlich, wissen Sie das?«

Ich lächelte matt und warf einen Blick auf das Foto, das ich nach wie vor in der Hand hielt. »Ehrlich gesagt, nein. Ich weiß so gut wie nichts über sie und ... dieses Foto besitze ich erst seit einigen Tagen. Ich selbst hatte nur ein älteres Exemplar, auf dem ich noch als Baby zu sehen bin.«

»Ich denke, es ist ganz normal, wenn Kinder die Ähnlichkeit zu ihren Eltern nicht wahrnehmen. Zumindest geht es meinen Töchtern auch so.«

»Was können Sie mir zu meiner Mutter sagen, Mrs Pooley?«, fragte ich geradeheraus, um sie davon abzuhalten, über ihre Familie zu sprechen. Meine Neugierde war zu groß. Ich musste endlich den Strohhalm zu fassen bekommen, der mich aus dem Strudel der Ahnungslosigkeit beförderte.

Sie zog an ihrer Zigarette und lehnte sich zurück. Als ihr Blick in die Ferne schweifte, erzählte sie mir, was sie wusste.

»Lily kam Mitte der Achtzigerjahre als junge Frau hierher. Sie machte eine Ausbildung zur Pflegefachkraft und wohnte in einem der Zimmer.« Sie zeigte mit der Hand auf die Fensterfront des Lavender Nursing Home hinter uns. »So konnte sie ihre Mutter täglich sehen, die Pausen mit ihr verbringen und nach Feierabend mit ihr einen Tee trinken oder eine Runde Karten spielen.«

Ich warf einen Blick über die Schulter und begutachtete die Fenster, die teilweise geschlossen und gekippt waren. Meine Mutter hatte hier einmal gewohnt. Hatte dort geschlafen, auf dieser Bank gesessen. Es war pures Glück, dass ich eine Person getroffen hatte, die sich an sie erinnerte. Und trotzdem versetzte es mir einen Stich, dass ich von solchen Kleinigkeiten zehren musste. Ich konnte alle Informationen über meine Mutter in einer kleinen Blechdose verstauen und in einer Minute mündlich zusammenfassen.

»Der damalige Leiter Mister Robsen war ein echter Schatz, ein richtiges Goldstück, und ließ mit sich reden. Wo hätte sie auch wohnen sollen? Sie war erst achtzehn und konnte sich in dieser Situation unmöglich ganz allein um ihre kranke Mutter kümmern.«

»Weshalb war sie hier untergebracht?«

»Sienna?«, fragte Mrs Pooley und zeigte auf die ältere der beiden Frauen auf dem Foto.

Ich nickte.

»Das ist eine lange Geschichte.« Seufzend lehnte sie sich zurück und verschränkte nachdenklich die Arme. »Es fing mit rheumatischen Beschwerden an. Nach und nach wurden die Gelenke steif, verbunden mit immer stärker werdenden Schmerzen. Dazu kamen Erschöpfungszustände und Depressionen. Sie konnte nicht mehr allein zu Hause von ihrer Tochter betreut werden. Die Unterbringung hier war die perfekte Lösung. Für beide.«

Ich hörte ihr aufmerksam zu und hatte das Gefühl, endlich vorwärtszukommen.

Mrs Pooley zog erneut an ihrer Zigarette, bevor sie weitersprach. »Lily hat ihre ganze Jugend geopfert, um bei ihrer Mutter sein zu können. Obwohl sie andere Pläne hatte. Armes Ding.«

Der letzte Satz fiel wie ein schwerer Stein vor meine Füße. Ich konnte das Mitleid regelrecht heraushören. »Andere Pläne?«, fragte ich neugierig.

»Oh ja! Sie wollte diese Schule besuchen«, sagte Mrs Pooley und schnipste mehrmals mit den Fingern, als suchte sie in ihrem Gedächtnis nach einem Namen, »... die in der Parker Road. Sie kommen von überall her, um dort zu lernen.«

»Um was zu lernen?«

Sie drückte den Zigarettenstummel auf dem Kopfsteinpflaster aus und warf ihn dann in den Mülleimer neben sich. »Na, wie man mehrstöckige Kuchen backt und solche Sachen. Sie war ein Naturtalent. Ich denke heute noch an ihre Scones zurück.«

Mein Herz trommelte und ich konnte kaum fassen, was ich hörte: Meine Mutter und ich teilten die gleiche Leidenschaft. Obwohl sie immer noch eine fremde Person war, fühlte ich, wie sich langsam ein Band um uns beide zog.

»Jeden Freitag hat sie sie hier in der Gemeinschaftsküche gemacht und mittwochs hat sie gemeinsam mit den Bewohnern gebacken. Sie liebte das Backen und es brach mir fast das Herz zu sehen, wie diese junge Frau im Pflegeheim arbeitete, obwohl sie am liebsten immer nur Teig kneten und Törtchen verzieren wollte. Ist das nicht traurig?«

Sie sah mich von der Seite an. Ich hatte meine Ellbogen auf die Oberschenkel gestützt und beugte mich nach vorn. Den Blick auf einen Punkt gerade vor mir geheftet, dachte ich über die nächste Gemeinsamkeit nach, die mich melancholisch stimmte und mir Tränen in die Augen trieb: Meine Mutter hatte ihre Träume genauso wenig leben können wie ich so lange Zeit meine. Der Unterschied war jedoch, dass ich die Chance dazu schließlich bekommen hatte. Meine Mutter hingegen war offenbar aus dem Leben als Pflegekraft in das Zirkuskostüm hineingestolpert und hatte ihren Traum gleich zwei Mal abschreiben müssen. War das vielleicht der Grund, warum sie erneut weggelaufen war? Aber wieso hatte sie mich nicht mitgenommen? Wieso ließ eine Mutter ihr Kind zurück?

»Ich hoffe, ich habe damit nichts Falsches gesagt, Mrs …«

Erst jetzt merkte ich, dass ich mich nicht mit Namen vorgestellt hatte. »Nennen Sie mich Victoria.«

Sie hielt mir die Hand entgegen. Ich umschloss sie sanft und fühlte ihre trockene, rissige Haut.

»Okay, Victoria. Ich bin Violet.«

Wir schwiegen eine Zeit lang. Ich beobachtete ein Eichhörnchen, das im Vorgarten auf der anderen Straßenseite einen Baumstamm hinaufsauste. Der Herbst zog langsam ein und brachte warme Farben und kühlere Temperaturen mit sich. Im Zirkus war es die Zeit der Vorbereitungen auf den Winter, fast wie bei den Tieren in der freien Natur. Als ich das Klicken des Feuerzeugs hörte, mit dem sie sich bereits die nächste Zigarette anzündete, betrachtete ich sie von der Seite.

»Wann hat meine Mutter gekündigt? Was hat sie als Grund angegeben? Können Sie sich daran erinnern?«

Sie inhalierte langsam den Rauch und blies ihn hoch in die Luft. »Ich kann mich noch an den Tag erinnern, als sie nicht mehr auftauchte. Es war der erste Freitag ohne Scones.«

»Nicht mehr auftauchte?«, fragte ich nach. »Sie meinen, sie hat gar nicht gekündigt?«

Violet Pooley nickte langsam. »Sie war einfach weg. Von heute auf morgen und niemand wusste, wohin oder warum sie gegangen war. Sie hinterließ nur einen Zettel.«

Sie griff in ihre Handtasche und holte einen gelblichen Zettel hervor, den sie mir reichte.

Mit zittrigen Händen faltete ich ihn auf. »Wer glücklich sein will, braucht Mut zur Veränderung. Danke für alles, V. Lily«, las ich leise vor. Ich starrte einige Sekunden auf das Papier in meinen Händen und sah Violet dann an. »Sie hat die Notiz an Sie persönlich geschrieben?«

Violet nickte und faltete den Zettel zusammen, um ihn wieder in der Tasche verschwinden zu lassen.

»Wieso haben Sie ihn all die Jahre aufgehoben?«

Sie schaute mich an und lächelte. »Deine Mutter und ich, wir haben viele Tage gemeinsam hier verbracht. Da entwickeln sich Freundschaften.« Sie ließ den Blick in die Ferne schweifen. »Dieser Zettel war das, was mir von ihr geblieben war. Vielleicht deswegen.«

»Danke für Ihre Zeit und … dass Sie mit mir gesprochen haben. Sie haben mir sehr geholfen, Violet.«

Es war bereits Nachmittag, als ich mich am Eingang des Pflegeheims von ihr verabschiedete.

»Nicht dafür, Schätzchen«, sagte sie und legte eine Hand auf meine. »Ich habe Ihre Mutter sehr gemocht. Es tut mir leid, dass ich letztlich nicht dabei helfen konnte, sie zu finden.«

»Das macht nichts«, log ich sie und auch mich selbst an, »aber Sie haben viel Licht ins Dunkel gebracht.«

»Es freut mich, dass ich helfen konnte.«

Kurz standen wir einander gegenüber und betrachteten uns.

»Danke für die Adresse«, murmelte ich und hob meine Hand, mit der ich das gefaltete Papier umschlossen hielt.

Sie lächelte.

Violet hatte mir die Adresse des Friedhofs gegeben, auf dem meine Großmutter begraben war. Sie war ein Jahr vor dem Verschwinden meiner Mutter gestorben. Durch den Tod von Sienna hatte sich das Verhältnis zwischen Violet und meiner Mutter noch intensiviert. Irgendwie beruhigte es mich, zu wissen, dass sie damals nicht allein gewesen war. Obwohl so viele Jahre vergangen waren.

»Sie wissen, wo Sie mich finden, wenn Sie noch Fragen haben. Ich habe noch zwei Jahre bis zur Rente.«

Wir lachten beide.

»Ich danke Ihnen wirklich sehr«, begann ich. »Dafür, dass Sie so offen mit mir gesprochen haben in Ihrer einzigen Pause und …« – ich brach ab und zeigte auf ihre Handtasche, in der sich Lilys Notiz befand – »… auch dafür, dass Sie nach dem Tod meiner Großmutter für Lily da waren. Sie war allein und ich kann ein Lied davon singen, was das bedeutet.«

»Oh, Schätzchen«, sagte sie und lächelte gütig, »sie war nicht allein. Sie hatte ja Quentin. Die beiden waren ein bezauberndes Paar.«

»Was?« Claire beugte sich blitzartig nach vorn und starrte mich mit offenem Mund an.

Ich nickte abwesend und rührte in meiner Kaffeetasse. »Ja«, murmelte ich schließlich leise, »es sieht so aus, als hätte meine Mutter eine Beziehung zu diesem Arzt gehabt. Und der hat mich eiskalt angelogen.«

»Verschweigen ist nicht anlügen, Vicky.«

»Ach, nein? Das sehe ich anders.«

Ich knallte meine Kaffeetasse wütend auf den kleinen Tisch vor uns, den ich erst vor Kurzem als Ergänzung des Palettenmöbels für den Hinterhof des Doppio gekauft hatte.

Wir saßen auf der Bank im Hinterhof und tranken Kaffee. Bis dahin hatte ich niemandem von meinem Treffen mit Dr. Quentin Hopes erzählt, aber das, was ich gestern von Violet Pooley erfahren hatte, brachte das Fass zum Überlaufen. Ich hatte das Gefühl, an diesem Wissen zu ersticken, und musste es jemandem erzählen. Und Claire war die Einzige, die die Wahrheit über mich und meine Vergangenheit wusste.

»Hey …« Sie legte mir beruhigend eine Hand auf die Schulter und zwang mich, sie anzusehen. »Versetz dich doch in diesen Mann hinein. Versuche es zumindest. Hör mir zu, okay?«

Sie atmete demonstrativ lang durch die Nase ein und langsam durch den Mund aus. Ich tat es ihr mit geschlossenen Augen nach. Es beruhigte mich wirklich.

Als ich sie wieder öffnete, sprach sie weiter und ich hörte ihr zu.

»Angenommen, er hatte wirklich eine … Beziehung mit deiner Mutter, … das ist ewig her. Sie ist damals einfach verschwunden, er wusste nach eigener Aussage selbst nicht, wieso und wohin. Dann tauchst du dort auf und konfrontierst ihn mit dieser Geschichte. Das ist alles ein bisschen viel auf einmal, findest du nicht?«

»Frag mich mal«, schnaubte ich.

»Siehst du«, fuhr sie fort, »was hätte er denn bei eurem ersten Treffen sagen sollen? Er war sicherlich genauso überfordert wie du, Vicky.«

Ich nickte und musste mir eingestehen, dass sie recht hatte.

»Was hast du jetzt vor?«, fragte sie und leerte ihre Espressotasse in einem Zug.

Ich zuckte die Achseln und sah sie an. »Ich denke, ich werde noch einmal mit ihm sprechen. Wenn er hört, dass ich mit Violet Pooley gesprochen habe, wird er mehr erzählen müssen.«

»Er kannte nicht nur deine Mutter, sondern auch deine Großmutter. Ist das nicht verrückt?«

Ich lächelte matt. »Mehr als das.«

»Vicky, hast du noch Gewürzmischungen auf Vorrat?« Jess stand mit umgebundener Schürze im Türrahmen zum Hinterhof.

Ich stand auf und lief ihr entgegen. »Im Schrank, in dem die Backformen untergebracht sind. Ich habe umgeräumt.«

»Fehlanzeige«, sagte sie lächelnd und winkte Claire kurz zu. »Ich habe schon aufgefüllt und ich schätze … wir sitzen schon auf dem Trockenen.«

»Das ist nicht dein Ernst.«

»O doch, die Leute reißen es uns förmlich aus den Händen. Hast du noch mehr solcher spontanen Ideen auf Lager?«

Claire kam zu uns herüber und legte den Arm um mich. »Ich hoffe, dass die Kochshow von Pam Crown weitere Inspirationen hervorruft. Anscheinend hast du ein richtiges Händchen, was das angeht.«

Wir lachten alle drei.

Claire legte ihren anderen Arm um Jess. »Es ist so schön, zu sehen, wie ihr mein Baby hier hegt und pflegt.« Sie drückte jeder von uns einen Kuss auf die Wange. »Lass mich die Bestellungen der Gläser und Labels machen. Du gibst mir genaue Anweisungen und ich erledige das. Ich würde gern mehr tun und so kann ich euch Arbeit abnehmen und von der Couch aus helfen.« Sie zeigte nach oben, wo sich ihre Wohnung befand.

»Schaffst du das?« Jess runzelte unsicher die Stirn.

»Na hör mal!« Claire boxte sie spielerisch in die Seite.

Mitten in der Diskussion wurden wir vom Klingeln meines Handys unterbrochen, das in meiner Hosentasche vibrierte. Will rief an.

Ich entfernte mich ein paar Meter von den beiden und nahm den Anruf entgegen. »Hey, hast du Pause?«

»Eigentlich nicht, aber ich mache einfach kurz eine, weil ich deine Stimme hören wollte.«

Ich lächelte und hatte das Gefühl, Will auch.

»Ich muss heute Überstunden machen, wir sind unterbesetzt«, sagte er seufzend.

»Das macht nichts, ich hab hier viel zu tun und werde früh schlafen gehen.« Ich lief auf und ab, dabei hörte ich Jess und Claire im Hintergrund immer noch über die ausverkauften Gewürze sprechen.

»Komm morgen Abend zu mir. Ich zeige dir die Wohnung und koche uns etwas. Was hältst du davon?«

Mein Herz pochte. »Ja, gern.«

»Okay. Ich hole dich nach Ladenschluss ab, was meinst du?«

»Perfekt. Bis dann.«

Ich schaute noch einige Sekunden lächelnd auf das Handy, bevor ich es wieder einsteckte. Dann ging ich zurück zu Jess und Claire. Beide blickten mich erwartungsvoll an.

»Es war Will. Er hat mich für morgen Abend zu sich eingeladen.«

»O mein Gott, ist das nicht euer drittes Date?«

Claire stimmte in das Lachen ein.

Ich fühlte mich ertappt. »Hört auf damit, das heißt doch gar nichts«, versuchte ich, beide zu beruhigen.

»Das sagst du jetzt.« Claire lachte. »Wir unterhalten uns dann noch mal darüber. Und jetzt schreib mir auf, was ich alles bei den Bestellungen beachten muss. Ich will wieder mehr tun und lege sofort los.«

Während Claire in die Backstube zurückging, um Block und Stift zu holen, stupste mich Jess von der Seite an. »Ist das ein gutes Zeichen, was meinst du?«

»Dass sie so wild darauf ist, etwas zu tun?«

Sie nickte mehrmals schnell.

»Auf jeden Fall. Ich bin froh, dass sie sich nicht mehr so sehr verkriecht wie noch vor einigen Wochen. Erinnerst du dich? Wir sind in der fast dunklen Wohnung umhergeirrt und haben sie dann zusammengekauert auf der Couch gefunden.«

»Sie wird wieder die Alte.«

Ich konnte in ihrer Stimme hören, wie sehr sie sich das wünschte. Aber ich wusste etwas, was sie nicht wusste. Ich wusste von Claires Krankheit und davon, dass sie nicht heilbar war. Ich wusste, dass Claire nicht den Plan hatte, zurückzukehren und so zu leben wie zuvor. Weil es nicht ging. Weil sie nicht konnte.

Aber ich hielt mein Versprechen und sagte nichts. »Ja, vielleicht hast du recht.«

* * *

Noch am gleichen Tag machte ich mich nachmittags auf den Weg zu Dr. Hopes. Ich wusste, dass ich hätte anrufen sollen, aber eine Stimme in mir riet mir dazu, es nicht zu tun. Er verheimlichte mir offensichtlich Dinge über meine Mutter, über die Beziehung, die die beiden miteinander vor über dreißig Jahren geführt hatten. Ich hatte Angst, er könnte mich doch noch abwimmeln oder sich aus der Affäre ziehen, wenn ich ihn durch meinen Anruf vorwarnte.

Als ich diesmal mit dem Eisenring gegen die Tür klopfte, öffnete er sofort.

»Dr. Hopes, ich hoffe, es ist okay, dass ich noch einmal unangemeldet vorbeikomme. Hätten Sie ein paar Minuten für mich?«

Er lächelte mich matt an und ließ mich eintreten. Ich war erleichtert, dass er nicht verärgert über meinen Besuch war. Und obwohl ich diesmal konkrete Fragen an ihn hatte, war ich innerlich ruhig und gelassen. Es war ein Gefühl von Überlegenheit, obwohl ich wusste, dass es Quatsch war.

»Ich mache uns Kaffee, wenn Sie möchten.«

»Gern.«

Seit ich im Doppio arbeitete, trank ich mehr Kaffee, als gut für mich war. Er war meine neue Leidenschaft, was aber auch bedeutete, dass ich wählerischer geworden war.

»Machen Sie es sich bequem, ich bin gleich zurück.« Damit verschwand er in die Küche.

Diesmal setzte ich mich nicht wartend auf die Couch. Ich ging an das Kaminsims und betrachtete die Bilder, die dort gerahmt standen. Sie alle zeigten Dr. Quentin Hopes und eine Frau. Sie war groß und schlank, hatte dunkles langes Haar, das in leichten Wellen herabfiel. Es zeigte die beiden am Strand, wie sie lachend durch den Sand liefen. Im eigenen Garten mit einem Golden Retriever, der einen Ball im Maul hielt. Das letzte Bild in der Reihe nahm ich in die Hand. Es zeigte dieselbe Frau, allein. Sie stand in einem roten Abendkleid auf einer Bühne vor einem Mikrofon und sang offenbar. Hinter ihr war ein Orchester zu erkennen.

Das Räuspern im Hintergrund ließ mich zusammenzucken. Ich fühlte mich ertappt, als hätte ich versucht, ihn zu bestehlen.

Als ich mich ruckartig umdrehte, stand er mit zwei Kaffeetassen im Wohnzimmer. Hastig stellte ich den Bilderrahmen wieder auf dem Kaminsims vor mir ab. »Es tut mir leid, ich … wollte hier nicht rumschnüffeln …«, stammelte ich verlegen.

»Schon in Ordnung. Setzen Sie sich doch.« Er deutete mit einer Handbewegung auf die Couch und ich nahm Platz.

»Ist das Ihre Frau?«

»Ja, das … war meine Frau. Sie ist vor fünf Jahren gestorben.«

Schlechtes Gewissen machte sich in mir breit. »Das tut mir leid.«

Er lächelte matt, ohne zu antworten.

Nach einem kurzen Schweigen trank er einen Schluck von seinem Kaffee.

»Darf ich Sie fragen, wie lange Sie beide verheiratet waren?«

Sein Blick verriet mir, dass er misstrauisch wurde. Dennoch antwortete er mir auf meine Frage. »Achtunddreißig Jahre.«

In meinem Kopf rechnete ich nach: Er hatte die Frau auf den Fotos 1975 geheiratet.

Meine Mutter hatte nach Aussage von Violet Pooley Mitte der Achtzigerjahre begonnen, im Pflegeheim zu arbeiten. Wenn es stimmte, was sie sagte, hatten die beiden eine Affäre miteinander und Dr. Quentin Hopes hatte seine Ehefrau mit meiner Mutter betrogen. Sie war die andere Frau, von der man immer sprach. Die andere Frau, die verhasst war und Ehen scheitern ließ. Es fühlte sich an wie ein kleiner Stich, als ich diesen Gedanken nachging.

»War sie Sängerin?« Ich zeigte auf das Bild, das ich vorher in der Hand gehalten hatte.

Er seufzte und ging langsam zum Kaminsims hinüber, nahm das Bild in die Hände und nickte lächelnd. »O ja, sie sang im Royal Opera House in Covent Garden. Ihre Stimme war atemberaubend.«

Covent Garden. Das Foto aus der Blechdose.

Ich hatte das Gefühl, dass sich der Kreis mehr und mehr schloss. Dennoch fehlten mir immer noch wichtige Bruchstücke, um die Lebensentscheidungen meiner Mutter zu verstehen.

»Sind Sie gekommen, um mit mir über meine Frau zu sprechen?« Er stellte das Bild wieder an seinen Platz und kam zurück.

Verlegen schüttelte ich den Kopf. »Nein, es tut mir leid, ich …« Ich seufzte, gedanklich wieder einmal an einer Weggabelung angekommen. Ich hatte jetzt, in diesem Moment, eine Entscheidung zu treffen – sagte ich ihm die Wahrheit über das, was ich von Violet Pooley erfahren hatte? Konfrontierte ich ihn mit der Tatsache, dass er meine Mutter besser gekannt hatte, als er noch vor ein paar Tagen zugegeben hatte? Oder spielte ich das Spiel mit, um zu sehen, was er preisgab?

Bevor ich eine Entscheidung treffen konnte, sprach er weiter. »Warum sind Sie hier, Victoria?«

Kopf oder Herz. Kopf oder Herz.

Bevor mein Verstand aktiv wurde, schaltete sich mein Herz ein. »Hatten Sie eine Affäre mit meiner Mutter?«

Sein Gesichtsausdruck beantwortete meine Frage, bevor er zu sprechen begann. Alle Farbe wich aus seinem Gesicht. »Victoria, wieso fragen Sie mich das?«

»Ja oder nein?« Mein Ton wurde härter. Ich wollte Antworten und allmählich machte sich Wut in mir breit, dass meine Mutter für ihn nur ein Zeitvertreib gewesen war und er sie vermutlich aufgrund seiner Vorzeige-Ehe fortgetrieben hatte.

»Es war keine Affäre.« Er legte die Handflächen aneinander und schloss kurz die Augen, als müsste er überlegen, wie er mich besänftigen konnte.

»Lügen Sie mich nicht an. Ich war im Lavender Nursing Home und habe mit Violet Pooley gesprochen. Sie erinnert sich noch genau an meine Mutter und an Sie und weiß nach all den Jahren noch, dass Sie beide eine innige Beziehung zueinander hatten. Wollen Sie mir jetzt ernsthaft weismachen, dass Sie und meine Mutter nur zusammengearbeitet haben?«

Ich schnaufte und stand auf. Obwohl wir uns erst seit Kurzem und nur oberflächlich kannten, fühlte ich mich von ihm betrogen, weil er mir nicht die Wahrheit sagte.

»So war es nicht.« Ich konnte an seiner Körperhaltung erkennen, wie er mit sich kämpfte und überlegte, wie er weitersprechen sollte.

»Wie war es dann? Erzählen Sie mir die Wahrheit.«

Er sah mich aus trüben blauen Augen an. »Ihre Mutter war mehr als eine Affäre für mich, Victoria.«

Ich lachte auf, zeigte auf die Bilder auf dem Kaminsims. »Offensichtlich nicht. Sie waren verheiratet, als Sie meine Mutter trafen. Reicht das nicht, um eine Affäre zu definieren?«

Er schwieg und starrte geradeaus. Ich stand vor der großen Fensterscheibe und beobachtete eine Amsel, die im Gras pickte.

»Setzen Sie sich«, sagte er langsam und sah mich an. »Ich erzähle Ihnen, was Sie so sehr wissen möchten.«

Ich setzte mich ihm gegenüber und schwieg. Was würde er mir sagen? Nervös knetete ich meine Hände, während er zu erzählen begann. Für mich war es eine Reise in das Leben meiner Mutter.

»Ich lernte Ihre Mutter damals im Pflegeheim kennen. Ich kam zur Untersuchung und Betreuung der Patienten. Es zwar Zufall, dass wir uns an diesem Nachmittag begegneten. Ihre Schicht war schon zu Ende, aber sie saß im Zimmer ihrer

Mutter, Sienna Bank. Ich wollte ihre Werte überprüfen. Da habe ich sie erstmals gesehen.«

Er machte eine Pause und sah mich an. »Sie haben die Augen Ihrer Mutter. Ich komme mir vor wie ein Idiot, dass ich sie nicht direkt in Ihnen wiedererkannt habe, als Sie vor ein paar Tagen vor meiner Tür standen.«

Mit jemandem über meine Mutter zu sprechen, fühlte sich gut an. Auch wenn er ein völlig fremder Mann für mich war, löste er etwas in mir aus, das ich nicht definieren konnte. Es fühlte sich an, als hätte ich ihn bereits gekannt.

»Sie faszinierte mich vom ersten Moment an. Ihre Erscheinung, ich …« – er schaute auf seine Hände, die er wie ich nervös knetete – »… muss zugeben, dass ich diese Gedanken zur Seite schob und nicht wahrhaben wollte, was schon geschehen war.«

»Was meinen Sie damit?« Ich musste mich räuspern, meine Stimme klang brüchig. Noch nie war ich meiner Mutter so nahe gewesen wie in diesem Moment.

Er sah mich matt lächelnd an. »Ich war verheiratet, zumindest auf dem Papier.«

Er warf einen Blick auf die Bilder auf dem Kaminsims, über die wir vorher noch gesprochen hatten.

»Meine Frau Caroline war krank. Sie …«, er pausierte kurz und räusperte sich ebenfalls, »… war manisch-depressiv, verstehen Sie? Das … zerstörte unsere Ehe bereits, bevor Ihre Mutter in mein Leben trat.«

Ich schluckte. »Aber sie war immer noch Ihre Frau?«

Er nickte und lehnte sich zurück. »Ich konnte sie nicht verlassen. Sie brauchte jemanden, der sie verstand, der sie medizinisch betreute, ihre Hand hielt, wenn die dunklen Tage alles überschatteten. Jemand, der sie akzeptierte, wie sie war.«

Ich nickte, weil ich langsam mehr und mehr verstand und die Geschichte Sinn ergab.

»Ihre Mutter und ich arbeiteten in vielen Schichten gemeinsam, ich ... sah den zunehmend schlechteren Zustand Ihrer erkrankten Großmutter, Victoria. Ich sah, wie Lily darunter litt, die eigene Mutter unter immer stärker werdenden Schmerzen zu sehen und nichts machen zu können, als ständig Schmerzmittel zu verabreichen, die sie zu einer anderen Person machten. Wir ... erzählten uns eines Abends unsere Geschichten. Sie erzählte von ihrer kranken Mutter, ich von meiner erkrankten Ehefrau ... Von da ab waren wir gemeinsam einsam, verstehen Sie? Das Schicksal brachte uns zusammen.«

Ich kämpfte mit dem Kloß, der sich in meinem Hals ausbreitete. Meine Wut und mein Ärger waren verpufft, ich erkannte die Tragik, die meine Mutter und er in diesen Jahren erlebt hatten und wie sehr die Begegnung sie regelrecht in die Arme des Gegenübers getrieben hatte. Es war das Schicksal, das sie zusammengebracht und nicht mehr losgelassen hatte.

»Durch die Beziehung zu Ihrer Mutter hatte ich das Gefühl, wieder zu leben. Und Ihre Mutter konnte aus dem Gefängnis ausbrechen, das die Krankheit Ihrer Großmutter kreierte. Als sie starb, war ich für sie da.«

Wir sahen uns einen Moment an und ich erkannte meine eigene Gefühlslage in seinen Augen wieder. In diesem Moment fühlte ich eine Verbindung zu dem Mann, der meine Mutter gekannt hatte.

»Ich habe Ihre Mutter aufrichtig geliebt, Victoria. Sie wusste von der Verpflichtung meiner Frau gegenüber. Aber dann hat sie das doch weggetrieben. Am 10. Oktober 1990 hat sie mich verlassen.«

»Einfach so?«

Ich versuchte, mir die Fetzen zusammenzureimen, die keinen Sinn ergaben. Aber mein Gefühl betrog mich nicht.

»Ich war nicht ganz ehrlich zu Ihnen.«

Ich richtete mich auf. Mein Herz pochte.

Jetzt.

Das war der Moment. Der Grund, weshalb ich überhaupt in diese Stadt gekommen war. Das Geheimnis meiner Mutter.

»Sie verschwand Hals über Kopf, ohne mir zu sagen, wieso oder warum. Sie verabschiedete sich von mir an einem Sonntag. Ich vergesse nie, wie sie im strömenden Regen vorn an der Straßenecke wartete, mich anrief. Dort verabschiedeten wir uns voneinander. Ich solle sie nicht suchen oder kontaktieren, sie wolle neu anfangen. Aus Pflichtbewusstsein ließ ich sie gehen. Und weil ich sie liebte.«

Er stand auf und öffnete die Terrassentür. Als er hinaustrat und einige Schritte machte, ging ich ihm hinterher. Er hatte etwas losgetreten, das ich zu Ende bringen wollte.

»Sie wissen, wohin sie ging?«

Ich lehnte mich an den Türrahmen und beobachtete ihn, als wollte ich aus seinem Gesicht ablesen, ob er mir die Wahrheit sagte.

»Ich sah sie in ein Auto mit Anhänger steigen. Auf dem Waggon war ›Zirkus Rosso‹ aufgedruckt.«

Es stimmte. Er sagte die Wahrheit.

Ich fühlte den Schmerz, der ihn heimsuchte, als er mir ihre Geschichte erzählte, aber trotzdem war es wie ein Stein, der von meiner Seele abfiel, weil der Kreis sich immer mehr schloss.

»Dort bin ich aufgewachsen.«

Er drehte sich um und sah mich an. »Darf ich fragen, wie Ihr Vater heißt?« Er ging einen Schritt auf mich zu.

»Rudolfo.«

Es fühlte sich an, als ließe ich alle Hüllen fallen. Ich wusste, dass ich ihm nun die Wahrheit sagen würde.

»Ich schätze, ich war auch nicht ganz ehrlich zu Ihnen, Dr. Hopes.«

»Bitte nennen Sie mich Quentin. Durch die Verbindung zu Ihrer Mutter habe ich das Gefühl, Sie bereits zu kennen. Das ›Dr. Hopes‹ fühlt sich falsch an.«

Ich lächelte matt. »Okay …«, lenkte ich ein, »… mein wirklicher Name ist Penny Rosso. Mein Vater ist Rudolfo Rosso. Ihm gehört der Zirkus seit dem Tod meines Großvaters.«

Die Art, wie er mich ansah, brach mir das Herz. In diesem Moment erkannte und fühlte ich, dass er meine Mutter über all die Jahre nie vergessen hatte.

»Ich möchte Sie nur eine Sache fragen, Penny.«

»Victoria. Bitte, ich … habe hier neu angefangen und mit meiner Vergangenheit abgeschlossen«, korrigierte ich ihn.

»Victoria …«, setzte er neu an, »… war Ihre Mutter glücklich?«

Ich seufzte und verschränkte die Arme. »Das kann ich Ihnen nicht beantworten, Quentin. Aber da sie weggegangen ist und mich, ihr dreijähriges Kind, verlassen hat, schätze ich, dass sie es nicht war.«

In meinem Kopf drehte sich alles. Diese Flut an Informationen und Offenbarungen erschlug mich förmlich und ich hatte das Bedürfnis, allein zu sein, um alles sacken lassen zu können.

»Ich schätze, ich brauche einige Zeit, um alles zu verarbeiten, was ich erfahren habe, Quentin. Ich werde nach Hause fahren und mich erst einmal sammeln. Ich hoffe, Sie verstehen das nicht falsch.«

Er schüttelte den Kopf und begleitete mich in den Flur.

Dort stellte ich ihm eine Frage, die alles veränderte.

»Als Sie meine Mutter das letzte Mal gesehen haben …« – ich knetete nervös meine Hände – »… haben Sie da versucht, sie aufzuhalten?«

Er sah mich direkt an. »Ich habe versucht, mich damit abzufinden. Aber es hat mich nicht losgelassen. Ich habe es zuerst ignoriert, aber das Herz will, was es will.«

Mein Herz hämmerte und ich hatte das Gefühl, nicht genug Luft zu bekommen. »Was meinen Sie damit, Quentin?«

Er schloss die Tür wieder, die er mir bereits geöffnet hatte. Dann fuhr er sich mit einer Hand in den Nacken. Ich merkte ihm an, dass es schwer für ihn war, mir diesen Teil der Geschichte zu erzählen, aber ich war dankbar, dass er es tat.

»Als Ihre Mutter fort war, habe ich versucht, mein Leben wieder selbst in die Hand zu nehmen, mich auf die Arbeit und auf … meine Frau zu konzentrieren. Aber ich habe mir etwas vorgemacht und konnte sie nicht vergessen. Nach etwas mehr als einem Jahr habe ich den Zirkus ausfindig gemacht und bin ihr hinterhergereist.«

»Was ist dann passiert?«, flüsterte ich ihm zu.

Ich versuchte, in seinem Gesicht zu lesen. Was war damals zwischen meiner Mutter und ihm passiert? Aber alles, was ich erkennen konnte, war der Schmerz, den er nach dieser langen Zeit immer noch zu spüren schien.

»Es war zwischen uns, als wäre sie nie von mir weggegangen.« Er seufzte.

Ich trat einen Schritt auf ihn zu – eine stumme Aufforderung an ihn, weiterzusprechen.

»Da war immer noch dieser Blick in ihren Augen … und wir konnten nicht anders, verstehen Sie? Nach dieser Nacht konnte ich ihr nicht mehr glauben, dass sie sich in diesen Mann, in … Ihren Vater … verliebt hatte. Ich spürte, dass sie Gefühle für mich hatte. Und trotzdem hat sie mich weggeschickt.«

Ich hielt die Luft an und versuchte, die wirren Gedankengänge in meinem Kopf zu sortieren. »Wollen Sie mir damit sagen, dass Sie …« – ich schloss kurz die Augen und schüttelte den Kopf, als wollte ich ihn freibekommen – »… die

Affäre mit meiner Mutter weitergeführt haben, als sie bereits beim Zirkus war?«

»Victoria«, sagte er ernst und griff überraschend nach meinen Händen, »noch einmal: Ihre Mutter war zu keinem Zeitpunkt eine Affäre für mich.«

In diesem Moment durchzuckte mich ein Gedanke. »Wann war das? Wann sind Sie dem Zirkus hinterhergereist, Quentin?«

»1992, im Januar. Es war kurz nach dem Jahreswechsel.«

Um mich herum drehte sich alles. Mir wurde schlecht. »Kann ich … Ihr Bad benutzen?« Ich hielt mich mit der rechten Hand an der Kommode neben mir fest.

»Geht es Ihnen nicht gut, Victoria?«, fragte er besorgt.

»Ich … brauche einen Moment.«

»Die erste Tür rechts.« Er zeigte mit der Hand auf den Durchgang hinter uns.

Mit schnellen Schritten und der Hand auf den Lippen hastete ich ins Bad und erbrach mich fast augenblicklich in die Toilette. Anschließend setzte ich mich zittrig auf den kalten Boden und atmete mehrmals tief ein und aus. Es war, als würde mir mein eigenes Leben immer mehr entgleiten, je mehr ich über meine Mutter und ihre Vergangenheit erfuhr.

Quentin und meine Mutter – 1992 im Zirkus. Ich war im Oktober 1992 geboren.

»Das kann nicht wahr sein …«, murmelte ich zu mir selbst und erinnerte mich gleichzeitig an die Verbindung, die ich zu diesem mir eigentlich fremden Mann gespürt hatte.

Konnte das möglich sein?

»Victoria«, drang Quentins Stimme durch die geschlossene Tür zu mir herein, »ist alles in Ordnung?«

Ich rappelte mich auf und drückte die Spülung. »Alles okay, ich bin gleich so weit.«

Ich ging zum Waschbecken und wusch mir die Hände. Danach legte ich die nassen Hände auf mein Gesicht und hielt kurz inne. Den Blick auf mein Spiegelbild gerichtet wiederholte ich: »Das kann nicht wahr sein …« Ich hatte das Gefühl, selbst nicht mehr zu wissen, wer ich eigentlich war. Mein Blick fiel auf eine Haarbürste, die vor mir auf der Ablage des Spiegelschranks lag. Ich zögerte.

»Victoria, brauchen Sie etwas?«, drang Quentins Stimme erneut zu mir herein.

Schnell griff ich nach der Bürste und zog einige Haare heraus, die ich mir hastig in die Hosentasche steckte.

»Nein, ich … komme!«, rief ich und sperrte die Tür auf.

Erst auf dem Rückweg zur Underground Station merkte ich, dass mich mein Gefühl getäuscht hatte. Ich hatte nicht das Bedürfnis, allein zu sein. Vielmehr hatte ich das dringende Bedürfnis, mit der Person zu sprechen, die mich auffing und mir die größte Stütze war – Claire.

Als mir Claire kurze Zeit später die Tür öffnete, platzte ich direkt mit der Neuigkeit heraus. »Ich glaube, dieser Dr. Quentin Hopes ist mein Vater.«

Sie starrte mich mit offenem Mund an, bevor sie zu Worten fand. »Komm erst mal rein. Du siehst aus, als hättest du einen Geist gesehen.« Sie legte mir die Hand auf die Schulter und führte mich nach drinnen. Da es bereits dämmerte, brannten mehrere Lampen in ihrer Wohnung und tauchten die Umgebung in ein sanftes Licht. »Setz dich, ich mache uns Tee.«

Während Claire in der Küche hantierte, ging ich zur Fensterfront, die den Innenhof des Cafés zeigte. Ich konnte das kleine Gewürzhaus und das Palettenmöbel sehen, die Ranken der Pflanzen, die an der Mauer entlang wuchsen. Es fühlte sich direkt heimisch an. Dank Claire war es mir möglich gewesen, etwas zu schaffen, wovon ich immer geträumt hatte. Auch meine Mutter hatte den Traum gehabt, das Backen zu ihrem Beruf zu machen. Aber der Zirkus hatte alles verändert.

»So, einmal Earl Grey. Mit Milch?« Claire stellte die Kanne und zwei Tassen auf dem kleinen Tisch vor der Couch ab.

»Ja, gern«, antwortete ich und ließ mich auf die Couch nieder.

»Du siehst furchtbar aus, Liebes«, sagte sie mit einem Blick in mein Gesicht, während ich meine Haare zu einem dicken Knoten am Hinterkopf band.

»Danke, ebenfalls«, antwortete ich mürrisch und meinte es so. Claire sah blass und erschöpft aus.

Sobald die Worte meinen Mund verlassen hatten, wollte ich sie zurückholen. »Es tut mir leid, Claire«, sagte ich und legte mein Gesicht in die Hände, »ich komme mir vor wie ein Unmensch. Ich komme hierher und rede nur von mir und meinen Problemen, dabei hast du genug mit dir selbst zu tun.«

Sie schlug mir spielerisch auf ein Knie. »Sei nicht albern. Wir wissen, dass ich krank bin. Was sollen wir jedes Mal darüber reden? Du und deine Erlebnisse halten mich sprichwörtlich am Leben, Victoria.«

Ich sah sie stirnrunzelnd an. »Rede bitte nicht so.«

»Na, komm schon.« Sie hielt mir eine dampfende Tasse hin und setzte sich neben mich. »Erzähl mir alles.«

Als ich Claires Wohnung verließ, war es bereits dunkel. Ich hatte ihr alle Einzelheiten erzählt und sie hatte kurzerhand zum Laptop gegriffen und im Internet einen Vaterschaftstest für mich bestellt.

»Was würde ich nur ohne dich machen?« Ich umarmte sie und hielt den Moment fest.

»Das, was du vorher auch gemacht hast«, sagte sie unüberlegt. Erst dann erinnerte sie sich daran, wie unglücklich ich in meinem alten Leben gewesen war. »Tut mir leid.«

»Schon in Ordnung.«

Wir lösten uns voneinander und sahen uns an.

»Sag Bescheid, wenn du das Ergebnis hast. Wenn dieser Dr. Quentin Hopes wirklich dein Vater ist ...«

»... erklärt das so einiges ...«, beendete ich den Satz nachdenklich.

Ich erinnerte mich an das Gefühl, das mich während meiner Zeit im Zirkus häufig beschlichen hatte. Das Gefühl, fehl am Platz zu sein, dort nicht wirklich hinzugehören.

Vielleicht war es Schicksal und keine Einbildung. Tatsache und kein Wunschdenken.

Vielleicht hatte ich nie zum Zirkus und schon immer hierhergehört.

»Schlaf gut, mein Schatz.«

»Du auch, Claire.«

Ich sah in ihre Augen und fühlte diese Verbindung zwischen uns. Die Verbindung, die man zu der Person hat, die einen am besten kennt. Zu der Person, der man bedingungslos vertraut.

Für mich war diese Person Claire Weststone.

13

Am nächsten Morgen verschickte ich zwei Schachteln mit Scones: Eine davon ging an Violet Pooley. Auf einen beigelegten kleinen Zettel hatte ich geschrieben, dass ich hoffte, sie könnten mit denen meiner Mutter von vor einigen Jahren mithalten. Die andere Schachtel ging an Quentin. Es war eher eine Entschuldigung für meinen seltsamen Abgang am Vortag, nachdem ich mich in seinem Bad übergeben hatte. Es gab mir ein Gefühl von Zufriedenheit, obwohl ich mir sicher war, dass mich das schlechte Gewissen Quentin gegenüber dazu gebracht hatte, ihm diese Sendung zukommen zu lassen. Die Haare heimlich aus seiner Bürste zu entnehmen, kam einem Betrug gleich, zumindest fühlte es sich für mich so an. Er ahnte nicht, welche Gedanken mir durch den Kopf gerast waren, als er das Jahr 1992 angesprochen hatte. Er wusste nicht, wie alt ich war, und konnte nicht eins und eins zusammenzählen. Vielleicht lag ich ja auch falsch mit meiner Eingebung. Ich musste mich gedulden und auf das Ergebnis warten.

Am nächsten Tag war ich damit beschäftigt, Bestellungen für den Verkauf weiterer Gewürzmischungen abzuarbeiten.

»Wenn das so weitergeht, kannst du das nicht mehr allein machen. Das nimmt Ausmaße an, die wir nicht mehr bewältigen können«, sagte Jess zur Mittagszeit und half mir dabei, Gewürze in Gläser abzufüllen und zu verschließen.

»Vielleicht ist es nur ein anfänglicher Hype, der schnell wieder nachlässt.«

Sie hielt inne und sah mich mit hochgezogenen Augenbrauen an. »Wie ich dich kenne, hast du schon die nächste Vision, oder etwa nicht?«

Ich ließ meine behandschuhte Hand sinken und grinste sie an. »Möglich …«

»Wusste ich's doch!« Sie schlug mit der flachen Hand auf die Arbeitsplatte vor uns. »Worum geht es diesmal?«

»Das behalte ich noch so lange für mich, bis es konkrete Formen annimmt. Ich muss erst mit Claire darüber sprechen.«

»Du machst es ja spannend«, murmelte sie und nahm ihre Arbeit wieder auf.

»Es ist und bleibt ihr Laden. Ich entscheide nichts, ohne mit ihr darüber gesprochen zu haben.«

Sie schaute mich an. »Wir wissen alle, dass das Doppio mittlerweile so gut wie dein Laden ist, Vicky, auch wenn du nicht daran denken magst, dass Claire das nicht mehr allein bewältigt. Aber du bist das Gesicht des Cafés geworden. Es hängt schließlich schon da draußen und Claire wollte es so. Das weißt du.«

Sie deutete Richtung Schwingtür in den Verkaufsraum, wo mittlerweile ein Bild von mir neben dem von Claire an der Wand hing.

»Hast du heute nicht dein Date mit Will?«, riss sie mich aus den Gedanken.

Ich musste lächeln. Bei allen Dingen, die mir in diesen Tagen durch den Kopf rauschten und mich zweifeln ließen, nachdenklich machten oder gar traurig stimmten, war er es, der mir direkt ein Lächeln aufs Gesicht zauberte. »Er holt mich ab und zeigt mir dann seine Wohnung. Er will für uns kochen.«

»Mal sehen, ob es zum Kochen kommt.« Sie lachte.

»Nun hör schon auf!«, ermahnte ich sie und boxte ihr freundschaftlich in die Seite.

»Vicky, jetzt mal ehrlich.« Jess füllte das letzte Glas ab, das wir noch übrig hatten, und zog dann die Handschuhe aus. »Worauf wartest du? Wieso fährst du mit angezogener Handbremse?«

Ich hielt in der Bewegung inne und sah sie seufzend an. »Ich weiß es nicht, ehrlich gesagt. Es ist zu schön, um wahr zu sein. Ich habe nur Angst, mich zu verrennen.«

Sie schaute mich nachdenklich an. »Ist verrennen so schlecht? Ich meine, was hält dich davon ab?« Sie zog ihre Schürze aus und legte sie in den Korb mit benutzten Handtüchern.

Sie hatte recht. Ich wusste keine Antwort auf ihre Frage.

Am späten Nachmittag ging ich in meine Wohnung, um mich frisch zu machen und umzuziehen. Ich war den ganzen Morgen und Vormittag in der Backstube gewesen, ich war mit Mehl bedeckt und roch nach Brandteig.

Als ich zurückkam, schickte ich Jess und Bonny nach Hause. »Geht ruhig, ich mache hier in Ruhe alles fertig. Will müsste auch gleich da sein. Genießt euren Feierabend.«

Als Jess rückwärts aus der Tür schlich, hielt sie grinsend die Fäuste mit gedrückten Daumen hoch.

Ich zählte die Tageseinnahmen und verstaute sie wie üblich im Safe in Claires Büro.

Als ich zurück in den Verkaufsraum kam, stand Will mit den Händen in den Hosentaschen im Raum. »Hey …«, begrüßte er mich und kam zur Theke.

Ich lächelte und beugte mich über den Tresen, um seine Lippen berühren zu können. Als ich von ihm abließ, sah ich Sehnsucht in seinen Augen. »Ich bin gleich so weit, ich geh nur noch eine Runde durch den Hinterhof und die Backstube, dann können wir los.«

Will trat hinter die Theke, flocht seine Finger zwischen meine und lief mir hinterher.

Ich ging durch die Backstube in den Hinterhof. Draußen knipste ich die Lichterketten aus, die noch brannten. Dann wässerte ich die Kräutertöpfe im Treibhaus.

»Habt ihr schon mal darüber nachgedacht, den hinteren Bereich als Sitzgelegenheit für Gäste anzubieten? Es ist wunderschön hier.«

Ich seufzte und lehnte den Kopf an seine Brust. »Ich hab schon oft darüber nachgedacht, aber dafür müsste man umbauen. Sonst müssten alle durch die Backstube laufen. Das ist unmöglich.«

»Du kannst auf jeden Fall stolz darauf sein, was du hier geschaffen hast. Der Laden war schon früher besonders. Aber jetzt ...« – er hob meinen Kopf leicht an, indem er einen Finger unter mein Kinn legte – »... ist er außergewöhnlich.«

Ich sah in seine Augen und hatte sofort diesen Drang, ihm ganz nah zu sein. Es war, als könnte er in meine Seele blicken und fühlte, was ich brauchte. Er war hundertprozentig der richtige Mann für mich und mit keinem vergleichbar, den ich vorher kennengelernt hatte. In dem Moment, als ich an Will geschmiegt im Hinterhof des Cafés stand, musste ich an unseren ersten Kuss hier denken. Ich musste an Jess denken und die Ratschläge, die sie mir heute gegeben hatte. Worauf wartete ich noch, warum fuhr ich mit angezogener Handbremse durch mein neues Leben? Dieser Mann war das Beste, was mir passieren konnte.

Kopf aus, Herz an.

Ich legte eine Hand in Wills Nacken und drückte meinen Körper gegen seinen. Dann küsste ich ihn. Forsch, fordernd, gierig. Seine Hände fuhren langsam, beinahe vorsichtig an meinen Flanken entlang. Ich drückte ihn regelrecht Richtung Tür zur Backstube und er taumelte rückwärts nach drinnen.

»Was wird das?«, murmelte er mit geschlossenen Augen zwischen unseren Lippen, zwischen Küssen und Wärme. Zwischen Leidenschaft und Verlangen.

Ich hielt keuchend inne und sah ihn an, als er mit dem Rücken gegen die Arbeitsplatte stieß und stehen blieb. Er atmete mir mit offenem Mund entgegen und umschloss mit einer Hand meinen Nacken.

»Ich weiß es nicht.« Mein Atem ging schwer, doch ich hielt seinem Blick stand. »Aber es fühlt sich richtig an.«

»Das in diesem Moment oder das mit uns?«, fragte er leise und suchte in meinem Blick nach einem Zeichen.

»Beides«, flüsterte ich und sprach es dann aus: »Ich glaube, ich habe mich in dich verliebt.«

Will drehte uns um die eigene Achse und hob mich auf die Arbeitsplatte. Bei seiner ruckartigen Bewegung zuckte ich kurz zusammen. Nicht, weil ich erschrak, sondern vielmehr, weil dieses Knistern in der Luft so allmächtig war.

»Und ich weiß, dass ich mich verliebt habe«, antwortete er.

Als er meinen Hals mit Küssen bedeckte, schloss ich die Augen und ließ mich fallen.

Kopf aus, Herz an.

Zwei Stunden später saß ich mit Will auf seiner Dachterrasse mit Blick auf die Tower Bridge. Ich trug eins von Wills weißen Hemden und meine Unterhose. Die Knie hatte ich angezogen, in der linken Hand hielt ich ein Glas kalten Weißwein. Die Kondenstropfen liefen am Außenrand hinab und sammelten sich am Stielboden. Ich hatte den letzten Bissen meiner Lasagne gegessen und legte die Gabel auf dem leeren Teller ab.

»Das war fantastisch. Dass du kochen kannst, ist ein wahrer Segen.« Ich atmete schwer ein und aus, so satt war ich.

Jess sollte nicht recht behalten: Nachdem ich ihrem Ratschlag gefolgt war und meine innere Handbremse gelöst hatte, waren wir im Doppio fast übereinander hergefallen. Obwohl es mit der Underground nur fünf Stationen bis zu Wills Wohnung waren, fühlte es sich wie eine Ewigkeit an. Als wir sein Zuhause betraten, nahm ich nichts von meiner Umgebung wahr. Mit geschlossenen Augen an seinen Lippen klebend, riss ich mir die Kleidung förmlich vom Leib.

Es fühlte sich an wie ein Befreiungsschlag, als er sich rückwärts mit mir im Schlepptau auf seine Couch fallen ließ. Die körperliche Nähe war elektrisierend, seine nackte Haut fühlte sich wie ein Magnet an, der den direkten Weg zu der meinen suchte. Es waren so intime Momente, wie ich sie noch nie erlebt hatte. Nicht der atemberaubende Sex machte sie so intim, sondern die Bindung, die ich zu dem Mann spürte, der sich innerhalb der letzten Monate erfolgreich in mein Herz geschlichen und sich dort eingenistet hatte.

Will bewohnte eine große Stadtwohnung mit Dachterrasse und eigenem Fahrstuhlzugang mit Code. Von der Terrasse konnte man zu dieser späten Stunde die vielen kleinen Lichtpunkte der Stadt erkennen. Es war wunderschön.

Dem Apartment war deutlich anzumerken, dass hier ein Mann allein wohnte: Die Deko war spärlich und die Einrichtung schlicht gehalten. Die vorherrschenden Farben waren Schwarz, Weiß und Grau, streng genommen also keine Farben. Ich musste beim ersten Rundgang an meine pastellfarbenen Kissen und Bilder denken, mit denen ich mein Zuhause verschönert hatte.

»Lachst du über meine Wohnung?«, fragte er gespielt entrüstet.

»Nein, aber es fehlt die weibliche Note. Es wirkt irgendwie …« – ich dachte über eine passende Formulierung nach – »… steril.«

»Berufskrankheit«, witzelte er und brachte mich damit zum Lachen. Dann hob er mich hoch und schlang die Arme um mich. »Du hast recht«, sagte er und blickte mir in die Augen, »… es fehlt definitiv die weibliche Note. Es wird Zeit, das zu ändern.«

Ich zog die Augenbrauen hoch.

»Zieh bei mir ein.«

Langsam und vorsichtig kämpfte ich mich aus seiner Umklammerung und stellte mich wieder auf festen Boden. »Meinst du das ernst?«

Er nickte und griff nach meinen Händen. »Deine Wohnung ist ohnehin zu klein mit nur einem Zimmer. Und du könntest dir die Miete sparen. Wir würden mehr Zeit miteinander verbringen, wenn du hier wohnen würdest. Ich könnte dich sehen, bevor ich zum Krankenhaus fahre und du zum Café.«

Die Vorteile lagen klar auf der Hand. Ich wusste, dass er recht hatte. Aber ich schwieg.

»Was spricht dagegen?« Er bemerkte meine Unsicherheit.

»Ich weiß nicht. Ich mag meine kleine Wohnung und …« Ich sah ihn seufzend an. »So kann ich immer schnell bei Claire sein. Ohne die Underground zu benutzen. Verstehst du?«

Es hätte ihm besser gefallen, ich hätte direkt eingewilligt, das sah ich ihm an. Aber er verstand, was mich von seinem Vorschlag abhielt.

»Außerdem«, gab ich einen kleinen Bruchteil von Penny preis, »… will ich mich nicht noch einmal komplett von einem Mann abhängig machen.«

Er blickte mich an und strich mir eine Strähne aus dem Gesicht. »Noch einmal?«, hakte er nach.

»Nie wieder«, antwortete ich fest und signalisierte, dass ich nicht über das Thema sprechen wollte. Ich wollte weder Gino noch meinem Vater Raum zwischen Will und mir geben.

»Mein Angebot steht. Ich möchte nur, dass du das weißt.«

»Danke.« Mein Dank galt vor allem seinem Verständnis, nicht weiter zu fragen oder nachzubohren. Er akzeptierte meine Entscheidungen und meine persönlichen Grenzen.

Ich sah auf die Uhr und quälte mich aus dem Lounge-Sessel, um mich aufzurichten. »Ich denke, ich werde mich langsam auf den Rückweg machen. Ich hab zwar morgen nicht die Frühschicht, will aber bei Claire vorbei, bevor ich ins Doppio gehe, und muss einen Lieferanten empfangen.«

Er stand auf und schloss mich in die Arme. Sanft wiegten wir uns hin und her. »Ich habe verstanden, dass du unabhängig bleiben und allein wohnen möchtest. Aber was spricht dagegen, ab und an hier zu schlafen?«

Ich sah ihn schweigend an.

»Eben. Gar nichts«, führte er den Gedanken zu Ende. »Bleib heute Nacht hier. Und morgen früh nimmst du die Underground.«

Ich wollte etwas entgegnen, wurde jedoch von seinem Zeigefinger gestoppt, den er sanft auf meine Lippen legte.

Ich gab mich geschlagen und stieß die Luft aus. »Okay.«

* * *

Neben Will in einer weißen Kissen- und Deckenburg in einem großen Bett aufzuwachen und den Blick über die Dächer Londons schweifen zu lassen, war wundervoll. Eine eigene Dusche nutzen zu können, ohne frierend über einen kalten Flur huschen zu müssen, war das Sahnehäubchen. Sein Angebot, bei ihm einzuziehen, hatte definitiv seinen Reiz.

Doch obwohl ich insgeheim mit mir haderte und mich teilweise auch dafür verwünschte, dass ich es mir schwerer machte als nötig, blieb ich mir selbst und meiner Entscheidung treu, erst einmal in meinem kleinen Einzimmerapartment wohnen zu bleiben.

Nachdem ich mich an der Tür zum Fahrstuhl in seinem Wohnbereich mit einem sinnlichen Kuss verabschiedet hatte, hielt er mir einen kleinen gefalteten Zettel vors Gesicht.

»Was ist das?«, fragte ich und nahm das Papier entgegen. Als ich es auffaltete, las ich die Ziffern *439209*.

»Die Zahlenkombi für den Fahrstuhl. Damit kannst du immer in die Wohnung. Egal, ob ich da bin oder nicht.«

Ein weiterer Kuss.

Ich lächelte. »Danke.«

Auf dem Rückweg ins Café hatte ich das Gefühl, zu schweben. Der gestrige Abend und die Nacht, die wir gemeinsam verbracht hatten, beflügelten mich und bescherten mir ein Dauergrinsen. Während ich durch die Straße zum Doppio lief, drehte ich mich mehrmals um mich selbst, lachte laut heraus und ignorierte alles und jeden um mich herum. Ich fühlte mich gut. Frei und glücklich.

Mein Leben war perfekt.

Jess musste mich nicht fragen, wie der Abend gelaufen war. Ein Blick in mein Gesicht genügte ihr, um schier auszuflippen und vor mir auf und ab zu hüpfen.

»Ich will jedes kleine Detail wissen«, sagte sie gespannt und zerrte mich hinter den Tresen, wo ich Jacke, Schal und Mütze aufhängte.

»Später«, ließ ich sie zappeln, »zuerst will ich zu Claire. Wenn der Lieferant da war, reden wir. Versprochen.«

Damit ließ sie sich besänftigen.

Während ich Teller und Besteck auf ein Tablett legte, griff sie nach meinem Handgelenk und beugte sich nah zu meinem rechten Ohr herüber. »Gib mir nur eine klitzekleine Info. Einen kleinen Spoiler, komm schon …«

Ich stellte Tassen unter den Auslauf der Kaffeemaschine und bereitete grinsend zwei Cappuccino zu. Während der heiße Dampf die Milch aufschäumte und es neugierigen Ohren unmöglich machte, zuzuhören, gab ich ihr einen kleinen Ausblick. »Magisch. Er ist magisch, Jess, und ich kriege nicht genug von ihm.«

»Ich wusste es …«, flüsterte sie und drückte kurz ihre Stirn gegen meine Schulter, bevor sie fast schon genauso beflügelt wie ich durch die Schwingtür in der Backstube verschwand.

Beladen mit zwei Cappuccino und zwei Stück Rosa machte ich mich auf den Weg in Claires Wohnung.

Oben angekommen, stellte ich das schwere Tablett auf dem Boden ab, um meine Arme ausstrecken zu können. Ich klingelte, aber nichts passierte. Ich wartete eine Zeit, vielleicht war Claire im Bad und konnte nicht gleich öffnen. Vielleicht schlief sie auch noch. Ich ließ das Tablett stehen und ging zurück nach unten, um den Ersatzschlüssel zu holen. Ich würde das Tablett in der Wohnung abstellen und sie später besuchen, wenn sie ausgeschlafen hatte. Ihr Körper brauchte die Erholung und meine Erzählungen von Will konnten warten.

Zurück an der Wohnungstür schloss ich leise die Tür auf und trat ein. Auf Zehenspitzen schlich ich mit dem Tablett ins Wohnzimmer. Ich hatte fest damit gerechnet, Claire hier schlafend auf der Couch vorzufinden. Aber der Raum war leer. Vielleicht lag sie im Bett, vielleicht war sie heute noch gar nicht aufgestanden.

Noch bevor ich das Tablett abstellen konnte, sah ich sie auf dem Boden vor der geöffneten Badezimmertür liegen.

Claire!

Der Moment verlief wie in Zeitlupe. Ich ließ das volle Tablett fallen. Geschirr klirrte, eine Tasse zerbrach, Kaffee und Kuchen verteilten sich auf dem cremefarbenen Teppich um mich herum.

»Claire!«, schrie ich schrill.

Panik machte sich in mir breit. Hastig ging ich zur Badezimmertür und rüttelte an ihren Schultern. Sie lag auf der Seite, mit der Hand hielt sie ihr Mobiltelefon umklammert.

»Claire, hörst du mich?« Ich rüttelte ununterbrochen an ihrem Oberkörper. »Ich bin's, Vicky!«

Ich griff nach dem Telefon, aber das Display blieb dunkel. Schnell tastete ich meine Jeans ab, nur um festzustellen, dass ich mein Handy nicht dabeihatte.

Ein dumpfes Lachen drang von draußen herein. Ich erkannte die Stimme sofort. Jess!

Ich stolperte vom Boden des Badezimmers an die Glasfront, die sich über dem Hinterhof des Cafés befand, und riss ein Fenster auf. »Jess! Jess!« Ich schrie, so laut ich konnte, so laut, dass meine Lungen augenblicklich brannten.

Gerade als ich entschied, selbst ins Café zu rennen, um das Telefon zu benutzen, antwortete sie mir von unten. »Vicky? Was ist passiert?«

Ich beugte mich so weit wie möglich aus dem Fenster, um sicherzugehen, dass sie mich richtig verstand.

»Ruf einen Notarzt! Claire liegt hier und bewegt sich nicht!« »Was? Ich …«

»Jetzt mach schon!«, schrie ich hysterisch und kehrte zu Claires leblosem Körper zurück.

In mir brachen alle Dämme. »Alles wird gut, Claire, ich verspreche es dir«, flüsterte ich weinend und wiegte mich selbst vor und zurück, während ich ihre Hand hielt, die sich ganz kalt und starr anfühlte. »Ich kümmere mich um dich. Wir machen dich wieder fit. Du kannst dich auf mich verlassen.«

Dieses Mantra wiederholte ich, bis der Notarzt eintraf.

Völlig leer, erschöpft und emotionslos saß ich in eine Decke gehüllt auf Claires Couch und starrte vor mich hin. Menschen kamen und gingen. Eine Polizistin sprach mit mir und gab mir einige Papiere in die Hand, die ich schweigend und fast schon mechanisch entgegennahm, ohne zu verstehen oder zu realisieren, was sie sagte. Jess saß neben mir und starrte ebenfalls ins Leere.

Erst das Geräusch eines Reißverschlusses ließ mich aufschrecken. Als ich sah, wie sie den schwarzen Sack auf einer Bahre durchs Wohnzimmer in Richtung Wohnungstür trugen, schloss ich die Augen, konnte die Tränen damit aber nicht aufhalten. Sie liefen über meine Wangen und sammelten sich in der Kuhle an meinem Hals.

Als ich sie wieder öffnete und den Kopf in Jess' Richtung drehte, begegnete ich ihrem Blick. Mit geröteten, nassen Augen schaute sie mich an.

»Es ging ihr doch besser in letzter Zeit. Sie hatte mehr Elan, Appetit und war lebensfroh«, hörte ich mich fast vorwurfsvoll sagen. Es war, als könnte das die Realität infrage stellen und Claire zurück ins Leben transportieren.

»Ich weiß«, antwortete Jess weinend, »ich weiß doch, Vicky.«

»Sie kann doch nicht einfach weg sein.«

Schweigen.

Ein Sanitäter kam herüber und kniete sich vor uns nieder. »Brauchen Sie noch etwas? Können wir jemanden anrufen, der Sie abholt?«

Ich starrte ihn mit leeren Augen an. »Nein. Danke.«

Er wartete noch einige Sekunden, bevor er zu seinem Kollegen ging und mit ihm sprach.

Die Polizistin, die mir zuvor die Papiere gegeben hatte, setzte sich auf einen Sessel und zog ihn vor mich und Jess, um in unsere Gesichter sehen zu können, während sie sprach. »Gehen Sie nach Hause. Sie brauchen beide dringend Ruhe und Schlaf. Die Wohnung wird jetzt von uns bis zum Abschluss der Ermittlungen versiegelt. Der Zutritt ist demnach erst einmal untersagt. Sobald uns das Ergebnis der Obduktion vorliegt, melden wir uns bei Ihnen. Falls Ihnen doch noch etwas einfällt, rufen Sie uns bitte an.« Sie hielt mir eine Visitenkarte hin, die ich stumm entgegennahm.

»Ermittlungen?«, fragte Jess stirnrunzelnd und schluchzte auf.

»Wir müssen ein Verbrechen ausschließen. Noch kennen wir die Todesursache nicht. Daher die Obduktion.«

Während ich die Worte wie durch Watte hörte, schluchzte Jess leise neben mir.

Claire war tot. Die Frau, die mir ein neues Leben ermöglicht, mich aufgefangen hatte, als ich ohne alles dastand, die mich nicht verurteilt hatte, existierte nicht mehr. Die Frau, die mehr Mutter für mich gewesen war als Lily selbst, war nicht mehr.

14

Wenn Menschen einen Schicksalsschlag erleben, mit einem großen Verlust konfrontiert werden, verkriechen sie sich häufig vor ihren Mitmenschen, durchlaufen die Phasen der Trauer und steigen am Ende wie ein Phoenix aus der Asche empor. Was mich anging, so verbot ich mir, um Claire zu trauern. Ich hatte zwar keine Ahnung, wie es nun weitergehen sollte, was aus dem Doppio und aus mir werden würde, aber die Arbeit rund um Claires Baby tröstete mich und hielt mich so auf Trab, dass weder Platz noch Zeit für Tränen und Traurigkeit blieb. Während ich Teige knetete, Gewürze abfüllte oder in ihrem Büro die Buchhaltung erledigte, spürte ich immer wieder einen Kloß im Hals. Dann liefen die Tränen stumm über mein Gesicht und ich ließ sie gewähren. Aber ich setzte mich niemals hin und lebte diese Emotionen aus. Ich wusste, dass es mir unmöglich gewesen wäre, mich aus einer solchen Dunkelheit herauszukämpfen. Also verbot ich mir einen emotionalen Zusammenbruch.

Eine Woche nach Claires Tod erhielten wir das Ergebnis der Obduktion: Tod durch Ersticken. Claire war aufgrund einer Atemlähmung an ihrem eigenen Speichel erstickt. Damit wurde die Akte Claire Weststone geschlossen. Es lag kein Verbrechen vor. Auch wenn ich als Einzige mehr über Claires Krankheit gewusst hatte, war es mir unbegreiflich, dass sich ihr Zustand so schnell verschlechtert hatte.

Die Wohnung war wieder frei zugänglich, aber niemand von uns schaffte es, einen Fuß hineinzusetzen. Erinnerungen waren in dieser Zeit wie fiese kleine Nadelstiche in meine Brust, die mir stets aufs Neue bewusst machten, was ich verloren hatte.

Seit Claires Tod verbrachte ich keine Nacht allein. In der ersten Nacht hatten Jess und ich – nachdem wir aus Claires Wohnung weggeschickt worden waren – auf dem Boden des Cafés gesessen und gewartet, bis der Tag anbrach. Es war ein erster Abschied. Wir weinten und sprachen über unsere Chefin und Freundin.

Vom zweiten Tag an verbrachte ich die Nächte in Wills Armen in der Stadtwohnung. Er war mir eine große Stütze, hörte mir zu und gab mir das Gefühl, all das nicht allein durchstehen zu müssen.

»Es ging ihr doch besser …«, flüsterte Jess damals, als wir die Gerichtsmedizin verließen, wo das Aufklärungsgespräch stattgefunden hatte. »Ich dachte, sie kommt bald wieder in den Laden. Ich hatte keine Ahnung, dass sie so krank ist.«

Ich sagte ihr nicht, dass Claire mich lange zuvor eingeweiht hatte. Ich hatte mir geschworen, ihre Geheimnisse zu bewahren. Meine hatte sie mit ins Grab genommen. Sie war die Einzige, die mich wirklich kannte und wusste, wer Victoria Copar war.

* * *

»Da ist ein Mann, der dich sprechen möchte.« Jess stand hinter mir in der Tür, die zum Verkaufsraum führte.

»Sag ihm, ich kann nicht. Er soll seine Nummer dalassen, ich rufe ihn an.« Ich knetete ununterbrochen und ohne aufzusehen den Teig in der großen Schüssel vor mir.

Claire war nun eine Woche tot und ich war dabei, die perfekte Kreation zu erfinden, die ihrem Namen gerecht wurde. Obwohl ihr das Café gehörte und sie ihm über den Tod hinaus immer noch Leben einhauchte, gab es bisher keine Torte, keinen Kuchen und kein Gebäckstück, das ihren Namen trug.

»Ich denke, du solltest mit ihm sprechen, er …«

»Ich kann nicht!«, schrie ich Jess über die Schulter zu. Sofort bereute ich meinen harschen Ton und dass ich meinen Schmerz an ihr ausließ. Ich ließ die Arme sinken und hielt inne, meine Finger vergruben sich im Hefeteig.

»Er sagt, Claire Weststone schickt ihn.«

Ruckartig drehte ich mich in ihre Richtung und fegte damit die Schüssel von der Arbeitsplatte. »Was?«

»Das hat er gesagt.«

Ich sah die Aufregung und den Kummer in Jess' Gesicht. Hektisch wusch ich mir die Hände, zog die bemehlte Schürze ab und ging schnellen Schrittes in den Verkaufsraum.

Am Tresen stand ein Mann mit Anzug und Aktenkoffer. Er wirkte wie ein Geschäftsmann oder ein Anwalt.

Als ich auf ihn zusteuerte, ergriff er direkt das Wort. »Sind Sie Mrs Victoria Copar?«

Ich nickte. »Und Sie sind?«

»Dr. Ian Miller.« Er streckte mir eine Hand entgegen, die ich abwesend ergriff. »Ich bin Notar und regle die Beisetzung von Claire Weststone.«

Ich konnte nicht sprechen. Das Wort, das er benutzte – Beisetzung – machte den Verlust von Claire für mich noch realer.

»Können wir uns irgendwo ungestört unterhalten?«

Ich zeigte mit der Hand durch die Tür der Backstube Richtung Hinterhof und bat ihn, mir zu folgen.

Als wir draußen Platz genommen hatten, brachte uns Jess zwei Tassen Kaffee. Nachdem er einen Schluck getrunken hatte, packte er einige Unterlagen aus und klärte mich über den Grund seines Besuchs auf. »Miss Weststone hat vor einiger Zeit bereits geregelt, wie ihre Beisetzung ablaufen soll. Wie Sie sicherlich wissen, hatte sie keine Verwandten. Deswegen wurde ich beauftragt, die Dinge in ihrem Namen nach ihren Wünschen zu regeln. Hat Sie je mit Ihnen darüber gesprochen?«

Ich schüttelte stumm den Kopf. Es war mir unmöglich zu sprechen. Ich konzentrierte mich auf seine Stimme, auf das, was er sagte, und vor allem darauf, nicht in Tränen auszubrechen.

»Nun, Miss Weststone wünschte eine Feuerbestattung und eine Beisetzung der Urne auf dem Friedhof Brompton in London. Da die Obduktion nun abgeschlossen ist, wird die Überführung in ein Krematorium veranlasst. Die Urne kann dann am 9. November beigesetzt werden, wie man mir eben mitgeteilt hat.«

Er machte einige Notizen auf den Blättern auf seinem Schoß, ohne aufzusehen.

Mir war bewusst, dass er nur seinen Job erledigte. Dass er Gespräche dieser Art öfter führte, er Claire weder gekannt noch eine persönliche Beziehung zu ihr gehabt hatte. Trotzdem hasste ich die mechanische und unterkühlte Art und Weise, wie er über sie sprach.

»Wie …«, ich räusperte mich, um meine Stimme zu stärken, »… wird die Beisetzung ablaufen, die Trauerfeier?«

Er sah nicht auf, sondern sortierte die Unterlagen im Innern seines Koffers. »Miss Weststone wünschte keine Trauerfeier. Es wird eine stille Beisetzung der Urne geben, der Sie natürlich beiwohnen können, wenn Sie das möchten.«

Keine Trauerfeier. Nur ein kleiner und leiser Abschied. Das passte zu Claire. Über den Tod hinaus war sie noch immer selbstlos.

»Es war Miss Weststone sehr wichtig, dass ich dieses Gespräch mit Ihnen führe«, sagte er und sah mich erstmals an.

»Da ist noch etwas, was wir besprechen müssten. Können Sie sich bitte ausweisen?«

Ich starrte ihn an, mein Herz rutschte eine Etage tiefer. »Mich ausweisen?«

»Ich muss sichergehen, dass Sie diejenige sind, für die Sie sich ausgeben. Erst dann kann ich Ihnen sagen, worum es geht.«

Diejenige, für die ich mich ausgebe. Wie einem das Schicksal doch ins Gesicht lachen kann.

»Hören Sie«, sagte er dann und wirkte erstmals menschlich, »ich weiß, wer Sie wirklich sind. Miss Weststone hat mir erzählt, wie Sie heißen, und ich musste ihr versichern, dass wir dieses Gespräch unter vier Augen führen werden. Mir geht es nur um eine korrekte Abwicklung. Was immer Sie dazu bewegt hat, sich einen neuen Namen zu geben, geht mich nichts an und ich werde Stillschweigen bewahren.«

Ich spürte, wie sich Tränen an die Oberfläche kämpften. »Ich bin sofort wieder da.« Damit ging ich zielstrebig nach drinnen, lief durch die Backstube in den Verkaufsraum und den Gang entlang zu Claires Büro. Dort zog ich weinend meinen Ausweis aus dem Safe im Wandschrank und drückte ihn auf dem Rückweg fest zwischen meinen Handflächen.

Der Notar gab mir den Ausweis schnell zurück und ich verstaute ihn in meiner Hosentasche.

»Miss … Copar, Miss Weststone hat Sie als Alleinerbin eingesetzt. Sie hat Ihnen das Café« – er sah suchend auf seine Unterlagen – »… The Doppio vermacht.«

Ich starrte ihn an. Während weitere Tränen mein Gesicht benetzten und meine Augen schwammen, setzte er seinen Vortrag fort.

»Wir hatten das Testament bereits vor über einem Jahr aufgesetzt und damals war angedacht, dass das Doppio verkauft und der Erlös einer Stiftung gespendet werden sollte. Aber vor einigen Wochen kam Miss Weststone in die Kanzlei und bat mich, den Nachlass komplett an Sie zu überschreiben. Das Café gehört damit Ihnen. Wichtig war Miss Weststone auch, dass Sie wissen, dass keinerlei Verbindlichkeiten daran geknüpft sind. Sie sind stolze und schuldenfreie Besitzerin dieses Cafés.«

Ich musste fast hysterisch lachen.

»Ich zitiere«, begann er und holte einen Zettel hervor. »›Victoria – das Doppio gehört dir schon längst. Mach was daraus. Und vergiss nicht: Lebe!‹«

Ich beugte mich nach vorn und stützte den Kopf in meine Handflächen.

»Und … da wäre noch etwas«, sagte er langsam und blätterte durch die Seiten.

»Noch etwas? Was denn noch?« Ich klang unfreundlich, aber es war die Überforderung, die sich breitmachte.

»Claire hat Ihnen auch das Haus in der Olstrich Road No. 9 vermacht.«

»Sie meinen die Wohnung?«

Er schüttelte den Kopf und sah von seinen Papieren hoch. »Nein, ich meine das ganze Wohnhaus.«

»Das ist nicht Ihr Ernst.«

* * *

Nach Feierabend saß ich mit Jess und Bonny an einem Tisch im Café und erzählte ihnen von dem Gespräch mit dem Notar.

»Dass sie diese Vorkehrungen getroffen hat …«, sagte Bonny und rührte gedankenverloren in ihrem Chai Latte. »Entscheidungen bezüglich der eigenen Bestattung zu treffen, ist sicher nicht einfach.«

»Sie war eine starke Frau, so, wie wir sie eben kannten«, ergänzte Jess und schniefte.

»Wusstet ihr, dass ihr das ganze Wohnhaus gehörte?«, fragte ich und zeigte mit dem Arm in Richtung der Straße, in der ich nun seit einem halben Jahr ein kleines Apartment bewohnte.

Beide schüttelten nachdenklich den Kopf.

»Sie hat nie darüber gesprochen. Ich wusste nicht einmal, dass ihr die kleine Wohnung dort gehört«, sagte Jess achselzuckend und Bonny stimmte ihr zu.

Wir schwiegen eine Weile.

»Dir gehört die Welt, Vicky«, sagte Jess und sah mich von der Seite an. Unsere Blicke trafen sich.

»Das ist es, was du immer wolltest. Jetzt gehört es dir sogar. Claire hat dir dieses Café und das Wohnhaus vermacht, um dir einen Traum zu erfüllen. Weil du ihn verdient hast. Weil du das hier verdient hast.« Sie stand auf und drehte sich mit ausgebreiteten Armen um sich selbst. »Dir hat sie das zugetraut, hat deine Visionen gesehen. Die neuen Kreationen, die neuen Regale und Schilder, neue Deko und neue Ideen wie die bemalten Fensterscheiben, die Gewürzmischungen, all das! All das bist du, Vicky.«

Ich stand weinend auf und fiel ihr um den Hals. »Wie soll das alles nur ohne sie werden?«, schluchzte ich.

Und dann weinten wir gemeinsam. Wir standen dort zu dritt im Hinterhof des Doppio und weinten. Wir weinten um unsere Freundin und Partnerin Claire Weststone. Es war unser kleiner persönlicher Abschied von ihr.

* * *

Mit Kopfschmerzen und verquollenem Gesicht lief ich Stunden später die Straße entlang zu meiner Wohnung. Ich wollte frische Sachen aus dem Apartment holen, bevor ich zu Will fuhr.

Vor dem Haupteingang blieb ich stehen und betrachtete die Fassade. Das alles sollte mir gehören. Ein Wohnhaus in London mit sechs Wohneinheiten. Abbezahlt, schuldenfrei. Zur freien Verfügung. Ich lächelte das erste Mal an diesem Tag und schüttelte ungläubig den Kopf. »Claire …«, flüsterte ich schweren Herzens und ging die Stufen in den ersten Stock hinauf.

Fußgetrampel kam mir entgegen. Helen, die junge Studentin, die das Zimmer über mir bewohnte, blieb stehen, als sie auf meiner Höhe angekommen war. Sie trug ein Sportoutfit und machte sich offensichtlich gerade zu ihrer abendlichen Joggingrunde auf.

»Ach, Victoria. Gut, dass ich dich hier treffe, dann muss ich den Brief nicht einwerfen.« Sie händigte mir einen Umschlag aus.

»Was ist das?«, fragte ich und drehte ihn mehrmals zwischen den Fingern.

Erst jetzt schien sie zu bemerken, dass ich völlig verheult aussah. »Ist alles okay? Du siehst schrecklich aus!« Sie ergriff anteilnehmend meinen Oberarm.

»Ja, … nein … alles in Ordnung«, log ich.

Mir fehlte die Kraft, am heutigen Tage noch einmal über meinen Kummer und Schmerz zu sprechen. Ich fühlte mich leer und wollte mich nur noch in Wills Arme flüchten.

»Was gibt es denn?« Mit meiner Nachfrage wollte ich bewusst ein Gespräch abwürgen. Nichts ging mehr. Mein Kopf war voll, mein Herz leer.

»Der Brief wurde bei mir eingeworfen, er ist aber an dich adressiert. Ich war eine Woche bei meiner Freundin und habe ihn erst heute Morgen im Poststapel entdeckt.«

Ich nahm den Umschlag und suchte nach dem Absender. Der Name sagte mir nichts, sah aber offiziell aus. Und dann fiel es mir ein. Während Helen mir vom Besuch bei ihrer Freundin erzählte, erinnerte ich mich: der Vaterschaftstest.

Ich nahm ihre Worte nicht mehr wahr, hörte nicht mehr, was sie sagte. Ihr Mund bewegte sich, sie gestikulierte wild vor mir herum, aber ich fühlte mich wie in Watte gepackt. Den Brief fest umklammert, ging ich an ihr vorbei die Treppe nach oben in den ersten Stock. Ich ließ sie einfach reden, ließ sie einfach stehen.

Als ich an meiner Tür angekommen war und sie aufschloss, hörte ich ihre Stimme unter mir. »Vicky, bist du sicher, dass alles in Ordnung ist?«

Ich atmete tief durch und blickte auf den Umschlag in meinen Händen. Ein Umschlag, der meine Vergangenheit nicht ändern konnte, aber meine Zukunft beeinflusste.

»Alles in Ordnung«, rief ich nach unten, bevor ich die Tür ins Schloss fallen ließ, »danke für den Brief!«

Kopf aus. Herz an.

Alles oder nichts.

Jetzt.

Ich riss hastig den Umschlag auf, den ich durch meine Hektik völlig zerstörte. Ich faltete die Papierblätter darin auseinander und suchte schon fast panisch nach dem alles entscheidenden Satz, indem ich die Absätze mit dem Zeigefinger abscannte und laut vor mich hinmurmelte.

Und dann stach mir der Satz ins Auge. Ich las ihn laut, als würde er sich erst dadurch bestätigen.

Vaterschaft praktisch erwiesen.

Ich setzte mich auf die Bettkante und ließ das Blatt in meinen Händen sinken.

15

Ich hatte in der Vergangenheit häufig über meine Herkunft nachgedacht. Hatte daran gezweifelt, ob ich wirklich in den Zirkus gehörte. Diese Reise nach London offenbarte mir schließlich, was ich insgeheim bereits geahnt hatte. Aber die Gewissheit zu haben, dass ich wirklich nicht dort hingehörte, dass ich eine andere war, fühlte sich an wie ein Seelenstreicheln. Als könnte ich mich an jemanden anlehnen, der mir über den Kopf strich und sagte, dass alles gut werden würde.

Diese Reise hatte mich meiner Mutter nähergebracht. Einer Frau, die den gleichen Traum geträumt hatte wie ich. Einer Frau, die ebenfalls nicht in die Manege gehörte, aber jahrelang dort ausgeharrt hatte. Einer Frau, die trotzdem noch voller Geheimnisse war, die ich wahrscheinlich nie lüften würde.

Diese Reise brachte mich aber auch zu meinem leiblichen Vater. Rudolfo hatte mich großgezogen. Er hatte sich jahrelang um mich gekümmert, als meine Mutter es nicht konnte. Er hatte mich zu der gemacht, die ich zu sein glaubte. Und ich war ihm trotz allem dankbar, dass er dies für mich getan hatte. Aber mein leiblicher Vater war ein anderer. Mein leiblicher Vater war ein Arzt, zu dem meine Mutter eine enge und leidenschaftliche Beziehung im Schatten seines Daseins gepflegt hatte, während sie sich um meine kranke Großmutter kümmerte und eigene Träume und Wünsche ignorierte. Wie konnte ich ihr da einen Vorwurf machen, dass sie sich diesen Gefühlen für ebendiesen Mann hingegeben hatte?

Dennoch blieb es ein großes Mysterium, warum meine Mutter Quentin für Rudolfo verlassen hatte. Hatte sie Rudolfo bei der Durchreise des Zirkus kennengelernt und sich Hals über Kopf in den Mann verliebt, sodass sie für ihn alles hinter sich gelassen hatte?

Diese Gedanken quälten mich vor allem nachts, wenn mein Unterbewusstsein sich meldete und mich in Albträumen mit diesen Fragen konfrontierte: Oftmals sah ich einen wütenden und schreienden Rudolfo, der am Arm meiner Mutter zerrte, während Quentin in Arztkittel mit Stethoskop um den Hals Lily auf der anderen Seite festhielt. Irgendwann löste sich ihr Körper in einen regelrechten Vogelschwarm auf, der emporflog und am Himmel verschwand. Dann griff Rudolfo nach mir und setzte den Kampf fort, wobei Quentin verständnislos danebenstand und nur den Kopf schüttelte.

Dabei aß er Kuchen, Törtchen, Scones.

Ich saß dann jedes Mal schweißgebadet im Bett und ermahnte mich selbst, endlich mit Quentin zu sprechen. Ich hatte die Offenbarung, dass er mein leiblicher Vater war, bisher mit niemandem geteilt. Wieder musste ich an Claire denken. Sie wäre meine erste Anlaufstelle gewesen. Aber Claire war nicht mehr da.

Es war mittlerweile eine Woche her, dass der Brief den Weg zu mir gefunden hatte. Aber wie sollte ich Quentin das erklären? Er wusste ja nicht einmal, dass ich heimlich Haare aus seiner Bürste im Bad entwendet hatte, um die Untersuchung zu veranlassen. Ich fühlte mich wie eine Verräterin, wie eine Diebin, die sich am Hab und Gut anderer Menschen bediente. Ich versuchte, mein Zögern damit zu rechtfertigen, dass ich den richtigen Moment abpassen wollte. Aber ich wusste, dass das gelogen war. Wie sollte man den passenden Moment finden, wenn es keine gemeinsamen Momente gab?

* * *

Nach Claires Beisetzung kehrten Jess, Bonny und ich ins Doppio zurück. Es hatte keine Trauerrede gegeben und keinen Song. Nur ein Gebet an der Grabstätte, als die Urne hinabgelassen wurde. Wir standen alle drei um das Erdloch und schauten in die Dunkelheit, wo Claire ihre letzte Ruhe finden sollte. Aber niemand von uns urteilte. So hatte Claire es gewollt und bis ins kleinste Detail geregelt.

»Ist es das, was von einem Menschen übrig bleibt? Asche, die in so einen Behälter passt?«, fragte Jess nachdenklich, als wir im Café unsere Jacken auszogen.

Es war mittlerweile kalt geworden. Der Herbst verabschiedete sich so langsam und der Winter nahte. Im Schaufenster hing ein Schild: »Heute wegen privater Veranstaltung geschlossen«. Claire hatte kein Aufsehen, keine große Feier und keinen Leichenschmaus gewollt. Aber sie konnte uns nicht verbieten, im kleinen Kreis um unsere Freundin zu trauern.

»Ich schätze, ja …«, antwortete Jess sich dann selbst und nahm uns die Jacken ab, um sie an die Wandhaken zu hängen, »zumindest, was das Körperliche angeht.«

»Ich mache Kaffee«, sagte ich und ging hinter den Tresen.

Die anderen folgten mir und setzten sich an einen der Tische.

»Übermorgen kommt das Unternehmen, das ihre Wohnung räumen wird. Dr. Miller hat mir gesagt, wir sollen die Dinge aussuchen, die wir behalten möchten. Der Rest wird einem gemeinnützigen Verein gespendet.« Der Kaffee lief in die darunter stehenden Tassen und verbreitete einen beruhigenden

Geruch im Raum. »Selbst darum hat sie sich gekümmert. Diese Frau war der Wahnsinn.«

»War der Wahnsinn …«, flüsterte Jess und stierte geradeaus, »… wie traurig das klingt. Sie ist nicht mehr, sie *war*.«

Niemand antwortete. Ein Klopfen auf Glas ließ mich aufschrecken. Will stand an der Eingangstür des Cafés.

»Ich mache auf«, sagte Bonny und ging ihm entgegen.

Will rieb sich die Hände, um sich aufzuwärmen, und kam zu mir hinter die Theke. Er schloss mich in die Arme und kraulte mir mit den Fingern durch mein offenes Haar.

Ich legte den Kopf für einige Sekunden an seine Brust und atmete seinen typischen Geruch ein. Es beruhigte mich, ihn zu sehen, zu riechen, zu fühlen. Er war wie Balsam für meine Seele.

»Wie geht es dir?«, fragte er mich leise.

Ich schnaubte und schüttelte nur leicht den Kopf.

Das war Antwort genug. Will verstand ohne Worte, dass ich mich schrecklich fühlte.

Als ich mich von ihm löste, nahm er mein Gesicht in seine Hände und drückte mir einen sanften Kuss auf die Nasenspitze.

»Kaffee?«, fragte ich mit Tränen in den Augen.

Er nickte. »Ich helfe dir.« Kurz darauf brachte er die gefüllten Tassen zu Jess und Bonny an den Tisch.

Als ich zu ihnen hinüberging, stand Bonny auf. »Setz dich jetzt mal, du kommst gar nicht zur Ruhe. Ich kümmere mich um Kuchen. Was hätte Claire jetzt bestellt?«

Ich hielt sie am Handgelenk fest. »Nein, das muss ich machen. Ich bin gleich wieder da.«

Damit ließ ich sie zurück und ging in die Backstube, um eine Torte aus dem Kühlschrank zu holen. Ich trug sie behutsam in den Gastraum und stellte sie in der Mitte des Tisches ab. »Ich hab die ganze Zeit versucht, etwas zu kreieren, was zu Claire passt und ihren Namen verdient hat. Wie ihr wisst, hat Claire mir dieses Leben, diesen Neuanfang hier geschenkt und es ist meiner Meinung nach unmöglich, etwas zu backen, was den Namen auch nur annähernd verdient.«

Alle drei starrten auf die Torte, die vor ihnen stand. Niemand sprach.

»Das hier ist ein *Naked Cake*. Er erinnert mich an sie, da er einen ganz schlichten Eindruck macht, ohne viel Tamtam, ohne viel Aufsehen zu erregen. Aber es ist Wahnsinn, was in ihm steckt. Er ist mit Vanille und Blaubeere gefüllt, die Farbe steht für Mitgefühl, Respekt und Vertrauen. Er … hat etwas Tröstliches.«

Jess fand als Erste ihre Worte wieder. »Was sind das für Blumen?« Sie zeigte auf die Dekoration auf der Oberseite.

»Das ist Schleierkraut. Es symbolisiert Liebe und Hingabe, ein Herz ohne Argwohn und Hintergedanken.« Ich verstummte. Der Kloß in meinem Hals war wieder da. Und während ich mit einem großen Messer die Torte anschnitt und jedem ein Stück auf den Teller gab, schmerzte die Stelle an meinem Hals richtig. Ich sah nicht mehr, wo ich entlangschnitt, die Tränen überfluteten meine Augen und kullerten stumm über mein Gesicht.

Als ich mich setzte, legte Jess mir eine Hand auf das Knie. »Das hätte ihr gefallen.«

»Auf Claire!« Will hob seine Tasse.

»Auf Claire!«, stimmten wir ein.

Mein Blick fiel auf ihr Schwarz-Weiß-Bild an der Wand gegenüber. Ich hatte das Gefühl, sie lächelte mich an.

»Ach, bevor ich es vergesse …«, sagte Jess, als sie später Jacke und Schal anzog, um nach Hause zu gehen, und zeigte auf die Stelle direkt hinter der Eingangstür im Laden. »Hier lag ein Zettel auf dem Boden, als ich heute Mittag gekommen bin. Jemand muss ihn unter der Türschwelle hindurchgeschoben haben.« Sie durchwühlte ihre Jackentaschen und zog ein gefaltetes Blatt heraus, auf dem mein Name stand.

Ich nahm es stirnrunzelnd entgegen.

»Vielleicht eine Bitte um Rückruf oder eine Bestellung«, versuchte Jess, eine Erklärung zu finden, »immerhin hatten wir ein paar Tage geschlossen. Unangekündigt. Es hing nur die Info an der Glasscheibe.«

Ich zuckte nickend mit den Schultern. Jess drückte mich und küsste meine Wange, bevor sie sich gemeinsam mit Bonny zum Gehen wandte.

»Ich gehe noch einmal durch das Café!«, rief ich Will zu und faltete auf dem Weg zur Backstube den Zettel auf. Bevor ich den Text las, fiel mein Blick auf den Absender. Unter einer halben Seite Text stand ein Name. Ein Name, der mir Herzklopfen bescherte und sofort Bilder in meinem Kopf abrief: »Rosa«.

Ich lehnte mich an die Wand und atmete mit geschlossenen Augen durch. Wie konnte Rosa mir eine Nachricht hinterlassen? Woher wusste sie, wo ich war, und vor allem: Wie kam sie zu der Information, dass ich meinen alten Namen abgelegt hatte und nun Victoria Copar hieß?

Ich hatte Angst vor den Worten, die ich gleich lesen würde. Aber noch stärker war die Neugierde. Zitternd hob ich den Zettel höher, um ihn lesen zu können.

Leannán,
ich hätte dich gern gesehen, aber das Café hat vorübergehend geschlossen und ich muss heute noch zurück. Ich habe dein Bild an der Wand gesehen und auch wenn ich nur einen Bruchteil der Geschichte gehört habe, möchte ich dir etwas sagen: Ich bin stolz auf das, was du hier anscheinend auf die Beine gestellt hast. Du hast deine Träume als Wegweiser benutzt und bist dem Kompass in deinem Herzen gefolgt. Das erinnert mich an meine eigene Geschichte.

Uns geht es gut. Jeder muss seine Hauptrolle im eigenen Leben spielen.

Lebe deinen Traum, leannán. *Deine Geschichte ist bei mir sicher.*

Grá mór,

Rosa

Ich ließ die Hand mit dem Brief sinken und lehnte meinen Kopf an die Wand hinter mir. Rosa war hier gewesen. Wieso, wusste ich nicht. Aber ich wusste, dass sie die Wahrheit sagte. Und das gab mir ein gutes Gefühl: Meine Geschichte war bei ihr sicher. Ich musste lächeln.

»Ist alles in Ordnung?« Will drückte gegen die Schwingtür der Backstube und trat ein.

Schnell faltete ich das Blatt zusammen und steckte es in meine Handtasche. »Alles in Ordnung«, sagte ich und küsste ihn auf die Wange. »Ich habe nur nachgesehen, ob etwas fehlt für die Bestellung, die eingegangen ist.«

»Und?«, fragte er und sah mich an.

Ich lächelte. »Nein, es fehlt nichts. Gar nichts.«

Dann griff ich nach seiner Hand und knipste mit meiner freien Hand das Licht in der Backstube aus.

* * *

In der gleichen Konstellation saßen wir eine Woche später nach Ladenschluss noch im Café zusammen. Will war gekommen, um mich abzuholen, und wir tranken in dieser kleinen, fast schon familiären Runde einen Espresso. Es war eine Art Ritual, das sich entwickelt hatte, und ich war froh darum, das Café nicht allein abschließen zu müssen. Es hatte jedes Mal etwas Endgültiges für mich, die Fassade nach oben zu blicken und zu sehen, dass keine Vorhänge mehr an den Fenstern angebracht waren. Die Vorhänge, die sich im Wind zu dicken Bäuchen aufblähten und mich an zahlreiche Sommernächte erinnerten, die ich mit Claire auf ihrer Couch verbracht hatte.

»Ich würde hier gern ein paar Dinge verändern«, sagte ich und stellte meine Tasse ab.

»Schieß los«, sagte Bonny und lehnte sich über den Tisch zu mir herüber.

»Zum einen fände ich eine Namensänderung angebracht. Wir könnten das Doppio in Claire's Doppio umbenennen. So bliebe ein Stück der Vergangenheit erhalten und wir hätten Claire immer noch in unserer Mitte. Was meint ihr?«

Bonny und Jess nickten.

»Schöne Idee«, sagte Will und küsste mich auf die Stirn, bevor er aufstand, um unser Geschirr in die Backstube zu bringen.

»Wie fändet ihr es, wenn wir auch Brote anbieten würden? Wir haben bisher nur süße Backwaren im Angebot, aber durch die Gewürzmischungen ist mir der Gedanke gekommen, zu … na ja, zu expandieren. Wir sollten es ausprobieren.«

»Machst du Witze?« Bonny lachte und schlug dabei mit der flachen Hand auf den Tisch. »Die Leute werden es uns aus den Händen reißen. Sieh dir das Regal mit den Gewürzen doch an. Kaum ist es aufgefüllt, räumen sie es direkt wieder aus. Du hast ein Händchen dafür, Vicky. Sie wusste, wieso sie dir das alles hier vermacht hat.«

Wieder Schweigen.

»Ich würde gern einen Architekten beauftragen, der … etwas umbaut. Ich möchte den Hinterhof als Sitzmöglichkeit für die Gäste nutzen. Dafür bräuchten wir eine Art Gang. Die Backstube müsste also umstrukturiert werden.«

»Wow, du hast eine richtige Vision, oder?«

Ich nickte.

Will kam zurück und setzte sich zu uns.

»Das wird großartig«, sagte Bonny und klatschte in die Hände.

Als sie und Jess aufstanden, um sich auf den Heimweg zu machen, hielt ich sie zurück.

»Da wäre noch etwas.«

Damit setzten sie sich wieder. Will sah mich verwundert an. Ich hatte ihm von meinen Plänen erzählt, bevor ich meine Kolleginnen eingeweiht hatte, aber von dem, was ich nun ansprechen wollte, wusste auch er noch nichts.

Ich holte tief Luft, um mich zu sammeln. »Ihr wisst, dass Claire mir auch ihr Wohnhaus vermacht hat. Die Wohnungen dort werden nur auf Zeit vermietet, haben also keine festen Mieter. Sie sind überholt, ohne eigene sanitäre Anlagen. Deshalb ... habe ich mir etwas überlegt.« Mein Blick wechselte zwischen den anderen hin und her.

»Nun sag schon, mach es nicht so spannend«, drängelte Jess ungeduldig und knetete ihre Hände.

Dann offenbarte ich meinen Plan.

»Ich möchte es umbauen lassen und eine Kaffeerösterei daraus machen, die das Café, aber auch andere Läden versorgt und einen kleinen Verkaufsraum hat.«

Niemand sagte etwas. Ein komisches Gefühl machte sich in meiner Brust breit.

Jess sprang auf.

»Lass es mich erst erklären«, sagte ich flehend. Ich hatte Angst, sie würde mich nun einfach sitzen lassen, enttäuscht darüber, dass ich alles ändern wollte, sobald Claire unter der Erde lag. Diesen Vorwurf machten sie und Bonny mir zumindest nachts in meinen Albträumen, direkt nach dem Tauziehen zwischen Rudolfo und Quentin.

»Ich hole den Sekt!«, rief sie und lief rückwärts in die Backstube hinein, »das müssen wir feiern!« Lachend verschwand sie im hinteren Teil des Cafés.

Erleichtert sah ich von Bonny zu Will.

»Du bist der Wahnsinn.«

»Wahnsinnig?«, neckte ich Will und schlug beschämt die Hände vors Gesicht.

Er zog sie wieder weg und legte meinen Blick frei. »Nein«, antwortete er und lachte, während er mich küsste. »Das nicht. Es wird großartig. Lass mich dir helfen.«

Ich war erleichtert. Keine Vorwürfe, kein Belächeln, keine Gegenargumente.

Als Jess mit einem Tablett zurückkam, auf dem vier Sektgläser und eine Flasche standen, schaute ich jedem von ihnen einzeln ins Gesicht.

»Lasst es uns tun. Lasst uns etwas Großes schaffen. Für uns. Für Claire. Gemeinsam.«

Als wir die Spuren unserer kleinen privaten Feier beseitigten, hatte ich das Gefühl, als verfolgte mich Claire mit ihren Blicken. Wann immer ich auf das Gemälde meiner toten Freundin schaute, fühlte es sich an, als wollte sie mir etwas sagen, mir Mut zusprechen. Ich wusste, dass Jess recht hatte: Claire hätte es geliebt. Das Brotbacken, den Hinterhof für die Gäste, die Kaffeerösterei.

Will war der Erste, der aufbrach. »Ich muss zu meiner Nachtschicht ins Krankenhaus«, sagte er, bevor er mich an der Eingangstür auf die Stirn küsste und in den kalten Regen hinaustrat. »Wir sehen uns später ... zu Hause.« Er zögerte vor den letzten beiden Worten.

»Ist gut«, antwortete ich und inhalierte ein letztes Mal seinen Geruch.

»Wie fühlt sich das für dich an?«, fragte er und ergänzte: »... zu Hause? Ist es das für dich? Immerhin bist du seit Wochen fast durchgehend dort.«

Ich presste die Lippen aufeinander und sah ihm in die Augen. »Es fühlt sich gut an«, sagte ich ehrlich.

»Hör zu, Vicky, wenn du aus dem Wohnhaus eine Kaffeerösterei machen willst, musst du ohnehin ausziehen. Ich will dich zu nichts drängen. Ich möchte dich nur an mein Angebot erinnern. Wir wohnen sowieso schon so gut wie zusammen. Ich liebe es, wenn ich spätabends oder nachts aus dem Krankenhaus komme und neben dich ins Bett kriechen kann.« Er vergrub sein Gesicht in meinem Haar.

Ich wusste, dass er recht hatte. Und ich liebte es genauso.

»Okay«, sagte ich entschlossen, »ich ziehe bei dir ein.«

»Wirklich?« Er lachte und hob mich hoch.

Ich nickte.

»Sie zieht bei mir ein!«, rief Will durch den Verkaufsraum, wo Jess und Bonny gerade ihre Jacken anzogen.

»Na, endlich!« Jess hob die Hände zum Gebet gen Himmel und wir lachten.

Claires Worte fielen mir ein. *Lebe!* Das tat ich.

»Wir haben geschlossen«, rief Bonny über unsere Köpfe hinweg nach draußen.

Als ich mich von Will löste, der nach einem letzten flüchtigen Kuss die Straße zur Underground Station überquerte, blickte ich in Quentins Gesicht. »Quentin«, sagte ich überrascht, »was machen Sie hier? Waren wir verabredet?«

Hitze stieg mir ins Gesicht. Mein Vater stand vor mir. Das erste Mal, seit ich es wusste. Und er ahnte nach wie vor nichts. Es war, als würde ich ihn mit anderen Augen sehen.

»Das wusste ich nicht, tut mir leid, ich hatte die Adresse des Ladens auf der Kuchenschachtel gesehen und ...« Er zeigte mit der Hand auf das Schild an der Glasscheibe.

Natürlich – die Scones, die ich ihm geschickt hatte.

Ich wollte meine Chance nutzen. Ich wollte auf Claires Rat vertrauen – *lebe!* »Nein, nein, es ist schön, dass Sie da sind. Kommen Sie rein.« Ich machte eine einladende Handbewegung.

Jess und Bonny verabschiedeten sich mit einem Wangenkuss und einer Umarmung und verließen das Café.

Wir waren allein.

»Ich wollte Sie nicht überfallen, ich kann wirklich morgen wiederkommen.«

»Jetzt sind Sie hier. Außerdem bin ich die, die Sie ständig überfällt. Also steht Ihnen das gleiche Recht zu, schätze ich.«

Wir lachten beide.

»Ich mache uns einen Kaffee und zeige Ihnen das Doppio. Was halten Sie davon?«

Er schien erleichtert. »Das wäre fantastisch.«

Er zog seine Jacke aus und sah sich im Verkaufsraum um, bis ich den Kaffee zubereitet hatte.

Wir setzten uns gemeinsam an einen der Tische. Da es draußen mittlerweile wie aus Kübeln regnete, war der Hinterhof keine Option.

Nach einem Schluck Kaffee begann er zu sprechen. »Danke für die Scones. Sie haben sofort Erinnerungen in mir geweckt.«

Ich nickte. »Ich hoffe, sie waren gut.«

»Sie waren besser als gut. Sie schmeckten wie damals. Das ist verrückt. Ich hätte meinen können, ich esse das Gebäck Ihrer Mutter.«

Mein Herz schlug schneller. Es klang verrückt, aber wahrscheinlich war es Schicksal.

Er ließ seinen Blick durchs Café schweifen und blieb damit an den beiden Schwarz-Weiß-Bildern an der Wand gegenüber hängen. Eins zeigte Claire bei der Eröffnung des Cafés, eins mich in der Backstube. Es kam mir vor, als wäre das Bild vor

Ewigkeiten gemacht worden, dabei war es nur wenige Monate alt.

»Ist das Ihre Chefin?« Er zeigte auf Claires Bild.

»War«, sagte ich seufzend, »sie ist gestorben.«

»Victoria, ich muss mich entschuldigen.« Er stand auf und nahm seinen Mantel. »Ich komme mir vor wie ein Idiot, dass ich unangekündigt hierhergekommen bin.«

Ohne dass mein Kopf sich einschalten konnte, schnellte meine Hand nach vorn und ergriff sein Handgelenk.

Lebe.

Er stand neben dem Tisch und ich schaute zu ihm hinauf. »Bitte warten Sie«, sagte ich flehentlich, »ich muss Ihnen etwas sagen und wenn Sie jetzt gehen, weiß ich nicht, wann ich wieder den Mut dazu fassen werde.«

Er wirkte überfordert, als hätte er Angst davor, was ich ihm nun offenbaren würde. Doch er setzte sich wieder auf den Stuhl neben mir.

Ich schloss kurz die Augen und atmete tief durch.

Jetzt oder nie.

Alles oder nichts.

Kopf oder Herz.

Jetzt.

»Quentin, als Sie mir gesagt haben, dass Sie meine Mutter 1992 nochmals im Zirkus gesehen haben und Sie beide …« Ich sprach nicht weiter, da er wusste, wovon ich sprach.

Er sah mich an und ich konnte in seinem Blick sehen, dass er ahnte, was ich ihm sagen würde. Manchmal weiß man instinktiv, was passieren wird, will es aber nicht wahrhaben, bis es laut ausgesprochen wird.

»1992 ist mein Geburtsjahr. Ich kam im Herbst zur Welt. Mein ganzes Leben lang habe ich mich fehl am Platz gefühlt. Ich habe gespürt, dass ich nicht dorthin gehörte, dass ich falsch da war. Als Sie mir erzählten, dass Sie und meine Mutter Ihre

Beziehung in dieser Nacht noch einmal haben aufleben lassen, da ...« Ich griff mir verzweifelt an die Stirn, die Haare fielen wie ein schwerer Vorhang vor mein Gesicht und waren in diesem Moment ein willkommener Schutzschild.

»Es klingt verrückt«, flüsterte er, »... aber als ich Sie das erste Mal gesehen habe, hatte ich dieses Gefühl. Das Gefühl, als würde ich Sie bereits kennen. Ich dachte, es sei, weil Sie Ihrer Mutter so ähnlich sehen. Aber da war noch etwas. Ich kann es nicht beschreiben, ich wollte nicht wie ein verrückter alter Mann klingen.«

Ich sah auf und nahm ihn nur verschwommen wahr. Die Tränen, die meine Augen füllten, waren kein Ausdruck von Scham, Trauer oder Wut. Sie waren Ausdruck von Erleichterung. Erleichterung darüber, dass er genauso fühlte und das Gleiche gespürt hatte wie ich.

»Sie klingen nicht wie ein verrückter alter Mann.«

Er lächelte matt. »Wissen Sie, meine Frau und ich haben uns Kinder gewünscht. Aber das Leben spielt einem oft übel mit. Durch die Krankheit rückte ein Bilderbuch-Familienleben immer weiter in den Hintergrund und ich habe mich in die Arbeit gestürzt, um mich abzulenken. Dann trat Ihre Mutter in mein Leben.«

Er schaute gedankenverloren auf seine Kaffeetasse und drehte unbewusst den Löffel hin und her, der auf dem Unterteller lag.

Wir schwiegen.

Dann ergriff er die Initiative und gab mir den Aufhänger, der es mir leicht machte, mit der ganzen Wahrheit herauszurücken.

»Wir sollten der Annahme nachgehen. Was meinen Sie, Victoria?«

Ich stand wortlos auf und lief zu meiner Tasche, die ich unter dem Tresen deponiert hatte. Daraus zog ich den Umschlag mit dem Antwortbrief des Labors heraus und legte ihn vor ihn auf den Tisch.

Als er mich entgeistert ansah, sprach ich es laut aus.

»Du bist mein Vater, Quentin.«

Als ich an diesem Abend gegen Mitternacht das Licht im Doppio löschte, die Tür verschloss und mich auf den Weg zur Underground machte, fühlte ich mich frei. Frei, weil ich diese Last meines eigenen Fehlverhaltens nicht mehr auf den Schultern tragen musste. Es war falsch von mir gewesen, Quentins und meine DNS ohne seine Erlaubnis auf Gemeinsamkeiten über-prüfen zu lassen. Aber es war eine Kurzschlussreaktion, die mich dazu getrieben hatte. Ich war panisch und voller Hoffnung ge-wesen: Was, wenn dieser Mann mein Vater wäre? Es war wie zwischen Stühlen zu sitzen.

Ich hatte Quentin in unserem Gespräch alles offen-bart, meine Seele ausgepackt, fein säuberlich geschält und in Scheiben geschnitten. Sie ihm präsentiert wie auf einem Serviertablett: Ich erzählte ihm vom heimlichen DNS-Test, von meiner Vergangenheit im Zirkus, von Rudolfo, von Gino und unserer Beziehung. Ich berichtete von Rosa und Enes, von Ginos Übergriff in der Nacht, in der ich beschloss, all das hinter mir zu lassen und neu anzufangen. Ich erzählte ihm von meinen Anfängen hier in London, von meinem ersten Besuch bei Claire im Café, meinem Einzimmerapartment. Ich nannte ihm auch meinen echten Namen.

Und er hörte mir zu. Er machte mir keine Vorwürfe, er stand nicht wütend auf, um mich allein sitzen zu lassen. Er hörte zu und stellte keine Fragen.

Es tat gut, in eine leere Wohnung zu kommen. Die Stille fühlte sich genau richtig an, um meine Gedanken sortieren zu kön-nen. Ich wusste, dass ich Will die Wahrheit sagen musste. Ich wollte ihm die Wahrheit sagen. Aber die Angst, verurteilt oder abgelehnt zu werden, zumal von der Person, die ich liebte, die das Zentrum für mich bildete, lähmte mich.

Ich würde ihm die Wahrheit sagen. Wenn es an der Zeit war.

In Gedanken sah ich Claire mit hochgezogenen Augenbrauen auf mich blicken.

»Ja, ja ... du hast ja recht«, murmelte ich mehr zu mir selbst und ging zum Kühlschrank, um mir ein Glas Wein einzugießen.

* * *

Ich wurde wach, als die Matratze unter mir leicht nachgab. Bevor ich die Augen öffnen konnte, nahm ich bereits Wills Geruch von Pinien und Kernseife wahr.

Ich drehte mich zu ihm um und sah ihn durch die Dunkelheit an.

»Du bist wach«, flüsterte er und küsste mich auf die Stirn. Sein Haar war feucht. Wie immer hatte er nach der Schicht geduscht.

»Wieder«, murmelte ich und fasste mit der Hand an seine Wange.

»Wie geht es dir?« In seinem Blick lagen Wärme, Vertrauen, Sanftmut.

Ich zuckte als Antwort mit den Schultern.

Dann stolperten die Worte aus meinem Mund heraus. »Dr. Quentin Hopes ist mein Vater.«

Er sah mich mit aufgerissenen Augen an. »Was?«

Ich nickte. »Es ist so. Meine Mutter und er hatten jahrelang eine Affäre. Ich habe einen Vaterschaftstest machen lassen.«

Er runzelte die Stirn, die Verwirrung war ihm anzusehen.

»Wie, wann ... ich meine ...« Er verzog das Gesicht. »Seit wann weißt du es?«

»Seit ein paar Tagen. Der Brief wurde falsch eingeworfen, lange Geschichte.«

Er strich mir eine kupferrote Haarsträhne aus dem Gesicht. »Ich habe Zeit.«

»Du hast bis eben gearbeitet und bist müde. Du brauchst deinen Schlaf, Will.«

»Ich brauche dich«, antwortete er flüsternd, »dich und sonst nichts.«

Ich küsste ihn auf die Lippen. Aus einem scheuen Kuss, der Dankbarkeit ausdrückte, wurde ein fordernder. Ein Kuss voller Sehnsucht und Liebe. Ein Kuss, der ausdrückte, wie froh ich war, ihn in meinem Leben zu haben. Der ausdrückte, dass ich ihn so sehr liebte, dass es wehtat.

Ich rollte mich auf Wills Körper und setzte mich auf, zog mir das Shirt über den Kopf und entblößte meinen Oberkörper. Dann legte ich mich mit nackter Brust auf seine, Haut an Haut, und spürte die Wärme, die er ausstrahlte.

»Wenn ich um etwas in meinem Leben froh bin, dann um dich.«

Er umrahmte meinen Kopf mit seinen Händen und küsste mich hungrig. »Ich liebe dich«, flüsterte er.

»Zeig es mir«, antwortete ich.

Als ich das zweite Mal an diesem Tag erwachte, nahm ich den Geruch von Kaffee wahr. Die Bettseite neben mir war leer, Tageslicht durchflutete den Raum. Ich stand auf und zog das Shirt über, das ich noch vor einigen Stunden achtlos aus dem Bett geworfen hatte. Ich musste an die Stunden dieser Nacht denken und fühlte unmittelbar Geborgenheit, Wärme und Liebe.

Barfuß und mit nackten Beinen ging ich in die Küche, wo Will an der Kaffeemaschine hantierte. »Guten Morgen«, sagte ich und ging auf ihn zu.

Er drehte sich um und schloss seine Arme um mich.

Dann reichte er mir eine Tasse, nahm mich an der Hand und führte mich zurück ins Schlafzimmer. Wir setzten uns zwischen die weißen Decken und Kissen und Will verflocht seine Finger mit meinen. »Wie gesagt, ich habe Zeit. Erzähl mir, was es mit deiner Mutter und Dr. Hopes auf sich hat.«

Und ich erzählte. Meine Vergangenheit im Zirkus ließ ich aus, sagte nichts von Gino und meinem richtigen Namen. Ich erzählte ihm von meinen Gesprächen mit Quentin, von dem Tag, als ich heimlich den Vaterschaftstest gemacht hatte, und von unserem Treffen am Vorabend.

Als ich fertig gesprochen hatte, ließ ich mich emotional erschöpft in die Kissen zurückfallen. »Alles fing mit einer kleinen Blechdose an. Dass das Bild darin zu meinem leiblichen Vater gehört, hätte ich niemals gedacht.«

»Blechdose?« Will sah mich fragend an.

Ich ging zu meiner Handtasche und zog die Dose heraus, um sie ihm zu zeigen. Seit ich das Apartment nur noch aufsuchte, um frische Kleidung zu holen, trug ich die Dose in meiner Tasche herum. Als hätte ich Angst, sie irgendwann zu vergessen – das Einzige, was ich von meiner Mutter noch hatte.

Will drehte die Dose zwischen den Fingern, hielt dann den Deckel fest. »Darf ich?«, fragte er zögernd, bevor ich nickte und er sie öffnete.

»Sie ist mittlerweile leer. Darin war das Foto von Quentin und der Lavendelprint des Pflegeheims aufbewahrt. Auf der Unterseite habe ich damals durch Zufall den Leitspruch des Krankenhauses entdeckt.«

Er betrachtete die Unterseite und nickte, während er den Spruch murmelte. »Die Frage ist, wie deine Mutter zu dieser Dose kam.«

Ich wurde hellhörig. »Wieso?« Neugierig rückte ich zu ihm zurück aufs Bett. »Was ist das für eine Dose?« Über die Blechdose selbst hatte ich mir bisher noch keine Gedanken gemacht. Für mich war es einfach ein passendes Behältnis gewesen, das meine Mutter zufällig gewählt hatte, um ihre Erinnerungen darin aufzubewahren und vor Rudolfo geheim zu halten. Als letztes Überbleibsel ihres früheren Lebens sozusagen.

»War sie krank? Brauchte sie regelmäßig Medikamente?«

Ich wurde nervös. »Ich ... nein, also, ich weiß es nicht, ehrlich gesagt. Wieso fragst du das? Was hat es mit dieser Blechdose auf sich, Will?«

Er reichte mir das Erinnerungsstück und trank einen Schluck von seinem Kaffee. »Du solltest mit Quentin darüber sprechen, vielleicht weiß er etwas. Schließlich scheint er deine Mutter gut gekannt zu haben.« Er tippte mehrmals auf den Deckel vor sich. »Diese Blechdosen wurden früher als Behälter für Medikamente, Spritzbesteck und Ähnliches benutzt.«

Ich griff nach der Dose und begutachtete sie wie so unendlich viele Male zuvor. »Du meinst ...« Ich führte meinen Gedankengang nicht zu Ende. War meine Mutter krank gewesen?

Er hob abwehrend die Hände. »Ich weiß es nicht, aber vielleicht bringt es mehr Licht ins Dunkel, wenn du es weißt. Außerdem ... gerade bei vererbbaren Krankheiten ist es wichtig, von ihnen zu wissen. Es geht dabei auch um dich, Victoria.«

»Ich werde mit ihm sprechen.«

* * *

Während der restlichen Woche hatte ich Besprechungstermine bei Banken, um Kredite anzufragen, die ich für die Finanzierung der Umbaumaßnahmen des Doppio und des Wohnhauses brauchte. Nachdem ich die Zahlen der letzten Monate offengelegt hatte, erstarben alle Zweifel. Das Café lief so gut wie noch nie und das war vor allem mein Verdienst. Mir das bewusst zu machen, fühlte sich fantastisch an.

»Das heißt, du kannst jetzt einen Architekten engagieren, der erste Pläne ausarbeitet, um Kostenvoranschläge einzureichen. Dann kann es bald losgehen. Ist das nicht fantastisch?«

Will und ich saßen in einem Pub in der Jefferson Street und tranken heißen Eierpunsch – genau das Richtige für einen winterlichen Abend.

»Es ist fantastisch«, bestätigte ich seine Aussage, »aber es macht mir auch Angst. Bin ich dem gewachsen? Wird das Café genauso erfolgreich bleiben oder noch erfolgreicher werden als bisher? Was ist, wenn ich scheitere?«

»Hey!« Will stellte seine Tasse auf dem schweren Holztisch vor uns ab und griff nach meinen Händen. »Hab Vertrauen. Du hast es bis hierhin geschafft. Wieso sollte es nicht funktionieren? Der Plan mit der Kaffeerösterei ist fantastisch! Die Leute werden es lieben. Sie reißen dir alles aus den Händen. Es ist, als würdest du Gold spinnen.«

»Ich meine nur, was ist, wenn ...«

Das Summen und Vibrieren meines Mobiltelefons auf dem Tisch unterbrach unser Gespräch. Ich schaute auf das Display und las Quentins Namen.

Auch Will warf einen Blick auf mein Handy. »Du weißt, dass du mit ihm reden musst. Es könnte wichtig sein, das über deine Mutter in Erfahrung zu bringen.«

Ich rieb mit beiden Handflächen über mein Gesicht. »Ich weiß. Ich weiß ja. Ich werde mit ihm reden, versprochen.«

Will schob mir das Telefon entgegen. »Los. Geh ran.«

Ich seufzte und drückte schließlich den grünen Knopf. »Hallo, Quentin.«

»Victoria, hallo. Störe ich?«

Ich schüttelte den Kopf, obwohl mir bewusst war, dass er mich nicht sehen konnte. »Nein, im Gegenteil. Ich wollte dich auch anrufen.«

»Wollen wir uns treffen? Ich weiß nicht, wie du arbeitest, aber vielleicht passt es dir morgen?«

Ich versuchte, Will mit den Händen zu zeigen, was Quentin am anderen Ende der Leitung vorschlug, aber er verstand nur Bahnhof.

»Morgen klingt gut«, wiederholte ich ihm zuliebe.

Als ich später auflegte, küsste Will mich auf die Stirn. »Frag ihn morgen ganz direkt. Ohne Umschweife. Sei ehrlich zu ihm.«

Er wusste nicht, wie ehrlich ich Quentin gegenüber bereits war im Vergleich zu ihm.

16

»Schön, dass es so kurzfristig geklappt hat. Ich weiß ja, dass du im Café alle Hände voll zu tun hast.«

Ich nickte stumm und nippte an meinem Coffee-to-go. Es war mehr eine Beschäftigungstherapie und diente der Überspielung meiner Verlegenheit, als das Bedürfnis, Kaffee zu trinken. Ich hatte uns zwei Cappuccino in Warmhaltebechern mitgebracht. Mit den warmen Behältern in der Hand liefen wir eine verlassene Allee im Londoner Hyde Park entlang.

Der Winter war da und ohne Handschuhe, Mütze und Schal war es kaum möglich, das Haus zu verlassen. London war so, wie man es kannte und liebte: kalt und nass. Nur Eltern mit dick eingepackten Kindern in Kinderwagen und Jogger hatten sich bei diesen Temperaturen in den Park verirrt.

»Wie geht es dir …« – er gestikulierte mit dem Becher vor seinem Gesicht – »… ich meine, mit dieser ganzen Situation? Dein Leben scheint sich gerade ziemlich zu verändern. Erst der Verlust deiner Freundin, dann die Übernahme des Cafés, deine Pläne für die kommende Zeit und … plötzlich einen anderen Vater vorgesetzt zu bekommen, ist schließlich nichts, was man jeden Tag erlebt.«

Ich räusperte mich und zuckte unter meiner dicken Jacke die Achseln. »Das könnte ich dich auch fragen. Zumindest was den letzten Punkt angeht. Da kommt eine Fremde, fragt nach einer Frau, die du vor Jahren geliebt hast und … plötzlich erfährst du, dass es deine eigene Tochter ist. Dabei dachtest du, du hättest keine Kinder.«

Wir mussten beide lachen.

»Wie das Leben so spielt …«

»Mir geht es gut. Wirklich«, antwortete ich.

»Das freut mich. Es freut mich, dass es kein Schock für dich ist, dass … ich dein eigentlicher Vater bin. Also … du hast einen Vater, Rudolfo. Er hat dich großgezogen. Es ist verständlich, dass du in ihm deinen Vater siehst. Ich bin wohl eher das, was man in Film und Fernsehen als … Erzeuger betitelt.«

Wir sahen uns kurz an, dann schaute ich verlegen nach unten. »Es gibt viele Dinge, die ich nicht verstehe. Ich hätte viele Fragen an ihn, die ich ihm aber nie stellen werde, schätze ich. Dafür habe ich mich bewusst entschieden.«

In meinem Kopf ploppten die Fragen auf, die mich seit Wochen, Monaten beschäftigten und nicht mehr losließen: *Wieso hast du mich zu der Heirat mit Gino gedrängt? Wieso hast du nicht gemerkt, dass es mir schlecht ging? Warum hat meine Mutter uns verlassen? Hast du ihr etwas angetan? Wie würdest du reagieren, wenn du wüsstest, dass ich nicht deine leibliche Tochter bin?*

»Verstehe«, sagte Quentin leise und holte mich in die Wirklichkeit zurück. »Ich habe deinen Vater nicht gekannt, aber … er muss etwas Besonderes sein, da Lily etwas in ihm gesehen hat und mit ihm gegangen ist.«

Da war er wieder. Dieser Schmerz. Diesmal konnte ich ihn hören. Der Schmerz, den ich in seinen Augen gesehen hatte, als er von dem Tag sprach, an dem Lily ihn für den Zirkus verlassen hatte.

»Kann ich dich etwas fragen?«, lenkte ich das Gespräch auf das, was mir seit Tagen auf der Seele brannte.

»Natürlich.«

Die kalte klare Luft tat gut und ich versuchte, mich zu konzentrieren, indem ich tief ein- und ausatmete.

»Hatte meine Mutter eine … Krankheit?«

»Krankheit?«

»Ja, … hatte sie ein chronisches Leiden oder nahm sie über längere Zeit Medikamente?«

Er schwieg kurz, schien nachzudenken. »Nein, nicht dass ich wüsste. Und ich bin mir sicher, dass ich davon gewusst hätte. Wieso fragst du?«

Ich blieb stehen, was auch Quentin dazu brachte, nicht weiterzulaufen. Dann zog ich aus der Jackentasche die kleine Blechdose hervor. »Deswegen.«

Er starrte auf den Gegenstand in meiner Hand. »Woher hast du das?«

Die Tatsache, dass er nicht fragte, was ich in den Händen hielt, ließ Hoffnung in mir aufkommen. »Du kennst es?«

Er nahm mir die Blechdose aus den Händen und drehte sie gedankenverloren hin und her. Aber er antwortete nicht auf meine Frage.

»In dieser Dose waren die Dinge aufbewahrt, die mich hierhergeführt haben. Dein Foto, die Serviette des Pflegeheims.«

»Die Dose mit dem Spruch«, murmelte er wohl in Erinnerung an unser erstes Treffen, als ich ihm von dem Hinweis erzählte, der mich zum Krankenhaus geführt hatte.

Ich nickte stumm. »Sagst du mir jetzt, was diese Blechdose bedeutet?«

Er sah mir in die Augen. Da war Schmerz. Eine andere Art von Schmerz. Kein Herzschmerz, nicht der Schmerz über den Verlust meiner Mutter, den Verlust einer Liebe, die keine wirkliche Chance gehabt hatte. Ich wusste noch nicht, was es zu bedeuten hatte.

»Das, was ich dir jetzt sage, wird vermutlich alles verändern.« Mir stockte der Atem. »Du machst mir Angst, Quentin.«

»Du hast mir alles über dich und deine Vergangenheit erzählt. Du hast ein Recht darauf, zu erfahren, was damals passiert ist.«

Ich spürte einen Anflug von Panik. »Sag mir bitte, was passiert ist. Das Gefühl der Ungewissheit treibt mich in den Wahnsinn.«

»Bist du dir sicher, dass du es wissen möchtest?«

Ich griff energisch nach seinem Handgelenk. »Ich bin mir absolut sicher. Sag es mir, jetzt!«

»Okay«, murmelte er und ließ den Blick in die Ferne schweifen, »okay.«

Seine Augen fingen meinen Blick ein. »Damit ...« – er tippte auf die Blechdose, die er immer noch in den Händen hielt – »haben deine Mutter und ich deine Großmutter getötet.«

Ich konnte nicht sprechen und war wie gelähmt. Am liebsten wäre ich einfach weggerannt, aber meine Beine gaben nach und ich musste mich auf die Parkbank am Wegrand setzen. Ich hatte das Gefühl, gleich ohnmächtig zu werden. Ich sah schwarze Pünktchen in meinem Sichtfeld und atmete schnell. Das Adrenalin, das durch meinen Körper raste, gepaart mit Gefühlen wie Angst, Verwirrtheit, Wut und Trauer, führte dazu, dass ich ihn nicht mehr kontrollieren konnte. Es fühlte sich an, als würde ich gleich kollabieren.

Ich spürte Quentins Finger an meinem Handgelenk. »Du musst dich beruhigen. Dein Puls ist viel zu schnell. Atme ganz langsam ein und aus. Durch die Nase ein und ...«

Ich zog ruckartig meine Hand weg. »Fass mich nicht an!«

Mein Ton war harsch und laut. Ein Jogger hielt kurz an, um zu überprüfen, ob es mir gut ging.

»Das muss für dich alles schrecklich klingen. Ich verstehe, wenn du damit überfordert bist, aber es ist nicht so, wie es scheint. Lass es mich erklären.«

»Erklären?« Ich stand von der Bank auf und hielt mich schwankend an der Lehne fest. »Was gibt es da zu erklären? Wie kannst du als Arzt so etwas tun? Wieso habt ihr das gemacht? War sie euch im Weg? War es euch zu umständlich, euch während eurer Liaison um sie zu kümmern?«

Quentin stellte sich vor mich. »So ist es nicht gewesen. Ich werde es dir erklären. Wenn du mich lässt.«

Ich schnaubte verächtlich. »Ich will das nicht hören«, sagte ich resolut und verschränkte die Arme vor der Brust. »Wer weiß noch davon?«

»Niemand. Nur deine Mutter und ich. Und du.«

»Du hast danach all die Jahre als Arzt in diesem Krankenhaus gearbeitet, dich durch Zeitungsartikel feiern und huldigen lassen? Hast trotz deines hippokratischen Eids meine Großmutter getötet?«

Er legte die Handflächen gefaltet vor seine Lippen, um sich kurz zu sammeln. »Lass es mich doch erklären. Ich bin Arzt, mein Ziel ist es, Menschen zu helfen. Das war immer die oberste Priorität. Auch damals in diesem Pflegeheim. Deine Mutter und ich … wir wollten nur helfen, verstehst du?«

Ich hielt inne und starrte ihn an. »Moment!« Ich hielt eine Hand als Stoppzeichen hoch, um ihn daran zu hindern, noch näher zu kommen. »Ihr helfen, indem ihr sie aus dem Weg geschafft habt?«

»Es gibt Menschen, die sind todkrank, Victoria.«

»Ja, und?«, schrie ich ihm fast entgegen, »das gibt dir noch lange nicht das Recht, Gott zu spielen!« Ich schüttelte den Kopf und zog verächtlich einen Mundwinkel nach oben, während ich mich rückwärts einige Schritte von ihm entfernte. »Dafür musst du bezahlen. Das müsst ihr beide!« Ich zeigte mit dem Finger auf ihn.

»Wenn es das ist, was du möchtest, dann stehe ich zu dem, was ich vor Jahren getan habe. Zeig mich an, ich werde es nicht leugnen. Wenn es das ist, was dir den inneren Frieden bringt, tu es.«

Ich drehte mich um und ging schnellen Schrittes in die Richtung, aus der ich gekommen war. Ich sah nicht mehr zurück.

Mein Vater war aus meinem Leben verschwunden, bevor er dort richtig hatte Fuß fassen können.

17

Heulend und völlig fertig kehrte ich nach dem Gespräch mit Quentin zu Will zurück. Noch in der Underground dachte ich an Claire und wie gern ich ein weiteres Geheimnis mit ihr geteilt hätte. Aber die neuerliche Erkenntnis, dass das nicht mehr möglich war, schlug mir wie eine harte Faust ins Gesicht.

»O mein Gott, was ist denn passiert?« Will ließ einen Kochtopf in die Spüle fallen, als er mich aufgelöst und schluchzend im Fahrstuhl der Wohnung stehen sah. Er rannte auf mich zu und stützte mich, um mich zur Couch zu begleiten. »Geht es dir gut? Schau mich bitte an!« Panik war ihm ins Gesicht geschrieben.

Er holte seine Arzttasche und checkte meine Vitalwerte. Ich war zu erschöpft, um mich dagegen zu wehren.

»Mir geht es gut ...«, murmelte ich und sah ihn aus verquollenen Augen an. »Ich habe nur Dinge gehört, die ich besser nicht hätte hören sollen.«

»Welche Dinge?« Er legte seine warmen Handflächen links und rechts an mein Gesicht. »Sprich mit mir, Victoria.«

Aber ich weinte nur und schüttelte den Kopf. »Wenn ich es dir sage«, schluchzte ich, »... mache ich dich zum Mitwisser. Das möchte ich nicht. Es reicht, dass es mich belastet.«

Sein Blick war nun klar und fest. »Hey ... hör auf damit. Alles, was dich belastet, belastet auch mich. Du gehst jetzt ins Bett, ich gebe dir ein leichtes Beruhigungsmittel. Schlaf dich aus und danach erzählst du mir, was passiert ist.«

»Ich bin nicht müde, Will.«

»Du bist aufgekratzt, aber es wird dir guttun. Dein Körper und dein Geist brauchen eine Pause. Bitte, hör auf mich. Als dein Freund und dein behandelnder Arzt.«

Kurze Zeit später lag ich in einem Shirt von Will in unserem großen Bett.

Noch bevor er die Jalousie heruntergelassen hatte, war ich eingeschlafen.

Als ich wach wurde, war es draußen dunkel. Ich brauchte einige Sekunden, um mich an die Wirklichkeit zu erinnern.

Quentin – der Park – die Blechdose und ihr dunkles Geheimnis.

Will wartete im Wohnzimmer, zumindest sah es so aus. Er saß am Kamin und las in einer Zeitschrift. Als er mich sah, kam er sofort zu mir gelaufen. »Wie fühlst du dich? Besser?«

Ich nickte. Er hatte recht. Ich fühlte mich wirklich besser. Auch wenn die Erinnerungen an Quentins Geständnis Panik und Kummer wachrüttelten, die ich gemeinsam mit meinem Körper schlafen gelegt hatte.

Ich setzte mich auf die Couch und band meine Haare zu einem Knoten.

»Ich mache uns einen Tee und dann reden wir.«

Ich wusste, dass es keinen Sinn hatte, Will die Wahrheit zu verschweigen. Er würde sich nicht damit zufriedengeben, dass ich mir Sorgen machte, ihn zum Mitwisser zu machen. Und irgendwie war ich dankbar, dass er so hartnäckig war. Manchmal war es sehr schwer, alles allein zu schultern.

Er kam mit zwei Tassen dampfendem Earl Grey zurück und setzte sich zu mir.

Ohne weitere Aufforderung begann ich zu erzählen, was sich im Park zugetragen hatte und was Quentin mir über die Blechdose und das Geheimnis erzählt hatte, das ihn und meine Mutter verband.

Als ich fertig war, erwartete ich einen Gefühlsausbruch. Ich rechnete mit Wut, Empörung und Unverständnis. Stattdessen sah er mich ruhig an.

»Du sagst nichts …«, bemerkte ich leise und nippte an meinem Tee.

»Ich bin sprachlos …«, begann Will langsam und räusperte sich. »Damit hätte ich nicht gerechnet.«

»Und weiter? Er hat sie auf dem Gewissen. Er und meine Mutter. Meine Großmutter. Ich bin geschockt, wozu Menschen in der Lage sind.« Gegen die Tränen ankämpfend, blickte ich ihm ins Gesicht.

»Nun, er war Arzt. Vergiss das nicht.«

»Gerade deswegen!« Wut legte sich in meine Stimme.

Will beruhigte mich, indem er mir eine Hand auf das Bein auflegte. »Er ist an medizinische Grenzen gestoßen und …«

»Du verteidigst ihn noch?« Ich war außer mir.

»Moment!« Will holte mich mit seiner ruhigen Stimme und einem Griff um den Arm wieder auf den Boden der Tatsachen und auf die Couch zurück. »Ich kenne die Hintergründe nicht, kenne nicht die ganze Geschichte. Also urteile ich nicht. Das solltest du auch nicht. Er hat dir angeboten, alles zu erklären. Wieso hörst du ihn nicht an?«

»Ich soll mir anhören, wie er mit meiner Mutter zusammen eine Person im Pflegeheim umgebracht hat? Meine eigene Großmutter? Er ist ein Verbrecher. Und meine Mutter auch. Kaum zu glauben, dass ich so etwas aussprechen muss.«

Ich vergrub mein Gesicht in den Händen und ließ den Tränen freien Lauf.

Er ließ mich weinen und streichelte mir sanft den Rücken. »Ich kann verstehen, dass das alles etwas viel ist. Die letzte Zeit war nicht leicht. Erst Claire … jetzt das. Aber … was spricht dagegen, ihn anzuhören? Danach kannst du immer noch urteilen. Und dann … tust du mit der Information das, was du für richtig hältst.«

Ich sah ihn durch den Tränenschleier hindurch an. »Du meinst, ihn anzeigen?«

Er zuckte mit den Achseln. »Wenn es das ist, was du für richtig hältst, dann werden wir diesen Weg gehen. Du und ich …« Er küsste meine Stirn. »Ich möchte nur, dass du ihm eine faire Chance gibst. Er ist dein Vater, Victoria. Er hat dich auch erst vor Kurzem kennengelernt. Du hattest dein Leben lang eine Vaterfigur. Er ist jedoch erst vor Kurzem Vater einer erwachsenen Frau geworden. Ruf ihn die Tage an und sprich mit ihm.«

Will ging in die Küche und ließ mich allein auf der Couch zurück. Ich atmete tief ein und aus und ließ seine Worte auf mich wirken. Tief in mir wusste ich, dass er recht hatte. Egal, wie ich Quentins Taten beurteilte, ich wusste zu wenig, um eine Entscheidung darüber zu treffen, was ich mit den Informationen anfangen sollte. Ich wusste, dass ich mit ihm reden musste.

Das Telefon klingelte.

»Ich geh schon«, rief Will und hob ab.

Er kam zurück zur Couch und hielt mir den Hörer entgegen. »Die Bank«, flüsterte er mit zugehaltener Sprechmuschel.

Mein Herz raste, als ich den Anruf entgegennahm.

»Und?«, fragte Will aufgeregt, als ich Minuten später auflegte.

»Sie haben es bewilligt«, erwiderte ich geistesabwesend und sah ihn von unten an. »Es geht los.«

* * *

Am nächsten Tag fuhr ich unangekündigt zu Quentins Haus.

»Wenn ich bis heute Abend nicht zurück bin, ruf die Polizei«, sagte ich scherzhaft zu Will, als ich die Wohnung verließ. Aber ein Fünkchen Ernst lag in meiner Aussage.

»Hör auf damit«, ermahnte er mich. »Bist du sicher, dass ich dich nicht begleiten soll?«

Ich nickte. »Ja, das muss ich allein erledigen.«

Als ich an die schwere Holztür klopfte, trat ich nervös von einem Bein auf das andere. Ich hörte die sich nähernden Schritte, bevor er die Tür öffnete.

Als er mich sah, trat Erleichterung in sein Gesicht. »Es ist schön, dich zu sehen.«

Ich antwortete nicht.

»Bitte, komm rein.«

Während ich eintrat, sagte ich ihm direkt, weshalb ich gekommen war. »Du wolltest, dass ich dir zuhöre, du wolltest es erklären. Dann rede.« Mit verschränkten Armen stand ich im Flur und beobachtete ihn argwöhnisch.

Er lächelte matt und zeigte auf den Durchgang ins Wohnzimmer. »Bitte, setz dich.«

Mein Blick schweifte wie beim letzten Mal über die gerahmten Bilder, die er auf dem Kaminsims aufgestellt hatte. Quentin, seine Frau. Meine Mutter war nirgends zu sehen. Fotos von ihr hatte er in einer Art Kiste im Obergeschoss versteckt. Ich erinnerte mich, wie er mir beim letzten Besuch das Bild meiner Mutter und meiner Großmutter geschenkt hatte. Dieses Haus war mit so vielen Geheimnissen verbunden. Jeder meiner Besuche lüftete einen Bruchteil davon. Erst jetzt kam mir spontan der Gedanke, dass Quentins Frau vielleicht auch nicht eines natürlichen Todes gestorben war.

»Möchtest du Kaffee oder Tee?«

»Ich möchte, dass du mir die Wahrheit erzählst. Die ganze Wahrheit.«

Ich war kurz angebunden. Und er spürte die Distanz, die ich zwischen uns aufrechterhielt.

»Okay ...«, begann er langsam und erzählte mir das Geheimnis zwischen ihm und meiner Mutter.

Als er fertig war, wusste ich nicht, was ich sagen sollte. Ich fühlte in diesem Moment nur eine Sache: Dankbarkeit. Dankbarkeit gegenüber Will, denn ohne ihn und sein Zutun hätte ich Quentin niemals angehört.

»Ich kann verstehen, dass dich das ... schockiert«, beendete er seine Ausführungen. »Aber wie hättest du an meiner Stelle gehandelt?«

Er hatte recht – Sienna Bank, meine Großmutter, war schwer krank gewesen, ein Pflegefall. Sie hatte unsägliche Schmerzen erlitten und täglich darum gebeten, dass man ihrem Leben ein Ende setzte.

»Eines Tages hat sie sich ein Kissen auf das Gesicht gedrückt – ein verzweifelter Versuch, ihr Leben selbst zu beenden«, erzählte er gedankenverloren, »aber unser Instinkt lässt es nicht zu, dass wir so etwas tun. Genauso wenig, wie wir uns selbst ertränken können. Wäre es möglich gewesen, hätte sie es schon Monate zuvor getan.«

Die Gedanken riefen Bilder in meinem Kopf hervor. Bilder, die mich schmerzten und die ich zur Seite schieben wollte.

»Deine Mutter ist mir an diesem Tag zu meinem Auto gefolgt. Ich hatte einige Patienten besucht, auch deine Großmutter. Ich werde ihre Worte nicht vergessen. Ich werde ihr Gesicht nicht vergessen und die Verzweiflung, die aus ihr sprach. ›Bitte helfen Sie meiner Mutter. Helfen Sie meiner Mutter, in Würde zu sterben. Das ist ihr letzter Wunsch.‹ Sie hing weinend an meiner Hand, diese bildschöne Frau.«

»Ihr wart zu diesem Zeitpunkt noch kein Paar?«

Quentin schüttelte den Kopf. »Nein, wir ... arbeiteten zusammen«, erklärte er und betrachtete seine Finger, die er knetete. »Aber rückblickend würde ich sagen, dass das der Anfang war. Eine Woche später, als Sienna sich absichtlich aus dem Bett fallen ließ, sich ein Bein brach und deine Mutter völlig verzweifelt in ihrem Zimmer saß, wusste ich, dass ich etwas tun musste.«

Ich schwieg. Meine Sichtweise veränderte sich langsam, auch wenn ich mich noch dagegen wehrte. Es fühlte sich richtig an, ihn dafür zu verurteilen. Es fühlte sich richtig an, ihn als Sündenbock zu benutzen, um meiner Wut und Trauer bezüglich der Ungerechtigkeit des Lebens ein Ventil zu verleihen.

»Weißt du, was die letzten Worte deiner Großmutter waren?«, fragte er mich, ohne eine Antwort zu erwarten. ›Endlich kann ich von dieser Welt gehen. Danke.‹«

Ich sah die Szene vor meinem geistigen Auge. Quentin, meine Mutter und Sienna, meine Großmutter. Es war mir unmöglich, zu sprechen.

»Gibt es eine schönere Art, sich zu verabschieden, als selbstbestimmt? Mit dem Menschen, den man am meisten liebt? Ich denke nicht. Da kann mich jedes Gericht dieser Welt schuldig sprechen. So fühle ich!« Bei den letzten Worten klopfte er sich mehrmals mit der Faust gegen die Brust. Seine Augen wirkten glasig und ich hatte das Gefühl, auch er kämpfte gegen Tränen an. »Alles, was ich getan habe, ist, den letzten Wunsch deiner Großmutter zu erfüllen. Wenn du mich dafür hasst, dann muss ich das akzeptieren.«

Es dauerte Minuten, bis ich wieder sprechen konnte – so ergriffen war ich von dem, was er mir gesagt hatte.

»Wir taten es, weil wir wussten, dass es keine Chance auf Heilung gab. Und weil wir darum gebeten wurden. Die

Entscheidung über Leben und Tod haben nicht wir getroffen. Wir waren nur die ausführende Gewalt.«

Als ich Quentin verließ, fühlte ich mich wie eine Gefangene. Eine Gefangene zwischen zwei Fronten. Zwei Fronten, die mir wohlbekannt waren und zwischen denen ich immer wieder aufs Neue eine aktive Entscheidung treffen musste: Kopf und Herz. Mein Kopf ermahnte mich, erinnerte mich an die rechtliche Ordnung in unserer Welt, appellierte an meine Vernunft und bestand darauf, dass Quentin falsch gehandelt hatte. Mein Herz schaute zu ihm auf, verehrte ihn fast schon wie einen Helden, da er sich gegen genau diese Ordnung aufgelehnt und den Wunsch seiner Patientin über sein persönliches Seelenheil gestellt hatte. Machte nicht genau das gute Ärzte aus? Ich fragte mich unwillkürlich, wie ich mich fühlen würde, wenn ich aufgrund von chronischen Schmerzen jeden Tag mehr die Hoffnung verlöre. Wenn ich nicht mehr leben wollte, mir eine Sterbehilfe aber verwehrt bliebe. Wäre ich dann nicht unendlich dankbar, einen Arzt wie Quentin gefunden zu haben?

»Ich … brauche etwas Zeit für mich. Ich muss das alles … erst einmal verarbeiten, schätze ich.«

»Natürlich«, sagte er nickend und öffnete mir die Haustür, »das verstehe ich.«

Schweigend standen wir einander gegenüber. Ich hob eine Hand zu einem stillen Gruß und machte auf dem Absatz kehrt, um Richtung Underground zu laufen.

»Du weißt, wo du mich findest … und …« – ich drehte mich noch einmal um und sah ihn in der Tür stehen – »ich trage alle Konsequenzen für mein Handeln. Das weißt du. Entscheide du, was richtig und falsch ist.«

* * *

Die nächsten Wochen zogen ins Land und ich suchte keine Polizeistation auf. Es fühlte sich nicht richtig an, Quentin für den letzten Wunsch meiner Großmutter an den Pranger zu stellen.

»Du tust das Richtige«, sagte Will, nachdem ich ihm meine Entscheidung mitgeteilt hatte. »Ich weiß, dass du mit dir haderst, aber ich weiß als Arzt sehr gut, wie es sich anfühlt, ohnmächtig zu sein, wenn Patienten unheilbar krank sind und das Unmögliche verlangen. Er hatte den Mut, es zu tun. Dafür soll er verurteilt werden? Das kann nicht gerecht sein.«

Ich fühlte, was er sagte. Trotzdem brauchte ich Abstand. Und Quentin ließ mich gewähren. Er kontaktierte mich nicht. Kam nicht ins Café und rief nicht an. Ich war ihm dankbar, denn ich wusste, dass es Ausdruck seines Respekts mir gegenüber war.

18

Zum ersten Mal hatte ich wirklich das Gefühl, die Zügel selbst in der Hand zu halten: Ich wohnte mit Will zusammen, die Wohnung war unser gemeinsames Zuhause. Auch wenn ich wegen seiner Nachtschichten und langen Arbeitszeiten oft allein im Apartment war, hatte ich schon lange nicht mehr das Gefühl, dort Gast zu sein. Ich beteiligte mich an allen Kosten, was mir mehr Sicherheit und Unabhängigkeit gab. Will wusste das, weshalb er alles gerecht unter uns aufteilte.

Die Umbauarbeiten im Doppio hatten bereits begonnen. Der Verkaufsraum war davon nicht betroffen, aber aufgrund des Baulärms stiegen wir vorerst auf einen reinen Abholservice um. Das Herzstück, die Backstube, konnte nicht benutzt werden, weshalb ich kurzerhand unsere private Küche zu meiner Produktionsstätte umwandelte. Will erwarb einen gebrauchten kleinen Transporter, mit dem wir alles in unsere Wohnung transportieren konnten, was ich dort brauchte. Beladen mit den Backwaren fuhr ich damit täglich zum Café. Die Strecke war nicht weit, aber ich brauchte wegen des Verkehrs länger als früher mit der Underground. Dennoch fühlte es sich gut an, täglich im Stau zu stehen, wenn ich daran dachte, dass mein Kofferraum mit Cupcakes, Scones und Shortbread beladen war.

Das rege Treiben, die Kunden und die Gespräche im Café fehlten mir. Ich konnte es kaum erwarten, bis wir wieder öffnen konnten. Als Datum für eine Eröffnungsfeier wurde der 14. Februar festgesetzt. Passend zum Tag schmiedete ich bereits Pläne, alles unter das Motto »All you need is love« zu stellen.

* * *

Weihnachten und der Jahreswechsel kamen und gingen. Beide Festlichkeiten verbrachten Will und ich in unserer Wohnung, ohne Aufsehen und ohne große Feier. Ich hatte das Gefühl, dass wir nach den letzten Monaten beide die Ruhe brauchten.

Es fühlte sich erstmals wie »zur Ruhe kommen« an, als wir am 31. Dezember dick eingepackt mit zwei Gläsern auf der Dachterrasse standen und das Feuerwerk über London betrachteten.

»Das wird dein Jahr«, sagte Will und küsste mich auf den Hinterkopf. Er stand an meinen Rücken gelehnt und bewegte sich mit mir leicht von einer Seite zur anderen.

»Es wird mehr als das«, antwortete ich und verfolgte die Raketen, die in die Höhe schossen, »es wird *unser* Jahr.«

An diesem Abend dachte ich zum ersten Mal nach längerer Zeit wieder an Rosa und Enes. Ich wusste, dass die beiden seit Jahren den Jahreswechsel zu zweit im Wohnwagen erlebten. In genau diesem Moment zu wissen, wo sie waren, hatte für mich etwas Tröstliches und ich schickte einen stummen Wunsch gen Himmel.

* * *

Wenn alles nach Plan lief, konnte die Rösterei im Sommer öffnen. Ich befasste mich den Winter über mit Außenmöbeln für den Hinterhof und Lieferanten für Kaffeebohnen im Ausland.

Wenn Will nach Hause kam, hing ich am Telefon oder studierte Internetseiten. Ich verbrachte viel Zeit in der Küche, arbeitete an neuen Kreationen oder füllte Gewürze ab.

Ich musste wieder an Claires Ermahnung denken – *lebe*!

So rief ich Anfang Februar Quentin an. Es war der erste Kontakt seit unserem letzten Treffen und ich wusste, dass ich ihm eine Erklärung schuldig war. Eine Erklärung darüber, wie es mit uns weiterging. Aber nicht am Telefon.

Ich informierte ihn über die Neueröffnung des Doppio und lud ihn offiziell ein. Er sagte zu.

Die drei Wochen vor der Neueröffnung waren Jess, Bonny und ich mit den Vorbereitungen beschäftigt. Alles sollte perfekt sein.

»Ich habe das gleiche Band besorgt, das Claire damals hatte, als das Café eröffnet wurde«, sagte Jess stolz und wedelte damit vor meinem Gesicht herum. »Zumindest sieht es aus wie auf dem Bild.«

»Es sieht aus wie auf dem Bild? Das Bild ist schwarz-weiß!«

Wir mussten beide lachen und stießen mit unseren Weingläsern an. Wir waren in unserer Wohnung und füllten Teemischungen in Glasröhrchen ab, die die Gäste als Willkommensgeschenk bekommen sollten.

»Bonny schreibt, die Presse sei informiert. Die wichtigen Londoner Zeitungen dürften kommen. Du wirst noch berühmt!«, witzelte Jess und scrollte auf ihrem Handydisplay.

Ich musste grinsen. Sie hatte nicht ganz unrecht. Als ich vor knapp einem Jahr in London angekommen war, war das Doppio zwar ein gut und gern besuchtes Café mit Insidercharakter gewesen, aber in der Metropole war es erst in aller Munde, seit ich weitere Backwerke anbot, die Gewürzmischungen abfüllte und auch herzhafte Backwaren wie Brote anbot.

»Ich kann es nicht erwarten, bis wir die Backstube wieder nutzen können. Das hier ist kein Zustand«, jammerte ich und schaute mich in der Küche um. Überall standen Backutensilien und Gerätschaften, die ich mitgenommen hatte. Im Wohnzimmer kühlten auf Backblechen Kekse und Macarons aus, die noch darauf warteten, getauft zu werden. Sie hatten als neue Kreationen noch keine Namen.

»Das mit dir und Will …«, sagte sie grinsend und beobachtete mich von der Seite, »… das ist etwas Ernstes.«

Ich musste lächeln und nickte. »Mir war noch nie etwas so ernst wie das. Das …« – ich zeigte auf ein Bild von Will und mir über dem Kamin – »und Claire's Doppio.«

»Klingt schön, wenn man den neuen Namen so sagt.«

»Der Name ist neu«, sagte ich nachdenklich und schwelgte in Erinnerungen an vergangene Tage »… aber es ist schon immer Claires Doppio gewesen.«

Als wir die letzten Gläschen abgefüllt hatten, legte ich einen Arm um ihre Schultern. »So, erledigt. Was sollte jetzt noch schiefgehen?«

* * *

Der Tag der Eröffnungsfeier kam. Ich fühlte mich wie eine berühmte Persönlichkeit: Fotografen und Journalisten machten Fotos, sprachen mit Bonny, Jess und mir und machten sich Notizen. Obwohl ich das Blitzlichtgewitter aus längst vergangenen Tagen kannte, wurde mir wieder einmal bewusst, wie wenig ich mich in dieser Welt zu Hause fühlte. Am liebsten hätte ich mich in der Backstube verschanzt und Teige gerührt.

»Entspann dich, alles ist gut«, flüsterte mir Will ins Ohr, der meine Anspannung spürte. »Es läuft alles nach Plan. Die Leute sind zufrieden und glücklich. Sieh dich doch um!«

Und er hatte recht. Der Caféraum war voll besetzt, alle saßen lachend und gut gelaunt bei einer Tasse Kaffee und Gebäck an ihren Tischen. Einige begutachteten die Backstube und den Hinterhof, der künftig als Außenterrasse dienen sollte. Nur das Büro war verschlossen und nicht zugänglich.

»Was, wenn die Presse es zerreißt? Was, wenn wir morgen die Zeitung aufschlagen und lesen, dass es nur gewöhnlich oder ›ganz nett‹ ist?«

»Hey!« Er nahm meine Hände und sah mir eindringlich in die Augen. »Das werden sie nicht, okay? Es ist großartig und genau das werden sie schreiben.« Er küsste mich auf die Stirn.

Ich sah Quentin durch die Eingangstür treten. »Er ist da«, bemerkte ich und Will drehte sich suchend um.

»Sprich mit ihm«, sagte er und strich mir über den Rücken, während er sich entfernte, »denk an Claires Worte. Lebe!«

Ich lächelte und befolgte seinen Rat.

»Danke für die Einladung«, begrüßte mich Quentin, »es sieht fantastisch aus.«

»Soll ich dich herumführen?«

»Gern. Ich möchte alles sehen.«

Gemeinsam gingen wir durch die Backstube und in den Hinterhof.

Eine Reporterin stand am Gewächshaus und kam lächelnd auf mich zu, als sie uns herantreten sah. »Miss Copar, könnte ich von Ihnen beiden ein Foto machen, hier im neuen Hinterhof?«

Ich nickte lächelnd und sah Quentin fragend an.

»Ist das Ihr …« Sie brach ab und wartete auf eine Ergänzung meinerseits. Ich schaute nach oben zu Claires Fensterfront. Der Fensterfront, aus der ich nach Jess gerufen hatte, sie solle einen Notarzt holen. An dem Tag, an dem Claire verschwunden war.

Lebe!

»Das ist mein Vater, Dr. Quentin Hopes«, sagte ich kurz entschlossen.

Wie er mich in diesem Moment ansah, war einzigartig. Noch nie hatte mich jemand mit solchen Augen, solcher Güte und solcher Wärme angesehen. Und genau in diesem Moment wusste ich, dass es richtig war und dass Claire wie immer recht gehabt hatte.

Lebe!

Kaum war das Foto gemacht, kam Jess in den Hinterhof gerannt.

»Was ist denn los? Du siehst aus, als hättest du einen Geist gesehen.«

Sie starrte mich mit aufgerissenem Mund an und ergriff meine Hände. »Okay, flipp jetzt nicht aus, wenn ich dir das sage.«

»Jess, wie soll ich nach so einem Satz ruhig bleiben!«, sagte ich nervös. »Nun sag schon, was los ist!«

»Da vorn steht Pam Crown!«

»Was?« Meine Antwort war so laut, dass sich die Gäste nach uns umdrehten.

»Sie ist einfach gekommen. Sie steht vorn im Verkaufsraum und begutachtet alles.«

»O mein Gott, das ist …« Aufgeregt lief ich auf und ab. »Was mache ich jetzt?«

Quentin kam auf mich zu, legte mir beide Hände auf die Schultern und stoppte so automatisch meine Rastlosigkeit. »Na, was wohl?«, sagte er ruhig, »du gehst jetzt da raus und redest mit ihr. Das alles ist dein Verdienst. Zeit, die Lorbeeren einzustecken.«

Ich lächelte ihn matt an. Es war mein »Danke«.

Sein Zwinkern war ein »Gern geschehen« als Antwort.

»Miss Crown«, sagte ich zur Begrüßung, während ich auf sie zuging, »es ist mir wirklich eine Ehre, dass Sie gekommen sind. Ich schaue Ihre Sendung seit etlichen Jahren und … Sie sind ein großes Vorbild für mich.«

Sie gab mir lächelnd die Hand. »Sie erinnern mich nur daran, wie alt ich bin, Miss Copar.«

Dass sie meinen Namen aussprach, fühlte sich surreal an. Mein Herz machte einen Sprung. »Das tut mir leid, ich wollte nicht ...«

Sie unterbrach mich mit einer abwehrenden Handbewegung. »Ach was«, entgegnete sie, »seien Sie nicht albern. Ich bin alt und weiß es.«

Wir lachten beide.

»Kann ich Ihnen etwas anbieten? Einen Kaffee oder Tee und etwas Gebäck?«

»Gern«, sagte sie und folgte mir zur Verkaufstheke. »Ich würde gern herausfinden, ob Ihre Backkünste halten, was sie versprechen. Sie und der Laden hier sind in London in aller Munde, Miss Copar.«

Während ich ihr auf einer kleinen Etagere verschiedene Gebäckproben anrichtete, hätte ich am liebsten wie besessen geschrien. Das war das Beste, was mir an diesem Tag passieren konnte.

Wir setzten uns an einen der Tische und sie probierte schweigend mehrere Kuchenstücke.

Ich beobachtete sie gespannt, während sie kaute und dabei Augen und Kopf bewegte. Es war, als führte sie ein imaginäres Gespräch mit jemandem.

»Fantastisch.«

»Wirklich?«

»Selbstverständlich. Zweifeln Sie daran?«

»Nein, es ist nur ...« – ich überlegte, wie ich ausdrücken konnte, was ich meinte – »... ein Lob von Ihnen kommt einem Ritterschlag gleich.«

»Dann warten Sie, bis ich Ihnen mein Angebot unterbreitet habe.«

»Ein Angebot?« Mein Herz rutschte in die Hose.

Sie wollte mir ein Angebot machen. Welches Angebot?

Die Gedanken in meinem Kopf überschlugen sich. Bevor ich jedoch weiter nachgrübeln konnte, wovon sie sprach, kam die Reporterin aus dem Hinterhof zu uns und bat um ein weiteres Foto.

Ich war auf einem Foto mit Pam Crown!

»Wie Sie wissen, habe ich eine Backsendung. Ich ... denke darüber nach, Sie einzuladen.«

Ich saß mit offenem Mund vor ihr. »Ist das Ihr Ernst?«

»Wieso nicht? Ich finde es sehr erfrischend, was Sie hier auf die Beine gestellt haben, und Sie backen mindestens genauso gut wie ich. Das sage ich aus voller Überzeugung. Die Leute fänden es sicher interessant, wenn wir beide uns einen witzigen Schlagabtausch mit den Rührstäben liefern würden. Was meinen Sie?«

»Ich weiß nicht, was ich sagen soll, Miss Crown.«

»Pam. Lassen wir die Förmlichkeiten.«

Ich konnte nicht glauben, welche Szene sich hier abspielte. »Ich bin Victoria.«

»Also, Victoria. Bist du dabei?« Sie hielt mir eine Hand entgegen und aß den letzten Bissen eines Zitronenbaisers.

Ich nahm ihre Hand und drückte sie entschlossen. »So was von dabei.« Noch nie war ich mir mit etwas so sicher gewesen wie in diesem Moment.

Dank Claire.

Lebe!

Das tat ich.

So was von.

19

Will sollte recht behalten. Die Zeitungen überschlugen sich am Folgetag mit Lob und Prognosen über eine glorreiche Zukunft von Claire's Doppio.

»Was Victoria Copar hier geschaffen hat, ist an Kreativität und Einfallsreichtum kaum zu überbieten. Aus dem charmanten Insider The Doppio wurde eine noch charmantere Hommage an ihre im letzten Jahr verstorbene Freundin und Mentorin Claire Weststone. Wer hier noch nicht war, hat etwas verpasst. Nach dem gestrigen Tag wird sich die Unternehmerin vor Kunden und Aufträgen kaum noch retten können. Dass sie trotz allem immer noch selbst und hauptverantwortlich die Rührstäbe schwingt, macht sie darüber hinaus noch zu einer sehr sympathischen Geschäftsfrau. Eine Macherin durch und durch …«, las Will mit von Stolz geschwellter Brust laut vor.

Wir saßen am Frühstückstisch in unserem Apartment. Will hatte bei seiner morgendlichen Laufrunde alle regionalen Zeitungen am Kiosk gekauft, die er kriegen konnte. Ich saß mit einem breiten Lächeln und gefalteten Händen vor ihm und hüpfte auf meinem Stuhl auf und ab wie ein kleines Kind am Weihnachtsmorgen. Alle Blätter hatten das Bild von mir und der Backkönigin Pam Crown abgedruckt. Zusätzlich war in drei Zeitungen das Foto von mir und Quentin zu sehen.

Victoria Copar, Eigentümerin von Claire's Doppio mit ihrem Vater Dr. Quentin Hopes.

Die Bildunterschrift schwarz auf weiß zu sehen, war seltsam. Es war, als hätte ich Quentin mit meiner Ankündigung gegenüber der Reporterin offiziell zu meinem leiblichen Vater gemacht.

»Das müssen wir feiern!«, rief Will und stand auf. Er zog mich vom Stuhl und hob mich hoch.

Ich schlang meine Beine um seine Hüfte und legte die Hände in seinen Nacken. »Ach ja?«, neckte ich ihn und küsste ihn sanft, »fällt dir da was Bestimmtes ein?«

»Und ob ...«, antwortete er leise und trug mich ins Schlafzimmer, wo er mich sachte auf dem Bett ablegte. »Wir feiern eine kleine Privatparty und später führe ich dich schick zum Essen aus.«

»Klingt ganz nach meinem Geschmack«, antwortete ich und zog ihn zu mir herunter.

Gegen Abend schlenderten wir Hand in Hand durch die Straßen Londons zum El Paso, einem mexikanischen Restaurant in Downtown.

»Ist das nicht verrückt?«, sinnierte ich und zog ihn näher zu mir heran, um meinen Arm um seine Hüfte zu legen. »Da taucht doch glatt die Frau auf, die ich jahrelang aus der Ferne angehimmelt habe und die ich bisher nur aus dem Fernsehen kannte. Ich dachte schon, der Besuch ihrer Show wäre der absolute Jackpot für mich gewesen, aber niemals hätte ich mir ausgemalt, dass diese Geschichte für mich weitergeht. Es fühlt sich an wie in einem Traum.«

Er lächelte. »Es ist kein Traum. Es passiert. Und wieso nicht? Du hast hart daran gearbeitet. Der Erfolg kam nicht einfach über Nacht. Du hast schwer geschuftet, um das alles zu erreichen. Es ist doch nur verständlich, dass sie dich kennenlernen will.«

Ich musste lachen. »Allein die Tatsache, dass sich ihre private Handynummer in meinem Telefonspeicher befindet, ist schon mehr als verrückt.«

Er küsste mein Haupt.

Der Vibrationsalarm und ein Piepen drangen aus seiner Tasche.

Er zog sein Mobiltelefon hervor, während er mir mit gehobenem Zeigefinger signalisierte, kurz zu warten.

»O nein, nicht heute, nicht jetzt …«, murmelte ich.

Meist hatte solch ein Anruf zur Folge, dass Will ins Krankenhaus musste und wir unsere Pläne verschoben. Er wurde gebraucht, es gab einen Notfall oder Engpass. Ich stellte mich fest darauf ein, dass wir niemals im El Paso ankämen.

Zumindest damit hatte ich recht.

Will lief hin und her, während er ins Telefon sprach. Ich wartete geduldig zwei Meter entfernt.

Plötzlich fiel sein Blick auf ein Pappschild an der Laterne vor ihm, von dem ich nur die Rückseite sehen konnte. Schockiert ließ er das Telefon sinken und drückte den roten Knopf.

»Was ist los? Notfall?«, fragte ich und ging auf ihn zu. »Dann holen wir das morgen nach. Fahr ruhig schon zum Krankenhaus. Ich hole mir bei Miss Saiwan eine Box mit gebratenen Nudeln und mache es mir vor dem Kamin gemütlich, bis du …«

»Kein Notfall, nur eine Frage des Assistenzarztes …«, murmelte er verwirrt, zeigte auf das Plakat und unterbrach mich abrupt. »Mein Gott, bist du das?«

Ich drehte mich um und verharrte in Schockstarre.

Ich stand vor einem Zirkusplakat, von dem mir mein altes Ich entgegenlächelte.

»Sag doch was«, flehte ich.

Wir saßen im Wohnzimmer unserer Wohnung. Will hatte den Kopf in die Hände gestützt und saß vornübergebeugt im Sessel. Ich saß auf der Couch gegenüber und spielte mit den Enden meines Pullovers, um meine Nervosität und Angst zu verbergen. Ich hatte wirklich Angst – Angst vor seiner Reaktion, Angst davor, dass er mich sprichwörtlich zum Teufel jagen würde, Angst davor, dass dieses Märchen zu Ende und der Traum ausgeträumt war. Ich hatte ihn von Anfang an angelogen, hatte meine wahre Identität verschwiegen. Ich hatte einen falschen Namen genannt, einen falschen Beruf angegeben und meine Herkunft aus dem Zirkus unterschlagen. Ich hatte nicht von Gino gesprochen oder Rudolfo, hatte meine Flucht für mich behalten.

Im Umkehrschluss hieß das: Will liebte eine völlig andere Person als die, die ich wirklich war.

Oder gewesen war. Ich hatte keine Ahnung.

Mein Kopf rauchte.

Seitdem wir die Wohnung betreten und ich die Karten auf den Tisch gelegt hatte, hatte er kein Wort gesprochen. Er hörte mir zu, ohne mich anzusehen. Seine Unterkühltheit, diese Distanz verunsicherten mich. Ich konnte es ihm nicht verübeln. Im Gegenteil. Ich stellte mir vor, wie ich mich gefühlt hätte, wenn er mir ein völlig anderes Leben verschwiegen und ich es dann durch Zufall herausgefunden hätte. Mich auf diesem alten Werbeplakat des Zirkus erkannt zu haben, musste für ihn ein Schock gewesen sein.

»Will …«

Er reagierte immer noch nicht. Ich fühlte mich hilflos.

»Warum?«

Ich erschrak, als ich endlich seine Stimme wahrnahm.

»Warum hast du mir all das verschwiegen? Warum hast du mich angelogen? Hattest du je das Gefühl, mit mir nicht über diese Dinge sprechen zu können?«

»Ich ... hatte Angst. Nachdem ich fortgegangen war, wusste ich nicht, wem ich überhaupt vertrauen kann. Verstehst du? Es war schwer für mich, alle Zelte abzubrechen und neu anzufangen. Ich wollte nicht gefunden werden und irgendwann war ich so sehr in dieses Konstrukt verstrickt, dass ich nicht mehr wusste, wie ich es dir erklären sollte.« Ich kämpfte mit den Tränen.

»Und da dachtest du, alles weiterhin zu verschweigen, wäre besser, ja?«

Er klang anders. Ganz anders als der Will, den ich kannte und liebte. Es klang nicht wütend, eher zutiefst verletzt.

»Nein«, sagte ich fest und so laut ich konnte.

Wir schwiegen uns an. Die Luft im Raum war so dick, dass man sie mit einem großen Messer hätte in Scheiben schneiden können.

»Ich kann verstehen, dass du wütend bist. Es war falsch von mir und es tut mir aufrichtig leid«, sagte ich mit tränenerstickter Stimme, »aber ich kann diesen riesigen Fehler nicht mehr rückgängig machen! Ich war verzweifelt und wusste nicht einmal, wohin. Das Gefühl, ins Nirgendwo zu fahren nur mit einem einzigen Foto als Anhaltspunkt und ein paar Kröten in der Tasche ... Hast du eine Ahnung, wie sich das anfühlt?«

Er sah mich an.

»Ich liebe dich, Will. Egal, wer ich bin, wer ich war oder wo ich herkomme. Ich liebe dich und habe all das hinter mir gelassen. Auch die Suche nach der Wahrheit um meine Mutter habe ich abgehakt. Ich habe viel erfahren und was ich bis jetzt noch nicht weiß, soll so bleiben. Es gibt nur noch dich und mich!«

Den letzten Satz schrie ich ihm fast wütend entgegen. Ich spürte, wie mir die Hitze ins Gesicht stieg. Meine Wangen glühten regelrecht.

»Ich muss mich erst mal sortieren«, murmelte Will und ging an mir vorbei. »Ich schlafe vorerst im Gästezimmer«, sagte er an der Tür zu unserem gemeinsamen Schlafzimmer. »Ich brauch einfach etwas … Abstand.«

»Okay«, antwortete ich gequält.

Am liebsten hätte ich laut »Nein!« geschrien. Abstand war schlecht. Abstand war nicht das, was ich wollte. Gerade jetzt brauchte ich Nähe und Vertrauen. Der Blick auf das Zirkusplakat und Wills Schock, der ihm ins Gesicht geschrieben stand, brachten längst vergangene Tage in meinem Gedächtnis zurück an die Oberfläche. Etwas, das ich längst tief vergraben hatte.

Da war es wieder. Selbst auf einem vergilbten Plakat waren Rudolfo und Gino in der Lage, mir das Leben schwer zu machen.

* * *

Die nächsten Tage bekam ich Will kaum zu Gesicht. Ich hatte das Gefühl, dass er mir absichtlich aus dem Weg ging, indem er zusätzliche Schichten im Krankenhaus übernahm. Er war bereits weg, wenn ich morgens aufstand, und noch nicht zurück, wenn ich mich schlafen legte. Tagsüber schuftete ich wie eine Verrückte im Claire's Doppio und lenkte mich so gut es ging von der harten Realität ab.

Da war zum einen der Kummer über Wills Distanz, zum anderen dieses miese Gefühl in der Magengrube. Zu wissen, dass der Zirkus in London Halt machte, dass Gino bereits in der Stadt war, um die Plakate aufzuhängen, und ich ihm über den Weg laufen konnte, verunsicherte mich so sehr, dass ich mich nur noch vollständig vermummt auf der Straße zeigte. Ich verdeckte mit einem dünnen Schal mein kupferrotes Haar, das er überall erkannt hätte, trug eine Sonnenbrille und vergrub mein Gesicht unter dem Kragen meines Trenchcoats.

»Er wird sich beruhigen«, munterte mich Quentin auf, dem ich als Einzigem von der Krise erzählt hatte.

»Ich weiß nicht. Ich kriege ihn kaum zu Gesicht. Er geht mir aus dem Weg und ich habe das Gefühl, dass ich gar nicht mehr an ihn rankomme. Das ist alles meine Schuld.« Ich stellte meine Kaffeetasse auf den Tisch und kickte wütend mit dem Fuß gegen den Stuhl gegenüber. Wir saßen im Hinterhof des Cafés.

»Na ja, versuch, dich in seine Lage zu versetzen. Er ist enttäuscht und ...«

»Ich weiß es doch ...«, unterbrach ich ihn. Ich ertrug es kaum, mir einzugestehen, dass Will recht hatte und ich es nur allzu gut verstehen konnte, wenn er das zwischen uns beendete.

»Und wie geht es dir wegen des Zirkus, der bald in London Halt macht?«

Ich sah ihn zweifelnd an. »Frag besser nicht. Es ist ein komisches Gefühl. Da ist Angst und Unsicherheit. Was, wenn ich Gino auf der Straße begegne?«

»Du rufst sofort um Hilfe, wenn er dir zu nahe kommt. Hast du verstanden? Lass dich auf keine Gespräche ein und geh um Himmels willen nicht mit ihm mit. Egal, was er verspricht. Ich meine es ernst, Victoria.«

Ich musste während seiner Moralpredigt fast schon schmunzeln. »Jetzt klingst du wie ein echter Vater.«

Er lächelte matt und griff nach meiner Hand auf dem Tisch. »Ernsthaft. Pass bitte auf. Es sind nur ein paar Tage, bis der Zirkus weiterreist. Verhalte dich ruhig und bleib am besten vor und nach der Arbeit zu Hause.«

»Vermutlich hast du recht«, seufzte ich und stand auf, um mich wieder an die Arbeit zu machen.

Als ich an diesem Abend heimkam, war ich überrascht, Will anzutreffen. Er war im Schlafzimmer und stand am geöffneten Kleiderschrank.

»Du bist hier!«, rief ich erleichtert. Ich ging auf ihn zu und merkte erst dann, dass er eine geöffnete Reisetasche befüllte, die auf dem Bett stand.

»Was ... um Himmels willen tust du da, Will?« Mein Herz sackte eine Etage tiefer. Es fühlte sich an, als würde es wie ein Stein durch eine Art Wasseroberfläche fallen und augenblicklich bis auf den Grund sinken.

»Ich ... werde ein paar Tage verreisen«, erklärte er und fuhr mit dem Packen fort. »In Ilford findet ein Ärztekongress statt.« Er hielt inne und seufzte. »Ich dachte, es wäre gut, mal ein paar Tage getrennt zu sein.«

»Ilford ist nur eine Stunde von hier.«

»Ich habe bereits ein Zimmer für mich gebucht«, erklärte er kurz. »Wie gesagt ... der Abstand tut uns sicher gut.«

»Mir tut das überhaupt nicht gut!« Ich war verzweifelt. Ich hatte das Gefühl, er hörte meine Stimme, nahm aber nicht wahr, was ich zu ihm sagte.

»Victoria ... Penny ...«, stammelte er und kam auf mich zu. »Siehst du, ich weiß nicht einmal, wie ich dich nennen soll.«

Ich griff nach seinen Händen und setzte mich mit ihm aufs Bett. »Wie meinst du das? Ich bin nicht mehr die Frau von früher. Dieser Name gehörte zu meinem alten Ich.« Meine Worte klangen wie ein Wimmern. »Du hast mich als Victoria kennengelernt und ... die bin ich auch heute.«

Er schnaubte kurz und sah in meine Augen, als wäre er auf der Suche nach Antworten. »Hör zu«, sagte er ernst, »ich werde zu diesem Ärztekongress fahren und wenn ich wieder hier bin, hatte ich genug Zeit, über all das nachzudenken, was passiert ist. Wir sprechen dann miteinander. Gib mir bitte diese Pause.«

»Wenn es das ist, was du möchtest.« Tränen liefen mir über die Wangen und sammelten sich in der Kuhle an meinem Hals.

Er drückte kurz meine Hand, stand auf und verschloss die gepackte Reisetasche.

Am Türrahmen blieb er stehen und beobachtete mich still, wie ich reglos auf dem Bett saß und vor mich hinstarrte. Es war, als läge mein Leben, das ich vor Kurzem noch so wunderbar gefunden hatte, in Trümmern. Und ich war selbst schuld daran.

Als ich die Tür ins Schloss fallen hörte und wusste, dass Will gegangen war, schrie ich in ein Kissen. Ich schrie so laut und so heftig, dass ich kaum noch Luft bekam.

Dann stolperte ich ins Bad und erbrach mich in die Toilette.

20

Die Arbeit in Claire's Doppio lenkte mich nur mäßig ab. Ich hatte zwar alle Hände voll zu tun, allerdings hatte mir Wills Bitte um eine Auszeit regelrecht auf den Magen geschlagen. Ich hatte keinen Appetit und fühlte mich schlapp. Mir war oft übel und ich hielt mich mit Fencheltee und Knäckebrot auf den Beinen.

»Du solltest einen Arzt aufsuchen. Ich meine es ernst. Du siehst nicht gut aus«, sagte Jess am Donnerstagabend, als sie mich beim Wischen der Backstube nach Ladenschluss beobachtete.

»Ich hab nichts«, winkte ich ab und setzte meine Arbeit fort. »Es ist der emotionale Stress der letzten Wochen.«

»Vom körperlichen Stress mal ganz abgesehen. Du brauchst eine Pause, Vicky.«

»Ich kann jetzt keine Pause machen. Wir haben erst vor Kurzem wiedereröffnet, es gibt so viel zu tun und nächste Woche steht mein Gespräch mit Pam Crown wegen der Backsendung an. Es wird nicht weniger.«

»Pass nur auf dich auf, das ist alles, was ich möchte.«

»Keine Sorge. Unkraut vergeht nicht«, witzelte ich und kassierte von ihr einen leichten Seitenhieb.

»Kann ich dich allein lassen? Ich habe ein Vorsprechen in Covent Garden für eine Rolle in diesem neuen Stück.«

Ich nickte, drückte sie kurz und ließ sie gehen. Es war ohnehin nicht mehr viel zu tun. Ich musste nur noch die Tageseinnahmen kontrollieren und wegschließen, dann würde ich mich auf den Heimweg machen – in der Hoffnung, dass die Wohnung von Will und mir noch lange mein Zuhause sein würde.

Während ich konzentriert die Scheine in der Kasse zählte und in Stapeln auf dem Tresen aufreihte, hörte ich im Hintergrund die nostalgische Glocke der Tür.

»Wir haben bereits geschlossen«, rief ich, ohne aufzuschauen.

»Schade«, hörte ich eine mir bekannte Stimme, »… aber ich bin mir sicher, du machst bei mir eine Ausnahme, Pen.«

Geschockt stolperte ich bei Ginos Anblick einige Schritte zurück, bis ich mit dem Rücken gegen das Regal stieß. »Gino.«

»Schön, dich zu sehen. Krieg ich keinen Begrüßungskuss?«, witzelte er und lachte über seinen eigenen Witz.

Ich erstarrte. Sprachlos starrte ich ihn an und versuchte, mich zu sammeln.

»Scheint, als käme ich genau richtig«, sagte er und zeigte auf das Geld auf dem Tresen.

Ich packte die Stapel und steckte sie in den bereitliegenden braunen Umschlag, den ich im Safe deponieren würde.

Er schnalzte mehrmals mit der Zunge und schüttelte den Kopf. »Nun komm schon, wieso bist du so hektisch? Denkst du, ich würde dich um deine Einnahmen berauben?« Er lachte hämisch. Es erinnerte mich an eine Hyäne.

In diesem Moment überkam mich ein Schamgefühl. Wie hatte ich jahrelang mit diesem Mann zusammen sein, ein Bett mit ihm teilen können? Ich schluckte und ignorierte seine Aussage. Dann verschloss ich den Umschlag und steckte ihn in meine Handtasche. Ich wusste, dass ich keinen Fehler machen durfte. Machte ich ihn auf den Safe aufmerksam, lief ich Gefahr, die kompletten Wocheneinnahmen zu verlieren.

»Du fragst gar nicht, wie es mir geht, dabei haben wir uns so lange nicht gesehen.«

Ich ignorierte seine spitze Bemerkung. »Wie hast du mich gefunden?«, fragte ich unterkühlt.

Ich musste an Rosas Nachricht denken, die ich vor ein paar Wochen erhalten hatte. Sie war die Einzige, die wusste, wohin es mich verschlagen hatte. Aber genauso schnell, wie der Gedanke aufploppte, schob ich ihn beiseite. Ich wusste, dass Rosa mich niemals verraten hätte.

Er belächelte mich, ich konnte spüren, dass er sich überlegen fühlte. »War nicht schwer«, sagte er langsam und beäugte mich. »Denkst du, du kannst hier ein ganz neues Leben mit falschem Namen beginnen und dich in der Zeitung ablichten lassen, ohne dass du auffliegst? Ich habe dich für intelligenter gehalten, Pen.«

Mein Mut sank.

Natürlich. Die Zeitungsartikel. Die Fotos. Mir kamen Schlagzeilen in den Kopf, ich erinnerte mich an die Momente des Eröffnungsabends, die die Fotografen im Bild festgehalten hatten. Wie hatte ich so naiv sein können?

»Man könnte sagen, das Schicksal hat uns wieder zusammengeführt«, erklärte er und ging langsam um die Theke herum, bis er vor mir stand. »Wir haben in London halt gemacht. Ich hab dich sofort auf einer der Tageszeitungen an einem Kiosk erkannt. Dann hab ich im Internet nach dem Namen des Ladens gesucht. Und hier bin ich.«

Er schaute sich um. Mit gekräuselten Lippen nickte er, während er seinen Blick durch den Caféraum schweifen ließ. »Beeindruckend, Pen.«

Sein Kompliment klang wie ein Vorwurf.

»Weißt du, als du mich damals sitzengelassen hast ...«, begann er und zeichnete mit seinem Finger Kreise auf die Ablage. »Wobei ›sitzengelassen‹ es nicht ganz trifft. Du hast mich verletzt und blutend zurückgelassen. Mich, deinen ... Verlobten. In der Nacht, in der wir uns einander erst versprochen hatten. Nach all den Jahren ...«

»Du hättest mich fast vergewaltigt, Gino.«

Er lachte laut. »Glaubst du, was du da sagst?« Er schüttelte den Kopf, um mir zu zeigen, für wie naiv er mich hielt. Er ließ mich wie eine Idiotin dastehen.

»Der Notarzt kam und hat mich gefunden. Wenigstens hast du mich dort nicht verrecken lassen. Ich hatte eine Gehirnerschütterung und musste genäht werden. Ich lag mehrere Tage im Krankenhaus. Dein Vater musste alles allein stemmen. Hast du mal darüber nachgedacht, was du damit angerichtet hast? Von heute auf morgen musste die ganze Zirkusnummer umgeplant werden. Es gab keine Artistin mehr, mit der wir hauptsächlich Werbung machten.« Er wurde laut, schrie mir die letzten Worte regelrecht entgegen.

Ich schloss die Augen und drehte meinen Kopf leicht von ihm weg. Der Geruch, der von ihm ausging – eine Mischung aus Arbeiterschweiß, Kunstleder und Alkohol –, verursachte eine neue Welle der Übelkeit, gegen die ich mit aller Macht ankämpfte. Ich konnte mich kaum konzentrieren, weil ich unbedingt verhindern wollte, ihm vor die Füße zu kotzen und nicht mehr Herr meiner Sinne zu sein.

»Aber halt, ich vergaß ... Rudolfo ist ja gar nicht dein Vater. Es ist dieser Arzt. Schick. Ich hab das Bild gesehen.« Verächtlich schnaubend sah er mich von oben herab an. »Dein Verschwinden hat Rudolfo in eine Lebenskrise gestürzt. Dass er nicht dein Vater ist, beweist im Endeffekt nur eins: dass er immer recht damit hatte, was er über deine Mutter gesagt hat.«

»Raus!« Zitternd ging ich einen Schritt zurück. »Verschwinde!«

»Nicht so schnell, Pen«, sagte er leise und kam auf mich zu. »Ich verspreche dir, ich verschwinde. Aber vorher gibst du uns, dem Zirkus, was uns zusteht. Das ist, wie ich hier erkennen kann, kein Problem mehr.«

»Ich schulde euch gar nichts.« Die Übelkeit war mittlerweile so stark, dass ich mir eine Faust auf den Mund presste und die Augen schloss, um tief durchzuatmen.

»Das sehe ich anders«, sagte er und ging an mir vorbei zur Auslage, wo er nach einem Törtchen namens Olive griff und es sich in den Mund steckte. »Wir mussten ein paar Tage pausieren, als ich ausfiel. Die ganze Bühnenshow musste umstrukturiert werden. Ein Zirkus ohne Artistin ist nichts wert. Dein Vater wurde krank. Daran bist du schuld. Bezahle dafür, Pen.«

Ich merkte, wie meine Kräfte mich verließen. Ich wühlte in meiner Handtasche, um mein Telefon zu suchen, fand es aber nicht. Das Telefon des Cafés war nicht an seinem Platz. Ich erinnerte mich, dass ich es in der Backstube benutzt hatte. Aber ich konnte Gino unmöglich den Rücken zukehren und es holen.

»Wie viel?«, fragte ich zornig. Es klang wie eine Kampfansage, nicht wie eine Frage.

»Och, schön, dass du bereit bist, diesen Deal einzugehen. Sagen wir … zehntausend Pfund.«

»Was?«, schrie ich und riss die Augen auf, »du bist nicht ganz bei Trost.«

»Das ist nicht verhandelbar. Zehntausend Pfund und du kannst tun und lassen, was du willst. Mit wem du willst.« Er legte alle Verachtung und Wut in seine Stimme. Es war, als spuckte er mir vor die Füße.

»Überleg es dir, Pen. Hier ist die Adresse des Zirkus.« Er warf mir einen zusammengefalteten Zettel auf die Theke.

»Morgen Abend. Falls du dich dagegen entscheidest, mache ich dir das Leben zur Hölle und nehme diesen Laden auseinander. Mach mich nicht wütend, Pen.«

Ich wollte ihm meine Angst auf keinen Fall zeigen. »Drohst du mir, Gino?«

»Wo denkst du hin«, sagte er lächelnd. Er kam auf mich zu, nahm mein Kinn zwischen seine Finger und drückte zu. »Ich würde dir niemals drohen. Ich bin nur nett und mache dir ein Angebot.«

Ich verzerrte vor Schmerz das Gesicht und versuchte, die Luft anzuhalten, um nicht noch mehr seines Geruchs einatmen zu müssen.

»Wenn ich zahle …«, sagte ich zögernd und befreite mich aus seinem Griff, »… lasst ihr mich dann in Ruhe mein Leben leben?«

Er nickte. »Es mag dich überraschen, aber auch ich habe ein neues Leben angefangen, seit du fortgegangen bist. Und das möchte ich gegen kein anderes eintauschen.«

»Gut«, sagte ich kurzerhand, »ich bringe dir morgen das Geld. Und danach werden wir uns nie wiedersehen.«

Er klatschte energisch in die Hände und ging an mir vorbei Richtung Eingang. »Wunderbar.« Er öffnete die Tür und blieb im Rahmen stehen. »Und Glückwunsch zum Café, Victoria.« Er spuckte den Namen, der nun zu mir gehörte, geradezu aus.

Dann fiel die Tür ins Schloss und er war verschwunden.

Hektisch und hysterisch heulend suchte ich in meiner Handtasche nach dem Schlüsselbund, hastete zur Tür und verriegelte sie doppelt von innen. Dann ging ich zurück zur Theke und ließ mich dahinter auf dem Boden nieder. Alle Angst und Anspannung fielen von mir ab, ich hyperventilierte und fasste mir panisch an den Hals.

Gerade noch rechtzeitig schaffte ich es ins Gäste-WC, bevor ich mich übergab. Danach blickte ich im Spiegel in mein mit Make-up verschmiertes, tränenüberströmtes Gesicht.

Verzweifelt lehnte ich mich an die kalten Kacheln der Wand und ließ die Ereignisse der letzten Tage Revue passieren.

Will hatte mich auf einem Zirkusplakat erkannt und die Wahrheit über mich und meine Herkunft erfahren. Jetzt dachte er darüber nach, wie es mit uns weitergehen sollte. Gino hatte mich in den Zeitungsartikeln zur Neueröffnung erkannt und erpresste mich. Zehntausend Pfund sollten mich aus den letzten Fesseln des Zirkus und von jeglicher Schuld freikaufen.

Und genau das war der einzige Grund, weshalb ich eingewilligt hatte.

Ich raffte mich seufzend auf und stützte mich auf das Waschbecken. Dann warf ich einen erneuten Blick in den Spiegel. Ich sah furchtbar aus. Kajalgetränkte Tränen zierten immer noch meine Wangen und die Wimperntusche hatte dunkle Ränder um meine Augen gemalt. Ich musste das in Ordnung bringen, bevor ich das Café verließ.

Auf der Anrichte hatte ich vor Monaten ein Körbchen platziert, das ich täglich für meine Gäste befüllte. Auf der Suche nach feuchten Tüchern griff ich blind hinein und hielt mehrere Tampons in der Hand.

Gedankenfetzen flogen durch meinen Kopf: Will und ich, die Übelkeit, Gedanken an meine letzte Periode, an die ich mich gar nicht erinnern konnte.

Ich starrte einige Sekunden auf die Tampons in meiner Hand.

»Das kann nicht wahr sein«, flüsterte ich meinem Spiegelbild zu und ging einige Schritte rückwärts, bis ich mit dem Rücken wieder an den kalten Fliesen stand.

Aber tief in meinem Inneren wusste ich, dass es wahr sein konnte.

21

Am nächsten Tag führte mich mein erster Weg in die Drogerie. Schockiert saß ich später auf der Toilette des Cafés und starrte auf das Stück Plastik in meinen Händen, das meine Gedanken vom Vorabend bestätigte.

Unter normalen Umständen hätte ich mich über eine solche Nachricht gefreut. Ich wusste, dass ich Mutter werden wollte. Früher hatte ich nicht den richtigen Mann dazu gehabt. Heute hatte ich den richtigen Mann eventuell verloren. Ich sah meine Zukunft als alleinerziehende Mutter vor mir und fühlte mich überfordert. Erst der Streit mit Will, dann Ginos Überraschungsbesuch, jetzt die Nachricht, schwanger zu sein. Die Gedanken an den Besuch des Zirkus heute Abend schwirrten in meinem Kopf umher und überschatteten alles andere.

»Alles in Ordnung mit dir?« Jess' Stimme drang durch die verschlossene Toilettentür. In ihrer Stimme schwang Sorge mit.

Hektisch steckte ich den positiven Schwangerschaftstest in meine Hosentasche und entriegelte die Tür. »Alles okay. Ich … brauchte nur einen Moment«, log ich.

Als ich an ihr vorbeiging, hielt sie mich am Arm zurück. »Victoria«, sagte sie sanft. »Egal, weshalb ihr euch gestritten habt, das wird wieder. Ihr gehört doch zusammen.«

Ich lächelte sie matt an und nickte.

Das war die zweite Lüge.

Als Quentin mittags ins Café kam, erzählte ich ihm leise, was sich am Abend zuvor hier zugetragen hatte.

»Wieso hast du nicht die Polizei gerufen? Dieser Typ ist gefährlich. Es hätte weiß Gott was passieren können!« Er fuhr sich mit einer Hand durch das graue Haar und sah mich tadelnd von unten an.

»Die Polizei? Dass er denen dann direkt erzählt, dass ich ihn damals fast erschlagen und wehrlos zurückgelassen habe?« Ich schüttelte energisch den Kopf und wischte hektisch die Theke sauber.

»Du hast aus Notwehr gehandelt«, erinnerte er mich, »außerdem hast du den Notruf gewählt.«

Ich hielt inne und schloss kurz die Augen. »Es ist mir egal, ich will das heute Abend hinter mich bringen und das Kapitel ein für alle Mal schließen.«

»Ihnen steht überhaupt kein Geld zu. Du musst das nicht tun.«

»O doch, das muss ich«, sagte ich energisch und räumte die Putzutensilien beiseite. »Wenn ich in Frieden leben möchte, dann bleibt mir keine andere Wahl. Ich weiß, du meinst es nur gut. Aber für mich gibt es keinen anderen Weg. Akzeptiere meine Entscheidung bitte, Quentin.«

Er hob abwehrend die Hände und gab auf. »Dann tu mir wenigstens einen Gefallen«, meinte er mit vor der Brust wie zum Gebet gefalteten Händen. »Sag mir, wo und wann ihr euch trefft. Nur damit ich weiß, wo du bist … falls etwas passiert.«

Ich seufzte und holte den Zettel hervor, den Gino mir am Vortag gegeben hatte. »Ich werde um 20 Uhr dort sein.«

Er nickte und schaute mich stumm an.

»Danke«, flüsterte ich und legte meine Hand auf seine.

* * *

Nach Feierabend holte ich diverse Umschläge mit Tageseinnahmen aus dem Safe und fuhr zur Bank, um mir das noch fehlende Geld auszahlen zu lassen. Dann steckte ich die von Gino geforderte Summe in einen größeren Umschlag und verstaute ihn in meiner Handtasche. Irgendwie war ich erleichtert, dass Quentin wusste, wo und wann ich später auf Gino und Rudolfo treffen würde. Ich war froh, dass er nicht vehementer versucht hatte, mich von dem Vorhaben abzubringen, Gino die geforderte Geldsumme zu überlassen. Rechtens oder nicht, ich wollte nur damit abschließen.

So machte ich mich nach Ladenschluss mit dem Geld in der Tasche auf den Weg zum Festplatz, wo der Zirkus sein Zelt aufgeschlagen hatte. Bis ich die Spitze des Zirkuszeltes sah, war ich ganz ruhig. Aber der Geruch der Tiere und des Heus, vermischt mit dem von Popcorn und karamellisiertem Zucker, ließ mich hundert Meter entfernt innehalten und mehrere Flashbacks erleben: Ich erinnerte mich an die Proben mit Rosa, die mir jahrelang alles über Akrobatik beigebracht hatte, ich erinnerte mich an Enes und seine Späße, an Rudolfo, wie er mit Zylinder und rotem Jackett die Manege einnahm. Und obwohl das alles so präsent abrufbar war, kam es mir wie eine Ewigkeit vor, dass ich den Zirkus das letzte Mal betreten hatte. Wäre Gino nicht in Claire's Doppio aufgetaucht, hätte ich vermutlich nie wieder einen Fuß in irgendeinen Zirkus gesetzt.

Ich ging zielstrebig über den Schotterplatz auf das Zirkuszelt zu. Je näher ich kam, desto mehr wich meine Ruhe der Nervosität.

»Penny?«

Ich hielt inne.

Als ich mich nach rechts drehte, erkannte ich einen Clown, der mit übergroßen Schuhen, Lockenperücke und roter Nase im Halbdunkel stand.

»Bist du das?«

Enes. Ich erkannte ihn sofort.

»Hallo, Enes«, sagte ich sanftmütig und war froh, dass er der Erste war, der mir hier begegnete.

Er ging auf mich zu und streckte die Arme nach mir aus. Sein Gesicht verzog sich und ich war mir unsicher, ob er weinte. Ich schloss ihn in die Arme und genoss die Nähe eines Menschen, der mir so wichtig war und der einen großen Teil meiner Kindheit und Jugend geprägt hatte.

»Du bist zurück?«

»Nein«, sagte ich fest, »das alles ist eine lange Geschichte. Es tut mir leid, dass ihr euch um mich gesorgt habt. Aber mir geht es gut. Und … das Ganze hier«, ich zeigte um uns herum Richtung Zirkus und Wohnwägen, »… ist auch Geschichte.«

Er sah mich an und nickte.

Ich schaute mich auf dem Gelände um und suchte nach dem Wohnwagen, den ich unter Hunderten sofort erkannt hätte.

Bevor ich nach Rosa fragen konnte, sah ich Gino hinter einem Wohnwagen hervorkommen. Trotz der aufgrund der Jahreszeit abends kühlen Temperaturen, trug er nur ein Shirt. Es legte den Blick auf ein Tattoo auf seinem Arm frei, das er letztes Jahr noch nicht getragen hatte: III.VIII.MMXVIII – eine römische Zahl: 3.8.2018. Ein Datum, das ihm wichtig sein musste. Ein Datum, das er auf seiner Haut trug. Darunter befand sich eine liegende Acht, das Zeichen für Unendlichkeit. Ich musste an Ginos Aussage vom Vorabend denken – *Es mag dich überraschen, aber auch ich habe ein neues Leben angefangen, seit du fortgegangen bist.* Trotz allem, was zwischen uns passiert war, wünschte ich Gino nichts Schlechtes. Im Gegenteil. War er glücklich und nicht allein, war das mein goldenes Ticket in ein freies und unbeschwertes Leben. Wie auch immer dieses jetzt auch aussehen mochte.

»Schön, dass du es einrichten konntest«, rief er mir entgegen, während er auf mich zulief und eine verbeugende Geste machte. Er griff in seine Hosentasche und zog sein Handy hervor. Er drückte auf einige Tasten und hielt es sich dann ans Ohr. »Sie ist da.«

Ich wusste, dass er Rudolfo angerufen hatte.

Als er vor mir stand, erkannte ich ihn kaum wieder. Von seinem Kurzhaarschnitt war nichts mehr zu sehen. Er war unrasiert und seine Augen wurden von dunklen Ringen umrahmt. Er sah verlebt aus. Müde und geschafft. Ich nahm den Geruch von Alkohol wahr.

»Bist du betrunken?« Erst als ich es aussprach, wurde mir klar, dass es das Erste war, was ich nach meiner langen Abwesenheit zu ihm sagte.

Er antwortete mir nicht. Sah mich aus trüben Augen an, die sehnsuchtsvoll wirkten. Ich wusste, dass es ihm schwerfiel, mir gegenüberzustehen und mit mir zu sprechen.

»Hallo, Penny«, sagte er dann leise und lächelte matt. »Es ist schön, dich wiederzusehen.«

»Das geht auf deine Rechnung, Pen«, mischte sich Gino im Hintergrund ein. »Seit du weg bist, ersäuft er seinen Kummer und seine Sehnsucht einfach.«

Ich atmete tief ein und aus, um mich zu beruhigen. Obwohl gerade die letzten Wochen im Zirkus alles andere als einfach gewesen waren und Rudolfo mir in den Rücken gefallen war, um mich regelrecht an Gino zu ketten und diese Heirat zu arrangieren, war es schwer für mich, ihn so zu sehen. Er war nicht mein leiblicher Vater, das wusste ich jetzt. Aber er war der Mann, der mich beim Erwachsenwerden begleitet hatte.

Der Geruch von Alkohol ließ wieder eine Welle von Übelkeit über mich rollen.

Ich musste an das Baby denken, das in mir heranwuchs. Wills Baby.

»Es tut mir leid, dass es dir schlecht geht. Das meine ich ernst.«

Er sah mich schweigend an.

»Du hast doch einen anderen Daddy aufgegabelt. Was interessiert es dich, wie es ihm geht!« Gino schrie mir die Worte fast entgegen. Dass er anstelle von Rudolfo sprach, machte mich wütend. Ich konnte nicht einordnen, ob er es tat, weil er so einen Groll gegen mich hegte oder weil er sich schützend vor Rudolfo stellen wollte.

Im Hintergrund nahm Enes langsam die Clownsnase und Perücke ab.

Rudolfo fuhr fort: »Ich hätte es dir gern selbst gesagt. Es war nicht richtig, dass du es so herausfinden musstest. Es war sicher ein Schock für dich.« Er ging einige Schritte zurück und setzte sich auf die Stufen eines Wohnwagens. »Ich hätte es dir schon vor langer Zeit sagen sollen. Es war nicht richtig von mir, es dir zu verheimlichen.«

Der Schock traf mich mit voller Wucht. Ich klammerte mich mit beiden Händen an meine Handtasche, um irgendeine Art von Halt zu finden. Ich konnte nicht glauben, was er mir gerade ins Gesicht geschleudert hatte. Aber nicht nur ich war wie erstarrt. Auch Gino starrte auf Rudolfo hinab. Seinem Gesichtsausdruck war zu entnehmen, dass er überrascht war. Er hatte nicht geahnt, dass Rudolfo längst gewusst hatte, dass er nicht mein leiblicher Vater war.

»Du meinst …« – ich schüttelte mit geschlossenen Augen den Kopf – »… du hast es gewusst?«

Rudolfo fuhr sich mit beiden Händen durch die Haare. »Die ganze Zeit. Ich wusste schon vor deiner Geburt, dass es diesen Arzt gibt, der dich mir eines Tages entreißen könnte.« Er schwankte selbst im Sitzen leicht von links nach rechts. »Sie hat mich nie wirklich geliebt, weißt du? Sie ist nur mit mir gekommen, weil sie um deine Großmutter getrauert hat und nicht mehr damit leben konnte, dass dieser Arzt seine Frau nicht verlassen wollte. Ich war wohl eine …« – er suchte nach dem passenden Wort – »… willkommene Abwechslung.«

Ich sah ihn an, wie er dort auf den Stufen des Wohnwagens saß. Auf einem Schotterplatz außerhalb Londons. Obwohl er mich mein ganzes Leben lang angelogen, mir die Wahrheit verheimlicht und Dinge vorenthalten hatte, die mein Leben hätten ändern können, war ich nicht wütend auf ihn. Im Gegenteil. Ich empfand Mitgefühl für den Mann, für den ich immer noch kindliche Gefühle hegte. Und genau aus diesem Grund sagte ich etwas, was ich vorher nicht für möglich gehalten hatte. Etwas, was sich tief aus meinem Herzen bis an die Oberfläche kämpfte und absolut ehrlich gemeint war. »Ich verzeihe dir.«

Er riss den Kopf hoch und schaute mich an.

Ich wusste nicht, ob der Alkohol ihm die Tränen in die Augen trieb oder die Erinnerungen an längst vergangene Zeiten. »Ich hatte Angst vor dem, was nun ohnehin passiert ist. Dass du die Wahrheit suchst und weggehst. Du warst alles, was ich noch hatte, Penny.«

In mir zerbrach etwas.

Rudolfo Rosso, der Direktor eines erfolgreichen Zirkus, stützte den Kopf in die Hände und weinte. Gino trat an ihn heran und klopfte ihm mehrmals grob auf die Schulter. Da stand er – der Sohn, den Rudolfo nie gehabt hatte.

Meine Mutter hatte sich damals also nicht für Rudolfo entschieden, weil sie ihn wirklich aufrichtig liebte, sondern wahrscheinlich nur, weil sie ihr Leben in London nicht mehr ertragen konnte. Ich konnte nicht zuordnen, ob mich die Tatsache glücklich oder traurig machte. Traurig, weil ich nur erahnen konnte, welchen inneren Kampf sie damals mit sich selbst geführt haben musste. Glücklich, weil es der Beweis war, dass Lily und Quentin sich geliebt hatten und ich aus dieser Beziehung entstanden war. Es hatte etwas Tröstliches an sich.

Rudolfo starrte gedankenverloren auf den Schotter. »Er kam hierher, hat sie gesucht und wollte sie überreden, mit ihm zurückzukehren. Neun Monate später kamst du zur Welt.«

Ich war emotional erschöpft. Was er erzählte, wie er es erzählte, schaffte mich. Rudolfo Rosso, der Mann, der mich großgezogen hatte, legte mir seine tiefsten Geheimnisse zu Füßen und saß als gebrochener Mann vor mir, vom Leben gezeichnet. Er hatte viel erlebt und ich hatte bis zum heutigen Tage nicht einmal etwas davon geahnt. Ich stellte mir kurz selbst die Frage, wie Rudolfos und meine Geschichte wohl verlaufen wäre, wenn er mir die Wahrheit gesagt hätte.

»Hast du das Geld dabei?«, riss Gino mich aus meinem Gedankenstrom.

Das ließ Rudolfo aufhorchen. »Geld?«

Gino trat nach vorn und bückte sich, um leiser mit Rudolfo sprechen zu können. Ich konnte trotzdem jedes Wort verstehen. »Ihr gehört jetzt dieses noble Café in London. Das aus den Zeitungen. Wir brauchen das Geld, Rudolfo. Ich brauche das Geld.«

»Kommt nicht infrage«, warf Rudolfo ein und erhob sich leicht schwankend. »Kein Geld von Penny«, zischte er Gino gepresst entgegen. »Es muss anders gehen.«

»Wie denn?«, entgegnete Gino barsch und packte Rudolfo am Handgelenk, um seinen Blick einzufangen, »du gehst in diese Klinik und ich kümmere mich um den Zirkus. Wir müssen die Schulden begleichen und ...«

»Klinik?« Als ich die beiden unterbrach, drehten sie sich augenblicklich zu mir um.

Und wieder war es Gino, der anstelle von Rudolfo antwortete. »Ich habe doch gesagt, dass er seinen Kummer einfach ersäuft. Seit du weg bist, liegt er mehr in seinem Bett im Wohnwagen, als sich um das Geschäft zu kümmern. Ich stemme hier alles. Aber ich brauche Geld, um den Zirkus zu retten. Verstehst du nicht, was dein Abgang angerichtet hat?«

Rudolfo kam einige Schritte auf mich zu und sah mich aus müden Augen an. »Ich brauche Hilfe, Penny. Ich muss in diese Klinik. Das weiß ich jetzt.«

Mit einem Griff in meine Tasche holte ich den Geldumschlag hervor. Ginos Körper straffte sich bei dem Anblick. Es war faszinierend, welche Macht einem Geld verlieh und was es mit den Menschen machte.

Ich hielt Gino den Umschlag hin. Als er danach griff, zog ich ihn kurzerhand zurück. »Das Geld gebe ich dir nicht, weil ich dir etwas schuldig bin, Gino«, sagte ich und sah ihm in die Augen. »Ich gebe es dir wegen Rudolfo, damit er ohne Sorgen gesund werden kann. Wegen des Zirkus und der Menschen, die hier einen Arbeitsplatz und ein Zuhause haben. Wegen Enes und Rosa.«

Eigentlich wollte ich damit ausdrücken: Ich gebe dir das Geld nicht um deinetwillen.

Gino blickte auf den prallen Umschlag in seinen Händen und befühlte dessen Struktur. Er verzog keine Miene, sprach keinen Dank aus, sondern betrachtete mich nur stumm.

Ich sah zu Rudolfo. »Ich möchte noch Rosa sehen, bevor ich gehe.«

Statt mir zu antworten, wo ich sie finden konnte, sagte Rudolfo: »Sie hatte nie vor, dich zurückzulassen.«

»Was?« Tränen kämpften sich an die Oberfläche und ich hatte Mühe, sie zu unterdrücken. Erst jetzt wurde mir bewusst, wie sehr ich mich nach diesem Satz gesehnt hatte.

»Sie konnte dich nicht mitnehmen. Sie nahm diese Schlaftabletten und hat die Kontrolle verloren. Als du dir eines Tages mit knapp drei Jahren heißes Wasser über die Hand gekippt hast, als sie wieder eingeschlafen war, wussten wir, dass sich endlich etwas ändern musste. Sie hat sich selbst eingewiesen, um eine Therapie zu machen.«

Ich warf einen Blick auf meinen rechten Handrücken und befühlte die Narbe, die mich bereits mein Leben lang begleitete. Ich hatte nie darüber nachgedacht, wo sie herkam. Nahm an, schon mit ihr geboren worden zu sein. Sie gehörte einfach zu mir wie mein kupferfarbenes Haar und meine Liebe zum Backen.

»Ihr Plan war immer, zurückzukommen, jedenfalls dachte ich das«, schloss er seine Erklärung. »Aber selbst wenn sie nicht zu mir zurückgekehrt wäre, hätte sie dich zu sich geholt.«

Ich schwieg, um gegen den Kloß in meinem Hals anzukämpfen.

In diesem Moment öffnete sich eine imaginäre Schleuse am Himmel und Regen prasselte herab. Es war wie ein Symbol dafür, dass sich etwas in mir in Bewegung setzte. Das, was ich heute hier erfahren hatte, veränderte für mich, meine Gefühlslage und meine Gedanken in Bezug auf meine Mutter einfach alles.

Rudolfo zögerte, fasste dann aber meine rechte Hand und ich ließ es zu. »Mach's gut, Penny. Lebe dein Leben. Werde glücklich.«

Ich schluckte aufkommende Tränen herunter. »Das bin ich«, sagte ich und drückte leicht seine Hand. »Und du werde gesund. Der Zirkus braucht dich.«

Er lächelte mich an, bevor er sich umdrehte und in den Wohnwagen ging.

Gino folgte ihm wortlos. Es gab keine Abschiedsworte zwischen uns.

Ich drehte mich zu Enes um, der stumm hinter mir stand. Dann atmete ich tief durch und ging schnell auf ihn zu. Obwohl ich schon völlig durchnässt war, hielt ich die Hände schützend über meinen Kopf, da der Regen immer stärker auf mich niederprasselte.

»Wo ist Rosa? Ich muss sie sehen.«

»Nicht zu fassen, sieh dir meine Schuhe an! Ich bin nur vom Kassenhäuschen hierher gelaufen und habe das Gefühl, das Wasser ...« Rosa hörte mitten im Satz auf zu reden, als sie die Tür des Wohnwagens von innen schloss. Sie sah von ihren durchnässten Schuhen auf und erblickte mich auf der Eckbank.

Sie faltete die Hände vor den Mund und holte hörbar Luft. Hastig stand ich auf und fiel ihr um den Hals. Arm in Arm standen wir in diesem Wohnwagen, an dem so viele meiner Erinnerungen hingen. So viele Momente, die mir nun wieder durch den Kopf gingen, so viele Gespräche, Berührungen. So viel Vertrauen.

»*Leannán*«, flüsterte sie und drückte mich mit beiden Händen ein Stück von sich, um mir ins Gesicht sehen zu können. »Es ist so schön, dich zu sehen.« Dann drückte mich Rosa wieder fest an sich und ging mit mir an der Hand zur Eckbank, wo wir uns setzten.

»Ich konnte nicht gehen, ohne mit dir zu sprechen«, erklärte ich ihr und drückte ihre Hand, die in meiner auf dem Tisch lag.

»Was tust du hier?«

»Ich musste Gino etwas bringen«, sagte ich, ohne auf das Geldthema einzugehen, und sah über den Tisch hinweg zu Enes. Unsere Blicke trafen sich.

»Wie geht es dir? Wo wohnst du und wie läuft es mit deinem Café? Erzähl mir alles, ich will jedes Detail wissen!«

Während Enes Wasser aufsetzte, um uns Tee zu kochen, holte ich tief Luft und erzählte dann haarklein alles, was sich im vergangenen Jahr in meinem Leben ereignet hatte.

»Du hast alles richtig gemacht. Es hört sich ganz fantastisch an.« Rosa schenkte mir ein warmes Lächeln und tätschelte meinen Unterarm.

»Das sicher nicht«, flüsterte ich und dachte dabei an Will und das klärende Gespräch, das wir führen wollten, sobald er vom Ärztekongress zurück war. Ein Gespräch, das über meine Zukunft entschied. Über meine und die unseres Babys.

»Wenn man wirklich liebt, kann man alles verzeihen«, sagte sie und rührte gedankenverloren in ihrer Teetasse.

Dein Wort in Gottes Ohr.

Der Regen hatte nachgelassen und ich sah die Pfützen, die sich in den vergangenen Stunden auf dem Schotterplatz gebildet hatten. Erinnerungen an ein längst vergangenes Leben. Je länger ich in diesem Wohnwagen saß und nach draußen blickte, desto bewusster wurde mir, dass ich nicht mehr hierhergehörte, dass ich nach Hause wollte.

Nach Hause – in Claire's Doppio, in meine gemeinsame Wohnung mit Will, zu Jess und Bonny. Nach London. Dort, wo ich hingehörte.

»Ich werde mich auf den Weg machen«, sagte ich und stand auf.

»Bleib zum Essen, *leannán*. Bitte!« Rosa griff im Sitzen nach meiner Hand.

Enes stand seufzend auf und räumte die Teetassen in die Spüle auf der gegenüberliegenden Seite.

»Nein, es ist Zeit für mich. Ich musste das heute noch erledigen. Ich wollte mit euch sprechen und jetzt bin ich mit mir und meiner Vergangenheit im Reinen. Ich muss damit abschließen. Verstehst du?«

»Du ahnst gar nicht, wie sehr«, flüsterte sie mir zu.

Ich konnte an ihrem Blick sehen, dass auch sie an alte Zeiten dachte.

Rosa erhob sich und umarmte mich. »Leb wohl, *leannán*. Ich weiß, wo ich dich finde, und du weißt, wo du uns findest. Hier ist immer ein Platz für dich. Ich möchte, dass du das weißt. Und: Vergiss bei allem das Leben nicht.«

Dass Rosa mir das mit auf den Weg gab, woran auch Claire mich immer wieder erinnert hatte, berührte mein Herz. Meine Augen füllten sich mit Tränen und ich nickte stumm – unfähig, etwas zu sagen. Claires Rat nun auch von Rosa zu hören, versetzte mir einen Adrenalinschub. Ich musste auf mich und mein Baby aufpassen und ich musste die Sache mit Will wieder hinbiegen. Mochte es kosten, was es wollte. Dieser Zirkus, Gino und Rudolfo würden nicht mehr über mein Leben bestimmen.

Ich berührte Enes' Arm und lächelte ihn an.

Er beugte sich zu mir und küsste mich sanft auf die Wange. »Pass gut auf euch auf, hörst du?« Dabei hielt er eine Hand an meinen Bauch.

Bei Gott, das würde ich.

Dann trat ich aus der Tür des Wohnwagens und verließ den Zirkus.

Für immer.

22

Nach meinem Besuch im Zirkus fühlte ich vor allem eins: Freiheit. Ich hatte nicht mehr das Gefühl, auf der Flucht zu sein. Ich hatte nicht mehr das Gefühl, Gino oder Rudolfo könnten in mein Leben trampeln und mir alles nehmen, was ich bisher erreicht hatte. Es war vorbei.

Erschöpft und mit mir selbst im Reinen fuhr ich mit dem Fahrstuhl nach oben ins Apartment. Als sich die Tür öffnete, blickte ich in Wills Gesicht.

»O mein Gott, da bist du endlich!«

Er war hier?

Ich war zu perplex, um zu sprechen. Er zog mich an den Händen aus dem Fahrstuhl heraus und befühlte mein Gesicht, meine Haare, meine Schultern und bedeckte mein Gesicht mit Küssen.

Kurz darauf fand ich meine Sprache wieder. »Was ... machst du hier? Du wolltest doch erst morgen zurückkommen.«

Im Hintergrund nahm ich ein Räuspern wahr.

»Quentin?« Ich erkannte seine Stimme sofort. Er hob zögernd die Hand zu einem stummen Gruß.

Ich zählte eins und eins zusammen. »Was hast du ihm erzählt?«, fragte ich und schaute an Will vorbei.

»Ich musste es tun. Ich habe mir Sorgen gemacht. Was, wenn etwas passiert wäre? Das hätte ich mir nie verziehen.« Er kam zu uns herüber, klopfte Will auf die Schulter und drückte kurz meine Hand, während er in den Fahrstuhl trat und die 0 drückte. »Sprecht miteinander. Wir sehen uns später.«

Die Tür des Fahrstuhls schloss sich und Will schloss mich in die Arme.

Es war ein Moment der Stille. Erst jetzt merkte ich, wie sehr mir die emotionale und körperliche Nähe zu ihm gefehlt hatte. Momente wie diese hatte es in den letzten Tagen nicht gegeben. Seit er das Zirkusplakat entdeckt und die Wahrheit über mich und meine Vergangenheit erfahren hatte, war er kühl, distanziert und misstrauisch. Ich konnte es ihm nicht verübeln.

»Du musst aus diesen nassen Sachen raus, du holst dir noch den Tod.«

Er hatte recht. Erst jetzt merkte ich, wie meine Zähne klapperten. Außerdem bildete sich bereits eine Pfütze unter mir.

Immer noch völlig perplex zog ich mich im Bad aus und schlüpfte in den flauschigen Bademantel. Als ich zurückkam, wartete Will mit zwei dampfenden Tassen Minztee auf der Couch. Zögernd nahm ich neben ihm Platz.

Ich hatte Angst vor dem, was jetzt kam. Angst, dass er nachgedacht und eine Entscheidung getroffen hatte. Angst davor, dass Gino und Rudolfo doch noch über meine Zukunft entscheiden konnten, auch wenn ich mich mit allem dagegen wehrte. »Ich habe nachgedacht und ...«, setzte er an, während mein Herz schneller schlug.

Die Übelkeit überkam mich schlagartig und sorgte dafür, dass ich mir eine Faust auf den Mund pressen musste, der sich unwillkürlich aufblähte.

Will unterbrach sich und sah mich besorgt an. »Geht es dir nicht gut? Was hast du?«

Ich schüttelte den Kopf. Das war nicht der richtige Moment. So konnte und wollte ich ihm nicht sagen, was wirklich los war. Dass er Vater wurde. Dass wir Eltern wurden.

»Es tut mir leid, ich hatte keine Ahnung, was du durchgemacht hast.« Er griff nach meinen Händen. »Als Quentin mich anrief und mir erzählte, dass dieser Typ abends im Café aufgetaucht war, dass er dich unter Druck gesetzt hat und du nun ein letztes Mal zum Zirkus fahren würdest, um das Geld zu übergeben, da …«

»… da …?«, fragte ich zögernd nach.

»… sind mir die Sicherungen durchgebrannt. Ich war krank vor Angst um dich. Ich wusste, dass ich ohne dich nicht sein kann und ich es mir nie verzeihen könnte, wenn dir etwas passiert.«

Tränen stiegen in meine Augen. »Wirklich?« Ich konnte nicht fassen, dass es ein Happy End für mich gab, für uns.

»Ich liebe dich, Victoria, Penny … egal, wie du heißt. Es ist mir egal. Es ist mir egal, wer du warst, und ich bin dem Herrn dankbar, dass er dich zu mir geführt hat.« Er legte seine Hände in meinen Nacken und küsste mich.

So fühlte sich Glück an.

Das war der perfekte Moment. »Ich muss dir was sagen, Will.«

»Warte, ich bin noch nicht fertig.« Er stand auf und ging ins Schlafzimmer. Als er zurückkam, zog er eine kleine schwarze Schachtel hervor.

Ich ahnte, was er vorhatte, und zog ruckartig Luft durch meinen geöffneten Mund ein. »O mein Gott, Will!«

»Warte«, unterbrach er mich und legte sanft eine Hand an meine rechte Wange. »Ich habe diesen Ring schon lange. Ich wusste, dass du diese eine Frau für mich bist. Hätte ich es dir gesagt, als ich es zum ersten Mal gespürt habe, hättest du mich für verrückt erklärt. Also habe ich ihn aufbewahrt.«

»Wann?«, fragte ich flüsternd und griff ebenso nach seiner Wange.

»Als du am Schaufenster von der Leiter zu mir herabgestiegen bist. Als dieser Song im Radio lief. Da fühlte ich es.«

Ich schaute auf den Inhalt der Schachtel und sah den Ring im Raumlicht funkeln.

»Heirate mich.« Flehend sah er mich an und legte die Stirn gegen meine. Er schloss die Augen und wiederholte seine Worte flüsternd, wieder und wieder.

»Ja«, flüsterte ich ihm zu, »und ja und ja und ja. Will Morris, wir heiraten dich.«

Er schob sich abrupt ein Stück von mir weg und sah mich entgeistert an. »Wir?«

»Ich weiß es seit gestern«, sagte ich vorsichtig.

»Du bist schwanger?«, fragte Will.

Als ich nickte, stand er auf, ergriff meine Hände und zog mich auf die Beine. Dann hob er mich lachend hoch.

Ich schlang meine Arme um seinen Hals und ließ mich vom Glück tragen. Vom Glück und vom Leben.

Lebe!, hörte ich Claire in meinem Kopf.

23

Vier Wochen später

Ich stand neben Quentin auf dem Sandweg und schaute auf die Grabplatte vor uns. Eine Hand hatte ich intuitiv auf meinem Bauch platziert. Obwohl noch nichts von der Schwangerschaft zu sehen war, war es wohl eine Art Mutterinstinkt, der mich unbewusst immer wieder dazu brachte, körperlichen Kontakt zu meinem Bauch aufzunehmen.

»Ist das Schicksal, was meinst du?«, fragte ich ihn nachdenklich.

Er schwieg kurz und legte mir dann eine Hand auf die Schulter. »Dass du eigentlich schon längst hättest hierherkommen können, es aber nicht getan hast?«

Ich nickte.

»Möglich«, sagte er, »ich bin sogar ziemlich überzeugt davon. Wenn du damals schon zum Grab deiner Großmutter gegangen wärst, hättest du die Suche aufgegeben. Du hättest auch den Namen deiner Mutter auf der Grabplatte gesehen und wir hätten uns niemals näher kennengelernt. Ich hätte niemals eine Tochter gewonnen.«

Violet Pooley hatte mir bei meinem zweiten Besuch im Pflegeheim die Adresse des Grabs meiner Großmutter gegeben. Der Zettel war in meiner Tasche verschwunden, ohne dass ich den Ort je aufgesucht hatte. Vielleicht, weil meine Großmutter trotz allem eine fremde Frau für mich gewesen war. Vielleicht, weil es einfach der falsche Zeitpunkt gewesen war. Vielleicht hatte das Schicksal seine Hände im Spiel gehabt, um mich und Quentin zusammenzuführen. Wer wusste das schon?

Im Grab meiner Großmutter war auch meine Mutter beigesetzt.

Nachdem meine Großmutter gestorben war, hatte der Zufall Lily zum Zirkus geführt. Sie lernte Rudolfo kennen und nutzte die Gelegenheit, aus dem Londoner Trubel und vor ihren eigenen Gefühlen zu flüchten. Mehrmals in der Woche kam sie auf das Zirkusgelände und fütterte die Tiere, unterhielt sich mit dem jungen Artisten, der den Zirkus einmal erben sollte. Der Traum, dass der Mann, den sie liebte, seine Frau verlassen und mit ihr ein neues Leben beginnen würde, zerplatzte und so entschied sie sich, mit Rudolfo und dem Zirkus weiterzuziehen. Aber die Vergangenheit holte sie ein. Die Geschehnisse im Pflegeheim ließen sie nicht los, sie litt unter Verfolgungswahn und Schlaflosigkeit. Nach meiner Geburt griff sie zu Schlaftabletten, um ihren Schmerz und Kummer zu betäuben, wurde davon abhängig. Aufgerüttelt durch meinen Unfall mit dem heißen Wasser erkannte sie endlich selbst, wie es um sie stand, und war bereit, in eine Entzugsklinik zu gehen. Dafür musste sie mich für eine Zeit zurücklassen. Sie wusste, dass Rosa gut auf mich achtgeben und mich wie ihr eigenes Kind behandeln würde. Dass sie nie zu mir zurückkommen würde, konnte sie nicht ahnen. Sie starb nur wenige Wochen später. Und ich blieb im Zirkus zurück.

Nach meinem letzten Besuch im Zirkus hatte ich die Hoffnung und die Vision gehabt, sie habe die Therapie erfolgreich abgeschlossen und würde abseits von London ein glückliches Leben in einem alten Cottage führen. Sie würde auf meiner Hochzeit tanzen, auf der Taufe meines Kindes das Baby im Arm halten.

Aber die Realität war eine andere. Quentins Recherche offenbarte schließlich die ganze Wahrheit. Die letzten Bruchstücke des Geheimnisses meiner Mutter kamen dank seiner Bemühungen durch eine ältere Mitarbeiterin der Entzugsklinik ans Licht: Meine Mutter war auf dem besten Weg in ein drogenfreies Leben gewesen, als sie im Treppenhaus stürzte. Sie überlebte den Unfall nicht. Es war ein makabrer Scherz des Schicksals. Wäre sie an diesem Tag mit dem Fahrstuhl gefahren, wäre mein Leben vielleicht völlig anders verlaufen. Aber wer wusste das schon? Ich hatte zumindest die Gewissheit, dass sie alles versucht hatte, um uns beide wieder zusammenzubringen. Aber es hatte nicht sollen sein. Das Leben hatte andere Pläne gehabt.

Quentin nahm die Blumen, die wir besorgt hatten, und steckte sie in die Vase neben der Grabplatte.

»Wie fühlst du dich?«, fragte er und strich mir sanft über den Arm.

»Gut, besser …«, sagte ich. »Die Übelkeit ist nicht mehr so stark und ich habe das Gefühl, wieder Vollgas geben zu können. Bald wird die Rösterei eröffnet, ich kann es kaum erwarten.«

»Das verstehe ich. Aber gib bitte auf dich acht … und auf mein Enkelkind, das du unter dem Herzen trägst.« Er strich leicht über meinen Bauch.

Ich musste lächeln. Auch wenn er mich oft wie ein rohes Ei behandelte, mochte ich die Art und Weise, wie er mir durch kleine Gesten zu verstehen gab, dass auch wir ein Band umeinander gelegt hatten. Uns fehlten viele Jahre, aber ich hatte das Gefühl, ihn bereits besser zu kennen als so manche Person aus meinem alten Leben.

»Das werde ich. Versprochen.«

»Weißt du, wir haben viel verpasst, wir beide«, sagte er, als wir uns gemeinsam zum Gehen wandten, »aber das werde ich alles nachholen.«

»Ich hatte keine Großeltern. Es würde mich freuen, wenn mein Kind wenigstens einen Großvater hat, der mit ihm einige Abenteuer erlebt.«

»Oh, das wird es«, sagte er lachend und legte einen Arm um mich.

Mein Handy vibrierte in meiner Hosentasche. Pam Crowns Name stand auf dem Display.

»Pam ruft mich an.«

»Geh schon ran!«, sagte Quentin und animierte mich wild gestikulierend. »Schließlich wirst du nächste Woche ein großer Fernsehstar!«

Wir lachten beide.

Während ich auf den grünen Knopf drückte und das Telefon an mein Ohr hielt, hatte ich das Gefühl, Claires Stimme zu hören. *Lebe!*

Noch nie war es mir so ernst gewesen.

Zeitfracht Medien GmbH
Ferdinand-Jühlke-Straße 7
99095 Erfurt, Deutschland
produktsicherheit@kolibri360.de

Druck:
CPI Druckdienstleistungen GmbH
im Auftrag der
Zeitfracht Medien GmbH
Ein Unternehmen der Zeitfracht - Gruppe
Ferdinand-Jühlke-Str. 7
99095 Erfurt